Lessons in French
by Laura Kinsale

初恋の隠れ家で

ローラ・キンセイル
平林 祥[訳]

ライムブックス

LESSONS IN FRENCH
by Laura Kinsale

初恋の隠れ家で

主要登場人物

カリスタ（カリー）・タイユフェール……故シェルフォード伯爵の長女
トレヴェリアン（トレヴ）・ダヴィ・ドーギュスタン…フランス亡命貴族の息子
マダム・ド・モンソー……トレヴの母
ジョン・L・スタージョン……英国軍少佐。カリーの元婚約者
ミセス・ファウラー……トレヴの亡き親友の妻
ハーマイオニー（ハーミー）……カリーの妹
ジャスパー……カリーのいとこ。現シェルフォード伯爵
ドリー……ジャスパーの妻。レディ・シェルフォード
サー・トーマス・ヴィッカリー……ハーマイオニーの思い人。准男爵で内務次官
シドマス卿……内務大臣
ウィリアム・ダヴェンポート……英国軍大佐。治安判事
ジョック……トレヴの使用人
バートン……トレヴの使用人

1

レディ・カリスタ・タイユフェールは天性の壁の花だ。二七歳にして壁紙や家具と同化する技を完璧に体得しているため、ダンスに誘われる心配もないし、あいさつに来るのもごく親しい友人だけ。カリスタはただ、舞踏室に置かれたピンクのダマスク織の椅子や、食堂に並ぶ緑の絹張りの椅子に腰かけていればいい。人目につかぬよう努力する必要すらない。

「マダム・ド・モンソーのお宅に馬車が着いたのをご存じ？」

ミセス・アダムがカリーの耳元でささやき、夫人のヘアバンドにあしらわれた緋色の羽根が不安をあおるように揺れた。「あれはきっと――」ふいに内緒話をやめ、カリーの手を握る。「大変、すぐにうつむいてちょうだい。彼がまたこちらに来ようとしているわ」

すなおに従ったカリーは、ブレスレットの留め金が気になってしかたがないといった表情をすぐさま浮かべた。こんなときはさすがに、存在感をすっかり消してしまうのは難しい。社交の場では、カリーの手をとろうとする紳士が必ずいる。あたかもカリーの手に持参金の八万ポンドが握りしめられていて、彼女をさらえば銀行に行く手間が省けるとでもいうように。

「ああ、無事でよかったこと！」ミセス・アダムは、カリーがすんでのところで命拾いをしたかのように大仰にそう言った。「あの殿方のお守りは、ミス・ハーパーに任せておきましょう。彼のおべっかに耳を貸すほど、ミス・ハーパーがおばかさんかどうかはわからないけれど」

カリーはブレスレットから手を離した。こうしてうつむき、ドレスの裾から下着がのぞいているのを見つけたふりや、履物のなかに入った小石をとるふりをするだけで、人さらいたちはあきらめてくれる。たとえ八万ポンドがかかっていようと、彼らに最後までやり遂げる気などない。なぜなら彼女が、三人の殿方から捨てられたレディ・カリスタ・タイユフェールだから。財産目当てで近づこうとする紳士たちもさすがに、いったい全体どのような事情で捨てられたのだろうという疑問にとらわれてしまうらしい。

彼女自身、その疑問とずっと格闘してきた。彼女だけではなく、父親も妹も一家の友人知人も地元の噂好きな面々も、そしておそらく、村でとりわけ賢いヤギの二頭か三頭でさえ、婚約が破棄された理由を探るために長い時間を費やしてきた。だが満足のいく答えは見つからなかった。父は、いまは英国紳士の誰もが争いや騒乱に気をとられていて、結婚どころではないのだろうと結論づけた。妹のハーマイオニーは、ファッションにおける帽子の役割を姉が軽んじたからだと考えた。噂好きな面々はおおむね、ナポレオンのせいだと言った。英仏戦争のあいだ、彼らはすべてをナポレオンのせいにしてきた。ワーテルローで英独連合軍に歴史的な敗北を喫してから五年が経ったいまもなお、ナポレオンはそうした位置に据えられている。一方、ヤギたちは自分の意見をけっして口にしようとはしなかった。

当のカリーはといえば、ごく平均的な容姿で、赤毛で、婚約後ですら打ち解けられないほど男性が苦手なせいだとの結論に達していた。男性恐怖症はむしろ、三度の婚約を経てますます強まったかもしれない。容姿に関して言えば、瞳は茶色でもブルーでもなく灰色がかった緑という平凡さだし、鼻はわし鼻とまではいかないものの妙に筋がとおっているし、白い肌はちょっと風にあたっただけで、みっともないほど濃いピンクに染まってしまう。

しかもここだけの話、カリーには生まれたばかりの子牛を連れて厨房を出入りするという癖がある。ばれたらきっと、伯爵家の娘らしからぬ変わった性癖と噂されるだろう。だがタイユフェール家では、娘の性癖がシェルフォードの村の外にもれぬよう細心の注意をはらってきた。だから当のカリーも、噂の種になる恐れはないと考えている。

ミセス・アダムがふくよかな体を椅子から起こし、カリーの手を握ってぽんとたたく。

「ミスター・ハートマンがお茶をいただきに行くようだわ。祭壇布についてあの方と話があるのだけど、それがすんだらすぐに戻るわね。さっきの殿方のことなら、もう心配はないようだから安心なさいな」

カリーはうなずいた。これで、髪を乱暴につかまれ誘惑される恐れも、（それが大げさだというなら）ダンスに無理やり誘われる心配もなくなった。安堵した彼女は思いきって顔を上げ、自分の身代わりとなったミス・ハーパーを盗み見た。うら若きレディは、男性のおべっかにうっとりとなっている。カリーはふたりをまじまじと見つめ、あそこで人波を縫うように優雅に踊るのが自分だったならと想像した（想像のなかのカリーは、ここ英国でもてはやされる金髪に美しいブルーの瞳、濃いまつげの持ち主だ）。カリーは機知に富んだ軽いおしゃべりを楽しんでいる。そのほほえみが、財産目当ての紳士の心を射貫く。紳士は彼女に夢中で、財産のことなどすっかり忘れ、世をすねた放縦な人生で初めての恋に捨て身になっている。あなたのためなら賭けごとも酒もやめようとカリーに誓い、彼女の名誉を守るべく、品行好ましからぬ求愛者たちとの決闘も受けてたつ。けれどもカリーは最終的に、より堅実な求愛者たちのなかから別の殿方を選ぶ。報われぬ愛をうたった詩を残し、岸壁から身を投げる紳士。その詩は、神話に出てくる八音節の長い名前を持った女神にあからさまにカリーをなぞらえたものだ（カリーは後日、その女神について調べる）。紳士の残した詩は新聞という新聞に掲載され、それを読んだレディたちは寝室でむせび泣くのだった。

音楽がやんでいるのに気づいて、カリーは目をしばたたいた。打ちひしがれて岸壁から身を投げたはずの紳士はミス・ハーパーを相手に、秋になってからシェルフォードに訪れた晴天は何度だっただろうと話している。

男性相手になにを話せばいいのか、カリーにはさっぱりわからない。口を開こうとするたび、頬がピンクに染まるのを感じるばかりだ。かつてたったひとりだけ打ち解けてしゃべることのできる相手がいて、おかげでその人にはすっかりのぼせてしまったが、けっきょくうまくいかなかった。それもいまではすっかり過去の話。オールドミスになるのがカリーの運命だったのだ。世の紳士たちはみな、カリー以外のレディに不滅の愛を誓う。そのころカリーの頭のなかは、最高においしいタピオカゼリーのレシピを考案することでいっぱいだ。

もちろん父は、こうした事情をわかろうとしなかった。なぜならカリーを愛していたから。わが子を美人だと信じ、ありあまる反証を目にしても、現実を受け入れることを頑なに拒んでいたから。生前の父は、ロンドンが社交シーズンを迎えるたびにカリーのエスコート役を務め、婚約をとりつけ、結婚の条件を記した文書に署名をし、相手の男性がそれを破棄するたびに涙を流さんばかりに激怒したものだ。それが三度つづいたときには、カリーはわが身ではなく父の心中を思って嘆き悲しんだ。激しやすいたちではない彼女もあのときはさすがに、元婚約者の下着の前にとげとげのナベナの花を縫いつけてやろうかと真剣に考えた。あるいは、ゴキブリを雇ってその任務を命じようかと。考えたあげく、ゴキブリに失礼だと思いなおしたけれど。

いずれにせよ、下着に手をくわえる機会は得られなかった。でも弁護士たちが喜び勇んで、婚約破棄を理由とした訴訟を起こす代わりに男性の銀行口座から一万ポンドを搾りとってくれた。その後、男性は美しいけれど一文無しの新妻を連れて船でイタリアに渡り、カリーは意気消沈した父と書斎に並んで座って、その手を握り慰めることとなった。

当時を思い出したカリーは鼻梁にしわを寄せ、まばたきをくりかえして目の奥の痛みをやりすごした。胸が苦しいくらい父が恋しかったが、カントリーダンスの真っ最中に涙ぐんでもなんにもならない。うつむいた彼女は羽根扇を鼻にあてて、踊る人びとの足が木の床を軽やかに踏む音や、調子外れのピアノの音色に意識を集中させ、悲しみが去るのを待った。

今夜は単なる地元民の集まりで、ロンドンの舞踏会に匹敵するきらびやかさはない。そのような場でもやはり、醜態をさらしたくはない。父シェルフォード伯爵が亡くなってから一年間、社交の場に顔を出すわずらわしさをまぬかれてきたカリーだが、喪が明けたいまはハーマイオニーに同伴する義務がある。

妹とかわるがわる踊る男性陣に、カリーは用心深い視線をそそぎつづけた。財産目当ての男性にさらわれないよう妹を守るのは、いまやカリーの役目なのだ。いとこのジャスパーはあまり頼りにならないたちで、彼が伯爵位を継いでからというもの、奥方のドリーは姉妹が荷物をまとめてシェルフォード・ホールを出ていく日を心待ちにしている。ドリーはハーマイオニーが早いうちに結婚をすれば願ったりかなったりだろうし、花婿がどのような人物だろうと気にしないにちがいない。ズボンをはいていて、妹と一緒にカリーも引き取ってくれるなら、誰だっていいのだ。

というわけでカリーは灰色の手袋をはめ、藤色のターバンで赤毛を可能なかぎり隠し、壁際に並ぶサテン張りの椅子に人目につかぬよう座りながら、妹が准男爵と踊るさまをじっと見守っている。彼なら妹の相手として申し分ない。内務次官という将来を約束された地位に一時の別れを告げ、准男爵はロンドンからシェルフォードまではるばるやってきた。それはきっと、レディ・ハーマイオニーに賞賛の言葉を浴びせるためだったろう。それから、まだ実際に口にしてはいないものの、求愛の言葉を。

シェルフォードの集会場でカリーがいつも陣取る位置からは、ダンスフロアと正面玄関を一望にできる。新たに客が到着したときも、わざわざ顔をそちらに向けて人目を引くまでもなく、まつげをちょっと上げるだけで誰なのか確認できる。宴が始まってからだいぶ時間が経ったこともあり、アーチ天井の玄関広間にたむろしていた大勢の客はすでに会場内に散らばっている。おかげでそこに新たな人影が現れたときも、さっと視線をやるだけで男性だと見てとることができた。

つかのま、カリーはいつものようにそっと視線をそらした。立派な身なりの紳士がまたひとり現れ、その場に立ち止まって、踊る人たちを眺めているだけだと思った。それから一瞬ののちにあることに気づいて、心臓を射貫かれたような衝撃にとらわれた。たちまち頬が熱くなり、喉の奥が詰まる。もはや息すらできない。

それは彼だった。

狼狽しつつもあらためてそちらに目をやり、やはりそうだと確信したあとは、もう視線をそらす先も逃げる場所もないのだと悟った。カリーはいま、壁際の椅子にひとり。ミセス・アダムは食堂に消え、ほかの人たちはみなダンスに興じている。自分の鼻の頭をひたすらにらみ、どうか彼に気づかれませんようにと、カリーは祈りに祈った。

ひょっとすると、彼女だとわからないかもしれない。カリーだって一瞬、彼だとわからなかったのだから。彼は以前よりもふけていた。当然だ――カリーが二七歳になったのに、彼だけが年をとらないわけがない。最初にちらと見やったときには、どこかの黒髪のハンサムな紳士だとしか思わなかった。ぎょっとなりながら視線をいま一度投げてみて、ようやく彼だと気づいた。肌は日に焼け、表情には威厳が備わり、若々しい笑みにあふれた青年だったのがすっかり大人の男性になっている。

立ち姿は静かな自信に満ち、ひとり遅れて到着したことも、出迎えが誰もいないことも気にかけている様子はない。ここに集まった大勢の人間が彼を知っているはずだが、カリー以外の誰ひとりとしてまだその姿を目にしていない——あるいは、目にしても彼だと気づいていない。なにしろ彼が村を出ていってから九年が経つのだ。

扇で顔をあおぎつつ、カリーは膝に視線を落とした。先ほどミセス・アダムが言おうとしていたのはこのことだったにちがいない。マダム・ド・モンソーの家に着いたという馬車。マダムの放蕩息子がついに帰ってきたのだ。

朗報だった。マダムの気持ちを思えばカリーも嬉しかった。かわいそうな公爵夫人はずっとこの日を待ちつづけ、九年間にわたって期待を打ち砕かれてきた。ごくたまにフランスから届く手紙だけを頼りにし、それらを何度も何度もカリーに読んで聞かせた。そのたびにふたりは声をあげて笑い、マダムの咳の発作が始まるのをしおに、カリーがいとまを告げるのが常だった。

カリー自身はといえば、正直言って怖かった。彼の手紙に対しては笑い声もあげられた。けれども当人を前にすると、なじみのない不安に駆られて呼吸すらできない。

ひょっとすると、彼女など忘れているかもしれない。母親宛ての手紙にも、彼女の名前は一度として出てこなかった。近況をたずねる一文もなかった。カリー以外の村民に関しては、名前と思い出を延々と書き連ねて、元気でいるかと熱心にたずねていたのに。そのくだりを読み聞かされたとき、カリーは思ったものだ。彼の心はフランスの王と民とともにあるけれど、この小さな田舎の村で過ごした日々を忘れてしまったわけではないのだと。

黒い革靴が狭い視界に入ってくる。羽根扇で顔を隠したまま、カリーはブレスレットの留め金をしきりにいじったが、革靴はこれっぽっちも気をきかせずどんどん近づいてくる。ぴったりと脚に寄り添う純白のズボンに、仕立てのよい青い上着――激しいめまいに襲われて、彼女はいまにも気を失ってしまいそうだ。

「レディ・カリスタ？」

やがて彼がやや驚いた声で呼びかけた。

音楽のせいで聞こえなかったふりをすればいいわ。カリーは心からそう思ったが、彼の声は記憶のなかにあるとおり、ぬくもりに満ちていた。どうやらその声は、カリーの心をかき乱す恐ろしい力をいまなお持っているらしい。

「とぼけたってむだだよ」という優しい声。彼がとなりに座る。「おかしなターバンの下から、髪がこぼれているのが見える」

カリーは大きく息をのんだ。

「嘘よ。ターバンを巻いていれば、みんなにサラセン人だと思われるはずだったのに」彼のほうを見もせず、うなじの後れ毛をターバンのなかに押しこむ。

「ラクダはどこかに置いてきぼりらしいね。元気だったかい、カリー。正直言って、まさかきみとここで再会できるとは思わなかった」

勇気をかき集めて、カリーは顔を上げた。

「お母さまに会いに戻ったのでしょう？　さぞかしお喜びでしょうね」

彼は重々しい表情でカリーを見かえした。見知らぬ人のようだった。もはや、義務や責任などどこ吹く風の自由気ままな青年ではないのだ。黒い瞳には笑みも浮かんでいない。彼女は一瞬にして、彼の左の頬骨に傷跡が、鼻梁に打撲の跡とおぼしき小さなゆがみがあるのを見てとった。かつてはなかったはずだ。けがの跡のせいで、彼は以前にも増して、なにものにも服従しないロマに似て見える。盛装に身をつつんでいてもなお、激しやすく頑固な心が垣間見えるようだ。

「ああ、母に会いにね」彼はそう言って言葉を切り、わずかに首をかしげた。「でもまさかきみが――とうの昔によそへ行ったとばかり思っていた」

「あいにく、しつこくここに居座りつづけているわ」カリーは扇を広げ、すぐにまた閉じた。

短い沈黙が流れ、バイオリンの音色と踊る人びとのおしゃべりと喧騒がふたりをつつむ。

「結婚はしていないのかい」彼は静かにたずねた。

なぜかカリーは、三度にわたり婚約を破棄された事実がすでに地球の隅々まで知れ渡っているとばかり思いこんでいた。なにしろ彼女の行く先々では、誰もがそのことを知っている。だがフランスには、知らせは届かなかったらしい。

「ええ」カリーは答え、相手の顔を初めてまじまじと見つめた。「今後もしないつもり」

じきに彼も真相を知るはずだ。自分からあのことを伝える気にはなれない。でも彼が両の眉をつり上げるさまを目にするなり、ふいに恐れにつつまれた。まだ彼に恋心を抱いているせいだなどと思われたら、もっとたちが悪い。

「わたし、近ごろはすっかり有名人なの」口を開いたカリーは扇を広げて顔をあおいだ。「気弱な殿方を、なんと三人も祭壇から追いはらったせいでね。この三人にあなたは入っていないのだけど、あなたがわたしに約束をして、さらにそれを破ってくださるなら、わたしの知名度はますます上がるはずよ。四人なら相当なものだわ」

彼はいまひとつ意味がわからずにいるらしく、「四人って?」と不可解な面持ちでたずねた。

「三足す一は四でしょう」カリーは答え、せわしなく扇で風を送った。「足し算の仕方が変わっていなければの話だけど」

「ひょっとして、わたしが出ていってから三人と婚約したという意味かい」

「素晴らしい功績だと思わない?」

「そして三人が三人とも――」

「そのとおり」カリーはぱちんと扇を閉じた。「それがここ数年間のわたしのしてきたこと――婚約し、捨てられるのがね。それで、あなたのほうはどうなさっていたの、公爵? ご先祖さまの土地と財産はちゃんと取り返した? うまくいったことを心から願っているわ。お母さまがそれは喜ばれるでしょうから」

カリーの話す言語が理解できないとでもいうように、彼はしばし彼女を見つめていた。それからふとわれにかえると、「ああ、取り返した」とつぶやいた。詳しい事情は説明せず、「おかげで母も気力がわいてきたみたいだ」とつづける。

「では、近いうちにお母さまとフランスに？」

「それは無理だろう。母はまだすっかり快復したとは言えないから」

「またお母さまをひとり残して行ってしまうわけではないのでしょう？」

「いや。向こうに戻る予定は――」彼は口ごもった。「いまのところまったくない」

「それならよかった。お母さまにもそう伝えてさしあげて。不安に思ってらっしゃるでしょうから」

「そうだね。いや、もう話したんだ。だがあらためて話しておくよ、母が安心できるように」

カリーは思いきってもう一度だけ彼の顔を見つめた。すると彼もこちらを向き、正面から見かえしてきた。口の端を上げて、なつかしい笑みを浮かべる。それを目にしたとたん、カリーは息をすることさえ忘れた。

「あんまりいじめないでくれ。わたしはきみを捨てた男のひとりじゃないんだから」

カリーは頬が赤らむのを覚えた。

「ごめんなさい！　いやみなんて言うつもりじゃなかったのに」身内以外の男性で、カリーがこうして普通に話せるのは彼だけだ。

「鼻の頭が赤くなっているよ」

すぐさま扇で隠す。

「ダチョウの羽根とはしゃれているね。でもそんなふうにしたら羽根で窒息してしまうんじゃないかい。おしゃべりはこれくらいにして、ダンスでもしよう。そうすれば、どさくさまぎれに扇でわたしの頭をたたくこともできる」

ダンスフロアに視線をやると、音楽がやんで、男女がふたりずつ組になろうとしているところだった。

「困るわ、次はワルツ――」

だが彼はすでに立ちあがって、手袋をはめた手を差しだしている。その指に力強く手を握られ、意志に反して立ちあがる自分をカリーは意識した。そうして例のごとく、モンソー公爵にしてモンジョワ伯爵、フランスのどこかにある異国の響きを持った土地の領主たるトレヴェリアン・ダヴィ・ドーギュスタンに誘われて、冒険へとくりだしてしまう自分を。

トレヴェリアンはカリーをダンスフロアへといざない、そこでおじぎをした。カリーは膝を折っておじぎをかえしてから、相手の顔を見ることができずにそっぽを向いた。ウエストに大きな手が添えられる。彼女が過去に人前でワルツを踊ったのは三回きり。相手はいずれもそのときの婚約者だ。フロアに集まった人びとが、早くもふたりにくぎづけになっている。ミセス・アダムはちょうど食堂から出てきたところらしく――あぜんとした面持ちで戸口に立ちつくしている。やがてミセス・アダムが、トレヴェリアンの誘惑の腕からなんとしてもカリーを引き離さなければとばかりに、決然とした表情でこちらにやってくるのが見えた。だがちょうどそこで音楽が始まり、彼の巧みなリードで、カリーはあっと思うまもなく足を踏みだしていた。

彼女はできるかぎりトレヴェリアンとの距離を置こうとがんばり、肩にも指先をのせるだけにとどめた。手にした扇は横に向け、彼の顔にあたったりしないよう努めたがむだだった。次のステップすら思い出せない状態だったが、トレヴェリアンは自信たっぷりに彼女を導き、あのなつかしい笑みをたたえながら、軽快に床の上を回りつづけている。

「ここできみと再会できるほど、自分が幸運な男だとは思ってもみなかった」

トレヴェリアンは優しくささやいた。音楽にのって部屋まで回りだし、彼以外のすべての風景がぼんやりとしてくる。

自分が彼と踊っている実感がまるでない。カリーは顔を上げ、すぐにまたそむけた。妙に体がふわふわしていて、まるで、腰にそっと置かれた手に軽々と抱きあげられているかのようだ。

「じつは、ひとつ頼みがあってね」トレヴェリアンがそうつづけ、彼女の手を握った手にわずかに力を込める。

うなずいたカリーは相手の肩を見つめた。あつらえの上着につつまれた肩は、覚えているよりもずっと広く、高い位置にある。カリーは彼に、親しみとなじみのなさを同時に感じていた。記憶のなかの彼はいつも笑っていて自由気ままだが、いまの彼には威圧感を覚える。

カリーの心臓と肺は海軍にでも入隊してしまったのか、もはや鼓動も呼吸もしていない。運がよければ、数年後には除隊できるのだろうか。

「腕のいい料理人を推薦してもらえないかな？」トレヴェリアンが言った。

無味乾燥な質問が、カリーをつかのまの夢から現実へと引き戻す。ステップを踏みまちがえて崩れた体勢を戻しつつ、彼女はいっそう赤く頬を染めた。トレヴェリアンは、羽根扇ですっかり視界をさえぎられてしまわぬよう顎を上げている。

「料理人」カリーはつぶやき、聞き分けのない扇をしっかりと握りなおした。「まさか、ミセス・イーズリーがまた酔って仕事を放棄するようになったとか？」

「どうやらそうらしい。今夜ここに来たのも、空腹をしのぐためにパウンドケーキをふたつばかり盗むのが目的でね」

「彼女ときたら！」思わず大声をあげつつ、カリーは相手の肩に置いた手をおろした。ほとんど立ち止まりかけていたが、トレヴェリアンに手をとられ、ふたたび踊りへと引きこまれる。「本当に救いようのない人ね」カリーはこきおろした。「でも食べ物がなにもないわけではないのでしょう？　二日前にもお肉のかたまりを届けさせたばかりだもの」

「それはありがとう」トレヴェリアンはほほえんだ。「でも、その肉がどうなったかはわからないな。なにしろわたしは、家事についてはまるで疎いから。肉のスープはあったが、いずれにしても母の食べ物はそれだけだと思う」

「そんなはずはないわ！」カリーは今度こそ本当に足を止めた。周りで踊る人たちがふたりをよけようとして、ちょっとした騒ぎになる。「いますぐお母さまのところに行かなくちゃ」

「いや、きみにそこまで面倒をかけるわけには――」

「面倒でもなんでもないわ」カリーはさえぎり、トレヴェリアンから身を引き離した。「その前にミセス・アダムと話をさせて。妹を代わりに馬車で送ってもらわなくてはいけないから。もう夜も遅いから食料品店はどこも閉まっているでしょうけど、お宅の厨房になにかしら食べ物があるはずよ。ミセス・イーズリーが、いまいましい肉屋になにもかも売り飛ばしていなければの話だけど」

トレヴェリアンはかぶりを振った。

「気持ちだけいただいておくよ。すまない、せっかくの楽しい時間を邪魔するつもりはなかったんだ」

カリーは扇を振って彼の言葉を否定した。

「いいから気にしないで。お母さまのところにぜひ行きたいの」

彼がためらい、眉根を寄せる。また断るのだろうと思ったら、トレヴェリアンは目元に苦笑をにじませた。

「本音を言えば、すごく助かるよ。なにしろ家じゅうひどい有様で、どうしたらいいのかさっぱりわからなくてね」

「わたしに任せてちょうだい。あなたは早く家に帰って、カリスタがすぐに行くからとお母さまに伝えてさしあげて」

闇のなかで扉を手探りするトレヴの顔を、なにかがかすめた。小声で悪態をつき、目の前にだらりと垂れ下がった蔓を脇にどけて、やっとの思いでかんぬきを探りあてる。呼び鈴を鳴らす手間は省いた――どうせメイドはいない。家はあたり一面に植物がはびこり、庭門は朽ち果てている。屋内に入るとトレヴは手袋をはずし、埃だらけのテーブルには置かず、ポケットに押しこんだ。

ルーレット盤のバランス調整のコツ、あるいは拳闘士の頭の出血を止める方法なら、トレヴも心得ている。だが家政だの家事だのはさっぱりわからない。姉たちと母親がすべてを切り盛りしてくれていたからだ。リネン類の管理も、使用人への指示もすべて。当時、トレヴや威厳あふれる祖父が円滑な家政管理について口を出したり、疑問を投げかけたりしていたら、みんなさぞかし肝をつぶしたことだろう。そうしたいと思ったわけではない。しかし、シェルフォードの村はずれに立つ蔓に覆われた古屋がついに混沌へと向かっているのは、いまやトレヴの目にも明らかだった。しかも母の容体は驚くほどに悪化している。

母はあえてこの現状を息子に話さずにいたのだ。息子宛ての手紙で、母は一度として帰国を懇願しなかった。帰国を願うそぶりさえ見せなかった。姉のエレーヌが亡くなったあとですら。あのときに帰るべきだったのだ。もちろんトレヴだって戻りたかった。だが人に言えない事情があって、当時は帰国など不可能に思われた。

母には数年前から相当な額を送金してきたが、どうやらすべてどこかに消えてしまったらしい。驚くべきことだが、ありえなくはない。トレヴ自身が、わざわざ複雑な迂回路を選んで送金を行ってきたからだ。彼はいまいましげに目を細めた。あの金をかすめとった銀行の関係者が、いまごろフランスのどこかで最期の時を迎えていればいいのだが。

彼は手探りで階段のほうに向かった。蠟燭も、火を移すための付け木もこの家にはない。だが天井の低さも、重厚な手すりの位置もちゃんと覚えている。彼は二階にある母の寝室を目指した。そこに置いておいたランプが、小さな炎でまだ部屋を照らしていた。

母は眠っていた。トレヴはしばしその場にたたずみ、苦しげに息をする母を見守った。ちゃめっ気あふれる美しいママン――いまや、一目では母とわからないほどに面変わりしている。頬はこけてひどくやつれ、うっすらと開かれた唇は、必死に息を吸いこもうとするためだろう、左右に引きつれている。その一方で、かすかな笑みが頬に浮かんでいるのは、幸福な夢でも見ているのだろうか。

トレヴは眉根を寄せた。カリーの申し出に深い安堵を覚えた事実を、認めるつもりはない。そもそも彼女にあのようなことを頼めた義理ではないのだ。ふたりはもう赤の他人なのだから。にもかかわらず彼女の姿を目にしたとたん、あのころから少しも時が流れていないかのような錯覚にとらわれた。となりに座ってすべてを打ち明けたい気持ちに駆られた。母の容体を知ってどれほどの衝撃と恐れを感じたか、家の状態をまのあたりにしていかに驚愕したか、そして、レディ・カリスタ・タイユフェールがまだシェルフォードにいると知ったときの驚きがいかばかりのものだったか。

しかも、カリーは独身だという。

トレヴはその思いを追いはらった。わき起こる屈辱感と、その裏に隠された痛みに向きあう心の準備はできていない。彼はそんなふうに思う自分を意外に思った。幼いころの恋とはとっくの昔に決着をつけたつもりでいたからだ。とはいえふたりは今後も友人としてやっていけそうだし、彼はそれを嬉しく感じている。トレヴはカリーが好きだ。尊敬もしている。彼女のような立場にありながら、あんなふうにワルツの最中でいきなり踊るのをやめ、なんの借りもないフランス生まれの老婆に救いの手を差し伸べてくれる女性はほかにいない。

トレヴは小さくほほえんだ。それにあの藤色のターバン。あれで赤毛を隠すなんて、カリーにしか思いつくまい。ファッションに無頓着で、野生の小鹿みたいにかわいらしく、内気なカリーにしか。かぶりを振ったトレヴはベッドの端に腰をおろし、母の手にそっと触れた。

「踊っていただけますか、マドモアゼル？」とフランス語でささやきかける。

すると、青白い肌のせいでいやに黒々として見える母の長いまつげがかすかに動いた。まつげが上がる。

「トレヴェリアン」母は小声で呼び、息子の指に自分の指をからませた。「愛しい息子《モナムール》」

トレヴは手を上げ、母のひんやりとした指にキスをした。

「寝てばかりいるのはよくないですよ。母上には早く、わたしの敵を焚きつけてきていただかないと。倒す相手がいなくなってしまう」

母はほほえんで、英語で応じた。

「舞踏会は楽しめた？」

「もちろんですとも！　ふたりの美しいレディと結婚の約束をして、おかげで裏窓から逃げてくるはめになりました。かくまってもらおうと思って、飛んで帰ってきたんです。母上の衣装だんすに隠れてもいいでしょう？」

　母はかすれた小さな笑い声をもらした。

「そのお嬢さんたちに……決闘をさせてあげるといいわ」と弱々しく提案する。「そうすればもう心配はいらないでしょう」

「でも今度は、彼女たちの母親に追いかけられますよ！」

「そのときは《アロール》、わたくしが母親に毒薬を盛ってあの世に送ってあげますとも」

　トレヴは母の手をぎゅっと握りしめた。

「なるほど、わたしの意志の弱さは母親譲りのようですね」

　母は息子の手を握りかえした。

「トレヴェリアン」かすれた声で唐突に言う。「あなたはわたくしの誇りよ」

　かえす言葉が見つからず、トレヴはただ、笑みを浮かべて母の顔を見おろしていた。

「あなたはついになし遂げた……おじいさまでさえできなかったことをね。おじいさまとお父さまにも、いまのあなたを見せてあげたかったわ」

　トレヴは小さく肩をすくめた。

「運がよかっただけですよ」

「すべてを取り返してくれるなんて！　モンソーの名前まで！」身を起こそうとした母が咳きこむ。

「嬉しさのあまり死んだりしないでくださいよ、母上」トレヴは言い、腰を上げると、母の背中に枕をいくつか挟んでやった。「どうしてもとおっしゃるなら、金ぴかの馬車でモンソーの屋敷に連れ帰ってさしあげるときまで待ってください。先導者を六人に、従者を三人引き連れて」

目を閉じた母が、枕にゆったりと頭をあずける。母は苦しげに息をしつつ、ほほえんだ。息子の腕に置いた指が震える。

「夢みたいなことを言わないで」

「だったら先導者はふたりにしましょうか。そのほうが経済的でいい！」

「トレヴェリアン――」

「反論はなしですよ。はるばる海を渡って母上のもとに帰ってきたんです。なのに母上ときたら、ダンスの相手もしてくれないし、食事もとろうとしない。しかたがないから援軍を呼びました。レディ・カリスタがすぐにこちらに来てくれるそうです」

「まあ、なんて優しい子」

「ええ、天使ですよ。これで夕食も作れるなら、すぐに結婚してもいいくらいだ」

「もちろん作れますとも」母は深い息をついた。「でもね……一晩で三人のレディと婚約するのはどうかと思いますよ」

「多すぎますか？」トレヴは驚いた声音を作ってたずねた。

「トレヴェリアンったら」母がほほえんで息子の顔を見上げる。「言葉にならないくらい嬉しいわ」

母は息子の手をきつく握り、くすくすと笑った。やがてその笑い声が苦しげな咳に変わるまで。

2

事情を説明すると、ミセス・アダムはすぐに納得してくれた。うさん臭い亡命貴族とワルツを踊ったことについては、さすがに内心でカリーを非難していただろう。それでも、ミセス・イーズリーがまた酒におぼれるようになったらしいと知ると、見逃す気になったようだ。「まったくあの人ときたら！」ミセス・イーズリーへの侮蔑の言葉を口にする。彼女のことは、村の誰もがそう言うのだ。「うちのリリーを一緒に連れてらっしゃい。お昼にいただこうと思ってとっておいたクズウコンのプディングがあるから、それを持っていくようあの子に言って。きっとかわいそうなマダムの肺にいいはずよ」

プディングと任務をたずさえたカリーは、いつもの内気もどこへやら、臆することなく裏口からダヴ・ハウスへと入った。こんなふうにやるべきことがちゃんとあれば、彼女は気後れせずに行動できる。

リリーの持ったランタンが揺れ、厨房のそちこちに影を投げるかたわらで、カリーは鼻梁にしわを寄せた。床にある手桶から、腐った牛乳の異臭が漂っている。厨房はじめじめとした冷たい空気につつまれ、炉には黒々とした灰がうずたかく積もっている。

どうやら厨房は一週間かそれ以上、使われていないらしい。スレート敷きの床にはオランダジンの角瓶がひとつ転がっている。カリーが物心ついたころからずっと賃貸に出されてきたダヴ・ハウスは、たしかに昔からくたびれた雰囲気を醸してはいた。でもマダム・ド・モンソーと娘のマドモアゼル・エレーヌは庭をきちんと丹精していたし、清潔で手入れのゆきとどいた応接間も、ヨーロッパ調のインテリアで美しく飾っていた。それがここまで荒れ果てているのだから、マダムの容体はさぞかし悪化しているにちがいない。

手袋をはずしたカリーは、ターバンの上からかぶった幌型フードを後ろにおろすと、ボウルやカトラリーを洗うようリリーに頼んで、自分は散らかった棚から蠟燭を探しだした。それから、見つけた蠟燭を手に短い階段をのぼっていった。一カ月近くもダヴ・ハウスを訪れずにいた自分が悔やまれてならなかった。その間カリーは、新たにレディ・シェルフォードとなった女性と妹のハーマイオニーとともに、レミントンの温泉でまずい水を飲んだり、シェットランドウールの巨大なガーターを編んだりしていた。領地管理簿の付け方がわからず、あっというまに解読不明の状態にしてしまったいとこのジャスパーのために記帳を手伝い、領内の農場で起こるさまざまな厄介ごとを解決するのに明け暮れていて、村に戻ってからもダヴ・ハウスに足を運ぼうとしなかった。野ウサギで十分だと言い張るレディ・シェルフォードに逆らい、牛肉のかたまりを届けさせただけだ。

マダムの咳が聞こえてきたので、カリーは一度だけ扉をノックすると、返事を待たずに寝室へ入っていった。マダムがひとりきりでいるとなぜか思いこんでいたため——戸口を振りかえったトレヴの顔を認めるなり、その場に凍りついた。

たちまち、生来の内気がよみがえってくる。

「ごめんなさい！　お邪魔をしてしまって。メイドを呼んでくるわ」

扉を閉めかけたところへ、トレヴが大またでやってきた。

「どうぞ、入って」と言いながら扉の端をつかんだ彼は、カリーの手をとって会釈をしつつ、彼女から蠟燭を取りあげた。

カリーは自分の手を握る大きな素手から、マダムの顔へと視線を移した。マダムが口元にあてていたハンカチをおろし、温かな歓迎の笑みをたたえて、カリーの落ち着きを呼び戻してくれる。

「ずっとほったらかしにしてしまって」彼女はつぶやいた。「本当にごめんなさい、マダム。ミセス・イーズリーのこともちっとも知らなくて。クズウコンのプディングを持ってきたんです。召しあがりますでしょう？」

「レディ・カリスタ……」マダムはささやいた。「わたくしのことなら心配はいらないの。その代わり——」とぎれがちに息をつく。「息子になにか食べるものを用意してくれると助かるわ。それにしても、わが家ときたらひどい有様でびっくりしたでしょう？」

トレヴがカリーに、意味深長なまなざしを投げる。その手はあたかも彼女を逃がすまいとするかのように、しっかりと手を握りしめたままだ。

「プディングなら母も食べるでしょう」彼は言うと、母親のほうを見やった。「わたしは舞踏会でたっぷり食べてきましたから。これ以上は一口も胃に入らないくらいですよ」

もちろんトレヴは舞踏会でなにも口にしていない。だが蠟燭の揺れる影につつまれた彼の険しい表情を見て、ここは黙っているべきだと判断した。リリーがトレーを手に現れると、トレヴはカリーの手を放し、母の背中にあてた枕の位置を直しに行った。背中を向けてたたずむ姿が心もとなげで、なすすべもなく病室に立ちすくむ人のように見える。

「厨房の炉の火が消えていたわ」カリーはトレヴに言った。なにか仕事があれば、彼の気もまぎれるにちがいない。「誰か、火のつけ方がわかる人はいるかしら?」

「ジョックがわかる」トレヴは即答した。「わたしが話してこよう」母親に向かって軽く頭を下げ、カリーにもあらためて会釈をしてから、彼は寝室をあとにした。

彼がいなくなったことに安堵を覚えつつ、カリーはメイドからトレーを受け取り、マダムのベッドへと運んだ。かつて病床の父を看病していたカリーにとって、ごく自然な動作だった。マダムがまつげを上げ、かぼそい声で礼を言う。

「ごめんなさいね――」夫人はつぶやいた。

「気になさらないでください」カリーは明るくさえぎった。「炉に火が入ったら、リリーに紅茶を用意してもらいましょう」若いメイドを階下に下がらせ、ナイトテーブルに並ぶ薬瓶やスプーンを手際よく片づけながら、マダムが震える手でプディングを口元へと運ぶさまを視界の隅でたしかめる。「でも、ご子息が戻られて本当によかったですね」

とたんに、衰弱しきったマダムの顔に生気が戻ったように見えた。マダムがスプーンをおろす。

「ええ、これ以上の喜びはないわ。言葉では言い表せないほどよ！」

「でしたら、もっとたくさん召しあがらないと。体力をつけて、ご子息と外出したりできるように」

マダムはすなおに、スプーンを手にとった。だがすぐにまたおろしてしまった。

「レディ・カリスタ――」顔を上げ、思い悩む表情を浮かべてカリーを見つめる。「わたくしたちによくしてくれて、本当にありがとう」

カリーはうつむいた。「お役に立っていればいいのですけど」

「村じゅうの誰もが、あなたの優しさに感謝しているわ。でもわが家は――あなたには本当によくしてもらっているのに……お礼もできなくて」

「よしてください、マダム。お礼だなんて。そんなことより、もう少し召しあがらないと！」

「お父上がご存命だったら――こんなふうにおつきあいすることさえ、きっと許してくださらなかったでしょうね。もちろん、お父上を責めるつもりはないけれど」

フランス革命の折に英国へ亡命してきたモンソー一家がダヴ・ハウスに居を構えたとき、カリーはまだ一五歳だった。彼女がマダムとその令嬢からフランス語を習うことになると、父は心から賛成してくれた。ただし一家に対する父の視線はきわめて厳しいものだった。革命前に有していた財産や地位がどれほどのものだろうと、亡命したいまの彼らが拠《よ》って立つものはわずかばかりの自尊心と自負心だけで、それらがいかに高尚なものでも考慮するに値しないというのだった。そしてフランス語のレッスンが始まってしばらくしたころ、父はある事実を知った。じつはマダムにはカリーと同い年の息子がいて、寄宿学校を追いだされたために、ダヴ・ハウスで祖父や母親や姉たちとともに暮らすようになっていた。このことを知ったとたん、一家に対する父の冷ややかな態度は氷のように冷たいものへと変化した。カリーはダヴ・ハウスでのレッスンをやめた。

少なくとも、父にはそう伝えておいた。実際にはレッスンはつづいていた――フランス語のではなかったが。

「昔の話ですわ」カリーはつぶやいた。ベッド脇の椅子に腰をおろし、落ち着かなげに両手の指をからませる。

マダムは一口食べるたびに息をつき、数口のプディングをのろのろと胃に流しこんだ。

「一度、思ったことがあるのよ――」夫人がトレーに視線を落とす。「もしかして――あなたとトレヴェリアンのあいだには愛情が芽生えていたのではなくて？」

「まさか、そんな！」カリーは反射的に否定した。思わず身を硬くする。これまでマダムからそのようなことを言われたためしはなかった。

「いやだわ――今夜のわたくしはどうかしているみたい」マダムは小さくほほえんだ。「あなたの言うとおり、もう昔の話だわね」

カリーは押し黙ったまま、不穏な会話の行きつく先を見いだせずにいる。どちらに転んでも、よくない結果が待っているにちがいない。ナイトテーブルに並ぶ気つけ薬を飲めば楽になれるだろうか。

「それにしても、トレヴェリアンもすっかり大人になったと思わなくて？」マダムが弱々しい声で言う。「ただ、なんでも落馬事故に遭ったとかで――顔に傷跡が残ってしまったのが残念でならないわ。若いころはアドニスみたいに非の打ちどころのない美青年だったのに」

ぜえぜえと息を吸いこむ。「こんなことを言うなんて、わたくしも相当な親ばかね！」

「プディングの甘さはちょうどよかったですか、マダム？」カリーはさりげなく話題を変えた。「ミセス・アダムからいただいたんですよ。明日にはミセス・アダムと一緒に、こちらの厨房で仕事をしてくれる女性を探してきますからね」

「まあ、ミセス・アダムが！　そういえばあの方には、ミセス・イーズリーのことで何度も注意をされていたのだわ――でもね、彼女も心根はけっして悪くないのよ」夫人の声がかすれ、小さな咳へと変わる。

カリーだってわかっている。マダムが払える給金で仕事を引き受けてくれるのは、ミセス・イーズリーくらいしかいない。

「ご子息が戻ってきたんですもの、きっと、もっとふさわしい人が見つかりますわ」そう応じながら彼女はかすかないらだちを覚えた。どうして、なにを話題にしてもトレヴに行きついてしまうのだろう。とはいえ、息子の名を耳にするたびにマダムの青白い顔に安堵の色が広がるのを見れば、やはり嬉しく思わずにはいられない。

「そうね――なにもかも、ずっとよくなっているもの！」公爵夫人は言った。

「新しい料理人の経歴は、わたしが直接調べますから。ちょうどいい人が見つかるまでは、シェルフォード・ホールの料理人見習いとメイドに来てもらいましょう」カリーはいったん口を閉じ、「レディ・シェルフォードが許可をくだされればの話ですけど」と言い添えた。屋敷の使用人の配置について、自分にもう権限がないことを忘れていた。

「いいえ、お宅にまでご迷惑をかけるわけにはいかないわ！　トレヴェリアンが――」咳の発作に襲われたマダムが言葉を失う。咳はだんだん激しさを増し、しまいには膝にのせたトレーが揺れだして、夫人が喉を詰まらせる。

カリーは必死に冷静をよそおい、トレーをどけてからマダムをベッドに横たわらせた。見れば皿のプディングはほとんど減っておらず、夫人の息づかいは一秒ごとに弱くなっている。それでもようやく発作が落ち着くと、夫人はベッドの上掛けをぎゅっとつかみ、まつげを上げた。

「カリー」かすかに絶望のにじむ声でささやきかける。「わたくし、あの子をひとり残して逝くのはいや」

「いまはゆっくりやすんでください」カリーはマダムの額をそっと撫でた。

公爵夫人がまぶたを閉じる。呼吸は浅く、まだなにか言おうとするかのように唇がわななく。夫人はため息をついてカリーの手をぎゅっと握った。その頬を、一筋の涙が伝った。

カリーは厨房の戸口で歩みを止めた。心の準備をしておくべきだったのに、トレヴの姿を認めるなりまたもや驚いている自分がいた。テーブルに腰をおろした彼は、リリーが茶葉を量ってティーポットに入れるさまをじっと見ていたが、カリーに気づくと勢いよく床におりた。

「ジョック！　トレーを」テーブルと食器棚のあいだに挟まるように立つ大男に命じ、カリーにたずねる。「あまり食べなかった？」

「ええ、ほとんど」カリーは静かに答え、トレヴの使用人の節くれだった傷だらけの手にトレーを預けた。「リリー、お茶はいいわ。マダムはおやすみになられたから」

「だったら応接間に運んでくれたまえ」トレヴが横からメイドに指示を出す。「暖炉に火をおこしておいた」

厨房に戻りしだい、カリーはトレヴの夕食になりそうなものを探すつもりでいた。でも彼はすでに、有無は言わせないとばかりにカリーの肘をつかんでいる。メイドのほうをちらりとうかがいつつ、カリーはうながされるがまま、短い階段をのぼって暗い廊下を進み、応接間へと足を踏み入れた。ふたりきりになったらトレヴに襲われるのではないか、あるいはそれと似たようなまねをされるのではないか――そんな心配はいっさい無用だ。でも体面を重んじるシェルフォードの人たちがこのことを知ったら、カリーの身に危険がおよんだと決めつけるにちがいない。村の人はいま、『レディース・マガジン』や『ラ・ベル・アサンブレ』の最新号を隅々まで読みつくしてしまって、新たな話題にすっかり飢えている。

暖かな応接間に入ると、トレヴはまず暖炉の前から椅子を移動させた。

「息苦しいかもしれないが、しばらく我慢してくれ。煙突の煙が室内に逆流するのを忘れていた」カリーのために椅子を置く。「長々と引き止めるつもりはないから大丈夫。ミス・リリー、紅茶を淹れたあともここにいてくれたまえ」

「かしこまりました」リリーは嬉々として応じた。ミセス・アダムのもとで働く少々生意気なメイドが、こんなふうに積極的に従うのは珍しい。メイドに「ミス」を付けて呼ぶハンサムな紳士を前にして、ご機嫌だ。

トレヴはあえてメイドに丁寧な言葉づかいをし、お目付け役としてこの場にとどまるよう命じたのだろう。そうすればリリーがミセス・アダムに、カリーとトレヴのことをよく言うに決まっているから。やがてその情報は、ミセス・アダムのもとから、カリーについてとやかく言いたがるシェルフォードの社交界に伝わる。村の社交界は、ヤギたちを数に入れなくてもかなりの規模だ。

その気になりさえすれば、トレヴは申し分のないマナーで人に接することができる。フランス貴族である厳格な祖父と風流を愛する母親のおかげで、礼儀作法の奥義すら完璧に体得している。とはいえ、気まぐれにマナーを軽んじようとするのもいつものことだが。

「レディ・カリスタ、母の様子は？」トレヴは腰をおろしながらぶっきらぼうに訊いた。

カリーは唇をかんだ。「あなたが戻って、大いに喜んでらっしゃったわ」

トレヴは苦笑めいた小さな笑い声をあげた。

「遅かったと言いたいんだろう？　自分でもわかっているよ」肘掛けにのせた両手を一瞬ぎゅっと握りしめてからつづける。「明日、ロンドンの医者を呼ぶつもりだ。田舎の医者にはなにもわからないだろうからね」

カリーは無言でうなずくにとどめ、リリーが紅茶を淹れるさまを見ていた。別の医師に診てもらったところで、ほんの少し症状が改善する程度の結果しか得られないだろうが、あえてその憶測を口にするつもりはない。

「それと使用人探しの件なんだが、金はいくらでも払うつもりだ」トレヴはつづけた。「メイド長と、料理人と、メイドを数人雇いたい。それから、このいまいましい暖炉を直してくれる人間も。ほかにも必要な人材がいればそれもみんな。最高の人材を集めたいが、どうやって探せばいいかさっぱりわからなくてね」

「でしょうね。明日の午前中にはさっそくとりかかるつもりよ。きちんとした人が見つかるまでの当面の料理人とメイドも、数日中には見つかると思うわ」カリーは応じた。「ただ、このあたりではあまり適当な人がいないかもしれない。優秀なメイド長を探すには、たぶん数週間はかかるのではないかしら」

「数週間も！」

「それまでは、わたしがこちらに来て手伝うわ」

トレヴが顔を上げる。カリーはつかのま、彼と見つめあった。マダムの顔によぎったのと同じ悟りと絶望が、彼の顔にも浮かぶのがわかった。

「そうしてもらえると助かるよ。なんとお礼を言えばいいか」

「気にしないで。わたしもお役に立てて本当に嬉しいの。近ごろは、自宅でこれといってやることもないのだし」

「そうなのかい。でも、シェルフォード・ホールでやることがないわけないだろう」

カリーはわずかに肩をすくめた。

「父が亡くなってから、レディ・シェルフォードに言われているの。もっと自分の時間を大切にしたほうがいい、使用人のことであれこれ気を揉む必要はないって」

「なるほど」トレヴは唇を引き結んだ。「伯爵夫人に邪魔者扱いされているわけか」

いつもそうだ。彼はこうして、カリーが胸の奥深くにしまいこんだ気持ちをずばりと言いあてる。するとカリーは、無意識のうちに背負いこんでいた重荷が軽くなったような、理解者を得たような気分になる。でもリリーがそばにいるいまは、彼の言葉に正直にうなずくわけにいかない。代わりにカリーは、トレヴに向けたまなざしに感謝の気持ちを込めた。

「きみほど的確にシェルフォードの領地を管理できる人はいないというのに」トレヴは言った。「だがきっと、だからこそ伯爵夫人は不愉快なんだろうね」

カリーは頬が赤らむのを覚えた。

「彼女を責めるつもりはないの。そもそも、女主人がふたりもいては使用人たちが混乱するでしょう？」

「たしかに。ともあれ、愚かな伯爵夫人のおかげでかえって当家は大助かりだ。むろん、きみがその素晴らしい能力をわが家のために使ってくれるならの話だが」

「ええ、できるかぎりのことをするつもりよ」カリーはつかのま顔を上げ、彼に笑みを投げた。いまの言葉が呼び覚ました喜びを、悟られないうちにまたうつむく。

ふたりはしばし、目も合わせずにただ座っていた。ティーカップを口元に運びながら、カリーは背後の椅子に座るリリーの存在をひしひしと感じていた。唐突に、トレヴに言いたいことや訊きたいことが何百個と脳裏に浮かぶ。フランスのどこにいたのか、そこでなにをしていたのか。それらの疑問を投げる代わりに、あたりさわりのない話題を探して沈黙を埋めようとする。そうした話題を思いつけたためしなどないのに。

「屋敷には、これからもずっといるつもりかい」しばらくしてトレヴがたずねた。

「妹が結婚するまではね。結婚後は、妹のところに同居させてもらうつもり」

トレヴはふいに立ちあがった。

「さしでがましいことを言うようだが、本当にきみはそれでいいのか？」

カリーはうなずいた。「ええ、自分でそうすると決めたんだもの」

「シェルフォード・ホールを出ていくと？　でもそれでは――」

「そうするのが一番なの」きっぱりとした口調でさえぎる。「ハーマイオニーも、わたしの牛たちを一緒に迎え入れてくれる人じゃなきゃ結婚しないと約束してくれたし」つまらないことを言ってしまった自分に気づいて、カリーは言葉を切った。頬の赤みがさらに濃くなるのがわかる。「変な話をしてごめんなさい。でも――あなたならわかってくれるだろうと思って」目をしばたたき、いたたまれなさにうつむいて、ティーカップの底にたまった澱《おり》を見つめる。頭のなかでは、モンゴルの国境付近はいったいどんな風景だろう、神さまがわたしの祈りを聞いて、いますぐそこに運んでくれたらいいのにと願っていた。

「もちろんわかるとも」というトレヴの声には笑いがにじんでいた。「そういえば、あの立派なムッシュー・ルパートはいまも元気にしているかい」

「天に召されたわ」ちょうどいい話題が見つかってほっとしつつ、カリーは応じた。

「お悔やみを申しあげるよ」トレヴは両手を後ろにまわして握りあわせた。「本当に残念だ。また会いたかったのに」

その声ににじむ心からの哀れみに、カリーは驚いて顔を上げた。

「ありがとう。でも一八歳なら長生きだし、子どももいっぱいできて、幸せだったと思うわ。いまはルパートの子を二頭に、孫も一頭飼っているのよ。とくに孫のヒューバートは素晴らしい子で、今年はブロムヤードの品評会に出す必要もないの。あの品評会ではすでに一等をもらってしまったから。代わりに、なんとヘレフォードで来週開かれる全国規模の品評会に出ることになったわけ」

「ヘレフォードの品評会だって？　そいつはすごい！」

「でしょう？　ヒューバートならきっと、銀のゴブレットをとれると思うわ」カリーは自信ありげに言った。「なにしろあの子の父親は去年、全牛種で一等をもらったんだもの。その父親に、ヒューバートはいろいろな点で勝っているんだから。問題は――ハーマイオニーの未来のだんなさまが、牛たちを気に入ってくれるかどうかね」

「きみの牛をあがめない男なんて、この世にいないよ」

「わたしだってさすがに、牛たちを称える詩を書いてほしいとまでは思っていないの」カリーはうなずいた。「広々とした放牧場を用意してくれればそれで十分」

「たしかに、愛の詩を書く必要はあるまい」トレヴが重々しく言う。「未来の夫君も、レディ・ハーマイオニーにやきもちを焼かせたくはないだろうからね。だが、頌歌《しょうか》くらいは書いてもいいんじゃないかな」

カリーは口の両端に笑みが浮かぶのを感じた。唇を引き結んで笑いを抑え、カップをおろす。トレヴが、黒い瞳をあんなふうにきらめかせてこちらをじっと見つめることさえなかったなら。あの瞳に見つめられるたび、カリーはいつも愚かな、けしからぬ妄想に駆られてしまう。

「夕食用に卵がないかどうか探してみるわね。先月こちらにうかがったとき、薔薇の茂みのあたりに雌鶏がいるとマダムがおっしゃっていたから」

「いや、すっかり引き止めてしまって悪かった。こんな夜中に、いばらのあいだに隠れた雌鶏を捜してもらうわけにはいかない。ジョックに家まで送らせよう。帰らないというのなら、わたしも倒れるまで寝ずに起きているよ。今日のところはひとまず帰ってやすんでくれたまえ」

カリーは立ちあがって反論した。「でも、夕食を食べていないのでしょう?」

「珍しいことじゃないし、飢え死にしたりしないから大丈夫。ただし、夜明けとともにきみがわが家に戻ってくれたらの話だ。むろん、それより早くてもかまわないが」トレヴは期待を込めた目で彼女を見つめた。「そうだな、いまから五分後か一〇分後にどうだろう？」

　小さくかぶりを振って、メイドが後ろにいるのよ、とカリーは無言で伝えた。彼は昔からこうだった。ばかなことを言ってはカリーに期待を抱かせる。その言葉になんの意味もないことを、彼女はすでに知っている。それでもなお、ひそやかな遠い記憶に浅はかな心は燃えあがった。

　馬車にはトレヴの匂いが染みついていた。トレヴが扉を閉めて一歩離れ、御者が舌を打ち鳴らして馬に出発の合図を出し、馬車が走りだしたあとも、闇につつまれた車内にかすかな残り香をかぎとることができた。サンダルウッドと磨きあげた革の匂いが入り交じった香りだ。

　リリーはジョックとともに御者台に座り、シェルフォード・ホールまでの道案内をしている。車内でひとり、カリーはベルベット張りの座面を撫でた。長旅でも疲れない優雅な作りの四輪馬車《シェーズ》。月明かりの下ではよく見えなかったが、扉には立派な紋章も入っているようだ。トレヴのことだから、カリクルやカブリオレといった軽装の二輪幌馬車ならば自分で操れるはずだ。にもかかわらず彼は、カリーの父の馬車によく似た、扉付きの重厚かつ豪奢な馬車を選んだ。

むしろ似すぎているくらいだ。父の大切な馬車はいまも馬車置き場にあるが、使うのは日曜礼拝と葬儀に出かけるときだけ。相変わらず、毎週末の礼拝から戻ったあとは車輪についた泥を落として座席の埃を払い、厩舎から少し離れたひっそりと薄暗い場所に扉をぴたりと閉ざしたまま置かれている。

カリーは窓外をゆっくりと流れていく木々や生垣を眺めた。昇る月の下では、すべてが青白く、あるいは黒々と浮かびあがって見える。ここ数年というもの父の馬車のことは、自分とハーマイオニーと現シェルフォード伯爵夫妻が教会におもむくときの単なる便利な乗り物とみなしていた。けれども今夜こうして他人の馬車に揺られ、トレヴェリアン・ドーギュスタンの胸の内をたどりながら彼の匂いにつつまれ、触れあったときの感覚を思いかえしていると、鮮やかによみがえる古い記憶から逃れられなくなる。

ゆったりとした馬車の新たな使い道を、最初に発見したのはトレヴだった。カリーがあのような方法を思いつくはずがない。とはいえ、その善し悪しを理性的に判断できる状態でなかったのも事実だ。トレヴに夢中だったし、口の端に意味ありげにかすかな笑みを浮かべた彼に目配せをされるだけで、喜びが呼び覚まされて抑えられなかった。庭のクジャクのほうが、よほど分別をもってあいびき場所を伝えあっただろう。

口づけはすでに経験ずみだった。きみはその道の権威も同然だよ。トレヴはカリーにそう言った。きみとキスをするだけで、死んでもいい心持ちになると。その言葉をカリーは賞賛と受け止めた。自分もまったく同じ心持ちだったからだ。彼とキスをすると、まさに天にも昇る気分、自分がばらばらになって、果てしなく深い泉に沈んでいく感覚に襲われた。名もない泉の、その奥底まで行かねばならないと思った。

果たしてその泉は、父の馬車へと通じていた。あれから数年が経ったいまもなお、唇を濡らし、瞳を閉じ、指先で唇をなぞれば思い出せる。闇につつまれた馬車のなか、頭上のカーテンから忍び入る細い陽射しが、真紅のベルベット張りの座席に一筋の明るい光を投げている。車内は静まりかえっており、聞こえるのは耳元や喉元に寄せられたトレヴの唇から発せられる吐息と、触れられるたびに自分の口からもれる小さなあえぎ声だけ。抗う気持ちと歓喜、そして、誰かに見つかるのではないかというパニックにも似た恐れが、カリーの胸の内で渦巻く。けれどもトレヴはおかまいなしに、唇であんなところやこんなところにまで触れ、ドレス越しに舌と歯で乳房に愛撫をくわえる。そのたびにカリーは息をのみ、たくましい肩にすがりついて、かすかなすすり泣きをもらし懇願してしまう。

トレヴがわずかに身を起こし、ほの暗い車内に乱れきった髪が浮かびあがる。表情は、自分が誰であるかさえ忘れてしまったかのようだ。ややあってから彼はズボンのボタンをはずし、カリーの手をそこへ導きながら首筋に唇を這わせた。カリーが触れると、彼は身を震わせ、首筋に歯をたてた。太い喉の奥からくぐもった声がもれ、彼女は全身が火花につつまれる錯覚に陥る。

座席に横たわったまま、カリーは背を弓なりにしてぴったりと彼に身を寄せ、四肢をからませた。ほっそりとした脚に、たくましい脚が重ねられる。スカートはすでにしわくちゃだ。

彼女は太ももに、硬くなったものがこすれるのを感じた。そこに添えられたふたりのからみあう指は、互いを求めると同時に、結ばれるのを避けようとしている。トレヴをもっと近くに感じたいと切望しながら彼を押しのけ、恐れる一方でもっとほしいと願うカリーだった。

彼女が脚を閉じると、やがて大切な場所に指が挿し入れられた。抑えきれぬ歓喜にすすり泣きをもらす。声を出すまいとするのに、またもや乳房に口づけられ、指がいっそう奥深くへと入ってくる。たまらず彼女があえぐと、トレヴは満足げにうめいた。喜びと当惑につつまれたカリーはわれを忘れ、いっそう激しく求めてさらに背を弓なりにする。互いの荒い息づかいが耳をかすめた。ふたりの呼吸がさらに荒々しさを増し、たちのぼる吐息が混ざりあって、カリーはついに、全身を貫かんばかりの強烈な歓喜の波にのまれる。彼女は叫び、トレヴ以外のこの世のすべてを忘れた。トレヴが身を起こし、指の代わりにすっかり大きくなったものを大切な部分に押しあてて、いよいよ彼女のなかへと忍びこもうとする。

「カリスタ！」

怒りに満ちた父の声は、いまもカリーの耳の奥で響いている。あたかも父がまだそこに立っているかのように……馬車の扉がいきなり開かれ、トレヴが慌てて起きあがる。記憶をたどりながら、カリーは手袋の上から痛いほどに指先をかんだ。

あのときトレヴは、カリーの姿を父に見せまいとしてくれた。でもむだな努力だった。カリーはほんのつかのま羞恥心に襲われたのち、恐怖に心臓が破裂しそうになるのを感じた。吐き気が喉元までせりあがってくる。トレヴが急いでスカートの乱れを直してくれるのをぼんやりと意識する。彼女の視界には父の顔しか映っていない。馬車置き場の、影差すレンガの壁を背景にした悪夢。

「おりなさい」父はささやくように命じた。

座席の上を這ってトレヴの脇をすり抜け、カリーはよろめくようにして足台をおりた。ドレスも髪もくしゃくしゃだった。父は娘に触れようとせず、一歩後ずさって、手にした乗馬用の鞭をしなわせた。カリーにつづいて、トレヴがひらりと地面に飛びおりる。

「カリスタ」父は呼びかけた。「おまえは家に戻っていなさい」

トレヴが口を開きかけると、父はその頬に鞭を打ちつけた。

押し殺した叫び声がカリーの口からもれる。反射的にトレヴに歩み寄ったカリーの目が、頬に走る一筋の血をとらえる。トレヴは青ざめ、完璧な無表情でなにも言わずに父をにらんでいた。

「早く家に戻りなさい、カリスタ」父はくりかえした。「さもないと、二度と入らせないぞ」

カリーは走った。ふたりに背を向けて厩舎をあとにし、屋敷の正面階段を駆けのぼり、廊下をやみくもに走って階上の自室に向かった。以来、トレヴと会うことは二度となかった。彼はシェルフォードから、家族のもとから、カリーの人生から消えてしまった。マダムですら、それから数年の月日が流れ、フランスから手紙が届くまで息子の行方を知らずにいた。

あの耐えがたい日の夜遅く、食欲がまったくわかずにカリーが夕食のトレーをそのまま厨房に戻したころ、父は娘の部屋にやってきた。屈辱感のあまり、彼女は化粧台の前にただ座って、手にした櫛《くし》を歯が折れそうになるくらい強く握りしめることしかできなかった。一度だけ視線を上げたが、父の顔に浮かぶ表情を見ていられなかった。それが自分の父でなかったなら、厳格で常に冷静沈着なパパでなかったなら、目のまわりが赤く縁取られているのは涙のせいだと思っただろう。

「カリスタ」父が口を開いた。「おまえに罰を与えるつもりはない。幼いころに母親を亡くしたおまえに、たぶんわたしは――おまえの家庭教師も――」いったん口を閉じ、目元をこする。「教えてやれないことがあったのだと思う」

カリーは黙って、父の繰り言を聞いていた。いけないことをしている自覚はちゃんとあった。トレヴとのあらゆる経験が罪深い行為だとわかっていた。秘密にしていたのも、明確な自覚があったからこそ。トレヴの前では体面も分別も忘れてしまうの――父に言えるせりふがあるとしたらそのくらいだろうが、言い訳にすらならない。

「おまえに、訊かねばならん――」父は背を向けた。「これだけはどうしても。あいつは――まさか――」

父は言葉を失った。カリーの手のなかで、象牙の櫛の歯が数本、小さな音をたてて折れる。彼女は指先に点々とついた赤い染みを見おろした。

「おまえを最後まで汚してはいない、あいつはそう言い張った」父は早口につづけた。「だがフランス生まれの卑しいならず者の言い分を信じることなど、とうていできない。それでもおまえが、嘘じゃないと言うのなら――」父の声音が哀願の色を帯びる。「カリー、わたしはおまえを信じよう」

「ええ、嘘じゃないわ」

即答しつつ、カリーは頬を赤らめ、体までほてるのを感じた。父の遠まわしな質問の意味はちゃんとわかった。男女の営みに関して、カリーはすでに農家の娘にも負けぬ深い知識を得ている。だがやはり、導かれるがままにトレヴに触れたり、彼にあそこまでの行為を許したりするべきではなかったのだ。多少なりとも慎みのある娘なら、そもそもあれがどのような意味を持つのか理解できるはずがないのだから。

父は深々と息を吐いた。「そうか」

カリーは折れた櫛の歯をつまみあげた。父がこちらに向きなおるのがわかったが、彼女はつま先をにらんでいた。

「カリスタ」父が言葉を継ぐ。「おまえをどんなに大切に思っていることか。あんな目に遭わせるくらいなら、いっそわたしが死んでしまいたいほどだよ。あいつほど見下げ果てた男はこの世におらん。どうせうまいことを言って、おまえをそそのかしたのだろう？　じゃなかったら、おまえがあのように無分別なまねをするわけがない。いいかい、カリー……」父は潤んだ瞳で娘を見つめた。「あいつになにを言われたにせよ、すべてでまかせだ。おまえは裕福な伯爵家の相続人で、しかも成年に達していない。あの手の口が達者な輩は、おまえのような娘を意のままに操るためならば嘘八百を並べたてる」父は唇をゆがめて冷笑を浮かべた。「だがおまえの財産には指一本触れさせん。わたしがしっかりと管理しているのだからな。あいつもいいかげん、そのことに気づいただろう」

カリーは無言でうなずいた。とはいえ、父の説教に納得したからではない。トレヴの甘い嘘にはまるで隙がなかったし、語る言葉は真に迫っていて、疑う気にさえなれなかった。

トレヴは言った。お互い未成年だから、いますぐどこか外国に行って結婚しようと。数年後にそのせりふを思いかえし、カリーはばかげた計画に乗ろうとしたおのれの神経を疑ったものだ。けれども当時はすべてにおいてトレヴの言いなりだった。競馬場に内緒で足を運び、ならず者や無法者に囲まれてレースを見物したのも、満月の晩に墓地へ肝試しに行ったのも、彼の誘いに乗ったまで。無軌道な一面はあったけれど、それでもカリーはトレヴを信じていた。深夜に屋敷を抜けだすのだって、それほどいけないこととも、危ないこととも思えなかった。寝室の窓をさえぎるイチイの大木の陰で、彼が待っていてくれるのを知っていたから。

そうした向こう見ずな振る舞いの数々が、あたかも犯罪者養成教室のようにカリーを導き、やがて彼女はろくに考えもせず、駆け落ちほど心躍る冒険はないと思うにいたった。もちろん、人の道にもとる行為なのはわかっていた。駆け落ちなどすれば、父がトレヴを激しく非難し、どんなかたちであれ死ぬまでふたりの結婚を容認してくれないだろうことも。けれども幸福のきわみにあったカリーは、そうした心配をすべて脇に追いやった。なにしろ彼女は、トレヴェリアンのようにハンサムで魅力的で素晴らしい男性に愛されているのだから。

当時、カリーは一八歳になったばかりだった。だがもう、あのころのように無邪気ではない。レディ・カリスタ・タイユフェールは、まずもって殿方の心に火をつけることはできない。そんな自覚が、三人の紳士からたてつづけに婚約を破棄された結果、彼女のなかに芽生えてしまった。

「まあいい」父が無愛想につぶやいた。「おまえはしばらく、チェスターのいとこのところに行ってなさい。ただしその前にヘレフォードに行こう。おまえとわたしのふたりで。牛の品評即売会があるから、どの牛がいいか助言がほしいんだよ。おまえも行ってみたいだろう？　出発は明日だ。メイドがしたくを調えたらすぐに出かけよう」

というわけで、カリーはその後、数カ月のあいだ屋敷を留守にした。娘の突然の長期旅行について、父は周囲にうまく説明したようだった。おかげでカリーの軽率な振る舞いに対する噂はいっさいたたなかったし、それから数年が経っても、あの一件に関する皮肉やほのめかしを耳にすることはなかった。シェルフォードは小さな村で、カリーは三度も婚約破棄されたレディとして悪名高い。にもかかわらず、トレヴとの最も恥ずべきゴシップは噂にもならなかった。

彼の家族に知られることも。なんの前触れもなく家族を捨てたトレヴについて、母親のマダム・ド・モンソーは当惑と悲嘆の言葉をしばしば口にし、祖父は口汚く罵ったものだ。カリーは自分を激しく責めた。だからこそ、ようやくシェルフォードに戻ったのちは、でしゃばらない程度に、一家のためにできるかぎりの助力をしてきた。とはいえ果物の籠やキジをときどき贈るくらいでは、息子を失ったマダムの悲しみを癒せるはずもない。

カリーは肩掛けの前をかきあわせ、背筋をしゃんと伸ばした。馬車が角を曲がり、屋敷の門をくぐる。彼女は窓外に視線を投げ、私道沿いに広がる草原を眺めた。闇のなか銀色に浮かびあがる草原に、眠る牛たちの背中が点々と見える。その向こうに黒々とそびえるシェルフォード・ホール。整然たる正面玄関《ファサード》の上部に据えられた、数枚の窓が闇のなかでかすかな光を放っている。

馬車は音をたてて止まった。屋敷の使用人が玄関扉を開き、大階段を照らすランタンの明かりが見える。肩掛けをつかんだ手を離し、内心で力がみなぎってくるのを感じながら、カリーは馬車をおりた。トレヴがついに帰ってきた。早朝にはまたダヴ・ハウスに行かねばならないが、カリーは使用人に馬の用意を頼むでも、メイドに同行する準備を指示するでもなかった。夜明け前に起き、村の人びとに見られぬよう裏道を通って、ひとりでダヴ・ハウスに向かうつもりだ。

たしかにトレヴは、口の達者ならず者かもしれない。だがどうやら、彼にいくつもの甘言を弄されずとも、カリーは道を踏みはずしてしまうらしい。

3

馬車に乗りこむカリーに手を貸したとき、トレヴは過去から現れた幻影たちに後ろ指をさされたにちがいない。申し分のない礼儀正しさでカリーにおやすみのあいさつをしただけなのに。月明かりがさほど明るくなかったので、転ばぬよう互いの足元に意識を集中させることができたのは幸いだった。うっそうと木の茂る細い私道で、彼は闇に浮かびあがる馬車をただにらんでいた。

彼はシェルフォードの幻影たちにほとほと困っていた。何年ものあいだろくに顧みないできた母。猩紅熱《しょうこうねつ》で亡くなり、墓で眠る姉たち（まだ墓参りにも行っていない）。誰からもその死を悼まれなかった祖父。祖父のことだ、シェークスピア劇に出てくる復讐の鬼さながらによみがえったあとは、孫を痛烈に糾弾するだろう。そして、内気なのに情熱的なカリー。軽率きわまりない彼の人生における、とりわけ忌むべき瞬間を思い出させる生き証人。

トレヴはいまだに、彼女が独身のままでいる事実を受け止められずにいる。シェルフォードを去ったときだって、遅くとも年内には――伯爵がちょうどいい相手を見つけしだい――結婚するだろうと思っていた。

そのときまで英国にとどまり、結婚式をこの目で見るつもりはなかった。しょせん自分はフランス生まれの下劣なならず者。そう開きなおってフランスに渡った。傷心を抱え、誇りをずたずたにされた若者のちょうどいい使い道をナポレオンが発見したと知ったときには、暗い喜びを覚えたものだ。そうしてトレヴは英国をあとにしたのち、チボー・ルブランという偽名でフランス軍に入隊し、スペインの戦場で英兵に銃を向け、すさまじい飢えと闘い、農民から略奪をくりかえす数年間を過ごした。そこまで堕ちることのできる自分に驚きを覚えたりもした。それでもわずかながら残っていた誇りや慈悲の心は、サラマンカで英国軍に負けたときにすべて燃えつきた。その後は、壊滅状態となり退却を余儀なくされた自国部隊には戻らず、白旗を揚げて英国軍の将校のもとに逃れた。将校は学生時代の知り合いだった。以後、終戦までの年月は英国軍のもと、囚われの身とはいえ比較的快適な暮らしを享受しつつ、ウェリントン将軍のためにフランス人捕虜の尋問を手伝って生きてきた。

ワーテルローの戦いでフランスが決定的な敗北を喫したあと、シェルフォードに戻る手もあった。しかしトレヴは祖国にとどまった。母に手紙を書くようになったが、戦場におもむいたことも、モンソーの領地が瓦礫の山と化した事実も、幼少期を過ごしたモンジョワの屋敷が焼け落ちた一件も、なぜか知らせることができなかった。その代わりに、ありもしない城や爵位や、母が失ったすべてをいかにして取り戻したか、詳しく書いて伝えた。

革命中に起こったすべてを、トレヴは聞き知っている。教えてくれたのは祖父だ。幼いトレヴは、童謡の代わりに恐怖政治について、父の英雄的な生き方や母の払わされた犠牲について聞かされながら育った。父は息子のように白旗を掲げたりはせず、真の貴族らしく運命に身をゆだねたという。一方、母は暴民による襲撃からかろうじて逃れた。そうして五人の幼い子どもたちとともに、ウェールズ出身のトレヴェリアン・デイヴィス大尉の手引きによって英国への密入国を果たした。トレヴが生まれたのはその二日後。つまり彼は、この進歩的な考えを持った大尉のおかげで命拾いをし、その名にちなんだ洗礼名までもらったのである。

このように血なまぐさい時代に生まれたにもかかわらず、トレヴの幼少期は輝くばかりだった。会ったことも見たこともない父や祖国を恋しがったためしさえない。ただ、美しい母が笑顔で兄のエティエンヌにダンスを教える姿はちゃんと覚えている。七歳のトレヴは、一三歳になる大人びた兄を崇拝していた。完璧な幸福につつまれた、なんの不安もない、気楽な少年時代だった。だがある日、荒れ馬にまたがったエティエンヌが馬車を追い抜こうとして、衝突事故を起こした。兄は亡くなり、母は気も狂わんばかりに嘆き悲しみ、光に満ちあふれた少年時代は終わりを迎えた。

以来、奪われたすべてのものを取り返すのはトレヴの義務となった。モンソー家に残された唯一の男子への期待は、トレヴの目の前にあたかも専用の断頭台のように据えられた。食事の席で祈りを唱えるときも、寄宿学校で学ぶトレヴに宛てた手紙のなかでも、祖父は孫に対する期待の言葉をくりかえした。孫が病気で寝こんでいるときも元気なときも、叱るときも褒めるときも。しまいにはトレヴが、あともう一回でも同じせりふを聞かされたら祖父を絞め殺してしまおう、あるいは銃で自殺してしまおうと思いつめるまで。

もちろん実行には移さなかった。その代わりに、反抗期を迎えたばかな子どものように暴れまくった。だがそれも、屋敷の銀器や金器がすべて売り払われ、放校処分に遭い、シェルフォードのこぢんまりとした貸家に移り住むことを余儀なくされるとおさまった。引っ越し後、トレヴはカリーと出会い、それまでの顚末《てんまつ》を話して聞かせた。祖父殺しよりはずっとましな選択だったわね、カリーはそう言い、声をあげて笑った。いつも笑いをこらえながら、彼女は決まって笑いだす。すると目じりがわずかにあがり、なおも忍び笑いをこらえようとして瞳が輝く。そう、ちょうど今夜のように。

そのとき、暗い庭から鳥のさえずりに似た声が聞こえてきて、トレヴはそちらに頭を振り向けた。闇にじっと目を凝らす。ポケットに手を入れて拳銃がそこにあるのをたしかめながら、かすかないらだちとともに思った。またひとり、幻影がおしゃべりをしに現れたらしい。

「ここではまずい」小声で告げる。

すると、生い茂る灌木をがさがさと音をたてて押しのけ、闇のなかから人影が現れた。鶏が甲高く鳴き、羽ばたきをする。訪問者は門をくぐりつつ悪態をついた。

「黙ってろ」トレヴはたしなめ、ポケットに手を入れたまま、だだっ広い草原を横切った。こぢんまりとした畜舎の裏手まで来たところで、歩みを止めて振りかえる。「なんの用だ?」

「ビル・ヘイターが次の試合をしたいと言ってます」

思わず舌打ちをする。

「わたしはもう足を洗った、そう言ったはずだぞ。やつにも十分稼がせてやっただろう。そんなに試合がしたいのなら、新しい興行主を探すんだな」

「でも、それじゃ胴元は誰が――」

「胴元稼業もやめた。なんなら、新聞に募集広告でも打ってやろうか？」

「〈ファンシー〉の連中は、だんな以外の誰も信用しやしませんよ」と答える訪問者の姿は、ただの黒い影にしか見えない。

「だったら自分たちだけで試合を開いて、縛り首にでもなるがいいさ」トレヴは言い放った。

「だんな」男が哀願する口調になる。

「バートン――母が死にかけているんだよ。ふだんは下劣で冷酷なわたしだが、今度ばかりはそうも言っていられなくてね。いずれわたしが胴元に復帰して、州長官に捕まらずに無事、試合を開催できる日が来ると本気で思っているのなら、そのときにあらためて声をかけてみるんだな」

「そいつは大変ですね、だんな。お察ししますよ」バートンはしばし黙りこみ、おずおずとつづけた。「でも、亡くなったあとならば、ひょっとして……」

「そんなにとっ捕まって縛り首になりたいのか？　そうなるようにしてやろうか？」

バートンは重たいため息をついた。「わかりましたよ、だんな」そわそわと砂利を踏む音が聞こえる。「だけど、これからいったいどうすりゃいいんだか」

「ほんの二週間前に、六万ギニーの賭け金の二パーセントを手にしたはずだぞ。二〇年分の賃金をたったの二週間で使えるわけがない。まさかと思うが、そうなのか？」

「つまらない数当て賭博のことなんて、だんなは気になさらないでください」バートンはへりくだった。「あんなものに手を出さなかっただんなは運がいい。チャーリーがへまをして、とっくにすっからかんですよ。あとは、聖パトリックの日にドンカスターで勝つしかないですね」

「まさにあぶく銭だな。だったらいっそ、財産持ちのレディと結婚するほうが手っ取り早いんじゃないのか？」

「おれと結婚したがるレディなんていやしませんって」

「わたしを見習って、真人間に生まれ変わったらどうだ」

バートンは鼻を鳴らし、やがてくっくっと笑いだした。

「もう行け」トレヴは命じた。「死人を起こしてしまう前に消えてくれ」


化粧台の前に座ったカリーは、海賊から逃れる自分を夢想していた。トレヴが賊を海中へと蹴落とすかたわらで、マスケット銃のように剣を構えるカリー。現実には、背後に立つメイドに紫のシルクリボンをほどいてもらっているところだ。ハーマイオニーが扉の隙間から顔をのぞかせ、砲弾の標的となったカリーを決死の覚悟で守ろうとするトレヴの動きを阻む。

化粧着の前をかきあわせながら、妹は隙間からするりと部屋に入ってきた。

「おかえりなさい。お姉さまを待っていたのよ。ミセス・アダムに聞いたけど、ダヴ・ハウスは食べ物がまるでないんですって？」

「ええ、なんにも。マダムもかなり具合が悪そうだったわ」

「おかわいそうに」ハーマイオニーはどこか落ち着かない様子で窓辺へと歩み寄った。ちゃんと掛かっているはずの掛け金を、がちゃがちゃといわせる。「でも、ご子息が戻られたのでしょう？　それだけでもよかったじゃない。あいにくわたしは会えなかったけど……それなりの紳士になってらした？」

「ええ、もちろん。身のこなしも洗練されていたわ」カリーは鏡のなかの妹を見つめた。ハーマイオニーは母親似だ。誰もがそう言う。肌はきめこまかく、金色がかった茶色の髪はふんわりとしており、いまは背中にたらしている。メイドがカリーの赤毛をぐいぐいと引っ張り、編んだ髪をほどいて両肩に広げた。

「洗練、か」ハーマイオニーはつぶやいた。「マダムの息子さんなんだもの、当然よね。それに公爵なんだし。いまあちらでは爵位制度がどうなっているのか知らないけど」興奮気味に歩いていた彼女は足を止め、かぎタバコを吸うときのように親指と小指をくっつけて、さっと手を振った。「欧州人なんて！」と見くだしたように言い、珍しく頬を紅潮させる。

「とてもおしゃれだったわよ」カリーはさりげなく応じた。

「彼を嫌っているのに、手助けしてあげるなんて優しいのね」

妹の指摘を、カリーはあえて否定しなかった。「できるかぎりのことは、してさしあげるつもりよ」とだけ告げる。「家のなかがひどい様子だから、まずは使用人を探そうと思って」

「ふうん」ハーマイオニーはつまらなそうに手を振った。姉に背を向け、すぐにまた振りかえる。「ともかく、お姉さまがひとりで帰っちゃったからびっくりしたわ。ワルツのあと、捜したのよ」

「ごめんなさいね、だけど、ミセス・アダムにちゃんと――」

「ええ、わかってる。だから別にいいの。ただ――」妹がわが身を抱き、あら、という表情で口元に笑みを浮かべる。「ねえ、そうやって髪をおろしたほうがずっとすてきよ！　まるで赤銅でできた波みたい」

「ハーミー」カリーはけげんそうに首をかしげた。「なにか話したいことがあるんじゃないの？」

「じつは明日、サー・トーマスがジャスパーに会いに来てくださるの！」妹はあえぐように言った。「彼から直接聞いたのよ！」

カリーは妹に向かってほほえんだ。「とんとん拍子じゃない！」

「ああ、お姉さま！」ハーマイオニーは握りあわせた両手のこぶしに唇を押しあてた。「わたし、なんだか怖くって！」

「怖い？　いったいどうして？」

妹はメイドの手からブラシを奪いとった。「あなたは二階に行っていてちょうだい、アン」と取り澄まして命じる。「あとはわたしがやるから」

メイドが会釈をして部屋をあとにする。その背後で扉が閉まるのを確認してから、ハーマイオニーは姉の髪にブラシをあてはじめた。妹の指が震えているのがわかる。

「ハーミー！」カリーは思わず大きな声をあげた。「いったいなにをそんなに恐れているの？」

「だって、サー・トーマスが……明日、伯爵にお目どおりを願いに行くよとおっしゃったのよ。それってつまり、求婚の許しを得るためでしょう？」

「おそらくそうでしょうね」カリーは応じた。「そうでなければ、わざわざあなたに断る必要はないもの」

「わたし、二〇歳なのよ。もう二〇歳なの！　しかも縁談まで進むのはこれが初めて」

「気にする必要はないわ。お父さまが床に伏せっているあいだは社交界と疎遠で、去年は喪に服していたんだもの。あなたにとっては初めての社交シーズンだわ」

「そうだけど。いまのわたしの境遇ってまるで――」しまった、とばかりに妹がふいに口を閉ざす。

「売れ残りみたい？」カリーは背中から肩に髪を持ってくると、毛先のもつれをほぐしはじめた。「ばかね。売れ残りはわたしでしょう？　春まで待って、ロンドン社交界にデビューしてからお相手を選んだっていいのよ。サー・トーマスがいやなら、なにも慌てて決めることはないわ」

「もちろん彼のことは好きよ」ハーマイオニーは言った。「とっても好き！」

カリーは髪をふたつに分け、頭に巻いていった。サー・トーマス・ヴィッカリーは、内務次官が天職とも言うべき優しげで控えめな人だ。どこか自分に似たところがあるのはあまり感心しないが、だからといって反対する理由はない。むしろ、少々浮ついたところのある妹が堅実そうな男性を選んだのだから、喜ぶべきだろう。一方のサー・トーマスは、ハーマイオニーの快活さにすっかり魅了されている――三人でひとつ屋根の下に住むのであれば、この点もまた喜ぶべきだろう。少なくともひとりは、夕食の席で話題を提供できる人間がいるわけだから。

「そう」カリーはうなずいた。「そんなに彼が好きなら、明日はあの青い麦わらのボンネットをかぶって、めいっぱいおしゃれをしなさい。おしゃれをしたあなたを見て、結婚を申し込まずにいられるわけがないわ」

「彼もそのつもりだとは思うの。それはわかっているのよ」ベッドに歩み寄ったハーマイオニーは腰をおろした。寒気でもするかのように震え、まだ化粧着の前をかきあわせている。

「やっぱり青はだめよ、お姉さま。淡黄緑色のドレスにするわ。それとも、クリーム色のリボンがついた藤色の水玉のがいいかしら。ああ、考えがうまくまとまらない。着るものなんか、もうどうだっていいわ！」

「落ち着いて」カリーは妹のせりふに驚いていた。彼女の頭にはおしゃれのことしかないはずなのに。「そんなに緊張しなくても大丈夫。わたしなんて三度も求婚されて、どれも無事に乗り切ったんだから」

「わかってる。わかってるってば」

すっかり打ちひしがれた妹の様子に気づいて、カリーは立ちあがってきちんと向きあった。

「いったいどうしたの？　泣くことないじゃない。まさかあなたが、縁談くらいでそんなに神経質になるだなんて。緊張しなくちゃいけないのはむしろサー・トーマスでしょう？　いまごろきっと、どんなふうに結婚を申し込もうかと思ってぶるぶる震えているはずよ」

ハーマイオニーはすすり泣きをもらした。

「わたし、彼に言わなくちゃ！　お姉さまも一緒に迎え入れてくれないなら、結婚はできませんって。でも、でも、断られるんじゃないかと思うと怖い」

カリーは返事をためらった。不安げにくもった妹の目を見つめる。妹に背を向けると、化粧台から寝帽《ナイトキャップ》を取りあげ、腰をかがめて鏡をのぞきこみ、帽子のなかに髪をたくしこんだ。

「もちろん、そんなことをサー・トーマスに言う必要はないわ。殿方に求婚されたときに、わざわざ自分から厳しい条件を出すなんて。そんなことをしたら、相手をしっかりつかまえる前に逃がしてしまうじゃないの」

「でも、やっぱり言わなくちゃ！」ハーマイオニーは大きく息を吸った。「断られたってかまわない。お姉さまひとりを残していくわけにはいかないもの……だってここには――あのいじわる女がいるんだから！」

「しーっ」カリーはさえぎった。「とにかく、そんなことを言ったら、頭が変になったんじゃないかとサー・トーマスに疑われるわ。生涯変わらぬ深い愛を誓ったばかりの相手に、二対一の取引条件を突きつけるなんてどうかしてる」

妹が唇をかむ。「本当にそんなふうに言ってくれると思う？　愛してる、だなんて」

「あたりまえでしょう。求婚するとき、殿方はみんなそう言うのよ」

「でも、わたしを心から愛しているのなら、お姉さまも迎え入れてくれるはずよ。お姉さまの牛たちだって！」

カリーは化粧着を椅子にかけた。ベッドに歩み寄り、妹を抱きしめる。

「だといいわね。でも、かわいそうなサー・トーマスが結婚を申し込んだ次の瞬間に、条件を突きつけるのだけはやめて。この問題については、あとでいくらでも話す時間があるわ」

身を離しながら、ハーマイオニーは姉の手を握りしめた。「絶対に、お姉さまをあの女のもとに置いていったりしないわ。想像するだけでぞっとするもの。そこまでお姉さまが言うなら明日は黙っているけど――いずれきっとサー・トーマスに話すわ」あきらめるものですか、とばかりにキッと顎を上げる。「いやだと言われたら、こっちから振ってあげる」

「名案！」カリーは応じた。「ついに殿方に反撃するときが来るのね」


日が昇る一時間前、カリーはすでにダヴ・ハウスへと向かう小道を歩いていた。秋の空には濃い霧がたちこめている。この霧が霜に変わるまでにはまだ時間があるだろうが、夜明け前のひんやりとした空気が、冬はもうそこまで来ていると告げている。カリーはフードを目深にかぶり、自分に言い聞かせた。こんなに早い時間に屋敷を出たのは、レディ・シェルフォードの不愉快な質問を避けるためにすぎない。切望感とかさびしさとか、そういう気持ちとはいっさい無関係だ。

ダヴ・ハウスに着いたら朝食を作り、応接間のテーブルに用意して覆いを掛け、すぐに屋敷に戻るつもりだ。そうすればみんな、早朝から裏庭に行っていただけだと思うはず。パンとベーコンとバターをちょうだいと言ったとき、使用人は誰ひとりとして不思議そうな顔をしなかった。動物たちのためにカリーがいつもさまざまなものを頼むから、すっかり慣れっこになっているのだ。だが、シェルフォード伯爵夫人であるドリーが相手ではそうもいかない。屋敷の料理人見習いをダヴ・ハウスに送りこむには、義理のいとこの説得に全力であたらねばならないだろう。正直言って、うまくいくかどうか自信はない。

夜明け前の薄闇と静けさのなか、カリーは裏口からダヴ・ハウスに入り、荷物をおろした。厨房は無人だったが炉にはちゃんと炭が入っており、苦もなく火をおこせた。カリーは空想にふけった。山間《やまあい》に吹きつける凍てつく北風。想像のなかの彼女は老いた羊飼いの娘で、裕福でハンサムな旅人のため、熱い火を炉におこしている。雪深いアルプス山脈を忠実な愛犬と散策中に、旅人が遭難しかかっているところを救出して山小屋に連れてきた。

だが彼女は旅人の熱烈な求婚を退け、幼いころ、花咲く草原に暮らしていたころから愛しあってきた、ハンサムだが貧しい山岳案内人の金髪の青年を生涯の伴侶として選ぶ……そこまで夢想したところで、カリーはマダム・ド・モンソーの様子を見に、二階の寝室へと向かった。階段をのぼりながら、頭上からすさまじいいびきが聞こえてくるのに気づく。おそらく大男のジョックが屋根裏部屋を寝室代わりにしているのだろう。マダムの部屋をそっとのぞきこむと、公爵夫人はぐっすりと寝入っていた。呼吸は浅いが乱れてはいない。薄闇越しに、ベッド脇の椅子で眠るトレヴの姿が見てとれる。上半身を不自然な角度に傾けて壁にもたれかかっていた。

カリーは室内に入るのをためらった。マダムがゆうべ激しい発作に襲われ、それでトレヴが一晩じゅう付き添っていたのだろう。きしまないようにそっと扉を閉めつつ、彼女は決意を新たにした。今日の夕食までに、必ずここにメイドと料理人を連れてこよう。ドリーに頭を下げなければならないが、それも致し方ない。村から五キロほどのところに新たに大きな窯元ができたため、シェルフォードではいま人手不足が問題となっている。シェルフォード・ホールでも、新しい女主人が家政に采配を振るようになってからというもの使用人が次から次へと辞めてしまって、その後任を見つけるのに難儀している。にもかかわらず、窯元に人手を奪われないためには給金を上げたほうがいいのでは、というカリーの助言に、ドリーはまるで聞く耳を持たない。しまいには、あなたは忠誠心に欠ける使用人たちのことなど気にする必要はない、趣味やおしゃれに励んでいればいいとカリーを諭すしまつだ。

厨房に戻り、外がまだ暗いのを確認してから、カリーはやかんを火にかけ、薄切りのベーコンをフライパンにのせた。じゅーじゅーと音をたてる肉を見つめながら、考えをめぐらす。誰に紹介してもらうのがいいだろう。宿屋を経営するミスター・ランキンなら、料理人志望の若者を知っているかもしれない。宿が郵便物の集配経路に立っているので、そうした情報は真っ先に彼の耳に入るはずだ。ミス・プールにも訊いてみよう。化粧着の仕立て屋を営むミス・プールは、近隣に住む少女を店で雇うため、彼女たちの将来の夢を逐一把握している。手先が不器用で針仕事に向かない少女も、ダヴ・ハウスのメイド役なら十分こなせるだろう。

「おはよう」

かすれ声にふいに呼びかけられて、カリーは慌ててそちらに顔を振り向けた。厨房に現れたトレヴに気づき、大きなフォークを取り落としながら向きなおる。黒髪がひどく乱れ、しわくちゃのクラヴァットが首にだらりとぶら下がっていた。

「いい匂いだ」トレヴがつぶやいた。「しかも料理人は美人とくる」疲れた様子で、壁に寄りかかる。「これでコーヒーがあれば言うことなしだな」

「コーヒー」うろたえたカリーはおうむがえしに言った。まさか彼がこんなに早く起きてくるとは思わなかった。「そうそう、朝はコーヒーよね。倉庫に豆がないか探してくるわ。それと、おはよう！」

トレヴはほほえんだ。

「なにか手伝うことはあるかい。庭はほとんど密林状態だけど、なんなら薔薇の茂みとやらで卵を探してこようか」

「いいえ、どうぞ座って。ここで朝食をとるのがいやでなければ」カリーは傷だらけの古ぼけたテーブルを指さした。「パンとバターを持ってきたの。お母さまは、ゆうべも発作を起こされたようね」

トレヴの顔につかのま浮かんだ笑みが消える。彼は壁から背を離すと、テーブルに歩み寄って腰をおろした。「夜中すぎにはだいぶ楽になったようだ。なに、ちょっとした発作さ。じきに元気になる」期待を込めた表情で顔を上げる。

彼と視線を合わせられぬまま、カリーはフライパンを火からおろした。

「そうよね。一カ月前は応接間でお会いできたんだもの、栄養のあるものをたっぷり食べれば、体力も戻るはずだわ」公爵夫人には死期が迫っているとしか思えない……そんな不安を口にすることはできなかった。

トレヴが髪をかきあげる。

「今日じゅうにジョックをロンドンに向かわせるよ。ちゃんとした医者に母を診てもらわないと」

カリーはベーコンを皿にのせた。「コーヒー豆を取りに行ってくるわね」

厨房に戻ってみると、トレヴはすでにいなくなっていた。けれども煎った豆を挽き終えたころ、ふたたび厨房に現れた。その後ろから大柄な従者が、禿頭《とくとう》を戸口にぶつけぬよう腰をかがめながら入ってくる。朝食をとりに来たわけではないらしく、ジョックはじつに礼儀正しくカリーにおじぎをすると、すぐに裏口から出ていってしまった。その後ろ姿を見送りながら彼女は思う。ゆったりとした黄色のズボンに折り返しのある乗馬靴、鮮やかな色合いのスカーフというこざっぱりとしたいでたちは、まるで使用人らしくない。ゆうべは気づかなかったが、よく見ると両耳がつぶれてひしゃげていた。あのように行儀がよく、ものやわらかな身のこなしでなかったなら、拳闘士ではないかと疑っていただろう。最近では、外国からやってきた拳闘士たちが違法に試合を開く例があとを絶たない。おかげで、シェルフォードで働く農民までが、自分も拳闘士になって稼ぎたいなどと口をそろえて言いだすしまつだ。

ジョックが開いた扉の向こうに、明け方の薄い陽射しが見えた。彼がいなくなってしまうと、ふたたび厨房にトレヴとふたりきりになったことが意識された。トレヴはまだひげも剃っていない。ただ、クラヴァットは結びなおしてあるし、乱れた巻き毛にもブラシをあてたようだ。ふたりきりでいて、体裁の悪いことなどなにもない。それどころか、彼がテーブルについてパンを切りはじめると、ごく自然な空気が室内に流れだした。カリーは縁の欠けた皿とカップを並べた。縁に金彩がほどこされた花柄のエレガントな一揃えも、残されたのはこの数点だけだ。

コーヒーが沸騰したので、カリーは濾し器にかけた。トレヴが持ち手の長いフォークの先に切ったパンを刺し、炉の火にかざして、由緒正しいフランス公爵家の人間とは思えぬ器用な手つきで焼いていく。黄金色に焼きあがったパンが、皿にのせられる。

穏やかな白昼夢を、カリーは堪能していた。夢のなかの彼女は、ノルマンディー地方の農家に住む若い母親。休暇で帰宅した海軍司令官のさっそうたる夫のため、朝食を用意している。夫の顔はひどく眠たげだ。夜どおし情熱をほとばしらせたためで、夫婦はまたひとり、かわいい息子を授かることだろう。朝食後、夫婦は海辺の村をのんびりと散策する。村の奥さん連中は、カリーの勇敢な夫とその功績をうらやましがってため息をもらす。彼女は二枚の皿にベーコンをのせ、トレヴの向かいに腰をおろした。

「コーヒーが、あなた好みの味だといいのだけど」

「なにもかもが完璧にわたし好みだよ」トレヴが応じる。「とりわけきみが」

頬が赤らむのを覚えて、カリーはかぶりを振るとナイフとフォークをおろした。

「卵を探してこなくっちゃ」

「待ってくれ」トレヴがすかさず制した。「もうからかったりしないよ、約束する」

カリーはためらった。ややあってからふたたびフォークを手にとり、ばかみたいにトレヴを見つめてしまわぬよう、皿に視線を落とす。ふたりはしばし黙って食事をつづけた。その間もカリーは、内心で自分を厳しく叱りつけていた。三度も婚約を破棄された二七歳の平凡な女が雄弁ならず者のお世辞を真に受けるなんて、愚の骨頂としか言いようがない。九年前にトレヴを信じることさえなかったなら、これほどまでの胸の痛みを覚えずにすんだだろうに。

「ワイン用の葡萄を育てるのは、さぞ楽しいでしょうね」あたりさわりのない話題を必死に探す。

トレヴはわずかに肩をすくめた。「しょせん葡萄は葡萄だよ」これでこの話題はおしまい、といわんばかりに応じる。

「モンソーの葡萄畑は、よほどひどい状態だったの？」カリーはさらに問いかけた。

「ああ、いや」トレヴがごくりとコーヒーを飲む。「革命家どもも、赤ワインは好きだったとみえる」

「あなたが留守にしているあいだに、農作業が滞らないといいわね。いまは収穫期でしょう？」

トレヴはぞんざいに手を振った。「作業を監督する人間がちゃんといるからね」

「そうそう、そうだったわ」カリーは思い出してうなずいた。「あの邪悪なムッシュー・ビゾーね」

彼女がその名を知っていることに驚いたのか、トレヴが鋭い視線を投げてくる。

「マダムに頼まれて、いつもあなたの手紙を読み聞かせていたの」カリーは慌てて説明した。「ごめんなさい、勝手なまねをして」

「それでビゾーを知っているわけか」トレヴは椅子の背にもたれた。「そう、やつは月に吠え、無垢な赤ん坊の血を飲むんだ。といっても、捕らえようなんて思ったためしはない。夜中に外に出て、やつの餌食になったら怖いからね」

「気味の悪い人なのね。でも、ワインの造り手としては素晴らしいのでしょう？」

「最高の造り手だよ！」トレヴが心からの賞賛を贈る。「あの技術は、悪魔に魂を売って手に入れたんだろうな」

「道理で首にしないわけね」カリーはうなずき、パンにバターを塗った。「そこまで信頼の置ける人を見つけるのは、簡単ではないもの」

「シェルフォードで近々、真夜中の魔女の集会が開かれる予定は？」トレヴがたずねる。

「集会があれば、そこで優秀な料理人を探せるんじゃないかな」

「ダヴ・ハウスの料理人に、魔女はふさわしくないわ。鶏肉料理と称してなにを出されるかわかったものじゃないでしょう？」

カップをおろしたトレヴが、それはいかんとばかりに両の眉をつりあげる。

「それもそうだ。やっぱり魔女の集会にあたるのはやめておこう」

「まずは、ミスター・ランキンに訊いてみようと思うの」

「なるほど。いい返事がもらえるかな」

「ミスター・ランキンはいまも宿屋をやっているの。〈アントラーズ〉よ、覚えているでしょう？　仕事柄、情報もいっぱい持っていると思うわ。たしか、それなりのお給金は払えるのだったわね？」

「すぐに来てくれる人がいれば、バッキンガム宮殿から引き抜いてもかまわない」

カリーはトレヴの顔をうかがった。いまの彼はたいそう裕福なようだが、それを裏づけるものは立派な馬車と仕立てのよい服だけだ。英国に戻ってきたときも、どうやらジョック以外に随行者はいなかったとみえる。トレヴのそんな堅実さを、カリーはむしろ好ましく思った。彼は昔から、モンソー家の財産と爵位を取り戻すことだけに力をそそぎ、それらを誇示しようとはしなかった。シェルフォード伯爵夫人になってからというもの、なにかにつけて見栄を張るようになったドリーとは大ちがいだ。爵位を継いだ当のジャスパーは自らの立場にどこか無頓着なのだが、そのせいでますます、ドリーは地位を重んじるようになった。夫である伯爵をほんのわずかでも軽視する態度は、けっして見すごせないと常々口にしている。

だからこそ、すっかり窮屈になってしまったシェルフォード・ホールからたった一時間でも逃れられるのはありがたかった。しきたりとエチケットをどこまでも重んじるあの家にいると、カリーはつい、わたしの名前も『バーク貴族年鑑』にちゃんと載っているか確認しなくちゃ、手紙でどう自称するべきか調べておかなくちゃと焦ってしまう。

「屋敷に帰る途中、アントラーズに寄ってみるわ」カリーは気楽な話題に戻った。「宿の人に頼んで、お昼までに温かい夕食をこちらに届けてもらうわね。とりあえずはそれで間に合うと思うのだけど、アントラーズではありきたりな料理しか作れないから、いずれはちゃんとした料理人を置いたほうがいいわ。そうすれば、マダムのお口に合う食事を用意してもらえるでしょう？」

「恩に着るよ。宿屋に相談するなんて方法、ちっとも思いつかなかった」

「あの、そろそろ失礼して、帰る前にお母さまの様子を見てきてもいいかしら」

「恩に着る」トレヴも一緒になって腰を上げる。「なんと礼を言えばいいのか。いまだに信じられないよ――」彼は不快げに鼻を鳴らしてかぶりを振った。「きみのような人を、むざむざ手放す阿呆どもがいるだなんて」

頬がカッと熱くなるのをカリーは覚えた。

「買いかぶらないで。三人とも、慰謝料を払わされてでもわたしを捨てたがったんだから」

「下衆どもめ、自業自得だよ。すると、きみの持参金はいま相当な額になっているわけか」

「ええ、そう」カリーはうなずいた。「少なくとも、自分では相当な額だと思っているわ。

なにしろ三度の婚約破棄だから」

「いくら？」トレヴがぶしつけにたずねる。

カリーはうつむいた。「八万ポンド」と小声で答える。

「そいつはすごい」

「だから」彼女は顔を上げた。「哀れみをかけてもらう必要なんかないの」

「だったら、あふれる情熱をとことんそそいであげようか？」トレヴはクラヴァットをはずすフリをした。「少々疲れているが、やる気はたっぷりある」

「どうしてもというなら、わが家でお客さまをお迎えできるのは一二時から午後三時までよ」カリーは軽口で応じ、すばやく頭を下げた。「でもいまは、お母さまの様子を見てこなくちゃ」

「恩に着るよ」トレヴは疲れた笑い声をあげた。「われながら、同じせりふばかりで呆れるな。ゆっくりやすめば、もっと気のきいた言葉が浮かぶんだが」

戸口に行きかけていたカリーはつと足を止めた。礼にはおよばないと言うだけのつもりだったのに、疲れた笑みを見たとたん、彼の腕に触れたくなってしまった。「帰ってきてくれて、本当によかった」と優しく声をかける。

トレヴはしばし、じっと立ちすくんでいた。それからふいに彼女の手を握り、「カリー、うまい言葉が見つからないが――」自分の声ににじむ必死さに気づいたのか、苦笑をもらして手を放す。「いや、もう行ってくれ。さもないと、ひざまずいてきみの足にキスをしてしまいそうだ。あるいは、もっと不適切な場所に」
軽く会釈をし、スカートをつまむと、カリーは階段を駆けのぼって厨房をあとにした。

牧場に着いたときも、あたりには依然として濃い霧がたちこめ、木々や生垣の輪郭をおぼろに見せていた。門のところでカリーを待つ、ヒューバートの黒い影がぼんやりと浮かびあがる。彼女が囲いの前まで行くと、静かに草を食《は》んでいた雄牛はピンクの大きな鼻面を上げ、期待を込めて盛大に鼻を鳴らした。

手にした籠から、カリーは干からびたパンのかたまりを取りだした。囲いの横木に足を掛ける。ヒューバートがそっと鼻を近づけてきて、彼女の指先にこすりつけてから、長い舌でパンを奪う。牛が舌をまるめると、パンは口のなかへと消えた。牛の広い額を撫でながら、満足げにパンをかみしめるさまを眺める。

ヒューバートはたっぷりの愛情をそそいでやるにふさわしい、なみはずれて優れた雄牛だ。肩までの体高は一メートル七〇センチ、鼻から尾までの体長は三メートル六〇センチ。体毛は、白地に茶と黒の斑点がきれいに入っている。その大きさと美しさもさることながら、ショートホーン種として最高の特質をすべて兼ね備えている。首筋はすらりとして、背筋はまっすぐに伸び、肩は広くたくましく、引き締まった腹部はきれいな曲線を描いて、長い後ろ半身へとなめらかにつながっている。まだ三歳なので、りりしい角にはひとつしか年輪ができていないし、子どももこの春に初めて生まれたばかりだが、とても元気で、病気知らずの健康体だ。

カリーは愛情を込めてヒューバートを見つめた。雄牛が長いまつげを揺らしてまばたきをし、耳の裏をかいてくれとばかりに顔を横に向ける。カリーはヒューバートの誕生に立ち会い、子牛のころには紐をつけ、母牛と並んで一緒に散歩もした。乳離れをしたときにはごほうびをやって寂しさをまぎらわしてやり、若い牛の常で生垣の奥まったところにある葉を食べようとして切り傷や引っかき傷を負ったときには治療にあたり、立派な成牛に育てあげた。いまやヒューバートはシェルフォードの誇り、高名なる祖父ルパートの押しも押されもせぬ後継者である。

だからヘレフォードの品評会でも、一等だって夢ではないとカリーは信じている。地元で人気の顔の白いヘレフォード種ではなく、ぶち模様のショートホーン種だけれど、きっと大丈夫。数日後には、最も信頼のおける牛追いと一緒に出発する予定だ。旅の道程では、ヒューバートの体重や筋肉をしっかり管理しつつ、体重が減ったり切り傷などを負ったりした場合には到着までに快復できるよう、適度な速さで移動することを心がけねばならない。

そんなことを考えながら囲いに身を乗りだして牛の耳の裏をかいていると、激しい吠え声がいきなり聞こえてきて、びっくりしたカリーは慌てて横木につかまった。ヒューバートが大きな頭をそちらに振り向ける。まだら模様の犬が一匹、吠えたりうなったりしながら、霧につつまれた小道のほうから現れた。カリーの足元まであと一メートルというところで立ち止まり、歯をむきだしにする。

ヒューバートが足を踏み鳴らし、頭を下げて、横木のあいだから様子をのぞこうとする。とたんに犬が駆けだし、囲いに体当たりをした。とっさの判断で、カリーは籠を宙に放り投げた。なかに入っていたパンがシャワーのように犬の頭に降りそそぐ。犬はすかさず逃げ、すぐにまた足を止めると、頑丈そうな鼻面をヒューバートのほうに向けた。口を大きく開いたまま、全身の筋肉を震わせている。

「おばかさん！」カリーはからかうように言った。横木に乗ったまま、努めて体の緊張は解いた。「いったいどうしようというの？」

犬はヒューバートから目をそらそうとしない。ヒューバートも犬に向きなおって、地面に鼻面がつきそうなくらい頭を低く下げ、荒い息をしている。牛が前足で地面をかきはじめる。

「おかしな犬ねえ！」カリーはなだめすかす口調で言った。「本当におばかさん。反対にやられたら、いったいどうするつもり？」

そこへ、道のほうから男性が呼ぶ声が聞こえてきた。犬が短く切られた耳を立て、くるりと振り向く。だが退却はしない。

薄い霧越しに、見知らぬ男性がこちらに走ってくるのが見えた。男性がまた犬の名を呼ぶ。今度はしぶしぶ従った犬が、身をひるがえして飼い主に駆け寄る。

「どうもすんません！」男性は腰をかがめて犬の首輪をつかんだ。「すぐに引き綱をつけますから」

飼い主も犬も、このあたりでは見かけない顔だった。カリーはシェルフォード周辺に住むすべての人とそのペット、さらには一部の野生動物さえ把握しているのだが。男性は重たそうな外套を羽織り、ゲートルを巻いて、優雅なシルクハットをかぶっている。いかにも田舎臭いなりに都会風の味つけをした、奇妙ないでたちだ。首輪に綱をつけ終えた男性は身を起こすと、ひきつった笑みを浮かべた。高い頬骨の下で、横に開いた口がやけに大きく見える。

「もう目を離したりしませんから！」男性は帽子に手をやって会釈すると、ヒューバートにうなり声を浴びせて突進しようとする犬をぐいと引っ張った。

その姿が霧にまぎれていくのを、カリーは門のところからじっと眺めていた。小道の角を曲がり、やがてすっかり見えなくなる。犬の吠え声も小さくなっていく。おそらく男性は、鎖でつないだ牛に犬をけしかけてどちらが勝つか賭けをさせるという、牛攻めと呼ばれる野蛮な賭博の胴元かなにかだろう。カリーはそのような手合いが大嫌いだ。男性が、たまたま通りかかっただけならいいのだが。近隣ではブロムヤードの品評会がちょうど終わったところで、ああした品評会にはばくち打ちも大勢集まる。ダヴェンポート大佐に、怪しげな人がうろついていたと知らせておいたほうがいいかもしれない。実際にブロムヤードで騒動があったかどうかはわからないが、治安判事でもある大佐の耳にちょっと入れておけば、シェルフォードの村で同じ騒ぎは起こるまい。

4

その日の昼には、ダヴ・ハウスの住人はレディ・カリスタに深い感謝の念を抱くにいたっていた。アントラーズから温かい食事が届いたばかりか、宿のおかみまで来てくれたからである。しかもおかみのミセス・ランキンは、宿に熱い湯をわかして理髪師を待たせてあるから公爵はそちらに出かけてほしい、その間、マダムのお世話はあたしがやりますからと申し出た。シェルフォード・ホールからは男ふたりに少年ひとりがやってきて、すでに煙突掃除にとりかかっている。さらにレディ・シェルフォードからのお見舞いと称して、籠入りの青リンゴも届けられた。

「午後にはお礼にうかがわなければいけませんよ、トレヴェリアン」上掛けにのせた手を力なく上げて、母はトレヴにかぼそい声で命じた。「わたくしだって、一時間くらいならひとりでも大丈夫ですからね」

トレヴはためらった。けれどもけっきょく、マダムは別にひとりになるわけじゃないのだからと言うミセス・ランキンに、ほとんど追い立てられるようにして出かけることになった。

ミセス・ランキンは小柄な女性だが、テリア犬顔負けの押しの強さがあり、お屋敷を訪問する前に上着の埃をしっかり払うようにとトレヴに注意するのも忘れなかった。彼はおかみの小言を背中で聞きながらダヴ・ハウスをあとにした――もっとビーフ・シチューを召しあがらないと後悔するはめになる、マダムがろくに召しあがらなかったことがレディ・カリスタに知られたら、アントラーズの評判だってがた落ちだ。

もちろん、おかみはこのとおりのせりふを口にしたわけではない。だがさすがの母も、少しでも食べなければと思いなおしたようだ。寝室の扉を閉めながら、トレヴは苦笑を浮かべた。おかみの配慮に過度の期待は抱いていない。モンソー一家はシェルフォードの人びとにそれなりによくしてもらってきたが、あくまで存在を黙認されているだけで、けっして敬意を払われているわけではない。ゆえにミセス・ランキンが気にしているのもただ一点。マダム・ド・モンソーが食べなかったらレディ・カリスタにどう思われるか、ということだけだ。

カリーにどう思われるか。それは、トレヴ自身も気にしていた。だからこそアントラーズまで足を運んで理髪師にひげ剃りを頼み、ブーツを磨いてもらい、宿の寝室を拝借して洗いたてのクラヴァットを巻いた。レディの応接間に通されても恥ずかしくない程度に身なりを整えると、ランキンに礼金をはずみ、ついでに宿で働く配達人と御者を随行者として借り、自分の馬車でシェルフォード・ホールに向かった。

屋敷に到着したのは午後二時半だった。カリーの言っていた来訪者受け入れの時間が冗談でなければ、あいさつをして感謝の念を伝えるのに一五分ほど費やせる。あれが冗談でないといいのだが。彼女のためにトレヴは、母の荒れ果てた庭で適当に摘んでリボンを巻いた、やわらかな白薔薇と赤褐色のダリアの花束も持参した。たいした礼にもならないが、いまはこれが精いっぱいだ。

クリーム色の石灰岩でできた壮大な屋敷は、秋の午後の陽射しを受けてギリシャの神殿のごとき輝きを放っている。付柱《ピラスター》と前廊《ポルチコ》が左右対称に並ぶファサードが、美しい緑の庭を背景にして姿を現す。風に波打つ牧草地には栗の木が点在し、その葉が陽射しを浴びてオレンジ色にきらめく。屋敷を彩る景色はトレヴにとっても見慣れたものだ。とりわけ、カリーの部屋の窓下に伸びるイチイの巨木にはなつかしさを覚えるが、部屋の窓からあの木を眺めたためしは一度もない。

一台の馬車が屋敷の正面階段の前で止まり、着飾ったレディが三人おりた。知らない顔ばかりだが、ドレスはたいそう高価なものとみえる。やがて馬車は、お仕着せの従者を後部に乗せたまま、砂利敷きの私道をごろごろと走り去っていった。トレヴはポケットにしまったカードケースに触れた。自分は公爵で、フランス国王の遠戚なのだと言い聞かせる。国王が斬首された事実はあえて忘れておこう。爵位など無益でくだらないものだが、自分にはそれを誇示する正当な権利がある。

ふとわれにかえったときには、レディたちはすでに邸内に案内され、正面扉は閉まっていた。無表情なふたりの従僕の視線を感じつつ、トレヴは軽やかに階段をのぼった。マダム・ド・モンソーの代理でレディ・カリスタ・タイユフェールにお目にかかりたいと玄関番に伝え、カードを手渡して、その場で待つ。ずいぶん長いこと待たされた。いいかげん待ちくたびれながら、頬を鞭打たれ、屈辱感に喉の奥を焦がされていた一八歳の自分に引き戻されまいとする。

ようやく扉が、先ほどとは別の玄関番の白手袋をした手によって開かれた。迎える執事が深々とおじぎをする。先の伯爵の存命時に比べると、ずいぶんと仰々しい出迎えだった。当時の執事はどこかわびしげな、いかつい顔をしたたいそう大柄な男で、トレヴはずいぶんよくしてもらった記憶がある。目の前に立つ執事は前任者よりもずんぐりとしており、頬がいやに赤みを帯びている。なにかに腹を立てているかのようだ。その手に帽子と手袋を預けながら、体重は七〇キロくらいだろうとトレヴは見積もった——ミドル級に向いていなくもない。

ふたりの足音が丸天井の玄関広間に響きわたり、縦溝のある石柱と大理石の床に反響する。執事に案内された先は、硬そうな木の椅子が数脚並び、壁に牛の絵が数枚かけられただけの殺風景な次の間だった。トレヴは悔やんだ。面会など乞わず、花束に礼状を添えて渡すだけにすればよかった。やはり自分は、いまなおここでは歓迎されていない。

だが、そんなことはとっくにわかっていた。レディ・シェルフォードから届いたリンゴの籠は、ダヴ・ハウスにはこの程度の見舞いで十分と冷たく告げているも同然。だからミセス・ランキンから不愉快な知らせを聞かされたときも、さほどの驚きは覚えなかった。社交行事を近く開催するため、ほんの数日だろうと料理人見習いを貸すことはできない。そうレディ・シェルフォードが断ってきたというのだ。知らせを伝えるおかみは、当然でしょうといわんばかりに肩をすくめていた。

「こちらでございます」無表情な執事がしばらくしてふたたび現れ、軽く頭を下げながら扉を開けた。

花束を手にしたまま、トレヴはゆるやかな曲線を描く大階段を執事のあとからのぼっていった。応接間のほうから騒々しい話し声が聞こえる。かなりの人数が集まっているらしい。戸口で立ち止まると、陽がさんさんと射しこんで居心地のよさげな部屋に、大勢の客が集っていた。大部分は若い男女のふたり連れで、部屋の奥のほうに固まっている。

執事が新たな客の来訪を告げ、人びとがさっと振りかえったが、そのなかにカリーの顔はなかった。トレヴはいらだちを隠した。いったいどれがレディ・シェルフォードなのだろう。彼を歓迎しようと、前に一歩進みでるものはひとりもいない。しかたなく勝手に室内に足を踏み入れた彼は、しばしその場にたたずんで会話に耳を澄ました。

どうやら、暖炉のかたわらで恥ずかしげに立つ男女が婚約したばかりらしい。舞踏会だの正式な発表だのといった話題の合間に、レディ・ハーマイオニーは早めに花嫁衣装をパリに注文するべきだと誰かが陽気に提案した。その一言で、婚約した男女のかたわれがカリーの妹だと気づき、トレヴはかすかな驚きにつつまれた。

カリーとはまるで似ていない。カリーよりもむしろ整った面立ちだが、ごくありきたりな美人とでもいうのか、没個性で記憶に残らない。だがその女性がハーマイオニーだとわかったとたん、トレヴはぼんやりと思い出した。そういえばシェルフォードに来たばかりのころ、よくしゃべるおしゃまな女の子と会ったことがある。とはいうものの、当時は姉妹にとくに興味はなかった。いまのハーマイオニーはそれなりのレディに成長したようだが、物腰にやや不自然で大げさなところがある。人びとの注目を浴びて緊張しているのだろう。だとしたら、硬くなるのもやむをえない。だが笑みをかみ殺している様子さえないのを見ると、カリーにするように、ついからかって笑わせたくなった。

妹が結婚をしたら一緒に屋敷を出ていくとカリーは言っていたが、あれはまだ決定事項ではないはずだ。眉間にしわを寄せている自分に気づいたトレヴは、強いて作り笑いを浮かべた。ちょうどそのとき、女性陣のひとりが彼に目を留めた。

だがその女性は、すぐには歓迎の言葉をかけに来なかった。その代わりに、ほんのつかのま眉をつりあげて彼をざっと値踏みした。上流社会のレディたちがよくやるしぐさだ。トレヴが落ち着きはらった様子で待っていると、女性はようやく、礼儀作法は申し分ないようだと判断を下したらしい。

女性は視線をそらさない。トレヴはわずかに頭を下げた。声をかける気がなければ、知らぬ顔をしてもかまわない。そう相手に伝えるための計算しつくした会釈だ。美しいが、気の強そうな女性だった。髪はほとんど白に近い金髪で、表情に乏しく険のある面立ちは、戦術の女神ミネルヴァの彫像を思わせる。きめのこまかい肌は骨が透けて見えそうなほど薄く、たたいたら大理石のようにひびが入りそうだ。

部屋の向こうから女性が歩を進めてきたので、トレヴはあらためて深々とおじぎをした。

「公爵さま《ムッシュー・ル・デュック》」彼女は呼びかけ、手袋をした手を差しだした。「ようこそ《ビヤンヴニュ》。レディ・シェルフォードですわ。まあ、きれいなお花ですこと！　ありがとう。ハーマイオニーの嬉しい知らせをお聞きになりましたのね。でも、かわいそうなお母さまにお留守番をさせたりしてはいけませんわ。お母さまのおかげんはいかが？」

　トレヴはカリーに花束を贈るのをあきらめた。レディ・シェルフォードに取りあげられ、使用人に渡されてしまったので、ほかに選択肢はなかった。皮肉な口調にならないよう注意しつつ、立派な青リンゴをいただいて母もたいそう喜んでいますと礼を述べる。すると意外にもレディ・シェルフォードは、へりくだった態度でトレヴをティーテーブルへといざない、彼がお茶や軽食を手にするのを見守った。このようにうやうやしく接せられるとは思ってもみなかった。屋敷の女主人がその後もしばらくそばを離れなかったので、トレヴは婚約への祝福の言葉を贈り、さらにこれ幸いとばかりに、ご結婚のあかつきにはレディ・ハーマイオニーがシェルフォードからあまり遠くに行かれないといいですね、と水を向けた。

「それがあいにく、結婚後はロンドンに住む予定ですの」伯爵夫人は、とくに興味もなさそうに言った。「未来のだんなさまが内務省にお勤めなものですから。お仕事の都合上、ホワイトホールを離れるわけにはまいりませんのよ」

「そうですか」できればこの話題をもっと追及したい。しかし、ロンドンのどこでカリーの牛を育てるのだとさりげなくたずねる方法は思いつかなかった。「するとレディ・ハーマイオニーには、これから忙しい毎日が待っているわけですね」トレヴは礼儀正しく言うにとどめた。

「ええ、まあ」伯爵夫人は、義妹の将来があまりお気に召さないようだ。「公爵さまは、パリからいらしたのでしょう？」

「いえ、カレー経由でこちらに渡りました」トレヴは嘘をついた。パリでうっかり、伯爵夫人の知人にでも会っていたら困る。

「ああ、そうですわね。そのほうが時間も短縮できますでしょう」夫人はトレヴの腕に触れ、手の甲をさりげなく指先でなぞった。「かわいそうなお母さまのために、わたしどもにできることがあればなんでもおっしゃってくださいな。なんでしたら、うちの料理人見習いをお貸ししてもいいんですのよ？」

視線を上げたトレヴは、夫人と目が合うなり合点がいった。さりげない微笑で隠してはいるが、夫人が彼のたくましさをひしひしと感じとっているのは一目瞭然だった。トレヴは女性という生き物を心から崇拝しているし、その思いにたいていは応えてもらっている。だが、道徳観念のない女性とのつきあいは避けてきた。容姿に恵まれた少年時代のトレヴに男女のことについて忠告を与えるにあたり、祖父も母もロマンチックに語ろうとか、言葉を選ぼうとか配慮する人ではなかった。おかげで彼は、上流社会のレディに対しても、酒場や通りで出会う女性に対しても、幻想を抱くことなく大人になった。

「ご親切にありがとうございます。ですが、お手をわずらわせるわけにはまいりません」淡々と断り、うやうやしく頭を下げる。それとわからぬように秋波を送りつつ同時に援助の手を差し伸べる夫人のやり方に、なんとなく侮辱された気分だった。「レディ・カリスタにも、お力添えいただいて感謝していますとお伝えください。ところで、彼女はお留守ですか？」

「ええ、そのようですわね」伯爵夫人が、カリーの不在に気づいていなかったといわんばかりに室内を見わたす。

「では、手紙でも書いて残していきましょう」トレヴは、夫人が提案してくれないので自分から申し出た。

「ああ、そう、そうしたければどうぞ」彫刻のほどこされた書き物机を指し示すと、夫人は背を向けて立ち去った。

トレヴは立ったまま、ペン先をインク瓶に浸して手紙をしたためた。といっても、その場に封蠟が見あたらなかったので、母からの礼の言葉をほんの一行記しただけだ。レディ・シェルフォードはおそらく、他人の手紙を平気で盗み読みするだろう。書き終えて背筋を伸ばすと、夫人は部屋の向こうからこちらをじっと見ていた。便箋を折りたたむ。ほんの軽く会釈をし、手紙を使用人に預け、彼はその場をあとにした。

玄関番が押さえてくれた正面扉を出ながら、トレヴはカーブした私道の先に並ぶ畜舎のほうに視線を投げた。ふと思いついて、宿から連れてきた配達係の少年に馬車を見ているよう身ぶりで命じてから、畜舎を目指して砂利敷きの私道を歩いていく。

道順はまだ覚えていた。馬車門をくぐり、甘い干し草と馬の匂いをかぎながら、ずらりと並ぶほの暗い馬小屋の前を通りすぎ、壁をめぐらした小道沿いに延々と歩く。レンガの壁には銃眼のようなものが開いていて、そこから広々とした菜園がのぞけた。応接間での面会を乞うために身なりを整えてきたのもかまわず、門扉のそばにできた泥だまりをよけつつ歩を進め、しつこくちょっかいを出してくるロバから逃れる。豚が一頭、畜舎の横板のあいだから期待を込めた目で見つめていた。腰をかがめ、地面に転がるリンゴを拾って塀越しに投げてやると、豚は嬉しそうに鼻を鳴らした。

農場で働く少年がスコップで堆肥をかき混ぜており、あたりにはつんと鼻につく臭いが漂っている。少年は帽子を軽く持ちあげて、「こんちは」とあいさつをした。

「レディ・カリスタはこのへんにいるかい」トレヴはたずねた。

「いるよ」少年がうなずき、立派な牛舎のほうを顎でしゃくる。「あっちで子牛に餌をやってる」

そんなことだろうと思った。トレヴは帽子を脱ぎ、垂れさがった縄の下をくぐって薄暗い牛舎に足を踏み入れた。

木でできた仕切りの向こうにカリーのボンネットが見えた。つばが勢いよく揺れている。歩みを止めたトレヴは、背伸びをして仕切りの向こうの様子をうかがった。哺乳瓶を手にしたカリーが、元気のいい大柄な子牛に奪われまいと足を踏ん張っている。分厚いカンバス地の前掛けの下はピンクのシルクドレスで、長靴の先がフリルの裾からのぞいていた。

「応接間から逃げてきたのかい」トレヴは声をかけた。

「わっ！」カリーは驚きの声をあげたが、顔はわずかにこちらに向けただけだったので、帽子のつばに隠れた表情は見えなかった。

「きみにお客さんだよ。せっかく靴を磨いてもらったのに汚れてしまった」

「ごめんなさい」と応じるカリーの声はほとんど聞こえないくらい小さい。「あなたがいらっしゃるとは――パーティを抜けだしたりして、失礼だとは思ったのだけど――」

くぐもった声がとぎれる。顔はそむけたままだ。なおも様子を見ていると、彼女は瓶の口を下に向けてミルクの残りを子牛に飲ませた。トレヴは一歩歩み寄った。首をかしげて軽く腰をかがめると、彼女の顎が涙に濡れているのが見えた。

「カリー」動揺しながらも呼びかける。「なにかあったのか？」

カリーが哺乳瓶を干し草の上に置く。子牛が鼻先で瓶を押し、舌で先端を舐めた。長い沈黙ののちに、彼女は頰の涙をぬぐった。「いとこが、ヒューバートをとられてしまったの」とかぼそい声で説明する。

「ヒューバート？」一瞬まごついたトレヴだったが、すぐに思い出した。「雄牛のヒューバートのことか？　ヘレフォードの品評会に出品するはずだった？」

「ええ。ルパートの孫のなかで一番立派な」

「でも、とられたってどういう意味だい？　盗まれでもしたのか？」

カリーは首を横に振った。

「いいえ。ジャスパーがゆうべの集まりで賭けホイストをやって負けたの。ダヴェンポート大佐が明日、ヒューバートを引き取りにいらっしゃるわ」

「賭けに──だがヒューバートは、いとこ殿のものじゃないだろう？　きみの牛だったんじゃないのか？」

「父が遺言状にはっきり書いてくれなかったから」カリーは答え、わずかに肩をすくめた。

「いずれにしても、雄牛の所有権について記そうなんて思わなかっただろうけど」

「それで、いとこ殿が勝手に賭け金代わりにした？」トレヴは信じられない思いだった。

「雄牛を？」

カリーが顔を上げる。彼女が目を赤く腫らしたところなんて初めて見る。

「ダヴェンポート大佐は、ヒューバートを買い取りたいと一年も前からジャスパーに持ちかけていたの。かなりの金額を提示されたけど、ずっとお断りしてきたわ。ジャスパーもいまは心から後悔しているって。賭け金代わりにするなんて、きっとどうかしていたんでしょう」

「大ばか者のいとこ殿は、酔っぱらっていたのか？」

「わからない。でもちがうと思う。居合わせた殿方に誘われて、断りづらかったと言っていたわ。ドリーは、現金を賭けるなんて許さないでしょうし」

トレヴはしかめっ面をした。「いとこ殿は、とんでもない阿呆だな」

「そうじゃないの──」おねだりをする子牛の口から、カリーは前掛けを引っ張った。「ジャスパーは人づきあいが苦手なだけ。気持ちはわかるわ」

「わたしにはわからないね！」トレヴはカッとなって言った。「生き物を賭けるなんて、とんでもない野郎だ。そもそも、そんな権利もないのに」

「爵位を継いだのは彼だから」カリーは淡々と応じた。

「きみのために、ヒューバートを買い戻したらいいんだ」

カリーが深々とため息をつく。

「もう買い戻そうとしたの。そうしたらダヴェンポート大佐が、どれほどの大金を積まれても譲らないって。ヘレフォードの品評会に出品して、一等を狙うそうよ。そのあとは全国の品評会に出すらしいわ」

トレヴは疑わしげに鼻を鳴らした。「きっと、金額しだいで気を変えるぞ」

「でしょうね」カリーはうなずいた。「わたしもそう思う」前掛けからしわくちゃのハンカチを取りだし、洟《はな》をちんとかむ。「でも、二〇〇〇ポンドでも断られたの」

トレヴは思わず口笛を吹いた。

「一年もあれば、へそくりから工面できるかもしれない」カリーはハンカチで鼻を押さえながら言った。「だけど、いくらなら大佐の気が変わるかわからない。それにハーミーは結婚したらロンドンに住むというし。そうなったら、牛を飼う場所なんてないわけでしょう？」スカートに鼻をこすりつけてくる子牛を見つめる。「ただ――」顔をそむけてから、彼女はまた洟をかんだ。「ちょっとさびしいなと思って。こんなに早く、ヒューバートにさようならを言わなくちゃいけなくなるなんて、想像もしていなかったから」

トレヴはしばしその場にたたずみ、手にした帽子のつばを親指ではじいた。

「ダヴェンポート大佐とやらは、明日来るんだね？」

「そうよ」カリーは震える息を長々と吐いてうつむいた。「ごめんなさい、あなたにまで心配をかけてしまって。それより、お母さまはシチューを召しあがった？」

「ああ、食べたはずだ。あの手ごわいミセス・ランキンに任せてきたから」

かすかな笑みを浮かべてカリーが報告する。

「あいにく、料理人がまだ見つからないの。ドリーが、厨房で働く人の誰ひとりとして貸すわけにはいかないと言うから」

「そうらしいね」

「今夜にでももう一度頼んでみるわ。よく話せばわかってくれるかもしれない」

「いや、もういいよ、カリー」

彼女は顔を上げた。涙などカリーに似合わない。まぶたが腫れたせいで、瞳の奥でいつもきらめく、あの笑みまでくもってしまっている。トレヴは唐突に、手を伸ばして彼女を抱き寄せ、大丈夫だよと慰めてやりたくなった。ヒューバート・シェルフォード・ホールも、きみの愛するほかのあらゆるものも、絶対に失わせたりしやしない。だが必死の思いでその衝動を抑えこんだ。自分には、力のおよばぬことまで約束してしまう悪い癖がある。

「きみからレディ・シェルフォードに、これ以上言ってもらうのは悪いよ。料理人見習いがいなくても、なんとかやっていけるだろう」

「ブロムヤードに、仕事を探している女性がいるかもしれないの。ミスター・ランキンが確認してくれるそうよ。明日、彼にあらためて訊いてくるわね――」カリーはいったん口を閉じた。「ダヴェンポート大佐がヒューバートを引き取りにいらしたあとにでも」

そのしっかりとした口調に、トレヴはかえって怒りを募らせた。ダヴェンポート大佐とやらを気を失うまでぶちのめし、ジャスパーの胸をサーベルで刺し貫いてやりたい。

「きっと大佐は、気が変わったと言いだすよ」

力ない笑みを浮かべたカリーが、かぶりを振る。

「大丈夫だって」トレヴは断言した。

カリーはつかのま、彼を見つめた。「余計な期待は持たせないで」

「そんなつもりでは――いや、すまなかった。よく考えもせずに。屋敷まで送ろうか？」

「ありがとう。でも、まだここにいたいから」子牛の引き綱をつかんで自分の手に巻きつけ、うつむく。

「泣くなよ、カリー」トレヴはおろおろと言った。

「よして。泣いたりしないわ。泣くもんですか」

なおも言葉をかけたくなる自分を、トレヴは必死に抑えた。この場に突っ立って、ボンネットで表情を隠すカリーを見ているのがつらい。

「じゃあ、また。屋敷に戻ったら、使用人に言いたまえ。白薔薇は、妹ではなくわたしへの贈り物だと」

陰鬱な気持ちで、トレヴはダヴ・ハウスに戻った。モンソーの名にふさわしかろうと、それだけを思って買った優雅な馬車も、いまでは邪魔なだけだ。ダヴ・ハウスの小さな畜舎は、この馬車には狭すぎる。母はベッドを出ることすらできない状態だから、馬車を目にする日が来るかどうかもわからない。門の前で地面におり立ったトレヴは御者に、ミセス・ランキンを送ったら、そのまま馬車を宿で預かってもらうよう指示した。

屋内に足を踏み入れると、ちょうどミセス・ランキンが、見るからに慌てた様子で階段をおりてくるところだった。

「すみません、奥さまならいま眠ってらっしゃいますから。急いで帰って七面鳥を茹でないと、夕食に出すものがなにもないんですよ。ついでに公爵さまの従者に、こちらへ戻るよう伝えましょうか?」

「従者? いや、あいつなら今朝早くロンドンにやったままだから」

おかみがいぶかしげにトレヴを見る。

「こんなこと言いたかないですけど、あのお人はどこにも行っちゃいないはずですよ。昼も夜もなく酒場でくつろいでますって」

「酒場だって?」驚いた彼はおうむがえしに言った。「人ちがいだろう。ゆうべはここでやすんで、夜明けに出かけたんだ」

おかみが首をかしげる。

「おかしいですねえ。本人から、公爵さまのご都合でうちに泊まることになったと聞いたんですけど」

「そんな話はひとつも――」言いかけたトレヴは舌打ちをした。「その従者とやらの身長は？　大男だろう？」

「大男ですって？　いいえ、ちっとも。せいぜい中肉中背ってところですよ」おかみが不安げな面持ちになる。「公爵さまの従者なんですよね？　まさか、あたしらを騙くらかして、宿に泊まりこんでるわけじゃないですよね？」

トレヴはぎゅっと唇を引き結んだ。

「ひょっとしてそいつは、まだら模様の犬を連れていないか？」

「ええ、ええ、連れてますよ。けんかっ早そうな雑種をね。物置に閉じこめたら、明け方に散歩に連れていってもらうまで延々と吠えてうるさいこと。公爵さまの飼い犬だと聞いてますけど」

「ばかな！　わたしの犬のわけがないだろう」

「そうすると、あのお人は公爵さまの使用人じゃないんですか？」

「いや、うちの人間だと言わざるをえないな」トレヴは玄関のテーブルに帽子を投げた。「そいつを宿からたたきだして、すぐにうちに来なかったら、二度と日の目は見られないようにしてやると伝えてくれ。宿泊代はわたしが払う」

おかみがほっとした表情を浮かべる。

「すぐにこちらへ戻らせますとも。ついでに、酒場に出入りするなと伝えましょうか？」

「ああ、ぜひ。いずれにしても、シェルフォードに長居はさせない」

厨房に立ったまま言い訳と謝罪をくりかえすバートンを、トレヴはさえぎった。

「言い訳はたくさんだ！　こんなこともあろうかと、村の酒場に見張りでも置くべきだったな」

「まさかだんなが、おれと哀れなトビーの宿賃をケチるなんて思いもしませんでしたよ」バートンは非難がましく言った。「前はそんなお人じゃなかったのに」

「いいか、バートン――おまえはもう首にしたはずだ。新しい雇い主を探してくれ」

「だんなぁ」バートンがそわそわと足を踏み替え、ポケットに両手をつっこむ。「おれの雇い主はだんなだけなんですから」

「わたしにいったいなにを期待してるんだ」いらだったトレヴは低い声でがみがみと言った。「ばくち打ちだの、いかさま師だのとつきあうのはもうやめたんだよ。おまえに頼める仕事はない」

「でも、ジョックのやつはそばに置いてるじゃないですか」うなだれたバートンが指摘する。

「やつにだけ仕事を見つけてやるなんて」

「近侍の仕事だよ！　なんならおまえはうちの庭師にでもなるか？」

バートンは顔を上げた。

「なんでもしますって！　頼むから捨てないでくださいよ。チャーリーにも縁を切られちまうし、おれと老いぼれのトビーにはもう誰も味方がいないんだ」

「なあ、バートン——」腕組みをして、トレヴは壁に寄りかかった。

「頼みます、だんな！　ノーなんて言わないでください。ずっとお仕えしてきたってのに」

バートンは大きく息をのんだ。「後生ですから」

トレヴは重たいため息を吐いた。壁に頭をもたせて、目を閉じる。

「だんなの期待にそむいたことだってないでしょ？　だんなに頼まれて、おれがへまをしたためしなんてありました？」

「一〇〇回はあったな」トレヴはつぶやいた。犬を蹴って追いはらうより、ずっといやな気分だ。

「じゃあ、これからはちゃんとやりますから！　おれにだって、だんなのためにできる仕事がなんかしらあるはずだ」バートンの声がうわずる。「頼みますってば」

「しかたない！」トレヴは壁から身を離した。「わかったから、めそめそするな。おまえにひとつ任務を与える」

バートンはニカッと笑った。「嘘じゃないですよね？」

「一回こっきりの任務だぞ、いいか」

「感謝感激です！」バートンがしゃきっと背筋を伸ばす。「どんな任務でも引き受けますとも！」

「では、雄牛を買ってきてくれ。ダヴェンポート大佐という男から」

バートンは力強くうなずいた。「任せてください。で、金額の上限は？」

「上限はない。雄牛の名前はヒューバートだ。金はいくらでも払う」

「いくらでも、ですか？」バートンはあぜんとした。「たかが雄牛一頭に？」

「シェルフォード一の雄牛だ。ダヴェンポートがその雄牛を引き取るのは明日。おまえは、やつが牛を手に入れてから話を持ちかけろ。他言無用だぞ」

「そりゃ、もちろん。誰にも言いませんとも。金額はなるたけ抑えたほうがいいんですよね？」

そこへ二階から、母の呟きこむ声が聞こえてきた。トレヴはバートンに背を向け、扉に向かいながら肩越しに伝えた。

「その点はいっさい気にするな。とにかく、なんとしてでも雄牛を取り戻せ」

5

胸張り裂ける思いで冷静をよそおい、カリーは小道を荷車に引かれていくヒューバートを見送った。快適な道程になるようにとダヴェンポート大佐が用意してきた水と荷車いっぱいの干し草には、文句のつけようもなかった。意気揚々たる表情の大佐は馬の背からおりず、身をかがめてジャスパーと握手を交わすと馬の向きを変え、荷車と牛追いを率い速足で去っていった。歩み去るヒューバートはといえば、口いっぱいに干し草をほおばるたび嬉しげに尾を振っていた。

カリーは思いやり深く抱きしめてくる妹から身を引きはがし、後悔の念と謝罪の気持ちを口ごもりつつもあらためて伝えてこようとするジャスパーに、努めて明るい笑みでこたえた。両手で手袋を固く握りしめ、哀れを誘う表情を浮かべたジャスパーが、どうか許してほしいといわんばかりに大きな茶色の目をしばたたく。

涙は夜明けまでに全部流してしまった。カリーは夜どおし、ヒューバートの鼻面から立派な尻までブラシをかけ、丸くなった尾の先端をさわってからかい、まるでこれから品評会に向かうかのようにひづめをきれいに磨きあげて過ごした。仕事をしているあいだは気がまぎれた。そうしていま、みじめたらしい顔をしたジャスパーと向きあってみて、もっと体を動かす必要があると切実に感じていた。

「もう行ってしまったんだもの。これ以上嘆いてもしようがないわ」胸の痛みを覚えながらも、カリーはほがらかにいとこをさえぎった。「さてと、わたしは村までちょっと出かけてこなくちゃ。ごきげんよう、ジャスパー！」

ハーマイオニーが一緒に行くと言いださずにいてくれたのが、せめてもの救いだった。ずっと速足で歩きつづけたおかげで、ダヴ・レーンに着くころにはいっそ泣きくずれてしまいたい気持ちもおさまっていたけれど、それでもやはり、眉間にしわでも寄せていなければ涙があふれそうだった。ダヴ・ハウスには立ち寄らないつもりだ。直接アントラーズに行って、ミスター・ランキンに料理人のことを訊いたほうがいい。けれどもちょうど家から出てきたトレヴが、木々のはびこる庭を横切って通りに現れるところに出くわしてしまった。

門をくぐりながら、彼は袖に引っかかった薔薇の枝を必死に取ろうとしていた。

「やあ、おはよう。村まで行くなら送ろうか？　この薔薇を店までエスコートしていく約束だったんだが、すっぽかしてもかまわないんだ」

「おはよう」カリーは深々と息を吸った。せっかくかぶっていた元気の仮面が、はがれていくのを感じる。

かすかにほほえんだトレヴが首をかしげ、意味深長にカリーを見つめる。すぐに駆け寄り、優雅に結ばれたクラヴァットに額をあずけて思いきり泣いてしまいたいカリーの気持ちを、彼はわかっているようだった。

「お母さまがいるのを忘れたの？」だが彼女は冷ややかな口調で応じ、激しい衝動を振りきった。「まさかひとりでお留守番をさせるつもりじゃないでしょうね。賢明とは言えないわよ」

トレヴはうなずいた。

「そうそう、落ちこんだときには口げんかが一番。本通りまで送るよ。本通りに出たらけんかを再開して、きみの気をもっとまぎらわしてあげよう」

カリーの口からふっと笑いがもれ、喉の奥のつんとした痛みがやわらぐ。「優しいのね」

「そう。わたしは、一枚しかない上着を涙でくしゃくしゃにされても気にしないくらい優しいんだ」門を閉めたトレヴが、彼女の腕をとる。「滋養のあるものを食べてぐっすり眠ったおかげで、今朝は母の具合もだいぶいい。それにミセス・アダムがリリーを連れて看病に来てくれた。わたしは危険人物とみなされ、追いだされたよ」

カリーはダヴ・ハウスを見やった。

「ミセス・アダムがお宅にいらしているの？　だったらお手伝いをしなくちゃ」

「いや、戻らないほうがいい。夫人はわたしを疑っているんだ。パリの阿片窟にあるハーレムに、リリーをさらっていくつもりじゃないかって」トレヴがカリーを通りのほうに向かせる。「わたしが悪事を働かないよう、きみが阻止してほしい。まずは手始めに、郵便局まで歩いて気をそらしてもらうとしようか」

ほほえんだカリーだったが、瞳にはまだ涙がにじんでいた。

「そこまで言われて断るのは薄情というものね。せめて、あなたの邪悪なたくらみに自分がはまらないように気をつけなくちゃ」

「いやいや、きみにはもっとあくどいたくらみを用意してあるよ。アントラーズの談話室でお茶に誘おうと思ってる。きみのために椅子を引き、フランス語で誘惑までするつもりなんだ」

トレヴと並んで歩き、手袋をした手をその腕に置いているだけで、カリーは胸がどきどきした。そういえば彼は薔薇の花束を持ってきてくれたが、自分への贈り物だとは誰にも言えずじまいだ。

「昨日はわざわざ来てくださってありがとう」彼女ははにかみがちに礼を言った。「きれいなお花までいただいて」

「お礼としては全然足りないけどね」

あの花束に単なる礼以上の気持ちが込められているなどとは、もちろんカリーだって思っていない。

「アントラーズで、ブロムヤードのご婦人とやらについて訊いてみるつもりなの」彼女は話題を変えようとした。「きっとお宅で働いてもらえると思うわ」

「あのダリアを見たとき、すぐにきみの髪を思い出した」トレヴがどこか思案げにつぶやく。「深みのある赤銅の色。でも花のほうが少し色が濃かった」

「そうかしら」カリーはささやき、スカートを軽くつまんで小さな茂みをまたいだ。「お料理ができる人だといいわね。つまりその、料理上手な人という意味よ。お母さまのお口に合うものを作れる人」

「それにあの薔薇――ほんのりとピンクがかった白い花びらがかれんだった。上気したきみの頬にそっくりで」

「ブラマンジェみたいな頬だと言いたいんでしょ」カリーは軽口をたたいた。「それとも、カスタードかしら」

「ブラマンジェなんかに似ていないよ。カスタードにも全然」

「そうだわ、ブラマンジェを試しに作ってもらえば、彼女の腕前がわかるんじゃないかしら」カリーは息苦しさを覚えつつ提案した。「ブラマンジェを作ってほしいと言ってみましょうよ」

「むしろ、イチゴとクリームを混ぜたみたいだよ。じつに英国的だ」

「そうね、果物のデザートなら試験課題にぴったりだわ」カリーは早口に応じた。「でも、イチゴはいま市場に出まわっていないわね」

「たしかに、市場に出まわっていない」トレヴがうなずいて、横目で見つめてくる。いつもの、当惑させられるようなまなざしだ。心底どぎまぎさせられるような。そういう目で見ないでとたしなめるべきなのはわかっている。でも本音を言えば、やめてほしくない。むしろ正真正銘の愚か者になって、この場で彼と恋に落ちてしまいたい、あらゆる事実や理性に逆らって彼の言葉を信じたいと願っている。

「わが家にいらしたとき、妹とレディ・シェルフォードに会ったのでしょう？」カリーはまた話題を変えた。自分の声が妙に大きかった。ところどころ陽が射す通りの先を、数人の村人が行き交うのが見える。通りは村に近づくほど広くなっており、街道と呼べなくもない。

「レディ・シェルフォード……ああ、会ったよ。なかなか印象的な女性だね。あいにく時間がなくて、妹さんにはあいさつしそこねた。向こうは祝意を述べる人たちに囲まれていたしね。結婚式の日取りはもう決まったのかい」

「来月よ」

「ずいぶん急ぐんだな」

「だって、かわいそうなハーミーはさんざん待たされたんだもの……レミントンの温泉を訪れるまでは、ほとんどシェルフォードから出られずじまいで、適齢期の殿方と出会うこともかなわなかったのよ。なにしろ父がずっと具合を悪くしていて、去年亡くなってからは喪に服さなければならなかったでしょう？」

「お悔やみ申しあげるよ」

カリーは顔を上げず、「ありがとう」と小声で礼を言った。

トレヴはカリーを導いて、はびこるノラニンジンが白い花びらを揺らす通りを進んでいった。もっと深い哀悼の意を表すべきなのはわかっている。カリーは心から父親を愛していたのだから。だが、頬を鞭打たれたときの屈辱をどうしても忘れられない。ひげ剃りのたび、消えかけた傷跡を鏡のなかに見るたびにあのときを思い出してしまう。あれ以来トレヴは何カ月ものあいだ、おぞましい暴力行為によって伯爵に復讐することを夢見つづけ、ばかげた妄想だと認識することでますますそれをふくらましていった。不運な英国軍の歩兵に銃を向けるときには、敵を伯爵に見立てたものだ。

カリーはまだ顔をそむけている。編んでボンネットにたくしこんだ赤銅の髪が幾筋かこぼれ落ちているのを、トレヴはじっと見つめた。うなじのあたりで後れ毛が渦を巻いている。彼は冷淡な男だ。けれども、なめらかでやわらかそうな白い素肌を目にしたとたん、怒りと保護欲と爆発せんばかりの純粋な欲望が名状しがたい激しさでぶつかりあって、喉の奥が詰まるのを感じた。カリーからは、さわやかな干し草と刈りたての牧草の匂い、いつもの彼女の匂いがほのかに漂っている。

ふたりは友だちになれる。トレヴは心の底からそうなりたいと願っている。友だちならば、見るからに打ちひしがれた様子のカリーに嘘偽りのない思いやりの心で接してやれる。ちょうど、彼女が母のためにすぐさま手を差し伸べてくれたときのように。トレヴは伯爵の死を悼む言葉を必死に探し、けっきょく見つけられずにあきらめた。代わりに脳裏に浮かんだのは、皮肉たっぷりのせりふだけ――あのご老体も、こうしてきみとわたしが並んで歩いているところを見たら、さぞかし大喜びするだろうね。

長い沈黙の末に彼は口を開いた。

「お父上が亡くなられて、きみもさびしいだろうね」意図したよりもずっと硬い声しか出てこなかった。

「ええ、とてもさびしいわ」

「お父上はきみの幸福を心から願っていらした」

「そうね」

これだけ言えば十分だろう。そう思いながらトレヴは、またもや怒りに駆られている自分に気づいて当惑した。腹を立てる権利などないのに。カリーをからかったり誘惑したりする権利も。なぜなら彼には、これ以上ふたりの関係を深めることはできないのだから。伯爵はトレヴを、なんの未来もない一文無しのならず者とはねつけた。当時の彼にはまだ、れっきとした地位があったというのに。むしろいまの彼こそ、縛り首の縄からかろうじて逃れている状態だというのに。

「長女が結婚しなかったことを、父はとても残念がっていたわ」ほとんど聞きとれないほど小さい声でカリーが言った。「娘の結婚をそれは楽しみにしていたから」

「だろうね」トレヴはつぶやいた。おかげで新たな怒りの矛先が見つかった。カリーを捨てた三人のばか者どもだ。怒りを覚えながらも、彼は礼儀正しい紳士をよそおい、野花を眺めながら彼女と並んで歩き、思いやりと理解にあふれた返事をしばらくのあいだ探していた。だがふいに獰猛な心持ちになり、つい口走ってしまった。

「三人ともぶち殺してやりたいよ！」

驚きの表情でこちらを見たカリーがやがて笑いだし、にじんだ涙が頬をつーっと伝った。

その笑い声を耳にするなり、トレヴの胸は不思議なくらい高鳴った。

「ありがとう！」カリーが明るく言う。「自分ではできないから、悔しくてならなかったの！」

彼女の目じりに浮かんだ笑いじわに気づいて、トレヴはたとえようもない喜びを感じた。

「あとは、ばか者どもの名前だけお教えください」と告げて小さく頭を下げる。「お好きなように料理いたしますので」

カリーは洟をすすりながら笑った。

「でもやっぱり無理ね。この国の未亡人と孤児が増えるだけだもの」

「というと、やつらはもう繁殖を開始しているのですか？　どうやらこの世界は、愚か者どもをもっと増やしたいらしい。こうなったら一刻も早く連中の始末に取りかからねば」

くすくすと笑いつつ、カリーは小さくしゃくりあげた。「トレヴ」と呼びかけ、手袋をはめた手で彼の腕をつかむ。

たったそれだけ。名前を呼ばれただけだ。カリーはこちらに顔を向け、帽子のつばの下から彼を見上げている。はにかんだような、うっすらとした笑みを浮かべて。その笑みを見るたびにトレヴはいつも、刈りたての牧草の山に彼女を押し倒し、ほどけた赤銅の髪につつまれながら力強く組み敷いて、みだらな快楽にふけりたくなってしまう。

「まずは第一号の名前を」彼はうながした。「ろくでもない前例を作ったかどで、真っ先に串刺しにしてやりましょう」

「スタージョン少佐よ」カリーはすらすらとこたえた。

「スタージョン」トレヴはくりかえした。「海に住むチョウザメ《スタージョン》？」

カリーはうなずいた。

「つまりあなたは、レディ・カリスタ・スタージョンになっていたかもしれないと？」

「そうね、そうなってもいいいと思ったわ」

「言語道断だ。運命からあなたを救うため、やつを生かしておくわけにはまいりません」

「そうよ、串刺しにするべきだわ」

「仰せのとおりに、奥さま。剣でばっさりと行きますか、それとも背後から短剣でぶすりと？　お望みなら、夜明けの決闘という手もあります」

思案げな顔になったカリーは、道端に枯れた野花を見つけて引っ張った。かぶりを振ってから、種子を地面に撒き、手袋についた汚れをスカートでぬぐう。

「いいえ――決闘はだめ。わたしのために、あなたが危険な目に遭うのは見たくない」

「むしろ光栄です」トレヴは雄々しくこたえた。「それに銃の腕前には自信がある。なにしろ――」いったん言葉を切る。腕前を買われてナポレオン軍の大陸軍《グラン・タルメ》狙撃兵《ティレイヤール》に昇進し大隊の一員となった、と危うく打ち明けてしまうところだった。「モンソーの葡萄畑で」彼は話を作った。「一〇〇歩離れたところからでも葡萄の房を茎から撃ち落とせたんです」

「素晴らしいわ！　ムッシュー・ビゾーも拍手喝采だったでしょう？」

「もちろん。ただし、籠を持って葡萄の木の下で待機するよう命じられるのは気に入らない様子でしたが」

カリーは目じりにしわを浮かべ、声をあげて笑った。

「あなたと邪悪なるムッシュー・ビゾーは、意外と気が合うのね」と、どこか咎める口調で言う。

そりゃそうさ。トレヴは内心思った。ビゾーはわたしの想像上の人物なんだから。

「でも、ビゾーのことは絶対に人前で話さないでください、マドモアゼル。わたしまで悪魔に魂を売ったと誤解されたら困る。抵当には入れましたけどね。安い利子で」

「なるほど、そういうことだったの」

「ところで」カリーの手に自分の手を重ね、歩きながらつづける。「どうやらあなたは、わくわくするようなできごとを強く求めてらっしゃるらしい。最近、冒険はなさいましたか？」

「もちろん、たくさんしたわ」カリーは陽気に応じた。「シェルフォードでは予期せぬできごとばかり起こるから。先週も、ターナーさんのお宅でヤギが栗の木にのぼってしまって、おりるよう説得しに行ったばかり」

「そういうご自分も一度だけ、寝室の窓からおりたことがありましたっけ」

カリーはまたもやうつむいて、地面に視線を落としてしまった。

「あれ以来、曲芸はヤギに任せることにしているの」

トレヴはつばの陰からわずかにのぞく彼女の顔をひたすら凝視し、そこに浮かぶ心の移ろいや、口の端ににじむ拒絶の色を見て楽しんだ。カリーは感情が顔に出やすいたちだ。豊かな表情をやたらと隠したがるのもそのせいだろう。

「まだ、できると思いますか？」彼は優しくたずねた。「なんなら今度、真夜中に一緒に試してみましょう」

「トレヴ」彼女は声を潜めた。「もう商店街に着いたわ」

「スカーフで顔を隠したほうがいいかな。それとも、あなたが頭から袋をかぶりますか？」

カリーが唇をかむのが見える。こんなふうにからかうべきではないことくらい、トレヴだってちゃんと承知している。なのになぜからかってしまうのか、自分でもわからない。レディ・ハーマイオニーの婚約や母の容体や、天気を話題にすることだってできるのに。

「ともかく、スタージョンの命は遠慮なく奪ってやりましょう」トレヴはわき起こる分別を無視して言った。「それで、国外逃亡をする前にあとは誰を殺《や》ればいいですか？　第二号と第三号の名前と肩書きもください。ついでに、お好みの料理法も」

「第二号は、ミスター・シリル・アレン」カリーが顎を上げて言う。頬は真っ赤だ。

「どんな最期をくれてやりましょうか？」

「首を絞めてやるといいわ。ロンドンじゅうの人に、カリスタ・タイユフェールは頭がどうかしている、だから婚約を破棄したと言いふらしたんだもの。しかもその後、自分の屋敷で雇っていた料理人を奥さんに迎えたのよ！」

「だったら、絞め殺す前に細切れ肉にしてやるのはどうです？　それ以上刻めなくなったところで首を絞めるんです」

「そうね、それがいいわ」カリーは名案だとばかりにうなずいた。「ついでに細切れ肉を奥さんのシチューに入れてあげて」

トレヴは意地悪く笑った。「お安いご用ですとも」

「第三号は、世にも美しい奥方と外国に行ってしまったの」カリーは唇をかんだ。「たぶんイタリアだと思うのだけど」

「それは都合がいい。ミスター・アレンを料理し終えたら、欧州大陸に逃亡してピサに向かい、斜塔から第三号を突き落としてやりましょう」

「きっと、ありとあらゆる新聞で報じられるわね」カリーが楽しげに言う。

「そうですね。となると、あなたの名前が公にならないようにしなくては。〝犯人は、とあるレディの名誉のために犯行におよんだもよう〟と報じてもらう必要がある」

「記事を読んだ人は、こぞって憶測をめぐらすわね」カリーは満足げだ。「謎のレディはいったい何者なのか、って」

「いや、すぐにばれてしまうでしょう。どんな治安官だって真相を突き止められるはずです。三人のばか者どもに、ほかに共通点はないのですから」

ありえない、とばかりにカリーが噴きだした。

「誰も思いやしないわ、あなたがわたしのために復讐だなんて」

「どうして」

「だって」カリーは舌をぺろっと出した。「わたしのためにそこまでしてくださる紳士なんて、この世にいないもの」

「ライバルを亡き者にしようとする男がいないのですか?」トレヴは信じられないといった面持ちでたずねた。

「英国紳士がそこまでうすのろだとは」

「そうね」カリーがいたずらっぽく応じる。「うすのろばかりだわ」

トレヴはにやりと笑ってみせた。いつのまにか、ふたりとも歩みを止めていた。恥じらうように見上げるカリーの口元が、彼を誘っている。もちろん本人は無意識なのだろうが、そのせいで余計に、誘惑に抗えなくなる。官能的な唇と、笑みをたたえた瞳を持った、つつましやかなカリー。精力旺盛なフランス男が女性にどんなふうに接するか、往来の真ん中で教えてやったら彼女はさぞかし驚くことだろう。

「おはようございます、レディ・カリスタ!」

大声に驚いて、トレヴは視線を上げた。火傷でもしたかのように、彼の腕に置いていた手をカリーがさっとどける。聖職服姿のでっぷりと太った牧師が目の前に立っていた。顔の下半分を覆う白いひげが、昔の襞襟のように首回りを囲んでいる。牧師はカリーにうやうやしく頭を下げてから、トレヴにも軽く会釈をした。

「ミスター・ハートマン」カリーはあえぐように言った。「あの、ええと」先にどちらを紹介するべきか、あるいはどう紹介するべきか判断しかねたのだろう、激しくうろたえた。

「あの、ムッシュー、牧師さまを覚えているでしょう? 牧師さま、こちらはモンソー公爵ですわ。ムッシュー、こちらは教区の牧師さま」と言いながら、まるで銃で撃つようにふたりの男を交互に指差す。

「久しぶりですな、公爵殿《ムーシュア・リュダック》」ハートマン牧師は如才なく帽子を脱いだ。「まさにこれから、ダヴ・ハウスにうかがうところです。マダムの容体がたいそうお悪いと聞きましたが？」

牧師の「公爵殿」は発音が妙に気取っていた。ムッシュー・ル・デュックと普通に呼べばいいのに。シェルフォードの人たちはいつもこんなふうに、トレヴの肩書きをわざわざフランス語にする。しょせんあんたはフランス人だろうとばかりに。どうやら牧師も、フランス男がカリーをエスコートしているのが気に入らないらしい。

彼女の頬はすでにつぶしたイチゴのように真っ赤だ。トレヴも恥辱感に襲われていた。母が床に伏せっているのに、うきうきと歩いているところを見られてしまうとは。牧師に対するいらだちが、たちまちわいてくる。

「おかげさまで、今朝はだいぶ具合がいいようです」彼は流暢な英語で冷ややかに応じた。

「それはよかった」と言いつつ、牧師はちっとも安堵したふうではない。むしろ、最前よりもいっそう険しい表情になった。「いろいろとお噂を耳にしたものですから、心から心配しているのですよ。このようなときに、ご母堂もおひとりでは心細いでしょうからな」

「牧師さまの顔を見れば、母も喜ぶでしょう」トレヴはそっけなく応じた。そもそもローマ・カトリック教徒であるモンソー家は、シェルフォードで過ごした当時からハートマン牧師とほとんど面識がない。「いずれにせよ、この数時間のあいだに母が亡くなる恐れはありませんから」

「それはそうでしょうとも。わたしだとて、まさかそこまで考えては――」牧師は少し早口になった。「ただ、病に苦しんでいらっしゃるご母堂の、慰めになればと思ったまでのこと」

「すでにレディ・カリスタが、母のためにあらゆる手を尽くしてくださっていますから。あ、母の宗旨替えが目的でしたら、お急ぎになったほうがいいと思いますよ」

「めっそうもない!」牧師は息をのんだ。「宗旨替えが目的だなんて、そんな!」

「では、病に苦しむ母を見舞ってくださるという牧師さまを、これ以上お引き止めするわけにはまいりませんので」いくらなんでも言いすぎだな――トレヴはカリーの咎めるまなざしに気づいて反省した。彼女の腕をあらためてとり、言い添える。「われわれはこれから、母を病の床に残してアントラーズまでお茶を飲みにまいりますので。ごきげんよう!」

カリーの手を引き、トレヴは足を無理やり前に押しだすようにして歩きだした。振りかえった彼女がごきげんよう!と早口で牧師に声をかけてから、抗うことなくついてくる。ひとまず彼は十字路のところまで足早に向かった。

そこでつと歩みを止めると、立ち止まった勢いでカリーのスカートの裾がトレヴの足元でひるがえった。彼は吐きだすように言った。

「すまなかった。だがどうしても――牧師のおせっかいに我慢がならなくて。だいたい、母を見舞ってどうしようというんだ。これまで一度たりともダヴ・ハウスに来たことなどなかったくせに」

「たしかに牧師さまはおせっかいね」カリーは苦笑した。「でも、そういうあなたは少々無礼だったわ」

「横柄だったと言いたいんだろう？　きっと昼には村じゅうの噂だ」

「あら」とつぶやいて、カリーが軽く口の端をゆがめる。「一五分後には、のまちがいではない？」

「そうだね。さて、スカーフと袋とどっちで顔を隠す？」

「頭から毛布をかぶったほうがいいんじゃないかしら」

ふたりはすでに、村の一本道にずらりと並ぶ木造藁葺き家の、最初の一軒目の前まで来ている。まだ誰ともすれちがっていないが、向こうから、馬にまたがった男性のほか数人の村人がやってくるのが見える。

「おはよう！」カリーは速足ですれちがう騎乗の男性に、慌ててあいさつをかえした。道行く人が増えていくにつれ、彼女の歩みが重たくなってくるのがわかる。

「前からやってくるのは、どうやらミセス・ファーらしいね」トレヴは声を潜めた。「親切だけどオウムみたいにおしゃべりで有名な」せいぜい紳士らしく振る舞おうと、帽子をとって夫人に頭を下げる。「おはようございます、ミセス・ファー」彼はほがらかに呼びかけた。

「まあ、驚いたこと！」リンゴの頬をした未亡人は歓声をあげ、前世紀のものとみまがうほど分厚いペチコートをがさがさ言わせながらカリーに会釈をした。「おはようございます、レディ・カリスタ。まさかおとなりにいらっしゃるのは、フランス生まれのあのお方？」

「おはよう、ミセス・ファー」カリーは静かに返した。「ええ、マダムのご子息が戻られたんです」

「まあ、よかったこと」夫人はしわがれ声で言った。「マダムにとって、これ以上の喜びはありませんわね。それに、ご子息も立派な紳士になられて！」

「あなたもお変わりがないようで」トレヴは応じた。夫人に向かって優しくほほえみかけるのは簡単だった。「ミス・ポリーもお元気ですか？」

「相変わらず怒ってばかりいますわ。でも、まさかあなたがミス・ポリーを覚えていてくださるだなんて」

「忘れるわけがないでしょう。なにしろあのオウムには、石鹸でうがいをする方法まで教わったんですから」

「まっ、あの子の言うことなんて聞いてはだめよ」夫人は声を潜め、小さく肩を揺すって笑いだした。

「そうなのですか？　だったらもっと早くそう言ってくださらないと。もう母にも教えてしまいましたよ」

「いたずらな方！」夫人はけらけらと笑った。「嘘おっしゃい！」

トレヴは夫人にウインクをした。

「よろしかったら、一緒にアントラーズでお茶でもいかがですか。ちょうどレディ・カリスタに、ダヴ・ハウスの新しい料理人探しを手伝っていただいているところなのです。あなたの助言があればますます安心だ」

「ええ、お力になれるのでしたらぜひ」ミセス・ファーはスカートをつまむと、白髪交じりの髪やしわがれた声に似合わない、きびきびとした足どりで宿に向かった。「あなたがレディ・カリスタに悪いことを吹きこまないよう、しっかり見張らなくっちゃ」意味深長な笑みを浮かべて言い添える。

トレヴはうやうやしく頭を下げた。

「悪いことは全部、あなたのオウムから教わったんですよ、ミセス・ファー」

「まっ、嘘おっしゃい！」未亡人はふたりの先に立ち、アントラーズへと入っていった。

6

シェルフォードの人びとにとってアントラーズの談話室は、村の酒場を除けば唯一の憩いの場所である。広さはさほどなく、暖炉の前にティーテーブルが二台と小ぶりなソファセットがひとつあるばかりだ。くつろいだ雰囲気の室内には、ジンジャーブレッドを焼く香ばしい匂いが漂っている。ランキンは仕事熱心な宿の主人らしく体の後ろで手を組んでわずかに身をかがめ、ミセス・ファーの注文を待っている。夫人はボヒー茶にするかスーチョン茶にするか決めかねているらしい。

手紙を出す用事があったトレヴはいったん席を離れ、おかみのところに行った。郵便料金とスタンプの種類について確認し終えたとき、おもてからラッパの音が聞こえてきて、おかみは慌てて厨房に戻った。トレヴが通りを見やると、宿の前に幌を開けたランドー馬車がさっそうと止まるところだった。馬車の扉のほうに視線を移す。大きな三角帽と軍服が視界を横切り、やがて、男がひとりおりてきた。

階級章までは見えなかったが、近衛竜騎兵隊の所属らしい。終戦後、英国は軍服を刷新した。新しい軍服は非常に華やかかつ優美なデザインで、現れた軍人も、立派な金モールだの胸元の太い金糸の縫い取りだのがあしらわれた金色と真紅の衣装をまとって、光り輝かんばかりである。狙撃手にとっては格好の標的だな。トレヴは思った。それから通りに背を向け、カウンターで郵便料金の釣り銭を受け取り、手紙を郵便受けに入れた。

　宿のあるじが談話室にいる客を気にしながらも、急ぎ足でその場をあとにするのが見える。トレヴがふたたび振りかえると、軍人は宿の玄関に足を踏み入れるところだった。よく見れば知っている顔だ。つかのま互いの顔を凝視したとき、軍人の表情に一瞬ためらいの色が浮かぶのがわかった。どうやら相手もこちらに気づいたらしい。あいにくトレヴは、男の名前までは思い出せなかった。顔立ちは、しっかりとした顎に薄いブルーの瞳、広い額と、いかにも英国人らしい整ったものだ。どこにでもある顔と言っていい。なにしろトレヴは有名無名の英国紳士や軍人に、薄暗く煙にかすんだ兵舎で、あるいは雑踏のなかで、数えきれないほど会っている。

　それでも軽く会釈をしてみせると、相手もわずかに頭を下げた。だがふたりは、それがどのようなものだろうと旧交を温めるのは暗黙の了解でやめ、言葉は交わさぬままその場を離れた。軍の将校であろう相手の男にとって、ふたりのつながりは公にされたくない種類のものなのだろう。トレヴにしても、ここで他人と積極的に交わろうとは思っていない。むろん、交流を避けられない場面もあろう。彼の偽名や別の立場を知る人間と、うっかり再会してしまう可能性は否定できない。そんなとき、相手もトレヴ同様に慎重であってくれるといいのだが。互いの関係をおおっぴらにしたところで、どうせなんの得にもならないのだから。

カリーたちのもとに戻ったトレヴはテーブルにつき、茶葉の価格に関するおしゃべりにくわわった。もっぱらミセス・ファーが持論を展開するばかりで、カリーはときおり相づちを打ったり、「そうですわね」と同意の言葉をつぶやいたりするだけだ。ろくに話を聞いていないのが一目瞭然だが、トレヴにそれを責める資格はない。

「緑茶は嫌いだわ」ミセス・ファーがカリーの飲んでいるお茶を見てきっぱりと言う。「茶葉が適当に混ぜてあって、いったいなにが入っているかわかったものではないでしょう？　だからわが家では、緑茶は絶対に飲まないいんですのよ」

「それがいいですわ」カリーがうなずいた。「本当に」

そこへランキンが、先ほどの軍人を案内して談話室の戸口に現れた。

「暖炉のそばの席をどうぞ」あるじは勧めながら、軍人の帽子とマントを預かった。「かばんはお部屋に運んでおきましょう。軽食などはいかがですか？　ジンジャーブレッドが焼きあがったところですが」

「リンゴ酒だけでけっこうだ」軍人はぶっきらぼうに応じた。

ふいにカリーが背筋を伸ばし、男のほうを見る。驚きの表情の浮かんだ顔が見るまに青ざめるのに気づいて、思わずトレヴは手を伸ばして彼女を支えようとした。カリーがティーカップをおろし、ボンネットのつばで顔を隠すかのように深々とうつむく。

ミセス・ファーはといえば、コンゴの紅茶と英国の紅茶とどちらがおいしいか一席ぶっている。軍人が、他人との同席を余儀なくされた人ならではのさりげない無関心さでこちらのテーブルをちらりと見やり――すぐにまた視線を投げてきた。射るようなまなざしがカリーにそそがれ、彼女のうなじへと移動する。そこに垂れた一筋の赤い巻き毛は、村のあらゆる商店の看板同様、シェルフォードの住人にはなじみのものだ。軍人の顔に浮かぶ表情が変化する――赤毛を目にするなり、まさかという困惑の色が広がったかと思うと、唇がぎゅっと引き結ばれ、肩がいかった。男はいきなり背を向け、ソファに腰をおろした。

カリーはうつむいたままだが、胸元が大きくすばやく上下している。トレヴは脚をそっとずらして彼女の膝に触れ、大丈夫か、なにかあったのかと無言のうちにたずねた。暖炉から完全に顔をそむけて窓外を眺めるさまは、そうしていれば空を飛んで逃れられるとでも思っているかのようだ。瞳は驚きのあまり大きく見開かれている。

「とにかく、もしも紅茶がお好きなら」ミセス・ファーが言う。「コンゴの品を混ぜたものならまちがいありませんわよ、公爵。それと、中国の珠茶《ガンパウダー》は一カ月も飲みつづければ命を落とすと申しますからね」

「火薬《ガンパウダー》は一発で昇天できますよ、ミセス・ファー」トレヴは応じつつ、カリーの様子をうかがった。「気分でも悪いのですか、レディ・カリスタ？　なんなら外の空気でも吸ってきては？」

カリーはうなずいて立ちあがり、差しだされたトレヴの腕につかまった。その背後で、軍人が同時に腰を上げる。

「レディ・カリスタ」男ははっきりと呼びかけた。

銃を向けられた小鹿のように、カリーがその場で凍りつく。

「ここでは話したくないとおっしゃるなら、それでけっこう」男は鼻を広げた。「あなたを困らせるつもりは毛頭ない」つかのまトレヴを見やり、貴族的な眉をぎゅっと寄せる。男はふたたびカリーにまなざしを向けた。「ですがあなたさえ……あなたさえかまわなければ、いずれお宅にお邪魔させていただきたい」

カリーは唇を濡らした。

「それは――あの、ごめんなさい――」深々と息をし、床に視線を落とす。「そういうのは、ご遠慮ください」

軍人のペールブルーの目が、ふたたびトレヴに鋭く向けられる。その目になにかを感じとり……トレヴは視線をそらすまいとした。あたかも挑むかのように、男の表情がぴんと張りつめる。カリーと男は、ともに唇を引き結び、こわばった表情を浮かべている。そのさまから、ふたりがかつて恋人同士で、男がトレヴに嫉妬をしていると推理することも可能だっただろう。だがトレヴは、そうではあるまいと判断した。村の友人知人にも知られぬように交際していた男がカリーにいるのなら話は別だが、この軍人は例の、婚約を破棄した男どものひとりにちがいない。なるほど、騎兵隊長か――トレヴは男の階級章に視線をそそいだ。

奇遇だな。この男のような輩には、カリーのとなりに立つ者に敵意を抱く資格などありはしない。

男は歯を食いしばり、あらためてカリーを見つめた。「だったらせめて――」

「レディ・カリスタは、すでにはっきりとお断りした」トレヴはさえぎった。男は聞く耳を持たない。「よろしかったら——」

「おや」トレヴは聞こえよがしに鼻を鳴らして部屋の臭いをかいだ。「魚の腐った臭いがする」

カリーが彼の腕に置いた手に、痛いほどにぎゅっと力を込める。彼女はむせるような、すすり泣くような声をもらした。男の顔が軍服そっくりの真紅に染まる。男は口をゆがませて言った。

「レディ・カリスタに話しかけているのだ、口出しはやめてくれたまえ」

「だから、お話ししたくないんです」カリーは早口に応じた。

男はつかのま、身じろぎひとつせずに黙りこんだ。「わかりました」とつぶやいて、ぎこちなく頭を下げると、憎々しげにトレヴをにらんでから談話室を出ていった。

「なんてこと」震える声でささやいたカリーは、どしんと椅子に腰をおろした。

ミセス・ファーが身をかがめて、カリーの手をたたきながら顔をのぞきこむ。

「かわいそうに、顔が真っ青よ。でも、あのいまいましい殿方はもういませんからね。ほら、ご覧なさいな。おもてで御者に馬車を出すよう命じているわ」

指先で頬に触れながら、カリーは深呼吸をした。「ごめんなさい、みっともないところをお見せして。お心づかいに感謝しますわ、ミセス・ファー」未亡人がお茶をそそいでくれたカップをとり、ごくりと飲む。

「第一号だね？」トレヴは淡々とたずねた。

カリーはさらにお茶を飲んでからうつむき、鼻梁にしわを寄せて顔をしかめた。

「スタージョン少佐よ」トレヴを見つめ、カップをテーブルにおろす。ソーサーがかたかたと音をたてた。「こんなに驚くなんて、われながら変ね」と弱々しく言う。「ばかみたい、あれではまるで……」声がとぎれた。「ごめんなさい。あんまりびっくりしたものだから」おぼつかないほほえみを浮かべてみせる。「ぐさりと串刺しにしてくれて、ありがとう」

「きみの一撃だってたいしたものだった」トレヴは応じた。

「だといいのだけど」カリーはもぐもぐとこたえた。

「それにしても、ぶしつけな方ですわね」ミセス・ファーが指摘し、興味津々といった様子でカリーを見つめる。「もちろん、お知りあいではないのでしょう？」

「まさか！」カリーは即答した。「知りあいだなんて。いえ、つまり――」唇をかむ。「よく知っているわけではない、知りたいとも思わない、という意味ですわ。だからといって――変にかんちがいをされては――どうかいまのことは誰にも――」

「もちろん話しませんとも！」

どうせ、自分たちと別れたらすぐに噂を広めるのだろう。ミセス・ファーの表情からトレヴはそう推測した。アントラーズで、見慣れぬ顔の男がレディ・カリスタにいきなり話しかけた――そんな噂を耳にした村人たちが、いったいどんな憶測をめぐらすことか。しかもカリーは、好奇心を丸出しにした未亡人に釈明もできず、ひどく口ごもるばかりだ。

「スタージョンなぞ、レディ・カリスタと口をきく資格もない」

トレヴは唐突にそう言った。この手の問題が起こったとき、シェルフォードのように小さな村ではあっというまに憶測が駆けめぐる。だったらいっそ、真実を明らかにしてしまったほうがいい。

「なにしろレディ・カリスタへの誓いを破った男です。彼女と、いえ、彼女の友人とだって、話をする権利などありはしません」

「ひょっとして、例のあの方？」ミセス・ファーが息をのむ。「レディ・カリスタとの婚約を取り消した、あの人でなしのひとりなの？　よくもまあ、シェルフォードにのこのこやってこられたものね！　そのうえ、レディ・カリスタに声をかけるだなんて！　あなたのご機嫌をとって、あらためて結婚を申し込もうという魂胆かしら」

「あの方なら、もう奥さまがいらっしゃるわ、ミセス・ファー」カリーは静かに告げた。「だからきっと、遺憾の念かなにかを伝えたかっただけでしょう」

「どうせ、短気で口うるさい女房をもらって遺憾だとでも言いたかったんだろう。レディ・カリスタ以外の女性と結婚したのは、みじめなわが人生の最大の過ちだったと」

カリーが小さな笑みを投げてくる。どうやら落ち着きを取り戻しつつあるようだ。

「胸がすく思いだわ。あの方が本当にそんなことを言うつもりだったのなら、話をしてあげればよかった」

そこへ宿のあるじが、当惑の面持ちで部屋をのぞきこんできた。

「先ほどの軍人さんは、帰るとおっしゃってましたかね？」

「ああ、尻尾をまいて逃げていったよ」トレヴは答えた。

「でも、かばんをお預かりしたままなんですよねえ」

「通りに放りだしておけばいいさ」トレヴがあるじに助言をすると、カリーの忍び笑いが耳をくすぐった。

「だけど、一週間ばかりうちに泊まるはずだったんですよ」あるじが言い募る。

「なんてこと」カリーは唇をかんだ。「シェルフォードで一週間もいったいなにをするつもりかしら」

「軍人さんが、なにかご迷惑をおかけしましたか？」あるじが心配そうにたずねる。「れっきとした紳士とお見受けしたので、酒場の二階ではなく、うちにお泊めしようと思ったんですけど」

「気にしないで、なんでもないの」

「急ぎの約束を思い出したんだろう」トレヴは口を挟んだ。「ヒラメとの」

「あの方が、うちになにかご不満があったわけじゃないといいんですが」

「そんなんじゃないから安心なさって、ミスター・ランキン」カリーは背筋を伸ばした。

「ジンジャーブレッドがいい香りね。さっそくいただこうかしら。ところで、例のブロムヤードに住んでいる料理人から返事はあった？」

「ええ、ありました。ちょうどその件をご報告しようと思っていたところへ、あの軍人さんが来ましてね。土曜日から働けるそうで、いまの雇い主の紹介状も送ってくれました。ただ、ほかにも二家族から誘いがあるらしくて。それと、週当たりの給金は一三シリングが最低条件だと言ってましてね」

「一三シリングですって！」未亡人がわなわなと震える。「料理人ふぜいが、なんてずうずうしい」

「つまり——引く手あまたなわけね」カリーが指摘する。

「そのようですよ。それでもこちらの話に乗り気なのはたぶん、グロスターの自宅まで馬車で一日程度の道のりだからでしょうね。ほかの家は、もっと遠いみたいですよ」

「だけど、どうしていまの仕事をやめたいのかしら」

「もう一〇年も同じ奥方にお仕えしてきたそうなんですが、奥方が健康を害して、娘家族と同居することになったらしいんです」

カリーはトレヴを見つめた。「それにしても、一三シリングは高すぎるわ」

「完全に足元を見られているな。わが家がブラマンジェ作りの名人を探しているという噂が、早くもブロムヤードに伝わったとみえる」

「でも、そういう方に仕えていた女性ならきっと、食欲が衰えた人の口にも合う料理が作れるわね」カリーは言った。

「紹介状にもそのように書いてありますよ。さっそくお見せしましょう」ランキンは告げ、一礼して部屋をあとにした。

「落ち着いて考えましょう」カリーがつぶやく。「一三シリングを払うべきか、あきらめるべきか」

「きみが決めてくれたまえ。彼女になら母の世話を任せられる――きみがそう判断するのなら、言い値を払おう」

カリーはきっぱりとうなずいた。「そうね。値切る必要なんてないわ。願ってもない人材だもの。ミスター・ランキン――」戻ってきたあるじから紹介状を受け取り、ざっと目をとおす。「すぐに来てもらいたいと、その人に伝えてちょうだい。書くものを貸してくだされば、正式な依頼状を書くわ」

「給金は一五シリングだ」トレヴは言った。

「一五シリングですって？」未亡人がうめく。「うちの老いぼれ料理人の耳に入ったら大変」

「お気持ちはわかるわ、ミセス・ファーー」カリーはあるじが用意してくれたインク壺に視線をやった。「でも、いまは非常事態なの。お宅の料理人には、フランス人の公爵は頭がどうかしているのだと説明してあげて。新しい使用人にうまく丸めこまれただけだと」

「では一八シリングにしよう」トレヴは得意になって言った。「いや、一ギニーだ！」

「一ギニー！」ミセス・ファーがぎょっとした声をあげ、気つけ薬を出してきゅっと飲む。

「本気なの？」カリーはインク壺にペン先を浸した。「そこまでいったら本物のおばかさんよ。一四シリングが妥当だわ」

トレヴはカリーにウインクをしてみせた。彼女はにっこりとほほえみ、依頼状書きにとりかかった。

アントラーズを出たところで、カリーはトレヴたちと別れた。ほかにも用事があるのならエスコートしようという彼の申し出は断った。それ以上、村人たちの詮索する視線や、好奇心に満ちた言葉に耐えられないと思ったからだ。どこに行くあてがあるわけでもなかったが、彼女はひとり、通りを歩いていった。

こんなふうに気持ちが乱れたためしはいままでない。この数年間、いや、正確に言うならこの九年間ずっと、カリーは季節の移り変わりや動物たちの世話だけを楽しみに、ひたすら静かに過ごしてきた。動物たちはみな、それぞれに個性があり、ときおりちょっとした事件を起こしてくれたりもする。動物たちは、夜中に窓辺に現れて窓から下におりろとそそのかしたりしない。彼女を捨てたはずなのに、熱いまなざしをそそいで、話だけでもさせてほしいと懇願したりもしない。笑いをくれることはある。喪失感に泣かされることもある。でも、きれいだねとお世辞を言ったりはしない。

もちろん、かつての求婚者たちがみな心を入れ替えて彼女の前にひれ伏したなら、そのときはどんなふうに返事をしようかと想像したことは何度もある。「みな」というのは、トレヴをはじめとしてという意味だ。改心したトレヴは情熱と後悔にあふれた手紙を彼女にしたため、きみに受け入れてもらえない人生などなんの意味もないと訴える。巨万の富を得たうえにモンソーの領地も取り戻したトレヴは彼女の前にひざまずき、だからきみの持参金を狙っているわけではない、昔からそんなつもりはなかったと弁明する。たとえきみが無一文で路頭に迷っていようとも妻に迎えるつもりだ、それでもわたしの愛を拒絶するというのなら、いっそ銃で自害するか、マダガスカルに渡って海賊になってやると脅し文句まで口にして(彼なら本当に海賊になりそうだ)。さんざん口説かれたカリーは、動物の世話とタピオカゼリーのレシピ考案に捧げる人生をしぶしぶあきらめ、トレヴの求愛を受け入れる。そしてふたりは海賊になる。カリーは真珠とルビーでわが身を飾りたて、英国軍の将校たちを次から次へと串刺しにしてやるのだ。

スタージョン少佐の場合は、もっと用心深く求愛してくる。それもこれもカリーの想像力が、一〇代を卒業してからすっかり貧しくなってしまったせいだ。再会の場はロンドンの舞踏会。少佐はそこで、陰ながらずっと恋い慕ってきたカリーの姿をついに見つける。彼女を目の前にして、もはやその思いを隠すことはできなかった。少佐はカリーに捧げるソネットを書き、名前を伏せたままその詩を彼女に贈る。自責の念に満ちた詩だ。雨のなか、少佐はカリーの家の前に立ちつくし、何時間も扉をただ見つめつづける。やがてカリーの心も和らぎ、少佐はついに面会を乞う勇気を得る。そのときの少佐の声音は優しく、切々としているはずだ。アントラーズの談話室では、なんだか有無を言わせぬ口調だったが。

正直なところ、この手の妄想はひとりで楽しむにとどめておきたかった。まさか現実に彼らと向きあいたいとはこれっぽっちも思わなかった。それなのに、よりによってスタージョンのほうが、後悔の念に打ちひしがれた海賊の役を買って出るとは。カリーは心底まごついた。なぜ彼が屋敷を訪問したいなどと言うのか、さっぱりわからない。ふたりの婚約は少佐からの一通の手紙によって破棄された。はっきりとした理由は明かされず、ただ、自分はレディ・カリスタにふさわしい男ではないとだけ記されていた。ところがそれからほどなくして彼は、自分は別の女性にふさわしい男であると判断した。要するに、少佐が妻に求めるものがカリーに備わっていなかっただけの話。父は少佐との結婚話を無理やり進めようとしたが、娘に止められるとあきらめた。わたしを妻にと望んでくれる方と結婚したいの。カリーはそう言って父を止めたのだった。

とにかくあれは、最初から最後まで屈辱的でみじめな経験だった。スタージョンがどんな人だったか、カリーはろくに覚えてもいない。パリから一時帰国したときと、ワーテルローから戻ったときに会っただけだし、そのときもほとんど話をしなかった。ハンサムな人だなとは思った。とても男性的な、いかにも軍人らしい雰囲気を醸していて、会うときは決まって軍服を着ていた。久方ぶりの再会で少佐だとすぐにわかったのも、彼のあのいでたちのおかげだ。立派な軍服をまとった現役軍人など、カリーの知りあいにはほとんどいない（正確にはスタージョンだけだ）。堂々たる金モールや肩章を、カリーは鮮明に記憶していた。とはいえいまの少佐には、どこか空威張りしている感じがある。全身を真紅と金色の軍服につつんだ彼の、マントをさっと脱いだときの得意げな様子。彼女を見つめたときの、どきまぎするほど熱いまなざし。

しかも、ふたりの男たちのあいだには一瞬にして敵対心が生まれ、トレヴの軽率で横柄な言葉が火に油をそそいだ。あれよりずっとあたりさわりのない言葉が、決闘につながった例だってあるというのに。たしかにトレヴとは、元婚約者を串刺しにするだの銃で撃つだのという話をしたが、それが現実になりかねないとは。

とはいえ、トレヴが助け舟を出してくれたのは正直嬉しかった。嬉しすぎて、妄想の数々がかすんでしまったほどだ。

気がつくとカリーは村にひとつだけある広場に立ち、果物屋の壁に貼られたチラシをぼんやりと眺めていた。古いチラシに重ねて貼られたチラシには、牛攻めの一場面が描かれていた。ぶち模様の立派な牛が、二匹の大きな犬と闘っている。ブロムヤードの肉屋が貼ったらしく、「牛攻めに遭った牛の肉は普通よりずっとやわらかい」という昔からの言い習わしが、まるで朗報のように記されている。

カリーは顔をしかめた。ダヴェンポート大佐がヒューバートを買ったのは種牛にするためで、牛攻めに出すためではないはず。けれどもチラシに描かれた牛は、思わず身震いするほどヒューバートによく似ている。昔からあるこの手のばかげた風習は、牛を何時間も苦しめる。食用にする牛は本来、苦痛を与えぬよう一撃で死なせてやらなければならないのに。カリーも父から、牛を売らねばならないときはそうした決まりをきちんと理解した者を選ぶよう教えられた。相手をちゃんと選べば、技術不足や不注意から牛が苦しめられることもない。だが腹立たしいことに、牛攻めなどの残虐行為はあちらこちらで行われている。品評会や町なかで、人びとは嬉々としてそれを見物する。

つま先立ったカリーは壁からチラシをはがし、びりびりと破いた。村の果物屋は肉屋もやっている。商売敵のチラシをはがしてくれたと知ったら、果物屋の主人は彼女に感謝するはずだ。そうだ、ヒューバートに干からびたパンを買っていってあげよう。そう思ってから、カリーは愛する牛がもういないことを思い出し、ハンカチでちゃんと洟をかんだ。村の広場の真ん中で、涙に暮れるわけにはいかない。

「ヘンリー・オズバルデソン、九五歳が、レイチェル・ペンバートン、七一歳とブラックバーンで結婚」蠟燭の明かりの下で、トレヴは古い『ラ・ベル・アサンブレ』の記事を読みあげた。「レディ・レイチェルは、跡継ぎを産んだと思いますか？」

「ええ、跡継ぎのあとは双子にも恵まれたでしょうね」と応じる母の声は弱々しい。母はベッドの上で枕に背をもたせ、煎じ茶の入ったカップで両手を温めている。「だって、一〇年くらい前に出た号でしょう？」

トレヴは表紙をたしかめた。「八年前です」ワイングラスを掲げる。「ミセス・オーの健康に乾杯！　夫人がいまも、夫君の財産をせっせと使っていますように」

ほほえんだ母は、長い指で上掛けをもてあそんだ。

「わたくしの大切な息子《モン・トレゾール》が、ミスター・オーみたいな晩婚になるのはいやですよ」

「八〇歳までにはなんとか、と思っています」トレヴはこたえた。どうやら話題をまちがえたらしい。

母はため息をついた。それが咳に変わったところで、トレヴは薬瓶に手を伸ばした。だが母は首を横に振った。「お薬はいいわ……まだ起きていたいの」咳のせいで頬が上気した母はいつもより若く、まるで少女のように見える。「ねえ、トレヴェリアン……レディ・カリスタに求婚しようと思ったことはないの？」

「ありますとも。すでに何度も申し込みました」トレヴはさらりと応じた。「でも惨敗です」

「惨敗？」母が小首をかしげる。「まさか、断られたというの？」

「誰もが母上みたいに、わたしの長所に気づいてくれるわけじゃないんですよ」

母の唇がきゅっと引き結ばれる。

「ばかおっしゃい。レディ・カリーは、きっとあなたに好意を持っているわ」

「またまた。母上もお上手だな。彼女の父親ならきっと、ありえないと言いますよ」

まるで叱られた子どものように、母はわずかに顔をしかめた。

トレヴはページをめくった。「オウンドル在住のミスター・トーマス・ヘインズが、イチゴ、ラズベリー、グースベリーの新たな栽培法に関する本をまもなく出版」と別の記事を読みあげる。「こっちの記事はあまりそそられませんね。尊師ジェイムズ・ピュンプターによる『英国詩劇の浄化』が、早春にも刊行予定」

母は笑みを浮かべたものの、心ここにあらずといった感じだ。トレヴは雑誌に集中しているふりをしながら、母が上掛けの端を指先で折ったり広げたりするさまを見ていた。

「向こうに行く前の話ね？」母は探るようなまなざしを息子に向けた。「あなたが、フランスに発つ前の話なんでしょう？」

トレヴは雑誌を裏返し、筒状に丸めた。

「この話はやめましょう。レディ・カリスタに、わたしなどと結婚する気はありませんよ」

「でも、モンソーの名前を取り戻したいまなら状況がちがうわ……昔とはまったく」

「そのとおり。わたしはフランスに戻らなければなりません。でも彼女が一緒に来てくれるわけがない。妹や、慣れ親しんだすべてのものを捨てて」

「いいえ、喜んでついていくはずよ」

「母上――」

「彼女だって……ずっと独身でいたいとはまさか思わないでしょうし」

「もうよしてください」トレヴは丸めた雑誌でこぶしをたたいた。「お願いですから」

母がいかにも残念そうに深々と息を吐く。「彼女を愛していたのでしょう？」

「ご冗談を」トレヴは部屋の隅の薄闇をにらんだ。

親子はしばらく無言で座っていた。いくつもの嘘や失敗を、トレヴはいまにも打ち明けてしまいそうだ。それでも黙っていられたのは、言えば母はもっと失望すると思ったからこそ。

「お金が問題なの、トレヴィリアン？」長い沈黙の末に母が問いかけた。「あなたはすべてを話してくれたわけじゃない……それはわかっているわ。ひょっとして、お金がないの？」

「いいえ、金ならたっぷりあります。ありあまるほど」

それは本当だった。揺れる明かりの下、母が大きく見開いた目を輝かせて息子を見つめる。

トレヴはワインをぐいっと飲み干し、空のグラスをテーブルに置いた。

「母上だって、由緒正しい家柄の娘、モンソーの名に新たな名声を与えてくれるような娘を嫁に迎えたいはずですよ」

「まさか」母は即答した。「わたくしはただ、あなたに幸せになってほしいの。レディ・カリスタなら、あなたを幸せにできるわ」

トレヴは苦笑をもらした。「わたしのほうが、彼女を幸せにできるかどうか」

「なぜできないと思うの？」

「母上だってわたしの性格は知っているでしょう？　無軌道でどうしようもない」

「子どものころは、たしかにやんちゃだったわ。でもあれは、おじいさまが――孫に無理ばかりおっしゃるのがいけなかっただけ。わたくしだって、おじいさまを止めたかった……」母は言葉をとぎらせ、肩をすくめた。「だけど、聞いてくださるとは思えなかった。すべてを元どおりにすることだけが、おじいさまの生きがいだったから」

「わかっていますとも。だからこそわたしは、この手で母国に君主制を復活させようとしたんです。しかしけっきょくナポレオンは敗れ、フランスはウェリントンに蹂躙された」

母はほほえんで、息子に手を差し伸べた。

「それでもあなたは、わが家にとって一番大切なものを取り戻してくれたわ。お父さまはもちろん、おじいさまだって、心からあなたを誇りに思っているはずよ。モンソーのすべてを取り返してくれたのだから」

嬉しそうな母の顔を見られただけでも、よかったと思うべきなのかもしれない。現実には、感謝されるにふさわしいことなどできていなくても。ひんやりとした母の手をつかのま握りしめ、すぐに放す。

「レディ・カリスタのことで、あなたを追及するのはもうよすわ《アイ・ウィル・ノット・ウィーゼル・ユー》」母はすまなそうにつぶやいた。「でも、できれば……もう一度考えてみてちょうだい」

「イタチ《ウィーゼル》？」

「そう、イタチ追いとかいう、あのかわいそうな生き物を巣穴に追いこむ遊びに引っかけた言いまわしなんでしょう？」

「それを言うなら、アナグマ《バジャー》追いですよ。わたしを追及するのはもうよしてください《ユー・ウィル・ノット・バジャー・ミー》」

「あら。では、イタチならいいの？」

「いやだと言っても、母上は息子を困らせるのでしょう？」

7

スタージョンとどこで会ったか思い出したのは、朝のコーヒーを飲んでいるときだった。思い出したとたん、トレヴは頭を殴られたような衝撃に襲われた。記憶をよみがえらせてくれたのは、イベリア半島にいたころに使っていたのとよく似た、縁の欠けた白いカップ。

「くそっ《ピュタン》」トレヴはつぶやき、呆然と顔を上げた。

近侍のジョックが大きな顔をこちらに向ける。近侍は腰をかがめ、暖炉の前を片づけているところだ。

「そんな言葉を使ったら、マダムにしかられますよ」

トレヴはコーヒーに口をつけ、顔をしかめた。

「そのつぶれた大事な耳にまで、汚い言葉を聞かせて悪かったな、ジャック。おまえの淹れたコーヒーがあんまりまずくて、つい口がすべった」彼はよく、近侍の名前をフランス風に発音する。周囲にジョックをフランス人だと思いこませるためだが（実際は誰も思うわけがない）、当人をからかう意味もある。

近侍はふんと鼻を鳴らし、黒い鍋や釜を片づける作業に戻った。小さな窓をみぞれが打つ。

寒い一日になりそうだが、幸いジョックが暖炉にたっぷりと薪をくべてくれた。巨大な暖炉は休むことなく温かな熱を放っている。トレヴは近侍の大きな背中を見つめ、まずいコーヒーをふたたび口にし、思案げに眉根を寄せた。

サラマンカ。一瞬にしてすべてを思い出したのも、舞台がサラマンカだったからこそだ。七月の焼けつく太陽。埃と煙。英国のじめじめとして寒い秋を過ごしているいま、まるで夢のように思える。あれは、敵軍の捕虜となった直後、ジョーディ・ヒクソンに英国騎兵隊長のテントまで連れていかれたときのことだ。むっとするほど暑いテントのなか、ふたりはまだ息をあえがせていた。捕虜を裏に連れていけとジョーディが部下に命じたが、その言葉は西の方角で起こった新たな砲撃によってかき消された。至近距離だったとみえ、テントの屋根にもばらばらと砲弾のかけらが落ちた。補佐官がふたりと歩哨がひとり、着弾地点を確認するためおもてに急ぐ。テント内にはトレヴのほかに、ジョーディとその上官だけが残された。ふたりとも地図の上に身をかがめ、歩哨たちの偵察行動について険しい表情で話しあっている。

上官の名前はわからなかったし、知りたいとも思わなかった。トレヴは安堵感と屈辱感と空腹だけを覚えていた。大砲の音と、堕ちるところまで堕ちた自分自身にうんざりしながら。至近距離で砲撃が始まった事実すらどうでもよく思えた。敵軍に投降してわずか半時後に自国軍の大砲によって死ぬはめになるとは、皮肉としか言いようがない。ほどなくしてウェリントンの急使がよろめきながらテント内に現れ、ただちに仏軍の砲列を攻撃せよとの将軍命令を伝えた。血と煤にまみれた急使の伝言を、トレヴはほとんど聞いていなかった。足元にくずおれた急使を見つめ、胸を撃たれながらどうしてこんな遠くまで伝言を運べたのだろう、とぼんやり考えていた。

砲撃がつかのま止み、急使の口からごぼりと血が流れだしたのを、トレヴはいまもなお鮮明に記憶している。そのときだった。ジョーディの上官が、遺体を裏に運んで急使が乗ってきた馬の横に転がしておけと命じた。

その命令を、トレヴ自身は変だと思わなかった。だがジョーディは仰天の面持ちになり、上官に抗議した。怪訝に思ったトレヴも上官の顔を見た。挑むような薄いブルーの瞳。まさに昨日、目にした瞳を。

あれはスタージョンだ。

その後トレヴはジョーディを手伝って遺体を外に運びだし、あたかも鞍から落ちたかのように地面に横たえた。そうすれば、砲列への攻撃命令は受けなかったことになる。

テントに戻ると、ジョーディは気をつけの姿勢で、次の指示はと問うかのように上官を見つめた。砲撃が再開され、スタージョンは部下に、丘の裏手へテントを移動させるよう命じた。身じろぎもせずに立っていたジョーディが、一言よろしいでしょうかと発言を乞う。スタージョンは黙れと怒鳴りつけ、さっさとテントをたためと命じた。数分後、偵察隊が戻ってくる気配につづき、負傷して息絶えた急使を発見して罵る声がおもてから聞こえてきた。

偵察隊が遺体を木の陰に運ぶあいだに、テントはたたまれた。

あとはなにも起こらなかった。仏軍への反撃も行われなかった。スタージョン率いる部隊は丘の裏の安全な場所へと移動した。それからまもなく、トレヴは鉄の枷《かせ》をはめられ、ほかの捕虜たちがいるところへと引きたてられた。

　あのときのできごとについて、トレヴはその後いっさい耳にしなかったし、とりたてて考えてみようともしなかった。名前も知らない英軍将校が戦闘のさなかに下した決定などより、もっと重要なことがあったからだ。むろん、それが自身に対する射殺命令なら話は別だったろうが。とにかくトレヴは、ほかの瑣末事とともにあの一件を忘れ去った。ウェリントンはサラマンカで仏軍を壊滅させた。だから、誰が死に誰が生き延びようが、気にする者など仏軍にも英軍にもひと握りしかいなかっただろう。

　だがいまや状況は変わった。軍法会議ものの犯罪を目撃した幸運を、トレヴはかみ締めている。スタージョンは、攻撃命令を受けなかったかのように振る舞ったのだ。

「あ、くそっ……」ジョックがコーヒーポットを落とした。がちゃんという音とともに、茶色い液体が床に広がる。彼はさらに罵りの言葉をいくつか吐いてから、片方の手でもう一方の手をつかみ、ふーふーと息を吹きかけた。それからしゃれた黄色のコサックズボンを見おろし、染みができているのを見つけるなり、水夫も顔負けの口汚いせりふを矢継ぎ早にくりだした。「おれの大事なズボンが！」ジョックは低音をうわずらせた。ふきんを手にとり、狂ったようにごしごしと染みをこする。

　だぶっとしたズボンの染みをすがめた目で見やったトレヴは、冷たく言い放った。

「拭いてもむだだと思うぞ」

「三〇ギニーもしたんですよ！」近侍の声が、ありえないほど甲高くなる。

「そんなものが？」トレヴはカップを置いた。

「それだけの価値はあります」ジョックは歯をむいた。

大柄なジョックがそのズボンをはくと本物のコサック騎兵のように見える。あとはサーベルを帯び、耳飾りでもぶらさげれば、町をひとつ略奪するのも不可能ではなさそうだ。とはいえトレヴは、近侍の変わったいでたちを絶対にからかわないよう心がけている。ばかでかいこぶしに、歯を折られたらかなわない。

「すぐにアントラーズに行って、洗濯に出してもらったほうがいいぞ。熱湯で洗えば落ちるかもしれない」

「そんなことしたら縮んじまいます。色も褪せるだろうし」ジョックは悲しそうに応じた。

「そのときは、わたしがもらってやるよ」トレヴは近侍を慰めた。「寝室で着れば、スルタンの寝間着に見えなくもない」

ジョックがうなり、厨房のほうへ大またで向かう。

「そういえば、例の医者はもうすぐ来るんだろうな？」トレヴはその背中に問いかけた。

「いいえ、マドリッドに行くように言っておきました」ジョックがぴしゃりとかえし、大きな手で扉をぐいと開く。冷たい風がトレヴの顔をまともに打った。

「怒っているときのおまえは、最高にすてきだよ」トレヴはつぶやいた。

ばたんという音をたてて扉が閉まり、吹きつけるみぞれを閉めだす。トレヴは石床に広がる黒ずんだ液体をにらんだ。磨きあげた靴のほうへとじわじわ進んでくる。彼はため息をつき、モップを探しに行った。


親をなくした子牛に餌をやり、屋敷に戻って着替えを済ませてから、カリーは妹やドリーより一足先に朝食の間へと向かった。窓際の席につき、うなだれる木々とみぞれ混じりの雨を見やる。その視線が門のほうに吸い寄せられる。そこに朝のごちそうを待つ立派な雄牛の姿はない。

「それはお姉さま宛ての手紙よ、レディ・シェルフォード」ハーマイオニーは戸口でいったん立ち止まり、ドリーに先を譲った。「お姉さまはもう子どもではないのだから、たとえ誰からの手紙だろうと、許可を得ずに受け取れるはずだわ」

ドリーは封蠟の押された手紙を手にしていた。ハーマイオニーを無視し、手紙を掲げてカリーを見る。

「子どもだろうとなかろうと、レディ・カリスタ・タイユフェールが独身の殿方とこっそり手紙のやりとりをするなんて不謹慎です。しかもわが家で！」

「どこがこっそりなの！」ハーマイオニーは大声をあげた。「言いがかりだわ。ちゃんと配達人が届けてくれたじゃない！」

立ちあがりながら、カリーは例のごとく喉の奥のほうが詰まるような感覚に襲われた。よりによってこんな心持ちのときに、ドリーと言い争いたくない。

「どうしたの？」彼女はあいまいに問いかけた。

「お姉さま宛ての手紙なのよ」ハーマイオニーがぷりぷりと答えた。「それをどうして、レディ・シェルフォードが持っているわけ？」

「たぶんミスター・ランキンからだわ。ダヴ・ハウスで働いてもらう料理人について報告があるんでしょう」カリーは伯爵夫人を見かえした。「どうぞ、読んでくださってかまわないわ」

ドリーが手紙に視線を落とす。カリーにも、宿の印である鹿角《アントラー》のマークが封筒に付いているのが見えた。伯爵夫人が、料理人探しの邪魔をしないでくれるといいのだが。

「みっともないまねはよしてちょうだい」ドリーは言うなり、白く優雅な顎をつんと上げた。

「宿屋のあるじとのやりとりなら、仲介者を使うのが当然でしょう」

「ミスター・ランキンは、子どものころからの知りあいだもの」カリーは応じた。

「まったくあなたらしいわ」ドリーはカリーに歩み寄った。「返事を出すなら、玄関広間のテーブルに置いておいてちょうだい。使用人に届けさせるから、ご自分で送ったりしないで」

「そうしてもらえるなら、お願いするわ」カリーは努めて穏やかにかえした。内心、いますぐ部屋を出ていきたいと思っていた。妹と准男爵がただちに結婚してくれれば、カリーだってこの場で屋敷を飛びだせるのに。だが彼女はドリーから受け取った手紙をカップの横に置き、紅茶を淹れましょうとふたりに申し出た。ここですぐに部屋をあとにすれば、またドリーに疑われる恐れがあるからだ。手紙はひょっとするとトレヴからかもしれなかった。料理人の返事を伝えてくるだけならこんなに厚いわけがないし、トレヴなら宿の封筒を使う可能性がある。彼女はその場で中身をあらためたい衝動に駆られた。以前にもらった手紙はごくごく普通のものだったが、トレヴはいつも思いがけないことをする。

「わたしはもう飲んだからいいわ」ドリーのカップに紅茶をそそぐカリーに、ハーマイオニーが言った。「食事が済んだらわたしの部屋に来てくれる、お姉さま？　昨日レディ・ウィリアムズに言われたことで、相談がしたいの。彼女ったら、縞模様のコートを冬用にするなら裏地は青い毛皮じゃなくちゃいけないというのよ。冬にピンクとブルーの組みあわせなんて！　絶対に変でしょう？　だからお姉さまに、一緒に裏地を選んでほしいの」

作り話と知りつつ、カリーは乗ることにした。ドリーにとって、人さまの服の話ほど退屈なものはないはずだ。

「レミントンで買った、ひなげし色のウールはどう？」

ドリーが呆れ声をあげる。

「まさか、冗談でしょう、カリスタ？　あんな子どもっぽいオレンジ色の生地は焼き捨ててしまいなさいな。あんな色、二度と見たくないわ。そもそも、わたしがマント用に買った淡黄色の生地をハーマイオニーも買えばよかったのよ。あのときもそう勧めたじゃないの」

「あら、ひなげし色ならきっと合うと思うわ」ハーマイオニーは姉の案に同意した。「なんならレディ・シェルフォードも一緒に部屋までいらして。ベッドの上に、ピンクとひなげし色の生地を広げて見てみましょうよ」

「またあの色を目にするなんて耐えられない」ドリーは応じた。

「じゃあ行きましょうか」カリーはおざなりに紅茶に口をつけ、伯爵夫人のために従僕が大麦の重湯を持ってきたのを見計らって腰を上げると戸口に向かった。「わたしは、どんな色を見てもへいちゃらだから」

「そうよね」ドリーのつぶやきが聞こえてくる。「あなたは鈍感だもの」

カリーはハーマイオニーと一緒に妹の寝室を目指した。廊下を行くあいだはふたりとも無言をとおした。けれども寝室に着いて扉を閉めるなり、妹はくるりと振りかえって言った。

「あの人、やきもちを焼いているんだわ！　絶対にそうよ。一昨日、あの人がマダムのご子息と会ったときの様子を見せてあげたかったわ。ご子息の腕になれなれしくさわったりして。見ててぞっとしちゃった。ご子息がくださった花束だって、本当はお姉さまに贈るはずのものだったんでしょう？　あの人が知ったらかんかんに怒るわね」

「誰にも知られていないといいのだけど」

「知られたら困るの？」妹は詰問した。「ご子息だって、花束はお姉さまへの贈り物だとうちの従僕にはっきり訂正すればよかったのよ。ああ、ご子息とお姉さまが駆け落ちをして、あの人をぎゃふんと言わせてくれればいいのに！」

「そのときは、マダガスカルからあなたに手紙を書いてあげる」カリーは手紙の封を破った。

「ね、彼からなんでしょう？」ハーマイオニーが肩越しにのぞきこんでくる。

「きっと、シーツで縄ばしごを作る方法が書いてあるんだわ」軽口で応じつつ、カリーは妹から離れた。「ひなげし色の生地はどうしたの？　たしか、シーダー材の旅行かばんにしまったままじゃなかった？」

「まさか、本気でピンクとひなげし色を合わせてみるとでも思った？」妹は呆れ顔で首を振り、両目を手で覆った。「もうのぞき見はしないわ、約束する」

カリーは手紙に視線を落とした。どこかの誰かがシェルフォード・ホール宛てをよそおって、確実にカリーの手に渡るよう送ってきた手紙。トレヴからかもしれないと本気で思ったわけではない。でも、ランキンからでないことはたしかだ。眉根を寄せつつ、カリーは湿った封筒が床に落ちるに任せた。


親愛なるレディ・カリスタ・タイユフェールへ

昨日お会いした際はお気持ちをわずらわせてしまい、本当に申し訳ありません。あなたを困らせる気などみじんもありませんでした。ひとつだけ言い訳をさせていただけるなら、再会の驚きがあまりにも大きすぎて、つい感情のおもむくままに声をかけてしまっただけなのです。

とはいえ、シェルフォードに来ればあなたにお会いできる、そんな期待を抱かなかったなどとは申しますまい。じつは、お屋敷にうかがってもいいかどうか、手紙でお訊きしようと思っていたのです。それなのに気づいたらあなたが目の前にいたので、すっかり動転してしまいました。いま思えば、新聞で顔を隠すなりなんなりして、あの場にいないふりをすればよかったのですね。でもまさか、自分がそうだったからといって、あなたが一目でわたしに気づくとは。

見下げ果てた男だと軽蔑してらっしゃるでしょう。実際、そのとおりだと自分でも思います。このような手紙をさしあげる自分のずうずうしさに、呆れてもいます。あなたはすでにわたしの申し出を拒絶なさったのだし、あらためてそうなさるのが当然。妻のことを打ち明けたら、ますますうんざりなさるはずです。じつは妻は二年前に他界しました。恥ずかしながら、幸福な結婚生活ではありませんでした。

情けないことばかり書いてすみません。どうもわたしは手紙が苦手で。無理強いをするつもりは毛頭ありませんが、できることならあなたの友となり、あの許しがたい過ちを正したいのです。

あなたの目障りになるといけないので、アントラーズは出ました。ブロムヤードのウィリアム・ダヴェンポート大佐のお宅に、金曜日までご厄介になる予定です。あなたも大佐とは面識があるそうですね。シェルフォード・ホールで育てられた、たいへん立派な雄牛を手に入れたばかりだと大佐からうかがっています。

非難にも値しない男だと、あなたに思われていなければいいのですが。金曜日まで待ってもご返事をいただけないときには、二度とあなたの前に現れますまい。

神のご加護を。

敬具
ジョン・L・スタージョン少佐
英国陸軍　第七近衛竜騎兵隊

「ねえ、なんて書いてあるの？」妹はじれったそうに小さく跳ねた。「まるで幽霊でも見たような顔をして！」

カリーは深々と震える息をついた。「そうね。幽霊を見たのかも」手紙を妹に渡す。

ひったくるようにそれを受け取ったハーマイオニーは、いかにも楽しげに飛び跳ねながら文面に目を通した。その口がだんだん大きく開かれていく。彼女は読み終えると姉を見た。

「差出人はどなた？　本当に見下げ果てた男なの？　お姉さまったら、いったいなにをしでかしたの？」

「なにもしでかしていないわ。差出人は昔の婚約者。その名前に見覚えはない？」

「そういえば……なるほど」窓辺の長椅子にのろのろと腰をおろし、ハーマイオニーはあらためて手紙を読み、やがて顔を上げた。「彼に会ったの？」

カリーはうなずいた。

「昨日、ダヴ・ハウスの料理人についてアントラーズでミスター・ランキンに相談しているときに現れたの」

「話はした？」

「ほんの少しね。うちに来たいと言うからお断りしたら、射るような目で見られたわ。あとは黙って宿を出ていった。こんな手紙を寄越して、どうしようというのかしら」化粧台の前の椅子に座り、寝室が冷えきっているのにふと気づいて肩掛けをかきあわせる。「金曜日までずっと手紙攻めにされたりしたらいやだわ」

「手紙攻めだなんて！　でも、それもロマンチックね！」

「どこが」カリーは顎を上げた。「奥さまがお亡くなりになったから、あらためてわたしの持参金を狙う気になっただけの話でしょう。子どもたちにも、新しい母親を見つけたいんじゃないかしら」

ハーマイオニーは手紙を握ったままうつむいた。

「ねえ……まさか、考えてみるなんて言わないわよね」

「言うわけがないでしょう。婚約を破棄したのは彼なのよ。あのとき、お父さまがどんなにお怒りになったか忘れちゃった？　少佐は理由も言わずに破談にし、それから二カ月もしないうちにミス・ラッドと結婚した。信じられないわ」

「でも、昔の話よね。少佐も考えなおしたのかもしれないわ」

「それはどうかしら。当時あなたはまだ子どもだったから、詳しいことは知らないでしょうけど。たしかまだ――一四歳じゃなかった？」

妹は唇をかんだ。「お姉さまが泣いてらしたのは覚えているわ」

「お父さまのために泣いたのよ」カリーは言い張った。

「男って最低ね」ハーマイオニーは立ちあがると手紙を放った。手紙はひらひらと宙を舞い、絨毯の上にはらりと落ちた。

「わたしは男運がないの。でもあなたはわたしとちがう」カリーは腰をかがめて手紙を拾った。「だってあなたは、ピンクとひなげし色を合わせようなんて思わないでしょう？」

妹はどこか上の空でほほえみ、窓辺の長椅子にふたたび腰をおろした。真新しい指輪をもてあそび、カボションカットのオパールを指先で何度もなぞる。朝の薄明かりを受ける妹の横顔を、カリーは見つめた。ふと、妹の抱えている不安が脳裏をよぎった。婚約者のサー・トーマス・ヴィッカリーは、行き遅れの義姉が結婚生活の邪魔になると考えるかもしれないのだ。「ねえ――」と言いかけて口をつぐむ。

ハーマイオニーが顔を上げた。

妹から目をそらし、カリーは膝の上で手紙を広げた。喉の奥が詰まり、涙があふれそうになる。彼女は咳ばらいをしてごまかした。

「それにしても変な手紙ね」とつぶやいて、あらためて読むふりをする。「最初は、破り捨ててしまおうと思ったわ。でも――情けないことばかり、というくだりを読んだときに……」

「数年前のできごとについても、情けないまねをしたといまさら後悔しているんじゃないの」妹は手厳しく言った。「きっとそうよ」

「幸せな結婚生活じゃなかったとも書いてあるわ。ひょっとすると彼は……」カリーは指先で便箋をとんとんとたたいた。「人生には思いがけないことが起こるものだわ。どんな紳士だって……自分の過ちに気づくときが来るのかもしれない」

ハーマイオニーは整った眉をつりあげ、横目で姉を見ている。妹には姉の言わんとしていることが伝わっていないようだ。

「つまりね、少佐は最初からミス・ラッドを愛していたのではないかと思うの」カリーは言った。

「ありえない。だったらどうして、お姉さまと婚約したの？」妹は無邪気にたずねた。

「お父さまが決めた結婚だったのよ。それに――」

カリーは言葉を失った。婚約中に少佐が貞節を守っていなかった可能性は大いにある。だがそれをどう妹に説明すればいいかわからない。

「わたしは、殿方にかつての恋人を忘れさせられるような女じゃないから」

ハーマイオニーはいきなり立ちあがるとこちらにやってきた。長椅子に腰かけて、姉をぎゅっと抱きしめる。

「愚かな少佐はきっと、お姉さまを忘れられずにいるのよ。こうなったら、少佐をめろめろにしてあげてから捨ててやるといいわ。傷心の少佐は、やつれて衰弱死するの」

「狭苦しい屋根裏部屋で詩を書きながら？」

「そう、凍えるように寒い屋根裏部屋で。ネズミと一緒にね」

カリーは手紙を裏返し、じっと目を凝らした。

「やっぱり、あの少佐が詩を書くとは思えないわ」

「お姉さまのためなら、なんだってするわよ！」妹は腕を広げて大仰に言った。

「そうね……少佐をとりこにし、夫に迎えて、あとはいいようにあしらってあげてもいいかもしれない」

「そうよ！　サー・トーマスみたいにね」

「だけど、少佐がうちにいらしたら、ドリーが不快に思うにちがいないわね」

妹は大きく目を見開いた。「それがいいわ！」と叫んで姉の腕をとる。

「なんとしても少佐に来てもらいましょうよ。あの人に不快な思いをさせてあげるの」

カリーは手紙を見おろし、目をしばたたいた。「そうね」と決意を込めて言う。

「そうしてあげましょう」


ロンドンの医師は、トレヴの不安を和らげてはくれなかった。ジョックには最高の医師を見つけてこいと命じたし、たしかに彼は、超一流の医師のもとに真っ先に行ってくれたらしい。ドクター・ターナーは、それは素晴らしい推薦状をたずさえて現れた。王立医科大学総長で王室付きの医師でもある、サー・ヘンリー・ハルフォードの推薦状だ。そこには、自分が王の診察にあたっているあいだは、通常の診察をすべて「親友の」ターナー医師に一任していると記されていた。だからこそトレヴも、ターナーに全幅の信頼を寄せたのだ。

それほどの推薦を得た人物による診断を、やぶ医者の見たてだと退けることなどできまい。だがターナーは、処方済みの薬を自らの調合薬と交換する手間さえ省いた。薬を交換しない医者など初めてだ。診察後、医師は応接間でトレヴの向かいに座り、ごく事務的な態度で、今後の治療に関する注意点などをしたためた。書き終えると顔を上げ、母上の身辺整理を手伝うのが賢明でしょうと淡々とした口調でトレヴに伝えた。

その言葉の意味するところに気づくなり、トレヴはスパーリングで思いがけない一撃をくらったときのように感じた。もちろん、これからのことをまったく考えてこなかったわけではない。昨日だってリトル・ジョージ・ストリートにあるフレンチ・チャペル・ロイヤルの司祭に、母が床に伏せっていると手紙で知らせたばかりだ。とはいえあくまで、当面はミサにも出られない母を司祭が心配するといけないと考えたからだが。まさか、ただちに命の危険があるかもしれないなどとは、夢にも思わなかった。だが、医師からはっきりとその可能性を指摘されたいま……トレヴは事実と向きあえずにいる自分に気づいた。身じろぎもせずただ座って、医師のペンが紙の上を走るさまを見つめていた。

ようやく気持ちが落ち着いたトレヴが、自分が戻ってから母の容体はずっとよくなったのだと反論しても、医師は軽くうなずいただけだった。母上のような症例ではよくあることなのですよ。医師はそう説明した。急に元気に、活発になったかと思ったら、肺から心臓への血の流れが悪くなって危機的な状態に陥る。母上の呼吸困難も頬の赤みも、その段階まで症状が進んでいることの表れである。いまの状態がつづくのは一般的に数日から一カ月だが、母上の場合は衰弱がひどいので、おそらく長くはもたないと思われる、と。

ターナーは往診の際に看護師のほか、瀉血《しゃけつ》を行う外科医も連れていた。トレヴは外科医というものが大嫌いだ。幼いころはかんしゃくを起こすたび、祖父が外科医を呼んで瀉血をしろと命じた。血を抜かれると気が遠くなって、吐き気に襲われたのをいまだによく覚えている。八歳にもなると力ずくで抵抗できるようになり、以来、メスだのランセットだのといった器具の使用はいっさい拒んできたし、今後もそうするつもりでいる。それがどんなに無分別で奇矯な態度だとしても。そもそも、短気で健康を害するわけなどない。むろん、無軌道な性格は短気のせいだとわかっているが。

身辺整理をしてはどうかと母に話す自分を想像するなり、トレヴはなじみのある強烈な衝動に駆られた。ここ以外のどこかに行ってしまいたい。ロンドン。パリ。北京ならもっといい。ターナーが立ちあがっていとまを告げたことにも、傘を持ってアントラーズまで医師を送るあいだ、冷たいみぞれがうなじを打っていることにも気づかなかった。宿に到着すると、母のために熟練の看護師を寄越してくれたことへの感謝の意をほとんど上の空でターナーに伝え、地元の医師にも先生の指示を必ず伝えましょうと約束した。ふたたび通りに出たときには、アルコールの力でも借りなければ母と向きあえない気分だった。いや、完全に酔っぱらってすべてを忘れてしまいたかった。

もちろん、アントラーズではまずい。飲むなら村の外がいい。たしかブロムヤードの通りに小さな居酒屋があったはずだ。彼は酒飲みなたちではない。常に冷静でいたいからだが、さすがにいまは、北京に逃げられないなら酒に頼る以外なさそうだった。トレヴは歩きだした。しっかり持っていた傘がやがて強風にあおられて折れると、うつむいて、雨粒に打たれながら大またで歩を進めた。

おかげで四半時もかからぬうちに、みぞれの向こうに藁葺きの低い屋根と誘うような煙が見えてきた。扉を押し開けば、湿った汗っぽいウールの臭いと自家醸造酒の香気が彼をつつみ、やがて笑い声と話し声に乗っておもてに流れていった。

トレヴは労働者や博徒をかき分けるようにして店の奥へと向かった。どうやらここ〈ブルーベル〉は、道徳を重んじる連中からは非難されるような場所らしい。店内では、社会のあらゆる階層に属する人びとが気ままに交わっている。雨を避けて集った人びとが陽気に語らい、男くささがぷんぷん漂い、客を存分に楽しませてくれるメイドもいる――まさに求めていたとおりの場所だ。トレヴは巧みに笑顔を作り、エールの入ったジョッキをメイドから受け取った。メイドが彼に色目を使っていると周りから冷やかしの声が飛ぶと、すかさずみんなに一杯おごってやり、スツールに腰かけてエールをゆっくりと喉の奥に流しこんだ。この手の店で歓迎されるすべなら、十分に心得ている彼だった。

客たちがほどよく酔っぱらい、猥歌を口ずさんだり、男を五人乗せたテーブルを荷車の御者が背中で支えられるかどうか賭けたりしているところへ、ふたり組の紳士が店内に現れた。

戸口に立ったふたりは濡れたコートを脱ぐと、小銃の引き金を覆う油布が濡れていないか確認した。

テーブルを支えようと苦戦する御者から視線をはずし、トレヴはふたりが小銃を棚にしまうさまを眺めた。そうしてすぐ、一方がスタージョンであることに気づいた。狩猟用の服はすっかりずぶ濡れだ。にもかかわらずふたりとも上機嫌で、大きくふくらんだ獲物袋を銃のとなりにつるしている。スタージョンの連れはどうやら地元の名士らしい。暖炉のそばの一等席に陣取っていた男たちがそそくさと前髪に手をやり、ふたりのために席を譲った。

トレヴはスツールを斜め後ろに傾け、二本脚だけでバランスをとりつつ背後のテーブルに両肘をかけた。客たちは悪戦中の御者を見てげらげら笑い、もうあきらめろよと野次っている。御者は顔を真っ赤にして叫びかえしつつ、もう一回だと言い張って、ますます醜態をさらしている。からかわれるのは、得意ではないらしい。

トレヴはジョッキを掲げ、「英国擲弾兵《ブリティッシュ・グレナディアーズ》」を歌いはじめた。むきになって叫ぶ御者の声に負けじと声を張りあげる。「防柵を強襲せよとの命帯びたわれら、指揮官は火縄銃を、われらは手榴弾を持ちて進む！」と英国人をまねていかにも雄々しく歌う。「いざ行け、進め、英国擲弾兵のために！」という歌詞まで来たときには、同じテーブルの酔いどれたちもあらんかぎりの声で歌っていた。トレヴはエールを飲み干した。気づくとスタージョンが冷ややかな目をこちらに向けていた。ほかの客たちは御者の失敗などすっかり忘れた様子で、声をそろえて歌に興じている。

トレヴは例のごとくやんちゃの虫が暴れだすのを感じた。エールがくれる高揚感と、こうした店につきものの荒っぽい空気によって、鬱々とした反発心が募ってくる。スタージョンに向かって傲慢にジョッキを掲げてみせる。相手はにらみかえすばかりだ。しかし先ほどまでの上機嫌は消えうせたらしい。

スタージョンも、ふたりの最初の出会いをすでに思い出しただろうか。だがその顔ににじむ侮蔑の色は、前日のことが脳裏に浮かんだためとみえる。トレヴはそう判断すると、さらにいくつか軍歌を歌った。貨物列車で出会った、片脚がまるで使えない軽装歩兵に教わった軍歌も披露した。そうした負傷兵たちは誰ひとりとして愛国心など抱いていなかった。だから彼らの軍歌は軍への敬意に欠け、役立たずの上官と無賃で奉仕する自分たちを揶揄《やゆ》する低俗極まりない内容だった。予想どおり、その手の歌を好む退役軍人は店内に大勢いた。彼らは嬉々として歌いだした。

スタージョンの顔がますます険しくなる。その口元が嫌悪たっぷりにゆがむのを見て、トレヴはスツールの背にもたれ、上品ぶるのはいっさいやめて二杯目のエールをぐいぐいと飲んだ。自分のなかに激しくわき起こるものを感じる。あとで悔やむことになるとわかっていても、いまこのときが愉快ならいい。カリーを捨てた輩は侮辱されて当然だ。

獲物に向かってジョッキを掲げ、ウインクをしてみせたトレヴは、つづけて脱走兵の歌を選び、臆病者をたたえる歌詞をさも楽しげにみなに聞かせた。「ブリティッシュ・グレナディアーズ」の替え歌だ。防柵を強襲するどころか一足先に町に逃げ帰った擲弾兵《てきだんへい》が、「英国軍、万歳！」と叫ぶ少女を見つけ、少女におのれの擲弾《イチモツ》を慰めてもらうという歌詞だ。本来の歌詞を巧みにもじった歌がよほど気に入ったとみえ、同じテーブルについた男どもは口からつばを飛ばして大笑いした。

スタージョンの顔にはいまや憤怒の色が広がっている。トレヴはにやりと笑って二番へと進んだ。意気地なしの擲弾兵は、戦場では股間に小枝を差して灌木のふりをし、なおかつ昇進を遂げる。本来の歌詞なら兵士は「軍曹」に昇格するのだが、リズムに合わないので、トレヴはここを「竜騎兵隊長」と替えて歌った。同席した男たちは大はしゃぎだ。隣席の男がトレヴの肩をつかんでくる。彼らは互いに肩を寄せ、「いざ行け、進め、英国擲弾兵のために！」と合唱した。

いよいよ三番に入ろうというとき、周りの声が急に途絶えた。となりの男が肩をつかんでいた手を離し、斜めにしたスツールのバランスが崩れる。重心をかけていた脚が滑り、椅子が床をたたく音が静けさを破る。

トレヴが目を開けると、青ざめ、身を硬くしたスタージョンが体をまたぐように立っていた。

「腰抜けのフランス野郎め」

トレヴは立ちあがった。「ウイ、ムッシュー」といんぎんに応じつつ、ぞんざいに頭を下げる。スタージョンは意外と短気らしい。

「黙れ、うすのろ」

トレヴはにっこりとほほえんでみせた。「あなたに失礼なことを、なにか言いましたか?」

背後で酔っぱらいがくすくす笑い、スタージョンがわなわなと唇を震わせる。

「きさまの正体はわかっているぞ」

「ほほう」ふたりは身長こそ同じくらいだが、体重はスタージョンが勝っている。トレヴは大きく息を吐いて、エールでぼんやりした頭をすっきりさせようとした。「で、その正体とは?」

「脅し屋《ブラックガード》め」という相手の声はほとんどささやきのようで、本当に脅し屋《ブラックメール》と言ったのか、それともごろつきの聞きまちがいだったのか定かではない。思ったよりも酔っているのだろうか。

「もっとはっきりしゃべってくださいよ」トレヴは挑発した。「それじゃみんなが聞こえない」

スタージョンは歯をむいて手を伸ばすと、トレヴの襟元をぐいとつかんだ。

その手を無理やり開かせて払いのけ、冷たく言い放つ。

「ここはおとなしくしたほうが得策ですよ。わたしもあなたの正体を知っている。あなたは、あの歌のとおりの人間だ」

相手の体がひとまわり大きくなったかに見え、こめかみが大きく脈打つ。

「黙れ! きさまのような脅し屋には、虫唾《むしず》が走る」

「虫唾が走るといえば」トレヴは軽い口調で言いかえした。「とあるレディを侮辱しておきながら、なんとかしてそのレディの気を引こうと追いまわしている男のほうが、よほど虫唾が走りますね。彼女には近づかないほうが賢明ですよ、スタージョン。あなたには会いたくないそうです」

「よくもそんなことをこの場で！　許せん！」

「ええ、暴露してさしあげますとも。まさか彼女に、ひとりも味方がいないとでもお思いでしたか？」

スタージョンは激しい怒りに蒼白になった。

「きさまを殺してやる、この、醜いフランスの害虫め」

「臆病者がなにを吠えているのやら」トレヴは静かに応じ、ついでにそのせりふをフランス語でくりかえした。

相手は身じろぎひとつしない。だがトレヴには、手袋を乱暴にはずす指がわずかに震えているのがわかった。トレヴのなかで狂気をはらんだ喜びがわき起こり、やがて血液が奔流となる。一〇年近くものあいだ胸に秘めてきた怒り、失った年月、やるせないほどの屈辱感、カリーの父親から受けた鞭の痛み。自分が去ったせいで、彼女がこのような男に侮辱されるはめになった。運命にがんじがらめにされた自分を感じつつ、トレヴはスタージョンが手袋を握りしめ、その腕を振りあげるのを見た。

決闘だ。長い英国生活のおかげで、それを受けて立つくらいの紳士らしさはトレヴだって備えている。

スタージョンの手袋がトレヴの頬をぴしゃりと打った。

「武器はなにがいい」

いったん後ずさってから、トレヴは相手が言い終える前にその口元へ右のパンチをくらわせた。全体重をかけ、傲慢な英国紳士どもへの嫌悪を込めて、五年間の訓練の成果を発揮する。右のこぶしは敵の顎をとらえた。その手ごたえが、トレヴの胸の奥底まで響く。

完全に不意をつかれた敵はのけぞり、テーブルの上に背中から倒れた。ふたりのために男たちが脇にどく。しかしトレヴの腕をつかんで止めようとする者がいた。スタージョンの連れの名士だろう。トレヴは振り向きざまに、名士の腹めがけてパンチをくりだした。名士が体をふたつに折る。興奮した見物人を押しのけてテーブルに向きなおると、スタージョンはちょうどトレヴの同席者のひとりから一撃をくらうところだったが、すぐさまこちらに突進してきた。

酔いどれたちが口々に叫び、押しあいへしあいする。椅子が転がり、瓶が割れる。驚いたメイドが金切り声をあげる。ブルーベルはついに乱闘の場と化した。

8

古い言い伝えによると、カリーの部屋の窓から見えるイチイの木は、エドワード一世の命により植えられたらしい。言い伝えを疑う理由はひとつもない――なにしろ幹周は四メートル弱、しなびた太い枝は六〇〇年という樹齢にふさわしくごつごつと節くれだっている。枝々はきっと、シェルフォード・ホールが現在建つ場所にあったとされる修道院を、ヘンリー八世が訪れた姿も目撃したはずだ。修道院はその後、王のもとで宗教改革を進めていたトマス・クロムウェルの部隊によって火を放たれ焼け落ちた。その跡地に建てられたシェルフォード・ホールであった主なできごととしては、失踪事件が二件、神学者ジョン・ウェスリーによる説話が一度、第一〇代伯爵夫人も被害者のひとりとなった陰惨な殺人事件が一件（窃盗犯の犯行とされている）、誘拐事件が一件（ただのいたずらだったらしい）、記録されており――そのすべてにおいて、イチイの木が重要な役割を果たしたという。

屋敷ではさらに近年になってから、公文書に残すほどではない複数の小さな事件が起こっている。イチイの枝々がどこか痛ましげな音をたててしなった。その向こうに目を凝らさなくても、カリーにはわかる。古樹の根元で彼女を待っているのが、いったい誰なのか。小石をすばやく二度たたきあわせる音につづき、雄猫のしわがれた鳴きまねが聞こえてくる。そんな合図はとうに忘れていたはずなのに、深い眠りについていてもなお、彼女はそれに気づいたのだった。ガラスががたがたという音をたてるなり、ぱちりと目を開ける。ベッドを出て化粧着を引っかけていると、かすれた鳴き声がやんだ。

鎧戸を開けようとしてためらい、両手を頬にあてる。急に起きたので、よく考えもせず行動するところだった。頬が熱くなり、心臓が早鐘を打ちはじめる。まさか本当に彼は、こんな真夜中に窓からおりろというのだろうか。もう二七歳なのに。オールドミスなのに。しかもこんな天気なのに！

せっつくように、鳴き声がふたたび聞こえてくる。カリーは深呼吸をし、窓辺の長椅子に膝をついて鎧戸を開けた。ガラス越しに見えるのは、夜闇を背に揺れる枝々の黒い影だけ。黒々として巨大なイチイの木がすべてを覆い隠している。雄猫が三度呼ぶ声が、やがてくぐもった、懇願するような人の声へと変わる。カリーは小さくうめいて窓を押し開けた。

冷たい風が流れこみ、室内に雨粒をまき散らす。イチイの湿ったかびくさい臭いが、身をかがめるカリーをつつんだ。地面は見えない。

「来ないで！　お願いだから帰って。頭がどうかしたの？」

「カリー」と呼ぶ声は低く、枝木のざわめきと風の音にまぎれて聞きとるのもやっとだ。

「手を貸してくれないか」

濡れた窓枠をつかんで、カリーは懸命に目を凝らした。彼のことだから、ばかげた冒険に出ようとそのかしに来たのだとばかり思ったのに。

「すまない」と謝る声。「この状態では家に……」つづく言葉は突風にあおられた枝々の音でかき消されてしまった。「母が……」カリーの耳に届くのは断片ばかりだ。「きみ以外には……」

それきり声は聞こえなくなった。暗闇越しになんとか識別できるのは、彼のものとおぼしきぼんやりとした顔の輪郭だけ。だが口調は切迫感にあふれていて、からかっている様子はなかった。

「いったいどうしたの？　なにかあったの？」

返事はない。あるいは、聞こえなかっただけかもしれないが。カリーは長椅子の背にもたれ、胸元で化粧着をかきあわせた。トレヴから、こんなふうに懇願されるのは初めてだ。ひょっとして、マダムが危篤にでも陥ったとか？　だとしたら、いきなり窓下に現れた彼を責めることはできない。きっと、夜中に屋敷の使用人を起こしてはかわいそうだと思ったのだろう。それにドリーまで出てきたら困るだろうし。その点はカリーも同感だ。

彼女はふたたび窓から身を乗りだした。あいにく一番手前の太い枝は見えなかった。ちょうどいいあんばいに曲がっていて、最初に足をかけるのに使っていた枝なのだが。とはいえ、本気で窓から下におりようなどと思ったわけではない——そこまで分別を失ってはいない。

牛小屋で待っていてと伝えようとも思ったが、牧場で働く男の子がそこでやすんでいるはずだ。それに、こんな夜にツゲの木の迷路を縫って牛小屋まで行くのは気が進まない。狩場管理人に密猟者とまちがわれる恐れもあるし、厩舎では馬丁が常に馬の番をしている。

つまり、選択肢の少なさは九年前と変わらないということだ。

両手を口の横にあて、カリーはできるだけ声を潜めて呼びかけた。「馬車置き場に行って」「助かるよ!」という返事がすぐに聞こえてきた。眼下のおぼろな影が消える。

彼女は油布の外套を羽織り、さらに作業用の長靴をはいた。寝室の鍵をかけ、使用人用の出入り口を目指す。使用人に出くわしたら、親をなくした例の子牛の様子を見に行くと言うつもりだったが、幸い誰も起きてこなかった。ドリーの鳴らす呼び鈴に備えていつも簡易ベッドでやすんでいる、玄関番の少年ですら。

夜中の脱出行は、例のごとくあっけないほど簡単だった。いっそ押し込み強盗にでも生まれてくればよかったのかもしれない。

馬車置き場の扉は閉まっていた。雲明かりを頼りに足を踏み入れたが、なかは真っ暗だった。

「トレヴ? いるの?」

ふいになにかが動いて、馬車のスプリングがきしむ音がした。

「カリーなのか?」押し殺した声には驚きがにじんでいる。

「誰だと思ったの」彼女は答えた。そもそもトレヴはなぜ馬車に乗っているのか。「いったいどうしたの? お母さまになにかあった?」

さらになにか音がし、つづけて馬車の扉がぎーっという音とともに開いた。

「どうしてきみまで来るんだ」

カリーはあぜんとした。「だって、手を貸してほしいというから」

足台をおりる気配がしたかと思うと、トレヴは急に勢いよくぶつかってきた。鋭く息をのみ、彼女の腕をぎゅっとつかんでわが身を支える。

「けがをしているの？」わけがわからずにカリーはたずねた。

「ああ……ちょっとね」

トレヴの息はひどくアルコール臭かった。知りあいの老いた紳士たちとちがって、彼がこんな臭いをさせたためしはかつてない。

「やすむ場所を探していただけなんだ」彼はろれつのよくまわらない口で懸命に説明した。

「馬車で眠るから大丈夫」

「なにがあったの？」カリーは手袋をはずし、外套の大きなポケットをまさぐった。そこにはいつも、便利なものがあれこれ入っている。「どうしてけがなんか」

トレヴは目をしばたたき、彼女のつけたマッチの火に目を細めた。「落ちたんだ」

「落ちた？」カリーはまじまじと彼を見つめた。片手で胸を押さえている。揺らめく小さな明かりの下でも、その手がひどく腫れているのがわかった。顎の脇には切り傷まである。

「馬の背から」彼は言い、カリーから身を離して馬車に寄りかかった。「いま……ダヴ・ハウスに戻るのはまずい。朝までどこかでやすみたい」

よく見れば、彼の上着は襟が引きちぎれ、クラヴァットもしわくちゃだ。カリーは眉をひそめた。もしかして、ほかにもけがをしているのではないだろうか。

「こんな姿を母に見せるわけにいかないだろう？」トレヴはかすれ声で言った。

「それは、そうだけど」カリーは呆然と相手を見つめた。「お母さまを心配させてしまうものね」

トレヴが腫れていないほうの手で髪をかきあげ、髪がますます乱れる。

「今朝、ロンドンの医者が往診に来てくれた」

「お医者さまはなんて？」

炎が揺れ、彼の顔に影を投げる。「あと一、二週間」と答える声はひどく震えていた。「もって一カ月」

カリーはうつむいた。「残念ね」と静かに言う。

マッチが消え、ふたりは闇につつまれた。彼の呼吸がまるで笑い声のように聞こえる。

「くそっ。わたしが死ねばいいのに。いっそ自分を撃ち殺したいくらいだ」

「ばかを言わないで！　飲みすぎなのよ。落馬して当然。そんな状態で馬に乗るなんてどうかしているわ」さらにポケットを探り、カリーは短い蠟燭を取りだした。「手を見せてちょうだい。包帯を巻いて、身だしなみを整えれば、お母さまもあなたを見て驚いたりしないわ。ほかにけがはしていないの？」

「ああ……いや、わからない。胸がちょっと痛む。肋骨が折れたかもしれない」

カリーはマッチをすって蠟燭に火をつけた。「だったら、外科医を呼んだほうがいいわ」

「必要ない」トレヴは言い張った。「外科医は嫌いだ」

「包帯を巻いてもらうだけよ。瀉血なんてさせないから」

「いやだ」

「でも――」

「たいしたけがじゃない」トレヴはしかめっ面で蠟燭から顔をそむけた。「しばらくここでやすみ、朝になったら行くから」

カリーは金属製の旅行かばんに蠟燭の炎をかざした。

「そこに座って。とにかく手を見せて」

深々と息を吐いて、トレヴが腰をおろす。さびついた燭台に蠟燭を立ててから、カリーはとなりに座った。彼の手を広げ、指を一本ずつ動かしてみるよう伝える。むろんカリーに外科の心得などない。だがけがをした動物たちの面倒をみてきたおかげで、その度合いを正しく判断できるようになっている。腫れた関節の部分を軽く押すと、トレヴはわずかに身を硬くしたものの、痛みに飛びあがるようなことはなかった。

「指は折れていないみたい。でも包帯は巻いておいたほうがいいわ。馬車の小物入れに入っているでしょう」

立ちあがったカリーは馬車に歩み寄り、闇のなかで手探りして、馬具が入っている小物入れからはさみと包帯を探しあてるとトレヴのもとに戻った。身をかがめて手に包帯を巻きながら、こめかみと髪に彼の息がかかるのを感じていた。

最後に包帯をきゅっと結び、端を切った。作業を終えるとカリーは身を起こし、トレヴの前に立った。背後では馬車が、大きいばかりのぶざまな記念碑のようにそびえている。厄介ものでしかない思い出の品。秘密の恋文の束がふいに巨象へと変身し、長い鼻を不器用に前後に揺らす姿が脳裏をよぎる。

「あーあ！」カリーは明るく言った。「久しぶりに冒険しちゃったわ」

トレヴはかばんに腰かけたまま、わずかに顔を上げてこちらを見ている。「冒険、か」と笑いながら言ったが声は真剣だった。包帯を巻かれた手を握りしめ、その手で肩を押さえた。

「息をすると痛む？　だとしたら折れているかもしれないけど」

「大丈夫だ。ありがとう、だいぶ楽になったよ」

「わたしにできるのはそれくらい。あとは外科医に診てもらわなくちゃ」

「もう大丈夫だよ。それより、しばらくそばにいてくれないか」

鼓動が速くなるのをカリーは感じた。とはいえトレヴのほうはどこか上の空で、真夜中に不適切な状況でふたりきりで過ごしている事実にわくわくしている自分をカリーは大いに恥じた。彼のとなりに腰をおろすと、油布の外套ががさがさと音をたてた。

沈黙が流れるなか、カリーは黒塗りの馬車に蠟燭の明かりが反射するさまを見ていた。幾層かの布地と油布がふたりを隔てているが、それでもトレヴのたくましさを腕に感じとれる。カリーは長靴のなかでつま先をもぞもぞさせた。つま先は冷えきっているのに、頬だけがいやに熱い。

トレヴは唐突に彼女の手をとると、ぎゅっと握りしめた。その手を持ちあげ、身をかがめて指にキスをする。カリーは仰天の面持ちで彼を見つめつつ、それを他人事のように感じていた。

「すぐにシェルフォードを出ていかなくちゃならない」トレヴは告げた。

カリーは目をしばたたいた。「出ていく?」

「ダヴ・ハウスには戻れない。すまないが——母に会いに行ってもらえないだろうか。そして……」

言うべき言葉を失ったかのように口を閉じる。

「すぐに出ていく……」カリーはばかみたいに言葉をくりかえした。「いったいどういうこと?」

短く笑ってから、トレヴは彼女の手に口づけた。

「理由は言えない。わたしは愚かなならず者なんだ。それだけ聞けば十分だろう?」

カリーはまごついた。「それで、いつ戻ってくるの?」

「戻らない」トレヴはぶっきらぼうに答えた。

「そんな」カリーは相手を見つめた。

「どうやら、冒険が過ぎたらしい」

「だけど……どうしてなの。どうして、すぐに出ていかなくちゃならないの」

「明日か明後日には理由がわかるよ」

カリーは急に思い出した。スタージョンに手紙を書き、どうしてもというのなら明日、屋敷に来てもかまわないと伝えたばかりだった。彼女は指を開いた。トレヴがその手を放す。スタージョン宛ての堅苦しい手紙をしたためながらカリーは、いずれトレヴにもこのことが伝わるだろうと考えていた。トレヴを怒らせたい、あるいはやきもちを焼かせたいと明確に思ったわけではないが、長々と妄想にふけったのは事実だ。噂を耳にしたトレヴは慌てふためいてシェルフォード・ホールに現れ、彼女に求婚する。たぶんその前に、スタージョンを殴り倒してから。

ところがいま、トレヴは出ていくと言っている。自分のせいだと――カリーがスタージョンとの婚約を考えているらしいと知ったトレヴが、傷心のあまり彼女の前から永遠に姿を消そうとしているのだと想像するのは、たしかに愉快だ。でもそんなことはありえないし、彼がいなくなると思っただけで、カリーは信じられないほど打ちのめされた。静かなパニックがわき起こってきた。

「お母さまを置いて出ていくなんて。なにも、いまでなくてもいいでしょう」

トレヴはわびしげな声をもらした。

「母には、急にモンソーへ呼びだされたと話してくれ。あるいはロンドンへ。代理人からの呼びだしだと。すぐにこっちに戻るからと」

「でもさっき、戻らないと言ったじゃない」

彼は黙りこんだ。その横顔を見つめるうちに、カリーも合点がいった。

「お母さまに嘘をつけというのね」

「いや」トレヴは深く腰かけ、かすかな笑い声をあげた。「こんなことを言うつもりはなかった。きみにこんな頼みごとをするつもりは。紳士なら、嘘くらい自分でつかないとね」

カリーはすっくと立ちあがった。「なにかとんでもないことが起こったのね」思わず声が震えた。「いったいなにがあったの?」

彼も腰を上げる。あまりにも近くにいるので、雨に濡れた肌の匂いさえかぎとれた。

「まだなにも起こっちゃいないよ」

トレヴの手が腰のほうへとおりてくる。現実とは思えない。まるで夢のなかにいるようだ。

「まだ?」涙があふれそうだった。「フランスに帰るつもりなの?」

「行き先はどうでもいいんだよ」トレヴは身をかがめて彼女の額に自分の額をあわせた。

「行く前に、一度だけキスをさせてくれないか」

「どうして」カリーはかすれ声でささやいた。

「うちの母いわく、わたしはきみを愛しているらしいから」彼の唇がこめかみをそっとかすめた。

カリーはせつなげな声をもらした。「やっぱりね」背をそらして、トレヴを見上げる。「お目付け役のあいだでも、レディ・カリスタのほほえみは最高だと評判だもの。愛されないほうがおかしいって。それで、どうして出ていくの?」

トレヴの腕に力が込められ、ふたたび抱き寄せられる。彼は身をかがめて口づけた。唇は温かく、少し乾いていた。

「あのころも、よくこんなふうにしたね」

カリーは荒い息をついた。胸のなかで怒りとさびしさと驚きがせめぎあう。けれども軽く唇が重ねられると思わず目を閉じた。夢がついに現実になった。トレヴェリアン。こんなふうに触れてくれた、こんなふうに触れられたいと彼女が願った、ただひとりの男《ひと》。けれども彼はずっと昔に夢想へと姿を変え、以来、彼女はそれを心の奥底に、ときおり思い出して味わえるように、そっとしまっておいた。

だが、目の前にいる彼は正真正銘、生身の人間だ。とても男らしく、狩りやクラブでの食事から自宅に帰ってきたときみたいに、アルコールと煙と甘いたばこの匂いがする。鼻腔をくすぐるのはそれだけではない。トレヴだけの匂い、ほかの誰ともちがう彼独特の匂いもかぎとれる。こうしてふたたびかぐまで、自分がその匂いを覚えていたことにさえ気づかなかったけれど。

彼が口づける。彼だけがくれる心地よさがカリーをつつんでいく。トレヴにこんなふうに抱かれるたび、カリーはいつだって、恍惚と恐れを覚えながら忘我へと落ちていくのだ。トレヴの喉の奥で低いうめき声が響いた。歓喜の声だ。彼も同じように感じてくれているなんて、信じられなかった。だが彼はさらに深く口づけ、きつくカリーを抱きしめた。彼女はうなじに、きつく巻いた包帯の感触を覚えた。夢のごとき忘我のなか、糊のきいた包帯の感触だけが現実に思えた。

トレヴが馬車の車輪に両肩をもたせ、その拍子にカリーは体勢を崩して彼に寄りかかる格好になった。唇が首筋からこめかみ、髪へと移動していく。油布の外套と薄物の化粧着越しに、ふたりの体がぴったりと密着する。分別も体面もすべて忘れて、カリーは歓喜に身をゆだねた。あらゆる妄想がトレヴの姿をとって目の前に現れ、彼こそがひそやかな愛となり、許されぬ夢となり、日常という名の塀の向こうで待っている。彼女はつま先だって両手を彼の頬にあてた。トレヴはただの思い出で、夢が現実になる日はけっして来ないとあきらめていた。でもカリーはいま闇のなか、これから去っていこうという男性と実際に抱きあっている。昔と同じように去っていき、思い出と夢のなかに消えていこうとしている男《ひと》と。

「いたずらなカリー」唇の端と端を重ねたまま、トレヴがささやいた。「真夜中にフランスの酔いどれ貴族と抱きあったりして」

耳たぶをそっとかじられ、カリーは小さくあえいだ。首にまわした手で彼の髪をまさぐり、強く抱き寄せる。

唇が軽く触れた。「ずっときみを夢見ていた」トレヴは少しろれつのまわらない口でつぶやいた。「知っていた？」

「わたしを？」カリーは手をおろして彼の上着をつかんだ。「嘘ばっかり」

「やはり信じないか。まあいい」

「だって、あなたはいつもそんなふうに――」

「そうだね。きみをからかってばかりいた。でも、本音を口にしたことだってある」

わずかに身を離し、カリーは冷静さを取り戻そうとした。

「わたしには、あなたという人が現実とは思えないの。いまこの瞬間さえも」

トレヴはため息をついて、包帯をした指で彼女の髪をそっと撫でた。

「いっそ夢のほうがいい。そうしたら、ラクダに踏まれたみたいに手が痛むこともないはずだから」

「もしかして、馬に踏まれたの？」けがの話に戻ったことを、カリーはむしろ幸いに思った。

「むしろ頭を蹴られたほうがよかったんだ。そうされて当然なんだよ」

「そうね」カリーは唇をかんだ。「当然だわ、いますぐシェルフォードを出ていくというのなら」

体の線をなぞるように、トレヴが両手を腰のほうへとおろす。

「長靴と化粧着でこんなところに来るなんて。いたずらなカリーはもう屋敷に戻ったほうがいい。さもないと、馬に頭を蹴られる以上のことをしでかしてしまいそうだ」

彼の言わんとしているところはよくわかる。カリーは自室のベッドを脳裏に思い描いた。暖かく乾いた安全な寝室。風と雨に打たれながらほんの数分歩いていけば戻れるのに、一〇キロも離れた場所に思える。彼に触れられただけで、全身が燃えるようだ。

ふいにきつく抱き寄せられ、トレヴの開いた口が押しつけられたかと思うと、乱暴に口内をまさぐられた。一瞬、サンダルウッドを思わせる香気につつまれる。とたんにカリーは一八歳の娘に、トレヴに恋い焦がれる自分に戻った。口づけをどこまでもむさぼり、体をぴったりと密着させながら、彼をとても近く感じ、その一方でとても遠く感じた。

キスをしたときと同じくらい唐突に、トレヴが唇を離す。「もうよそう」とつぶやく彼の瞳に、蠟燭の明かりが影を投げた。「少しここでやすませてくれ。起きたら、わたしは行く」

カリーはトレヴを見つめた。彼がここにいる事実がまだ信じられない。でもそれ以上に、すぐにまた彼を失ってしまうのだということが信じられない。彼女は自分を抱きしめ、理性を取り戻そうとするかのように、ゆっくりとかぶりを振った。

トレヴの唇がゆがむ。「まさかわたしに、ほかの下衆どもには望めないなにかを期待していたわけじゃないだろう？」彼は荒っぽく言った。「お父上は正しかったよ。きみは、わたしなぞとはきっぱり縁を切ったほうがいいんだ。といっても、われわれの縁なんてどうせじきに切れる。だから今回はお父上に感謝する必要はない」

カリーは呆然と立っていた。さまざまな思いが渦巻いて、言葉などひとつも出てきやしない。トレヴに背を向け、なにかを問うかのようにふたたび振りかえる。けれども彼はすでに、あらゆる問いかけへの答えを出してしまっていた。闇のなか、目に見えるのはこわばったトレヴの顔だけ。そこには父に頰を打たれたときと同じ、苦々しさと憤りに満ちた表情が浮かんでいた。

「ぺてん師を見るような目はやめてくれ」トレヴがぴしゃりと言った。「ただの夢なんだよ。いつだって。きみは屋敷に戻りたまえ」一歩カリーに歩み寄る。「浅はかな、哀れなカリー。早く行ってくれ、お互いに後悔する前に」

くるりと背を向けて、カリーは走りだした。あふれる感情で頬と体が熱かった。九年前と同じだった。

彼の言うとおりだ。ふたりが結ばれるなんて、いまも昔も夢でしかない。あらためてその夢を描いてみたら、それがちょうどいいあんばいに現実味を帯びて、ほかの愚かしい白昼夢より少しばかり鮮やかさを増し、胸の奥に住み着いてしまっただけのこと。美しく奔放なレディに、みんなの憧れの的になるなどという、ありとあらゆるばかげた夢を忘れてしまうほどに。

寝室に入ってから、泥だらけの長靴をはいたままなのに気づいて、カリーはそれを蹴り脱いだ。トレヴの言うとおりだからといって、いったいなんだというのだろう。彼女は濡れた外套を脱ぎ、床に放り投げた。男なんて嫌いだ。世界じゅうの男という男が。自分を捨てた男も、そうでない男も全員。彼らは役立たずで、愚鈍で、無能で、しかも身勝手だ。自分はそのへんの下衆と一緒だとトレヴは言ったが、まったくそのとおり。どうせフランスに妻がいるのだろう。ひょっとしたら一ダースもいるのかもしれない。ついでに愛人が二〇人ばかりも。きれいで魅力的で、おしゃべりじょうずな愛人が。なにしろトレヴは女性にもてる。ありとあらゆる種類の女性が彼に身をゆだねるだろう。そのなかでとりわけぱっとしない女性でも、カリーよりはまだましなはずだ。

彼女はベッドに突っ伏した。枕に顔をうずめてひたすら泣いたわけではなく、ときおり怒りに駆られては、三つ叉を手に彼女たちを追いまわす自分を想像したりもした。男とはもういっさいかかわりあいになりたくない。いや、すべての人と。これからは動物と暮らす。そうすれば、もう誰とも口をきく必要はない。草原に干し草の家を造って住み、牛だけを友だちに生きるのが、至福の人生というものだ。むしろ、いままでそうした生き方を検討しなかった自分が信じられない。

枕をベッドにたたきつけ、さらに殴りつける。人間なんて嫌いだ。人としゃべるのも、人に見られるのも、友人を作るのも面倒くさい。苦痛だし、どうせうまくやれないとわかっている。ハーマイオニーをはじめとした、自分に同情してくれる人が相手ならなおさらのこと。だって自分は、三度も婚約を破棄された役立たずのオールドミスなのだから。

もちろん妹のことは心から愛している。でもやはり耐えられない。一緒になど住めない。妹夫婦と同居するくらいなら世捨て人になる。あるいは魔女になって老木の上に住み、そこで泣いて子どもたちを驚かせてあげよう。つば広の黒い帽子をかぶり、いま以上に流行遅れの服を着て、何十匹という猫をはべらせよう。

そんな暮らしを選んでも、シェルフォードで不思議がる人はいない。誰もがみな、レディ・カリスタなら人より動物を選ぶだろう、とすんなり納得する。とくに、男よりは動物だろうと。なかでも、フランス男よりは動物のはずだと。フランス男など、世界の果ての島でナポレオン軍にくわわり、そこで幸せにやればいいのだ。上等な赤ワインを飲み、「ラ・マルセイエーズ」を合唱していれば。その間、カリーは木のうろのなかで静かに暮らすから。

楽しい人生設計に浸りつつ、彼女は眠りに落ちた。枕は涙で濡れていた。

スタージョン少佐は、応接間の炉棚のかたわらに緊張気味に立っていた。今日は軍服ではなく深緑の上着をまとっている。顎をすっぽり覆うほど極端なハイカラーの上着だが、口元と左の目元をひどくゆがませている大きなあざと腫れは隠せていない。

カリーは庭に臨む窓辺に座った。少佐からなるべく離れた席を選んだのだが、狭いほうの応接間を面会場所にしたため、さほど距離を置けるわけではない。ピンク色でまとめた広い応接間のほうが儀礼的な面会にはふさわしいが、あいにくレディ・シェルフォードの来客時間が午後のため、まだ暖炉に火が入っていなかった。カリーの手紙を受け取ったスタージョンはすぐさま行動に移り、こうして朝のうちに屋敷に現れた。亡き父ならきっと、常識知らずだと憤慨したことだろう。突然の来訪に驚いたカリーは妹を同席させるため、小声で抗議する彼女を無理やり応接間へと引っ張ってきた。

姉妹そろって転びそうな勢いで室内に足を踏み入れつつも、カリーはスタージョンにそつなくおじぎをし、妹を紹介した。頭を下げかえした少佐が目を細めた。痛みのためなのか、喜びのためなのかはよくわからなかった。あいさつの言葉を交わしたあと、姉妹がそれぞれの席につくと、ぎこちない沈黙が三人をつつんだ。

気づいたときには、カリーは少佐の腫れて包帯が巻かれた顎にくぎづけになっていた。あたりさわりのない話題を探したが、けっきょく、顎に関することしか思い浮かばなかった。

「歯痛ですか？」

いやな沈黙がふたたび流れ、ハーマイオニーが姉に呆れ顔を向けながらも助け舟を出した。

「姉の古い知りあいにお会いできて光栄ですわ」

「わたしも光栄に思っております、レディ・ハーマイオニー」応じる少佐は、舌があまりうまくまわっていない。「姉君には、望外のご厚意を示していただきました」カリーに向かってあらためて頭を下げる。優しい笑みに似たものが頬に浮かんだが、すぐに表情をゆがめたので本当にほほえんだのかどうか定かではない。「ひどい顔をお見せしてすみません。馬から落ちまして」

「それはおかわいそうに」ハーマイオニーが言い、うながすように姉を見た。

なにか言わねばと焦ったカリーは口を開いた。

「最近は、暴れ馬が増えているようですわね」

「そうなの？」妹がスカートのしわを伸ばしながら問いただす。「天気のせいかしらね」

またもや不快なしじまが流れる。妹は穏やかな笑みをたたえて遠くを見つめている。これ以上、姉に手を差し伸べる気はないようだ。

「落馬した殿方はみなさん、まるで大げんかをしたあとのような顔をしてらっしゃるわ」ほかに話題も見つからず、カリーはさらに言った。

「わたしのは、ほんのかすり傷ですから」スタージョンはそう応じたが、どう見てもかすり傷ではない。「どうしてもあなたにお会いしたかったものですから、さほどひどい顔ではないとつい自分に言い聞かせてしまいました」

カリーは膝の上で握りあわせた手を見つめた。少佐が彼女に近づいてきたのは、おそらく金に困っているからだろう。一方、トレヴは彼女にキスをし、母親から彼女への愛を指摘されたにもかかわらず、求婚するどころかフランスに逃げると言っている。ということは、カリーに残された希望はもはや少佐だけ。この希望にすがらなければ、妹夫婦の厄介になるか、レディ・シェルフォードの毒舌に耐える日々を送るか、干し草の家で一生暮らすしか道はない。

スタージョンはきっと、富の神マモンの供物台にわが身を捧げ、あらためてカリーに結婚を申し込むはずだ。それ以外に、わざわざ屋敷に来る理由などない。今年のロンドンの社交シーズンはよほど女子相続人が不作とみえる。

そこへ、現シェルフォード伯爵が戸口に現れた。驚いたカリーは勢いよく立ちあがった。このような時間に、いとこがちゃんと身だしなみを整えて起きてくるとは珍しい。いとこと客人を引きあわせつつ、彼女は自分の声がわずかに震えているのに気づいていらだった。万一ここでいとこが妻を呼べば面倒なことになる。ドリーがスタージョンを追いかえしかねないからだ。正直言えば、ぜひそうしてほしいところだが。少佐に帰ってほしい気持ちと、なんとしても彼と結婚しなければという思いに板挟みになり、途方に暮れたカリーはふたたび腰をおろした。

少佐に対するいとこの態度は、きわめて礼儀正しかった。いとこは誰に対してもそうだ。

呼び鈴を鳴らして、コーヒーを持ってくるようメイドに指示を出し、殿方がいらしたらおもてなししなければだめじゃないかとカリーをたしなめた。すると少佐はあらためて顔のことを詫び、落馬の一件を伯爵にも打ち明けた。伯爵が同情の色を浮かべるかたわらで、カリーは考えにふけっていた。彼女の知るほんのひとにぎりの男性のうち、ふたりが数時間のうちに同時に落馬事故に遭うなんて偶然はあるのだろうか。ひょっとしてふたりの馬同士がぶつかったのかもしれない。

「そういえば、ダヴェンポート大佐から伝言を預かっておりまして」スタージョンはよくまわらない舌でそう伯爵に告げた。「伯爵家からお譲りいただいた牛が、放牧場から逃げたそうです。それで、見かけたらご連絡をくださいとのことでした。牛がこちらに帰る可能性があるかもしれないそうで」

「ヒューバートのこと？」カリーは顔を上げた。「ヒューバートが逃げたの？」

「名前は覚えておりませんが。大佐いわく、賭け金代わりに伯爵さまから譲りうけた牛だとか」

「ああ、だったら」いとこは落ち着かなげに口を挟んだ。「ヒューバートでしょう。あの牛が逃げたのですか？　まいりましたね。そう、ここに帰ってくるつもりなんでしょう。それ以外の可能性は考えられません」困ったようにカリーを見る。

「いつ逃げたんです？」カリーは立ちあがり、鋭く問いただした。

「ゆうべのようですよ」少佐が顎を襟にうずめたままこちらを向く。「牛飼いのぼうずが夜の餌を与えて、明け方に放牧場に戻ってみたら、柵が壊れていたそうですから。大佐がすでに、使用人に捜索を命じたと言っていました。ただ先日、見るからに卑しげな男からその牛を買いたいとの申し出があったらしく、それで大佐も心配しているのですよ。もちろんすぐに断ったそうですが、男が驚くような額を提示したとか」

「卑しげな男？」カリーは眉根を寄せた。「具体的にはどんな人だったんでしょう？」

スタージョンは咳ばらいをしてからつづけた。

「いわゆるぺてん師のような風体だったそうです。ぺてん師などと言っても、レディ・カリスタはぴんと来ないでしょうが。大佐が牛の行方を心配しているのも、先だってこの近くで闘犬を見かけたという噂を耳にしたからなのですよ。もちろん大佐のただの取り越し苦労でしょうが、男が申し出た金額からすると、村人を集め、闘犬と牛の闘いで賭博をしようという魂胆かもしれません」

「賭博ですって」カリーは叫んだ。「ひょっとして、牛攻めのことですか？」

「まさか」伯爵が大声をあげた。「そんなばかな！　ダヴェンポートは治安判事だ。地元でそのような賭けを開くのを彼が許すものか。大丈夫だから落ち着きなさい、カリー。ああ、そんな心配そうな顔をしないで」

「心配するに決まっているでしょう！」カリーは戸口に駆け寄った。「あの子を捜さなくちゃ。ジョン、それはもういいわ」コーヒーをのせたトレーを運んできた従僕に、すれちがいざまに指示を出す。「コーヒーはそのへんに置いておいて。わたしの馬をすぐに用意してくれる？　五分後に出かけるから」

「ご自分で捜しに行かれるのですか？」スタージョンが一歩後ろからついてくる。「同行させていただいても？」

「ああ、ええ、どうぞ」カリーは上の空で答えた。「ひとりよりふたりのほうが早いですし。馬でいらしたの？」

「馬丁がそのへんで歩かせているはずです」

「また振り落とされないといいですわね。振り落とされても、わたしはかまっていられませんから。どうしよう、すでに手遅れかもしれない」

「血を流して道に倒れても、見捨ててくださってけっこうですよ」少佐は応じた。「よほど大切な牛のようですからね」

「一番できのいい子なんだもの！」カリーは少佐を廊下に残し、階段をのぼりながらつぶやいた。「それに一番の親友だったわ。やっぱり人にやったりするんじゃなかった。ばかげた賭け金の代わりだなんて。男なんてばかばっかり！」スカートをつまみあげ、鼻梁にしわを寄せ、どたばたと駆けのぼる。「男なんてみんな大嫌い！」

9

「包帯、きれいに巻いてありますね」ジョックがトレヴの腫れた指先を見ながら言った。

「殴り倒してやったんでしょう？」

「ああ、朽木みたいに倒れたよ」ダヴ・ハウスのこぢんまりとした畜舎の戸に背をもたせ、トレヴは上着についた藁をはらった。「母の具合は？」

「今朝方、息子を呼んでちょうだいと言われたんで、ゆうべはずいぶんはめをはずしたらしくて寝坊をしてますと説明したら、笑っていましたよ。それと瀉血は、だんながいいとおっしゃるまでやらないことになりました」

トレヴはけがをしていないほうの手で顔を撫で、飲みすぎと睡眠不足でまわらない頭を必死に働かせた。

「瀉血はさせない。治る見こみもないのに、そんなことをする必要はない」

ジョックは肩をすくめ、いかにも不快げに応じた。

「必要がなくてもやるのが医者ですからね」

トレヴは目を閉じ、しばらくしてから開けた。「治安官はまだ来ていないな？」

興味津々といった面持ちで、近侍がじっと見つめてくる。

「治安官？　つまり、これから治安官が来るってことですか？」

「どうやらけんかの相手は、地元の治安判事だったようだ」

ジョックが背筋を伸ばす。「そいつはまた。判事をのしちまったんですか？」

「らしいな。ちょっとばかり……混乱していた。判事の友人の、竜騎兵隊長を殴ったのは覚えているんだが」

「そいつはまずい」

「まずいどころか、これでわたしもおしまいかもしれない」

ジョックがゆっくりとうなずく。「ですね」

トレヴは戸にどんと寄りかかった。

「ここで捕まるわけにはいかない。英国に戻ったことがばれたら、縛り首だ」

「本当に治安官が来ますかね？　正当防衛じゃないんですか？　罪状は？」

「治安妨害罪、暴行罪――それに酒場をめちゃめちゃにした」

「死人は出なかったんですよね？」

「ああ」トレヴは顔をしかめた。「少なくとも……わたしが店にいるあいだはな」首をのけぞらせ、頭を壁にもたせる。「聖母マリアに祈るか」

「だんなの素性はばれてるんですか？　ここは田舎だし、判事はだんなが誰か知らないんじゃないですか？」

「判事はな。だが、騎兵隊長はわたしを知っている。人をフランスのごろつき呼《ブラックガード》ばわりした。あるいは――」いったん口を閉じる。トレヴは頭をもとに戻し、眉根を寄せて、前夜の記憶をたどった。「いや、あれは、脅し屋《ブラックメール》と言ったんだろうな」

「ちっ」ジョックが大きな肩をいからせる。「無礼なやつだ！」

「いや、その気になれば本当にあいつを脅せたんだ。だが、殴るほうがずっとおもしろそうだった」

「だんなは脅し屋なんかじゃない。偽造だってやってない」ジョックはむきになって言った。「ムッシュー・ルブランを名乗っていたときだって、金のことで卑怯なまねはいっさいしなかった。だからおれだって、だんなについてきたんです。みんなだっていまだに、だんなに胴元をつづけてほしいと思ってる。だんな以上に信頼できる人なんてこの世にいません。判事だのなんだのには勝手に言わせておけばいいんだ。おれたちみんな、だんなは偽造なんかやってないって知ってますから。なんで、だんなが罪をひっかぶることにしたのかも」

トレヴはゆがんだ笑みで近侍に応じた。

「感動的な演説だったよ。裁判でも、おまえに証言を頼めばよかったな」

「雄鶏《ザ・ルースター》だって、ちゃんとわかってますよ」ジョックは天に向かって顎をしゃくった。「絶対に。ミセス・ファウラーはいまごろ息子と一緒にのうのうと暮らしているんでしょう？　そんな資格もないくせに。あの女にだんなはもったいない。ジェム・ファウラーだって」

トレヴは肩をすくめた。

「あの子のためにやったことだ。それと、ジェムのために。だが王も二度目は恩赦を下してくださらないだろう。期待するだけむだだ。法廷で、モンソー公爵がチボー・ルブランと同一人物であることに誰かが気づいたが最後、すべてばれる。万一ばれなかったとしても、いずれにせよわたしは死の床に母を残して裁きにかけられる。最期を迎えようとしている母にとっては、じつに輝かしい未来図だな」

ジョックが不満げにうなる。胸の前で組んだ腕の筋肉が盛りあがった。

「だんながやっつけた軍人は、ルブランを名乗っていた事実まで知ってるんですか？」

トレヴは首を振った。

「いや、ありがたいことにそこまでは知られていない。やつと知りあったのはもっと前だ。だがやつは必ず、わたしを訴えて有罪にもちこもうとするだろう。なんといっても、治安判事の友人がいるわけだからな。逮捕後、公現祭まで牢屋で生きていられたらめっけものだよ。さらに復活祭までこの身が朽ちずにいたら、神の恵みとしか言いようがない」

薄暗い鶏小屋のほうで鳴き声がした。物音に敏感なジョックがそちらに頭を振り向ける。だが、鶏が藁を踏むかすかな音のほかには、なにも聞こえてこなかった。

「そうか、水疱瘡《チキン・ポックス》という手があるぞ！」トレヴはふと思いついた。「母上には、わたしが水疱瘡にかかったと言えばいいんだ。伝染の恐れがなくなるまで、人に会うのを医者に禁じられたと」

近侍は疑わしげに鼻を鳴らした。

「水疱瘡？　あのマダムが、そんな嘘に騙されますかねえ。なにせ鋭いお方ですから」

「ふうむ」トレヴは包帯をした手で顎を撫でた。「それもそうだな。そもそも水疱瘡にはすでにかかっているはずだし。自分では覚えていないが」

「マダムは覚えてらっしゃるでしょうよ。母親ってのはそういうもんです」

「なにか別の案はないか？　水疱瘡みたいな伝染性の病気がいい。二週間程度、母と会わないでいる言い訳になるような病気だ」

「二週間？」ジョックが太い眉をつりあげる。「でも医者の見たてじゃ――」

「ああ、わかってるさ！　まだ医者の言葉が耳に焼きついている。だからといって、ここにいるわけにはいかないんだよ。そうだろう？」

　ふたりは黙りこんだ。シェルフォードにとどまったらどうなるか、いちいちジョックに言って聞かせるまでもない。トレヴが逮捕されれば、母は最後の安らかなひとときを、たったひとりの息子が絞首刑に処されると知りながら過ごすことになる。チボー・ルブランはかつて、手形偽造の容疑で死刑判決を下され、その後、王の恩赦を受けた。ただし恩赦の条件として、英国を出ていき二度と戻らないことを誓わされた。誓いを反故《ほご》にすれば、恩赦は撤回される。

「捕まる必要なんてないです」ジョックは長い沈黙の末に言った。「丸くおさめる方法がありますって。マダムが危険な状態だとわかったら、たかがけんかで逮捕するのはいかがなものかと考えなおしてくれますよ」

「勝算は低いな。それに、堂々とここに居座るわけにはいかない」

「それはまあ。だったら、敵の怒りがおさまるまで二、三日姿をくらましたらどうですか。連中が来たら、余命いくばくもない哀れなご婦人を苦しめて恥ずかしいと思わないのかと言ってやりますよ。だんなは夜、マダムに会いに来ればいい」

トレヴはかび臭い畜舎の隅をにらんだ。唇をかんで熟考し、ゆっくりとうなずく。

「一種の賭けだが、うまくいくかもしれない。安全な隠れ家さえあれば」

「おれが探して――」

さえずりのような鋭い口笛がジョックをさえぎった。ふたりの顔に驚きの色が浮かぶ――聞き慣れた口笛とはいえ、いやに距離が近い。トレヴは首を伸ばして二階の干し草置き場を見やった。「バートン!」とうんざりした声でつぶやく。「そんなところでなにをしているる?」

かつての手下が、片耳の後ろに干し草を一本ぶらさげ、むきだしの梁のあいだから顔をのぞかせた。

「つかまえましたぜ、だんな!　納屋の奥につないどきました」

一瞬トレヴは、スタージョンが（最悪の場合はその友人の判事が）縄でしばられ、納屋につながれている姿を想像した。「誰を?」怒鳴りつけながら、バートンのいるほうに歩み寄る。「おまえ、まさか――」

「例の雄牛ですよ」応じたバートンは、干し草と埃を階下に舞い落としながら這うように二階を移動した。両手で梁にぶらさがって一階に飛びおりる。ズボンは埃まみれだ。

「雄牛？」顔をしかめたトレヴはすぐに思い出し、「ああ、あのことか」と心から安堵した声でつづけた。クラヴァットに絡まった干し草を必死にはらうバートンを見つめる。手は汚れ、爪も真っ黒で、服にも黒い染みが点々とついている。

「ご苦労だったな。助かったよ。少なくとも、その問題については一件落着だ。で、おまえはどこかの沼地で眠ったのか？　まずはその薄汚いなりをなんとかして、それから雄牛をシェルフォード・ホールの牧場に連れていってくれ。わたしからレディ・カリスタ・タイユフェールへの贈り物だと言うんだぞ。それと、彼女によろしくと伝えてくれ」

とりあえずこれで、カリーのためになにかをしてやれた。彼女はさぞかし喜ぶだろう。できれば、雄牛と再会したときの嬉しそうな顔を見たいものだが。「耳に堆肥がついてるみたいだから、それもちゃんと落としておけよ」トレヴは言い添えた。

バートンはもじもじした。元あるじに褒められてガーゴイルのように大口を開けてにやけていたが、すでに笑みは消している。

「贈り物？　そいつは名案とは思えませんね」

「いや、彼女なら大喜びするさ。普通のレディとはちがうんだ。それで、ダヴェンポートとはすぐに金額の折りあいがついたのか？」

ジョックがはっとしたように顔を上げた。バートンがまずいなとばかりに目をそらす様に気づいて、トレヴは嫌な予感に襲われた。

「ダヴェンポート？　それって、ダヴェンポート大佐のことですか？」ジョックがたずねる。

トレヴは近侍の顔をまじまじと見つめた。「そうだが、彼を知っているのか？」

「知ってるもなにも、ロンドンのお医者を紹介してくれた人ですよ。アントラーズのおやじに訊いたら、ブロムヤードの大佐なら誰か知ってるだろうって。それは親切なお人で、わざわざあのお医者に手紙まで書いてくれたんですから」ジョックの声が不安げなものになっていく。「ねえだんな……大佐の書斎には法律関係の本が何冊もあったんです。それに、なんかの帳面だの法廷議事録だのもどっさり。だからきっと、治安判事だと思うんですけど」

「判事だって？」トレヴは近侍の顔を凝視した。ということはつまり……。「まさかゆうべの？」

「かっぷくのいい紳士ですよ。赤ら顔で、鼻の脇にほくろがある」

トレヴはうめいた。「なんてことだ。次からはこれをいい教訓にして――あんたに借りはないかと訊いてから殴るようにしよう。で、彼にいくら払うと言ったんだ、バートン？」最前の質問をくりかえす。「一財産だといいんだが」

「それでしたら」元手下は陽気な声をあげた。「だんなもご存じでしょ、おれがどんなに運のいい男か！　ダヴェンポート大佐には、びた一文払わなくっていいんですよ。大佐ときたら、おれにはちっとも親切じゃなくってねえ。なんとおれを、玄関からたたきだしたんです。かんかんに怒って、あの牛は絶対に売らないから、金など払わなくていいと言い張って」バートンはくすくす笑った。「だからおれは、言われたとおり金を払わなかった」

「バートン！　まさかおまえ――」

「ちがいますって！　そりゃ誤解です。神に誓って盗んでなんかいませんよ」ポケットに両手をつっこみ、ずるそうな笑いを浮かべて背を丸める。「トビーと散歩してたら、通りを牛が歩いてたんです」

トレヴは目を閉じ、壁に頭をもたせた。だが、バートンを絞め殺すべきか、それとも水に沈めるべきか、じっくり考えている暇はなかった。庭の門のほうから、人声が聞こえてきたからだ。ぶっきらぼうに呼ぶ、決意のこもった声が。

三人は顔を見あわせた。バートンがかつてのように親指と人差し指で手を銃の形にし、干し草置き場を指差す。トレヴはジョックを見やり、門の方角を顎でしゃくった。近侍がすぐさまうなずく。三人は無言で二手に分かれた――ジョックは大またで庭のほうへ、トレヴとバートンははしごをのぼって二階へ。トレヴは元手下について、埃まみれの床板の上を進み、開け放したままの扉を目指した。そこから一階の納屋に視線をやると、大きな黒い雄牛が干し草を食む姿が見えた。

「バートン！」トレヴは思わず叫び、すぐに下へ飛びおりた。黒い雄牛を食い入るように見つめ、やられたとばかりに額に手をあてる。

「ばかもん。こいつは例の雄牛じゃないぞ」

カリーは速足で馬を走らせた。スタージョンの馬が後ろからついてきていることは、ほとんど意識もしなかった。近道を通り、牧場の柵をふたつに生垣をひとつ飛び越えてドーンシーさんの果樹園に不法侵入し、村の一本道に出た。通りかかった人びとに声をかけ、宿からちょうど出てきたランキンには、緊急事態なのと馬からおりもせずに告げた。

ダヴェンポート大佐の家までは村からだいぶある。ブロムヤードの通りを数キロも走らなければならない。道々カリーは秋の景色に目をやり、たわわに実のついたりんごの木や草原のなかに見慣れた茶色のぶち模様の牛がたたずんでいないか探した。雄牛は大きいから見つけるのはそう難しくないはずなのだが、不思議と見すごしてしまうものなのだ。このあたりには数えきれないほどの果樹園や甘い草の生い茂る草原など、ヒューバートにとって魅力的な場所がたくさんある。草原では秋が深まったいまの時期でも、ヒイラギやサンザシの下で甘い草の濃い緑が広がっている。だから、繁茂した草にヒューバートがまぎれてしまう可能性もある。

ようやく大佐の屋敷に着き、つかのま馬を止めたものの、馬小屋に馬はいなかった。大佐も出かけているのだろう。馬小屋で作業にあたっていた少年にたずねると、ヒューバートが壊したという放牧場の柵の位置を聞かされた。少年のせいではないとわかっていながら、カリーは思わず彼を叱りつけた。すっかり大人になったヒューバートはおろか、子牛にさえ壊されるようなもろい柵を設けていたせいだろうと責めた。頑丈な柵を設けなかったのは大佐であって、少年にはなんの罪もない。だが興奮していたカリーは自分を抑えられなかった。しかも少年は、ヒューバートが角で柵の横木を破壊し、近隣住民を襲う可能性もあると考えているらしい。けれどもカリーは牛の習性を少年などよりずっとよく知っている。雄牛はひとたび放牧場から出たいと思えば、ゆっくりと時間をかけて我慢強く柵を押すだけでそれを破壊できるのだ。

ヒューバートが逃げた理由が、わが家に帰りたいと願ったからなのか、それとも単にもっと遠くの草を食べてみたいと思っただけなのかはわからない。いずれにせよカリーは大佐の屋敷をあとにし、ヒューバートがブロムヤードに連れてこられたときに通ったはずの道を逆戻りすることにした。来たときよりも遠まわりだが、途中で川の浅瀬を渡りダヴ・ハウスの前も通りかかる平坦な道である。

「黒のヘナを使ったんですよ！」バートンがささやいた。「悪くない仕上がりでしょう？日の出とともに作業を開始したんです。最初のうちは白い毛がうまく染まるかどうか自信がなかったんですけど、だいぶいい色になりましたよ」牛の後ろ脚を撫でおろす。「おや、くるぶしのところにぶちが残ってた」

「まったく、どこでそんなに大量の染料を手に入れたんだ？」トレヴは声を潜めて問いただした。見れば牛の足元のきれいな干し草の下に、青黒く染まった干し草が隠れている。

「皮なめし屋です」バートンが重々しく答える。「ビールですっかり意気投合しまして」

「なるほどね」トレヴは雄牛の膝の匂いをかいでいる犬のトビーを見やった。「それで、こいつをわたしにどうしろというんだ？」

バートンは不安げな面持ちになった。

「さあ。手に入れたあとのことを考えろなんて、だんなはおっしゃらなかったし。だんながご自分で、どうするか決めるんだとばかり」

「決めてたさ」

「最初っから、そのお嬢さんに贈るつもりだったわけで？」

「そうとも。だが彼女が好きなのは茶色のぶち模様の雄牛なんだ。ちゃんとした売渡証付きのな。こいつは由来もわからない黒い雄牛だ」

「ええ、まあ……」バートンが大きな口を引き結ぶ。「そうみたいですね」

「みたい、じゃなくて、そうなんだよ」

「だけど、盗んだわけじゃない。道で見つけたんです」

「治安官にそういう屁理屈は通用しないんだよ、バートン。捜査の手が伸びる前に、わたしもおまえもここから逃げる必要があるな」

「ですね」バートンは雄牛の鼻輪につないだ綱を持った。「水車用の貯水池に出る、迂回路があります。牛は小川の脇にでもつないでおきましょう。さあ、こっちに来るんだ」ちっちっと舌を打ち鳴らして牛を呼ぶ。「トビー、かみついてやりな！」

飼い主の掛け声ひとつで、犬は牛に向かって吠えるなり、かかとにかみついた。牛が頭を後ろに振り向け、あしらうように犬を蹴る。巨体の牛にとって、犬など大きなハエ程度のものでしかないらしい。

牛はふうっと鼻を鳴らして頭を下げると、あらためて干し草を頬ばった。「村じゅうにわたしたちの居場所を知らせるつもりか？　ほら、おまえもさっさと歩くんだ」三つ叉を手にとり、牛に向かって振りあげる。軍にいたころ、家畜追いがそんなふうにして動物を歩かせるのを見たことがあった。

牛は目をしばたたいて彼を見つめた。四本の脚でしっかりと立ち、のんびりとしたリズムで草を食んでいる。

「静かにしろ！」トレヴは、やかましく吠えてうなり声をあげるトビーを叱りつけた。「ほら、来い」トレヴはいらだたしげに言いつつ、三つ叉を振りまわした。「名前はなんといった？　ヒューバートだったかな？　そうだ、ヒューバート！」

名を呼ばれるなり、牛はきちんと振りかえった。三つ叉など完全に無視して、どこか尊大に脚を一本、また一本と動かし、ゆったりとした歩調でトレヴに歩み寄る。立派な鼻面を上げると、クラヴァットの奥になにかを探すかのように彼の胸元の匂いをかいだ。ショートホーン種のはずだが、ヒューバートの角はトレヴが両腕を広げたくらいの長さがある。

思わず後ずさると、牛はさらに迫ってきた。「ヒューバート」と呼びかけ、門のほうへとさらに後ずさる。すると牛は悠々と彼を追い越し、大きなひづめで地面を踏みしめ先に歩いていった。牛の低いうなり声が轟く。うなじのあたりにぞくりとするものを感じつつ、頼むから襲わないでくれよ、とトレヴは内心で祈った。

「ヒューバート！」

カリーは道の真ん中でいきなり馬を止めた。後ろからついてくるスタージョンに手を振って、止まるよう合図を出す。それから、馬の鼻息と自分の呼吸音にかき消されそうな声に耳を澄ました。ようやく聞きとれるほどの小ささではあったが、ヒューバートの個性的なうなり声、轟くような声がたしかに聞こえた。

ちょうど、ダヴ・ハウスの前を通りすぎたところだった。庭の門が半開きになり、玄関も開け放ってあった。ここに来るまでトレヴのことを忘れていたわけではないが、前夜のできごとはひどく現実離れしていて、本当に起こったことなのかどうか確信が持てない。

家の裏のほうで、犬が激しく吠えている。カリーは馬をおり、手綱を放ってスタージョンに預けた。逃げたヒューバートがここまでやってきて、ダヴ・ハウスの畜舎に潜りこんだ可能性もある。ここの畜舎には、トレヴの馬たちのために新鮮な干し草があるはずだから。急いで裏にまわろうとしたとき、玄関扉からこっそりと出てくる、帽子を目深にかぶった人影があった。その背後からトレヴの近侍の大男が現れ、頑丈そうな手で扉を後ろ手に閉めた。

「ハッブル治安官！」呼びかけつつ、カリーはほっと胸を撫でおろした。ダヴェンポート大佐がヒューバートの捜索を依頼してくれたのだろう。「彼はここに？　もう見つけたんですか？」

治安官は顔を上げ、相手がカリーだと気づくと帽子を脱いだ。

「いいえ、まだなんです」落ち着かなげに近侍のジョックを振りかえり、どこか沈鬱なささやき声で言う。「このような状況で、これ以上騒ぎたてるつもりはありません。こちらの家では、瀕死の病人がいらっしゃるとのことですので」

「瀕死？」カリーはつと立ち止まった。まさかマダムが。すぐにジョックに目を向ける。

「ひょっとして……公爵夫人のおかげんが悪くなったの？」

ジョックは禿頭をゆっくりと縦に振り、うつむいた。「ひどくお悪いようです」と答える彼の英語には、ひどい訛りがあった。「まさに瀕死の状態で、長くないだろうと医者も言ってました」

いずれこの日が来ることは、カリーにもわかっていた。でもこんなに早いとは思ってもみなかった。それにトレヴは……いったいどこにいるのだろう。彼女は呆然とジョックを見つめた。

「ご子息は家に？」

「こちらに戻ってくるところかと」近侍はぶっきらぼうに答えた。

「マダムには誰も付き添っていないの？」カリーは玄関のほうに歩みを進めた。衰弱したマダムをひとりになどしておけない。彼女は治安官に向きなおった。「わたしはマダムのところにまいります。でもどうやら、家の裏手で彼の声がしたようなの。畜舎の裏で」スタージョンがやってきてすぐとなりに立ったが、彼女はちらりと見やっただけでつづけた。「だから治安官はそちらを見てきてください。彼がそこにいたら、すぐに知らせて。あなたは彼をつかまえて、ダヴェンポート大佐の到着を待てばいいわ」

「あの、それはきっと空耳です！」ジョックがむきになって言った。「畜舎になんているわけがない。伝言を届けましたから、じきにこちらに来るはずです」

「伝言？」カリーは当惑して首をひねった。

ハッブル治安官が両手で帽子を握りしめる。

「レディ・カリスタも、彼を訴えてらっしゃるのですか？　わたしとしては、いまの状況での逮捕は避けたいのですが」

カリーは目をしばたたいた。「逮捕ですって？」とつぶやいて首を振る。「逮捕なんてできるわけがないじゃない。相手は雄牛なのよ」唇をかみ、逃げたヒューバートが悪事を働く場面を想像する。「まさか、できるの？」

治安官はかすれた笑い声をあげた。「いいえ、牛を逮捕しに来たわけじゃありませんしね。その牛というのは、大佐のところのでしょう？　今朝から捜してはいますが、ここにある令状には——」上着の内ポケットからなにやら紙切れを取りだす。「ええと、モンサークス公爵を逮捕すると書いてありますね。フランス国籍で、現在はブロムヤード教区、シェルフォード村、ラドロウ一〇〇番地のダヴ・ハウスに在住」

「あのフランス人のことか？」スタージョンがカリーのかたわらで甲高い声をあげる。「ここはやつの住まいなのか？」

治安官は顔を上げ、スタージョンにうなずいてみせた。

「ええ、そうですよ。彼を逮捕しに来たんです。でも母親が重篤な状態だと、ここにいる使用人に言われましてね。容疑者には、母親のところに戻るよう伝言を送ってあるらしい。そのようなわけで、逮捕は少しあとにするつもりです。急ぐことはありません。母親が天に召されてからにしましょう」

「逮捕?」カリーは震える息をもらした。「どういうことなの。公爵の逮捕状を持っているの?」

「ええ、そうです。逮捕状」

「どうして」カリーは息をのんだ。「いったいなんの罪で?」

「英国軍の将校と治安判事に暴力を振るった罪です。つまり、ダヴェンポート大佐その人と、こちらにいらっしゃる殿方ですね。わたしのかんちがいでなければ」

カリーはスタージョンに向きなおった。腫れた顎を見つめ、トレヴの手のけがを思い出す。やっと合点がいった。ふたりとも落馬したわけではなかったのだ。

「その他の罪状として、治安妨害、騒擾《そうじょう》、威嚇行為」治安官は逮捕状を読みあげた。「ジョン・L・スタージョン少佐と、酒場〈ブルーベル〉の経営者ミスター・ダニエル・スミスの訴えにより、複数の目撃証言に基づいて逮捕する」

カリーはスタージョンから目をそらせずにいた。まさか、トレヴに逮捕状が出されるとは。つかのま目を閉じ、すぐにまた開ける。わたしがここを去る理由は明日になればわかる――トレヴはたしかそんなふうに言っていた。

彼女の心は沈んだ。ショックだったが、ありえない話ではない。知りあった最初のころから、トレヴは法に触れないぎりぎりの行為ばかりしてきた。どこまで冒険できるか、捕まらずにやりおおせるか、得意になって試しているふしがあった。アントラーズでトレヴとお茶を飲んだ罪で、カリー自身に逮捕状が出なかっただけでも幸運なのかもしれない。

スタージョンはいらだった様子だ。トレヴに暴行されたのならそれも当然だろう。アントラーズで会ったとき、ふたりが一瞬にして相手に敵意を抱いたのがカリーにもわかった。その敵意を、トレヴはきっと内心でたぎらせていったにちがいない。彼女は頬が赤くなるのを覚えた。ひょっとして、自分が原因なのだろうか。でも、レディ・カリスタ・タイユフェールをめぐってふたりの紳士が殴りあうなんて想像もできない。むしろ、オールドミスの魔手から逃れる斬新な方法を相談しあうほうがありえそうだ。

「あなたに、われわれのしでかした浅ましい行為について具体的にお聞かせするつもりはありません」というスタージョンの口調は、顎の腫れが引かないためにまだ不明瞭である。

「ですが、けがの原因について嘘をついたのは申し訳なく思っています」

「謝る必要はないわ」カリーは慌てて少佐から顔をそむけた。「あなたがどんな理由でけがをなさろうと、わたしには関係ありませんし」

「公爵とやらについて、いずれあなたにわたしの知っていることをお聞かせいたしましょう」少佐は心からの侮蔑を込めて言った。「当人はあなたの友人のつもりのようだが、あの男の友情などあてにしてはいけません」

「そうね」こたえながらカリーは、息苦しさを感じていた。「では、その話はいずれ。いまはマダムの様子を見にいかなくては」スタージョンに背を向け、ジョックの立つ玄関へと急ぎ足で向かう。

「われわれは畜舎のほうを見てこよう、治安官」スタージョンが背後で言うのが聞こえた。

「雄牛と、そのほかにもなにか見つかるかもしれない」

10

　カリーはダヴ・ハウスの階段を駆けのぼった。公爵夫人はさぞかし重篤な状態なのだろうと不安におののきながら、寝室の扉をノックもせずいきなりなかに入った。ところがマダムは椅子に座って紅茶を飲んでいた。かたわらでは看護師が手際よくシーツを交換している。

「いらっしゃい！」マダムは少し苦しそうに、穏やかな声で呼びかけた。「どうぞ入って。来てくれて……本当に嬉しいわ」途中で口ごもり、呼吸を整えなければならなかったものの、見れば髪をきちんと結って化粧着をまとっているし、顔色もいい。

　カリーは扉の取っ手から手を離した。

「おはようございます、マダム」わけがわからず、その場で歩みを止める。「いきなり入ってすみません。でも、あの――下で聞いた話では――ああ、どんなに心配したか！　てっきり、付き添いもいないとばかり」

　マダムは笑みをたたえて手を上げた。

「ご覧のとおり、息子が……それは優秀な看護師さんを見つけてくれたの」

　看護師がつかのま顔を上げ、礼儀正しく一礼してからすぐにまた作業に戻った。まるで従軍中のような厳格な態度の彼女に、カリーは思わず敬礼で応じそうになった。

「でもね、わが家にはめったにお客さまがいらしてくださらないでしょう」マダムはつづけて言った。「おしゃべりの相手がいれば……ずっと気分がよくなるのに。少し前に玄関の呼び鈴が聞こえて、でも誰も上がってこないからがっかりしていたのだけど、あれはあなただったのね！　そうそう、悪評高いわが息子はまだ起きてこないのよ」

カリーはマダムのほうへと歩み寄った。

「今朝はずいぶんおかげんがよろしいんですか？」

「ええ、とってもね」夫人はほほえんだ。「そう……ダンスだって踊れそうなくらい」

とりわけ鋭い洞察力を持っているわけではないカリーも、さすがに気づかずにはいられなかった。ジョックは治安官に嘘をついたのだ。

「それはよかった」彼女は言った。「安心しました。それで、今日はまだご子息には会っていらっしゃらないんですか？」

マダムは首を振った。「いらいらしてしまうわ。なんだか下が騒がしいから……息子に様子を見てきてほしいのに。玄関で人の声がしたかと思ったら、聞いたこともないような物音まで。あなたも信じないかもしれないけど。看護師は、夢でも見ていたのでしょうと言うのよ。ただの犬の鳴き声だって。わが家には犬なんていないのに！」当惑気味にふたたび首を振る。「犬の鳴き声なんかじゃなかったわ。むしろ、救いの角笛の音みたいだった。でもなんだか不気味な音で。ほとんど聞きとれないくらい、低く轟いていたわ」

「犬の鳴き声はたしかに聞こえましたよ、マダム」看護師が言い張った。「聞きまちがいなんかじゃありません」

「そうね、犬も鳴いていたわ」マダムはうなずいた。「でも……ちがう声もしたの」

「ただの気のせいですよ。なにしろ、先生の指示があったのにまだ瀉血をしていないんですから」看護師は敷き終えたシーツをぱんぱんとはたいた。「きっと、そのせいで頭に血がのぼってるんです」

わずかに顔をしかめたマダムは、看護師に表情が見えないようにカリーに向きなおると、いたずらっぽくウインクをしてみせた。

「そうね、頭が沸騰しかかっているんでしょう。息子に、瀉血をしてもかまわないと言ってもらわねばね」

「だったらご子息に、まずは起きてもらいましょう」看護師は断固として言った。夜明けとともにベッドを出ないなど、許しがたい行為だといわんばかりだ。

「そうね」とマダム。「さもないとわたくしの頭が爆発してしまう！　ねえ、レディ・カリスタ、悪いのだけど……息子の近侍に、あの子を起こしてくるよう言ってきてくれないかしら」

口を開きかけたカリーだったが、言葉が出てこなかった。トレヴはどこか遠くに逃げているはずだ。でも、公爵夫人にそのことをどう伝えればいいのかわからない。どうやって夫人の頼みを断ろうかと考えていると、階下から低く轟くような声がした。かろうじて聞きとれるほど小さい声だ。声はしばらく壁を震わせ、やがて聞こえなくなった。

「いまのがそうよ！」大声をあげたマダムが咳の発作に襲われ、苦しげに前かがみになる。おもてで男たちが怒鳴るのが聞こえた。

カリーと看護師が駆け寄ると、マダムは手を振って扉のほうを指差した。その細い肩を支える看護師は、目をまん丸に見開いて、幽霊でも見たかのようにカリーを見上げている。

たしかにそれは、この世のものとは思えない不気味な声だった。といっても、動物がどんな声を出せるかちゃんと知っていれば、怖がる必要などない。カリーは心の底から安堵していた。一方で、ヒューバートのうなり声が妙に近くから聞こえたことに、驚きを覚えてもいた。窓からおもてを眺めてみると、畜舎から通りのほうへと駆けていく治安官の上着の裾が視界に入った。治安官は通りに出たところでつと立ち止まり、左右に視線をやってから、通りを横切って向かいの生垣を目指した。ややあって、それを追いかけるまだら模様の犬が現れる。商店のあるじが盗っ人を追うときさながら、犬は狂ったように吠えている。

カリーはマダムに向きなおった。ようやく咳がおさまったマダムが「行ってちょうだい」とささやく。「わたくしなら……大丈夫。いったいなにごとか――」言葉を失い、ふたたび咳きこみながらも、早く行ってとばかりにカリーに向かって手を振ってみせる。

「あれはわたしの雄牛です、マダム。だから心配は無用ですわ」カリーは説明してから、スカートをつまんで駆け足で部屋をあとにし、階段をおりた。

開け放ったままの扉の脇にジョックが背中をこちらに向けて立ち、通りのほうを指差して、

「向こうです！」とおもてにいる誰かに叫んだ。その広い肩越しに、庭の門につながれた馬をよけて通るスタージョンの姿が垣間見える。「犬を追って！」ジョックがまた叫んだ。「生垣を壊して逃げましたよ！」

追跡行にくわわろうとカリーが急いで玄関に向かいかけたそのとき、厨房のほうから、なにかが割れるすさまじい音と女性の金切り声が聞こえてきた。階段の親柱をつかみ、そちらに顔を振り向ける。するとリリーが、叫びながら廊下の角を曲がってやってくるなり、カリーにどんとぶつかって後ろに跳ねかえった。メイドは目を見開いてその場に立ちすくみ、片手で口を押さえつつ、厨房のほうをわなわなと指差した。

耳慣れた低いうめき声と、どんと床を踏み鳴らす音、皿が割れる音が響きわたる。

「大変だわ」カリーはつぶやき、厨房に向かった。ひどい有様になっていることを覚悟はしたが、実際の厨房はまさに惨状だった。

ダヴ・ハウスの厨房はさほど広くない。母屋からつづく四段の古ぼけた石階段をおりたところにあり、つきあたりの出入り口から裏庭に出られる。カリーがそこに足を踏み入れたとき、開け放ったままの裏口には太った女性が立っていて、前掛けを両手で勢いよくはためかせながら、ぜえぜえと荒い息を吐いていた。よほど動揺しているのだろう、その息は、厨房を占拠した巨大な牛の鼻息にも負けていない。

当惑したカリーはつかのまその場に立ちつくした。ヒューバートのしわざだとばかり思っていたのに、そこにいたのは別の牛だった。ひっくりかえったテーブルや割れた卵、散乱した茹でニンジン、きれいに焼きあがったアップルパイの残骸のなかに立つのは、ヒューバートと同じくらい立派な体格の黒い雄牛だ。食器棚に尾を打ちつけながらレタスをおいしそうにかじっており、小麦粉の袋で目隠しをされていても、まるでいやがるそぶりを見せない。レタスを食べ終えた牛にトレヴが――不精ひげが伸び服もしわくちゃで、いかにもおたずね者といった風情だ――散らかり放題の床から拾いあげたトマトを差しだした。

「ふたりとも、扉を閉めてくれ」

彼にぴしゃりと言われ、カリーは危うくリリーの鼻を挟みそうになりつつ、扉を後ろ手に閉めた。一方、新入りの料理人はカリーほど従順ではなく、たっぷりとした前掛けから手を離したあとは、開けたままの裏口の前にあぜんとした面持ちで突っ立っている。雄牛が鼻を鳴らし、目隠しをされたままの顔をカリーのほうに向け、鼻孔を大きく広げて嬉しそうにモーと鳴いた。

カリーはたちまちのうちに理解した。この子はヒューバートだ。すぐに気づいてあげるべきだったのに、見た目がまるでちがうのでわからなかった。むろんトレヴは、治安官に追われてここに隠れたのだろう。ヒューバートまで一緒に隠れるはめになった理由は知る由もないが、ともかく、当初ひとりと一頭は畜舎に身を潜め、追っ手が迫ったので、手近な隠れ場所として厨房に逃げこんだにちがいない。カリーもトレヴとともに幾度となく、こんなふうに危機一髪のところで逃げた経験がある。

無意識に階段をおりたカリーは牛の脇をすり抜け、裏口に向かった。「なかに入って」と命じ、料理人の腕をとる。「この子は絶対に人に危害を与えないから大丈夫よ。ただし外には凶悪犯と凶暴な犬がいるの。さあ、早く閉めて！」

ブロムヤード出身の料理人は小さな叫び声をあげて扉をばたんと閉め、おそるおそる厨房内に戻った。カリーはトレヴを見やった。

「リリーはどうするの？」

「ああ、おはよう、レディ・カリスタ」彼はにやりと笑った。口の端を軽く上げた、いつもの共謀者めいた笑みだ。深々とおじぎをしてから、彼は言い添えた。「彼女ならジョックに任せておけばいい。厄介なのはこの巨大な雄牛だ」ニンジンのしなびた葉をやろうとするが、当の牛はやみくもにカリーを探しては、床に落ちたパンを一方の足で踏みつけ、反対の足でテーブルを炉のほうへと押しやっている。いまにも倒れんばかりの勢いで食器棚が揺れた。

「こいつをおとなしくさせてくれないか？」

カリーはスカートをつまんでテーブルの脚をまたぎ、ヒューバートの頭に触れた。雄牛は満足げに低いため息をもらし、破壊行為をすぐにやめた。太い舌を悠々と出して、包帯の巻かれたトレヴの手からニンジンの葉をかすめとる。

「それで、あなたはここでいったいなにをしているの？」カリーは雄牛の目隠しをとり、広い額をかいてやりながら詰問した。

「なにって――」新たなニンジンの葉を手にとり、軽く振りつつトレヴは応じた。「ご覧のとおり、朝食を楽しんでいるところさ」

「出ていくはずだったのでは——」

料理人の存在を思い出し、カリーは途中で口をつぐんだ。

彼がこちらを見る。前夜の記憶が鮮やかによみがえった。うつむいたカリーはスカートの裾に引っかかったりんごの皮を振り落とし、咳ばらいをした。

「あの、すみません！」料理人が震える声で言った。「牛を——」たくましい腕をヒューバートのほうに向けたものの、それ以上は言葉が出てこないらしく、ただかぶりを振る。

「そうね、あなたの言うとおりだと思うわ」カリーは使用人をなだめるときのとっておきの口調で応じた。「牛は外に出さなければね。だけど、安全が確認できるまで待ちましょう」

「安全！」料理人は憤慨した口ぶりで言った。「牛と犯罪者に襲われかけているのに、どこが安全なんですか。しかもあたしの厨房で、雇っていただいた初日っから！」

「まったくだ」トレヴがうなずいた。「だが、きみの勇気には感服した。英国をナポレオンから救ったのは、きみのような鉄の道徳心を持った女性なんだろうな」

料理人がトレヴをねめつける。彼女は深呼吸をしてから、わずかに胸を張った。

「そうですとも。ところで、あなたはいったいどこのどなた？」

「公爵だ」トレヴは淡々と応じた。

「公爵ですって！」料理人はさげすむように鼻を鳴らした。「嘘ばっかり！」

トレヴは肩をすくめてほほえんだ。料理人は唇を引き結んで怒りの表情を保とうとしているものの、眉間のしわはすでに消えている。トレヴの顔に浮かぶ、照れたような笑み。それを見ると、たいていの女性はとろけてしまう。カリーもいっそ、しぼんだヨークシャー・プディングみたいにその場にへなへなとなってしまいたかった。トレヴの魅力に屈するのがどんなに危険か、誰よりもよくわかっているはずなのに。

「わたしは公爵としては変わり種でね。なにしろフランス出身なものだから」

「彼女にその手の冗談は通じないわ」カリーは声を潜めて言い、ヒューバートの耳を前に倒して裏側をかいてやった。牛がうつむき、いかにも嬉しそうに頭を手のひらに押しつけてくる。そのたびに角が大きく揺れ、顔を突かれそうになったトレヴが後ずさった。

扉がきしむ音をたてて開かれた。「連中が戻ってきますよ」というジョックの声だけが聞こえてくる。

「ずいぶん早いな」トレヴが応じた。「バートンのやつ、連中を迷子にしてやればよかったのに」

「それでも、だいぶ痛い目に遭わせたみたいですよ。スタージョンはブリーチが太ももまで泥まみれで、袖も破れていますから」

「そいつはトビーのしわざだな、きっと」トレヴはけがをしたほうの手で牛の角を用心深く押しのけた。「今日の一件も、わたしの罪状にくわえられるんだろうな。凶犬を敷地内で飼育している罪だ」

「トビーは無罪でしょうね」ジョックが扉の向こう側でつぶやく。「スタージョンのやる気を根こそぎそいだだけですから」

「トビーですって？　ひょっとして、あれはあなたの犬なの？」カリーはさっと顔を上げた。トレヴが口を開く前に、勝手に答えを導きだす。「あれは闘犬でしょう！」つかのま彼を見つめる。世界がぐらりと傾いた気がした。「ヒューバートの毛皮を黒く染めたのはなぜ？」

「ちょっとした誤解なんだよ」トレヴは慌てて言い訳をした。「この子を盗んだのね！　牛攻めに出すつもりだったんだわ！」

「ちがうって。わたしは――」

「ではどうして染めたの？　なぜこの子がお宅の厨房にいるの？　あの犬はいったいなに？」カリーの声はどんどん高くなっていった。「ヒューバートを牛攻めなんかに出させるものですか！　この子は――」

「カリー！」トレヴの力強い声が彼女をさえぎった。「まったく、このわたしがそんなことをすると思うかい？」

　カリーは唇をかみ、当惑したように小麦粉の袋を持ちあげた。

「でも、どうして。なぜヒューバートがここにいるの？」

「きみのもとに帰してやろうと思っただけだ」トレヴはぶっきらぼうに答えた。牛の脇をすり抜け、ふいに閉じられた扉に歩み寄る。

「わたしも相当なお人よしだな。とにかく牛をおとなしくさせてくれ。もちろん、牛とわたしの首を銀の皿にのせて、ダヴェンポートにくれてやりたいなら話は別だが」

ヒューバートと料理人をその場に引き止めるため、カリーは雄牛にはひっくりかえった籠のトマトを全部やり、料理人には週当たり二ギニーの給金を約束しなければならなかった。その間もおもてでは、治安官たちが犬を連れての捜索をつづけていた。トレヴとジョックは彼らの追跡を大いに楽しんでいるらしい。ときおり、上階の窓からリリーが捜索をかく乱しようと治安官に声をかけるのが聞こえた。若いメイドは、トレヴたちに協力を乞われた瞬間こそ驚いた顔を見せたものの、すぐに要請に応じた。嬉々として協力するふしさえあった。トビーが厨房の扉を引っかいて吠えだすと、この家には病人がいるのですよと、窓から身を乗りだして捜索隊に大声で文句を言った。治安官は扉から犬を引き離そうとしたものの、反対にかみつかれるしまつだった。

ヒューバートはといえば、犬の吠え声などまったく意に介さず、トマトを咀嚼《そしゃく》することにひたすら集中していた。しばらくすると料理人はついに我慢の限界に達したのか、皿のすすぎ水が入った桶を扉の前まで持っていき、掛け金をはずした。すかさず厨房に飛びこんできたトビーが、頭から水をかけられてずぶ濡れになる。犬はきゃんきゃんと吠えながら後ろに飛びのいた。料理人がばたんと扉を閉め、吠え声とうなり声がやんだ。

「おみごと！」カリーはほれぼれと言った。「三ギニーにしましょう！」

料理人は短くうなずいて腕組みをした。

「治安官だの犬だのって、あんなものに厨房へ入られた日には仕事になりませんからね」

「本当ね」カリーはうなずいて、ヒューバートの耳を撫でた。

「この分じゃ、お食事を時間どおりに用意できるかどうかわかりませんよ」

「だったらごく軽いものでいいんじゃないかしら。たとえば、そうね……」荒れ放題の厨房を見やり、「マスタードをきかせたハムサンドとか」と曖昧に提案する。

「そんなことおっしゃったって」料理人は不機嫌に言い、ヒューバートのほうに顎をしゃくった。「牛がパンを踏んでますからね」

「そうね」カリーは途方に暮れた。「そうみたい」

料理人が不快げに咳ばらいをする。「牛がいる厨房で料理なんか作れっこないですよ」まくりあげた袖をおろし、やってられないとばかりに戸口に向かう。

「待って、お願いだから行かな――」カリーの懇願の声は、料理人が後ろ手に閉めた扉の音にかき消された。カリーはいらいらと唇をかんだ。彼女を逃したら、ダヴ・ハウスで働いてくれる料理人はもう見つかるまい。

ほどなくして、ハップブル治安官とスタージョンが料理人となにやら言い争う声が聞こえてきた。そこへまた別の、ぷりぷりした声がくわわる。おそらく看護師だろう。患者をほったらかしにして、裏庭で大騒ぎする治安官に文句を言いに来たとみえる。リリーの甲高い声まですする。スタージョンが早口で応じ、治安官が必死に言い訳をし、やがて話し声はおさまった。

カリーはヒューバートにもうひとつトマトをやった。数分後、母屋へ通じる扉がわずかに開かれた。

「まだここにいたのか」トレヴが顔をのぞかせた。

冷ややかに彼を見る。「ほかにどこにいろというの」

「方向転換もできないのか？」

厨房内を見わたして、その幅とヒューバートの体長とをカリーは比べた。

「まず無理でしょうね」

「くそっ」と言い残していなくなったトレヴだが、すぐにまた戻ってきて、今度は扉をぐいと開けると厨房に入ってきた。「もう大丈夫だ。治安官たちは退散した。料理人はパンを買いに行くそうだよ。じつによくできた女性だな！」彼はにっと笑った。「今日のところは引き分けだ。とはいえスタージョンは、彼女が登場するまでなかなかあきらめようとしなかったが」

「給金を週当たり三ギニーに引きあげたわ」

「上出来だ」トレヴはヒューバートにまたニンジンを与えた。「その金額なら、彼女の目の前で殺人を犯しても大丈夫だろう。さてと、おまえをどうしようか、ヒューバート。後ずさりはできるのかい？」

「できないんじゃないかしら。母屋を通って玄関から出るしかないと思うわ」

「しかたない。床板の無事を祈るとするか。そのあとは、牛をどうするつもりだい？」

「どうするつもりだい、って」カリーはあぜんとしておうむがえしに言った。「訊くまでもないでしょう？」

「わが家から出ていってもらうのは当然として、その後どうすればいいかは正直言ってまるで思い浮かばない」

「ダヴェンポート大佐に返すに決まってるじゃない」

「大佐にはなんと説明するつもりだ？　お宅の雄牛でございます。皮なめし屋の桶に落ちてしまいまして、とでも？」

カリーはうんざりした声をあげた。

「そもそもなぜこの子の毛皮を染めたりしたの？　これじゃまるで、盗みましたと言っているようなものだわ」

「はは、核心をつかれたな」

一瞬、言葉を失ったカリーは、手袋をした手でヒューバートの筋肉質な肩を撫でた。視線を落として静かに問いただす。

「盗んだの？」

「いいや。少なくとも、そんなつもりはなかった」

カリーが視線を上げ、小首をかしげる。口元にためらいがちな笑みがにじんだ。

とたんにトレヴは、胸がきゅっと締めつけられるのを感じた。いまみたいに彼女に見つめられるたびに感じるこの痛みを、なんとしても避けたいと思っているのに。作り笑いを浮かべて、肩をすくめる。

「信じるも信じないもきみしだいだが、大佐から買い戻そうと思っていた」

「わたしのために？」カリーはささやくように問いかけた。

「まさか」トレヴは平然と答えた。「別の女性にプレゼントするためさ。気のきいた贈り物だろう？　花束じゃありきたりだ」

カリーが唇を引き結び、しかめっ面をする。鼻梁にしわを寄せた彼女は、牛の広い背中に腕をのせ、たくましい肩に頬を寄せた。

「ありがとう」

トレヴは手に巻かれた包帯をいじり、結び目を引っ張った。

「例のごとく作戦失敗か。次はどんなへまをやらかすかな」

彼女はため息をついた。顔を上げ、ヒューバートのなめらかな毛を撫でる。

「大佐に返さなくちゃ。大事な牛なんだもの」

「わたしとしては、そういう善行とは無縁でいたいんだけどね。そうだ、牛をそのへんに放して、先方に発見させたらどうだろう」

思案げな顔をしたカリーだったが、ゆっくりと首を振った。

「気が進まないわ。近ごろはこのあたりにも、ぺてん師がいるようだから。大佐に発見してもらえるとはかぎらないし、罠にかかったり、犬に追いかけられたり、狭い通りを全速力で走る馬車に出くわしたりする恐れもあるわ。この時期は狩猟家がやってきて、ばかみたいな速度で馬車を操るから。ヒューバートがけがをさせられるかもしれない」

「たしかに」うなずきながらもトレヴは、ヒューバートに激突する馬車のほうに内心で同情した。

「それに、うちに帰ってきてしまう可能性だってあるわ」カリーはわずかに表情をくもらせた。「この子がシェルフォードで、こんな毛色になって見つかったら――」大きく目を見開く。「わたしが盗んだと思われちゃう！」

トレヴは鼻を鳴らした。「きみが？　誰がそんなふうに思うものか」

「ヘレフォードの品評会は来週なのよ」カリーは背筋を伸ばした。「わたしたちが参加する予定だったのは、みんなが知ってる。わたしが入賞を狙っていたことも。地元の農業組合でも激しい競争がくりひろげられているのよ」

「だろうね。しかし、だからといってきみが犯人だと思う人間は――」

「思うに決まってる」カリーは断言した。「四歳未満の部で一等を狙っていたのよ。銀のゴブレットよ！　去年の品評会では大変なスキャンダルがあったというわ。わたしは参加できなかったからよく知らないけど、ダヴェンポート大佐から詳しく教えてもらったの。ペインターさんが、雄牛の背中に毛を貼りつけて傷を隠したそうよ。それで彼は、参加資格を永久に剝奪された」

「そいつはひどいな」トレヴはまじめな顔を作った。

「でしょう？　とんでもない話だわ。まさかペインターさんがそんなまねをするなんて。高潔な紳士だと評判の方だったのに。それがいまでは、牧畜業者の集まりにも顔を出せずにいるというわ。わたしは彼のようにはなりたくないの。だってうちには、若い雌牛が七頭に、去勢した雄牛が四頭に、子牛だって一頭いるのよ。未去勢の雄牛も二頭迎え入れたばかりだわ。そう考えるとやっぱり、ヒューバートを大佐のもとに返しにいくのは危険かもしれない。品評会を目前に控えて、こんな色になったヒューバートを返すのは。誤解される恐れもあるでしょう？　偶然この子を通りで見つけて返しに来たふりをしているだけだって。実際には、品評会に参加させまいとして、毛皮を染めて妨害したんだって」

トレヴは包帯を巻かれた手をぎゅっと握りしめた。

「つまり……ヒューバートを返すことも、道に放すことも、ここに置いておくこともできないというわけか」

カリーはかぶりを振った。「無理ね――毛が生えかわるのを待つしかないと思う」

「どれくらいで生えかわる？」

「どれくらいって――これから冬毛になって、すっかり生えかわるまで数カ月はかかるわ」

「そいつはいい」トレヴは憮然として言った。「では、それまでヒューバートをどこかに隠しておこう」

ふたりは同時にヒューバートを見た。雄牛はこげ茶色の瞳でどこか夢見るように遠くを眺め、規則正しく顎を動かしている。左右に揺れる尾が食器棚をたたき、太鼓のような音をたてている。なかの食器がかたかたと鳴った。

「眼鏡をかけて、ひげを伸ばしたらどうだろう？」トレヴは提案した。

「そうね、ついでにかつらもかぶせましょう」カリーはぞんざいに応じた。「そうすれば、裁判官にだってなれるわ」

トレヴは横目で雄牛を見やった。「そういえば、よく似た裁判官がいたな」

カリーが唇を結び、眉を弓なりにする。

「さぞかしそちら方面の知りあいがたくさんいるのでしょうね」

「残念ながらね。この牛をどうにかしないと、ますます知りあいが増えることになる」彼は腕組みをし、倒れたテーブルに寄りかかった。「そのへんに放すのがどうしてもだめなら、どこか遠くに連れていく必要があるな。それもすぐに。誰か、頼めそうな人はいるかい？」

眉根を寄せたカリーは、手袋をはずして握りしめ、その手を顎に押しあてた。わが身の危険が迫っているというのに、必死に考えこむ彼女の顔を見ると、トレヴはほほえまずにはいられない。

「信頼できる家畜商がひとりいるけれど、ヒューバートのことはよく知っているから、この状況をどう説明すればいいのか。そもそも、どこに連れていくというの？」

「牛がうようよいる場所がいいだろうな。市場とか」

「この子は売らないわ！」

「売るつもりなんかない。しばらくのあいだ、仲間が大勢いるところで過ごさせるだけだよ」

「ヒューバートがうまく身を隠せるとは思えないわ。とりわけ、こんな色ではね。黒毛の牛といったらウェルシュ種だけど、あれはそんなに大きくないし、そもそもこのへんではほとんど飼育されていないわ。去年の品評会でも数頭しか参加しなかったというもの」

「それだ！」トレヴはすっくと立った。「品評会に連れていこう。牛がうじゃうじゃいる」

カリーは息をのんだ。「頭がどうかしたの？　わざわざ人目につく場所に行くなんて」

「だからこそだよ。それに品評会なんだから見られて当然。ただしコンテストに出す必要はない。外国産の牛ということにしよう……そうだな、ベルギーがいい。品評会が始まるまでは布かなにかで体を覆っておくんだ。新種だと言えばいい。ヒューバートよりも大きな牛だと、噂を流してもいいな。そうだ、きみはヒューバートの体長を公表しておいてくれ。もちろん、実際よりも少し小さく。そうしておいて、愛する牛に勝る牛が突然現れたと残念がってみせれば――」

「やっぱり頭がどうかしているんだわ！　ばれるに決まっているじゃない。わたしは、この子がヒューバートだとすぐにわかったわ」

「本当に？」

「それは――一目で気づいたわけじゃないけど、でも、この子を知っている人ならじきに気づくはずよ」

「ヘレフォードにも、そこまでよくヒューバートを知っている人がいるかい？　こいつはけがや傷の跡もない。そういう目印のない動物を見分けるのは、意外と難しいはずだ。黒毛馬を何頭も見てきた経験から断言できるよ」

カリーは振りかえってヒューバートの巨体をまじまじと見つめ、首を振った。彼女がさらに反論しようとしたとき、扉のほうから小さな咳が聞こえてきて、ふたりはすぐさまそちらに頭を振り向けた。

「母上！」トレヴは思わず叫んだ。「こんなところで、いったいなにをしているんです」

母は白い手で扉の側柱をつかみ、厨房内をのぞきこんでいた。「それはこっちのせりふですよ」とささやく。「牛がこんなところで、いったいなにをしているの？」母の瞳が躍った。「しかもレディ・カリスタとふたりきりで……なにかたくらんでいるのね？」

「牛はすぐに外に出します」トレヴは言うと、床でつぶれたパイをよけながら戸口に移動した。「その前に母上を寝室までお連れしなければ」

「いやよ、よしてちょうだい――」母は咳きこみ、側柱にすがった。「わが家が牛に倒されそうというときに……寝室で寝ていろというの！」

「母上が倒れるより、そのほうがましですよ」トレヴは母の腕をつかんだ。

「だったら……応接間に連れていって」母はなおも威厳を失わず、先ほどよりも張りのある声で訴えた。「今日は……ずいぶん具合がいいの。トレヴェリアン、あなたといろいろ話したいことがあるのよ」

「看護師はどこにいるんです」トレヴは問いただしつつ母を戸口から引き離したが、彼女は階段をのぼろうとしない。

「いやよ、絶対にいや。今日は起きているわ」弱々しい声で精いっぱい主張する。「話があると言ってるでしょう！」

「では、ひとまずこいつをおもてに出してきてもいいですか」トレヴはいんぎんにたずねた。

「ええ、どうぞ」母は小さく笑った。「ただし……わたくしのリモージュ焼きを割られないように気をつけてちょうだい」

「保証はできません」トレヴは応じ、母を応接間へいざなって椅子に座らせた。「玄関に尻がはまった牛が、家を根こそぎ引っ張ってなぎ倒してしまわないことを祈るばかりですよ」


　厨房から玄関に向かうあいだ、ヒューバートはそのたぐいまれなる血筋と厳しいしつけにふさわしい、紳士然とした態度を崩さなかった。牛はふたたび目隠しをされた状態で頭をゆっくりと左右に振りながら、カリーと床に並べたニンジンを追って一歩一歩のっそりと歩みを進めた。ただ、いよいよ玄関を出るときにはひやりとさせられた。案の定、尻が戸口にはまり、古びた床板が重みに耐えかねてきしみをあげたのである。それでも、トレヴに脇腹をぐいぐい押され、カリーに励ましの声をかけられると、牛はうまい具合に体をかしげてくれた。石段の一段目に後ろ脚がのってしまえば、あとは一息に玄関を抜けることができた。

　だがひとたび庭に出ると行儀など忘れてしまったらしく、ダリアを踏みつぶしたり、スイートピーの茎を食べようとしたり、無作法のし放題だった。トレヴは牛を外に連れだすにあたり、あらかじめ馬たちを畜舎の裏につなぎ、通りに人がいないことも確認しておいた。けれども警戒心は高まるばかりだった。牛はニンジンなど見向きもせず、花壇に入りこんで花や野菜を大きな口にほおばり、むしゃむしゃと食べている。

「カリー！」トレヴはヒューバートの尻をぐいと押した。「こいつをちゃんと歩かせてくれ」

「言われなくてもわかってるわ」カリーは声を潜めた。声を潜めたところで、黒い雄牛の巨体は通りの左右から丸見えなのに。舌を鳴らして、鼻輪を引っ張る。「ヒューバート！　ほら、歩いて！」

牛は耳をひらひらさせ、わずかに鼻面を上げたものの、すぐにヒナギクへ意識を戻してしまった。

ジョックとバートンはまだ戻らない。ということは、スタージョンもまだ出ていったままだろう。たっぷり時間稼ぎをする必要があると、ジョックはちゃんとわかっているはずだ。それにしても、スタージョンにはやきもきさせられた。コノリ狩りに行きましょうよとジョックたちに誘われて、ようやく出ていったのだ。そのとき、通りのずっと先の葉陰や伸びすぎた木の枝の向こうに、なにか動くものが見えた。きびきびとした足どりで、こちらにやってくる者がふたりほど。トレヴは正真正銘のパニックに陥りかけた。

「人が来るぞ」

自分ひとりのときだったら、彼はきっと尻を蹴っ飛ばしてヒューバートを走らせていただろう。だがカリーが牛の前に立っているいま、そのようなまねはできない。彼女が牛に踏み倒される恐れがある。狂ったようにあたりを見まわしたトレヴは、柵にシーツが干してあるのを見つけると、牛のひづめに踏まれたヒエンソウを自らも踏みつぶし、柵へと駆け寄った。シーツをひっつかみ、両腕に抱えてカリーたちのもとに戻って、牛の背にふわりと広げる。

「端を持って！　こいつを乾かしているふりをするんだ」

うなずいたカリーが、見開いた目を通りの先に向ける。彼女はシーツの端をつかむと自分のほうに引き寄せた。ヒューバートは頭上のシーツなどおかまいなしだ。トレヴは大急ぎで反対端を薔薇の茂みに引っかけ、テントのようにして牛の体をすっぽりと覆った。カリーが布地のしわを伸ばそうとするかのように、シーツを上下にはためかせ、うつむいた牛の頭を巧みに隠す。

とくに意識して見なければ、シーツに覆われた灌木としか見えないはずだ。だがまじまじと見れば、牛が隠れているとわかってしまう。トレヴは必死に、ばれたときの言い訳を考えた。通りの向こうからやってくる人影が、角を曲がって近づいてくる。

そちらを見やったトレヴはまぶたを閉じ、荒い息を吐いて、ありとあらゆる聖人と罪人に作戦成功を祈った。顔を確認できるところまで人影が近づいてくる。それは、雇ったばかりの料理人と母の看護師だった。

布をかぶせた籠を小脇に抱えた料理人はつと歩みを止め、値踏みするまなざしをトレヴに向けてから、ふたたびずんずんと歩きだした。一方、看護師は立ちすくみ、いぶかしげにこちらを見ている。

「シーツを乾かしているんだよ！」トレヴはさりげない声音を作って看護師に言った。「こうしたほうが、陽がよくあたるだろう？」

看護師は怪訝な表情を変えなかった。それどころか、なにを恐れているのか直立不動で大きく胸を上下させている。

「看護師さんにも、だんなさまはフランスの公爵さまだって教えておきましたよ」料理人がくだけた口調で言う。「変わり種の公爵さまだって」

そのとき、カリーがわずかにシーツの端を振った。ヒューバートが頭を上げた拍子に、角に引っかかって破れそうになったらしい。牛が一歩前に踏みだし、シーツの下から巨体がのぞきはじめる。

すかさず作戦を変更し、トレヴは尊大な口調で伝えた。

「母は応接間の椅子でやすんでる。ベッドに戻るのに、看護師の帰りをずっと待ってるんだ。裏口から入って早く母のもとに行ってやってくれ。それと料理人、きみはちょっとこっちに来て、母にどんなものを買ってきたのか籠のなかを見せたまえ」

「かしこまりましたよ」料理人はうなずいた。「仰せのとおりに。厨房の裏口は、こっちからまわれば近いわ」と看護師に説明する。

看護師はスカートをひるがえして庭を横切り、銃弾に倒れた兵士のごとく地面に横たわるつぶれたヒマワリをよけながら、大またに裏口へと向かった。その後ろ姿が見えなくなったちょうどそのとき、ヒューバートがまたもや動きだし、シーツの下からのぞかせた大きな鼻面を料理人の籠に向けた。

「中身はなんだ？」トレヴはたずねた。

「バスバンですよ。干しブドウとかが入った甘い菓子パン」料理人が答える。

「バスバンですって？」

カリーが口を挟み、ヒューバートに押されて後ずさる。牛は嬉しそうに鳴いて、シーツを引きずったまま前進した。

「大変！　この子の大好物なの。バスバンのためなら、ヒューバートはなんでもするわ」

11

「セニュール」と母が仰々しく息子を呼ぶ声が、応接間の扉の向こうから聞こえてきた。トレヴは、母に気づかれる前にそこを通りすぎようとしているところだった。

彼はつと歩みを止めた。世の母は子どもを叱るとき、たいていフルネームで呼ぶ。だがトレヴはもう子どもではないので、母はいまのように、領主や貴族への呼びかけの言葉である「セニュール」を使う。やはり家に戻るべきではなかった。母はもう看護師の手を借りてベッドに横たわっているだろうなどと、都合よく考えた自分がばかだった。

聞こえないふりをしようとしたが、すでにカリーが彼を追い越して部屋に入ろうとしていた。ヒューバートは裏の畜舎に閉じこめ、たっぷりの干し草とバスバンを与えてある。カリーがいなくなったらまた鳴きだすのではないかと心配だったが、干し草とバスバンがあればしばらくはおとなしくしているはずだという。カリーの馬は畜舎に、スタージョンの馬は庭の門にそれぞれつないでおいた。廊下に立ちつくしたまま、トレヴはいま、事情を母に説明しないで済ませる方法はないものだろうかと考えをめぐらしている。だがカリーが彼の袖をつかむなり、「マダム、ご子息ならここですよ」と教えてしまった。袖を軽く引っ張って、室内へとうながす。

トレヴは彼女をにらんだ。母がどんなときに息子を「セニュール」と呼ぶかくらいわかっているだろうに。祖父の鞭打ちはいくらでも耐えられたトレヴだが、優しい母の叱責にはまるで弱い。

カリーは生意気に彼を見かえし、芝居がかったおじぎをしてみせた。廊下に出て、荒れ放題の厨房に向かおうとする。そこへこわばった表情の看護師が戸口に現れ、よそよそしい声で告げた。

「マダムが、そちらのレディともお話がしたいそうです」

「なるほど」トレヴはつぶやき、ゆがんだ笑みを浮かべて、先に入るよう大仰な身ぶりでカリーをうながした。

彼女はすばやく首を振った。だが彼はその肘をとり、身長でも腕力でも勝っているのをいいことに、背中を押して先に室内へと入らせた。彼女を盾代わりにして、背後に立つ。

「あなたは上に行っていいわ、ありがとう」穏やかな声で母が看護師に命じた。「扉は閉めてちょうだいね」看護師がばたんと音をたてて扉を閉めるなり、母はいたずらっぽい笑みを浮かべた。「わが家がどんなところかわかって……彼女も衝撃を受けているみたいね」

「では、心配は無用だと話してきましょう」トレヴはしめたとばかりに申し出た。「あのように優秀な女性を失うわけにはいきませんからね」戸口に向きなおり、追いすがるカリーの手と、咎めるまなざしを無視して行こうとする。

「セニュール！」母が呼び止めた。「彼女ならわたくしが慰めてあげるわ《アイ・キャン・スーズ・ハー・ペルト》」

「毛皮《ペルト》ではなくて羽毛《フェザー》ですわ、マダム」カリーが小声で母の英語を直した。

「ありがとう、レディ・カリスタ。とにかく座ってちょうだい。彼女なら、わたくしが慰めてあげるからよくってよ。いまはあなたに話があるの、トレヴェリアン。好奇心がうせる前に、看護師の付き添いを必要とする前にね」

　手近の椅子に腰をおろしたカリーが、落ち着かなげに両手の指をからませる。どうやら母の追及は避けられそうにない。トレヴはせめて会話の主導権を握ろうとした。

「わかりましたよ、母上。なにが知りたいんです？　さっきの雄牛のことでしょう？」

「そうよ。雄牛のこと。それと治安官について。それから、あなたのその手の包帯。庭でした大声に、あなたの破れた上着、犬……それから、それから、口汚くわめきながら走りまわっていた男……なぜ見ず知らずの男がわが家の庭にいるの！」言い終えた母は、咳をこらえて小さくあえいだ。

「口汚くわめいていた男？　ああ、スタージョン少佐でしょう」トレヴは淡々とこたえた。

「いいえ、マダムはもうひとりの男性のことをおっしゃっているのだと思うわ」カリーが背筋を伸ばして指摘した。「その人ならわたしも見ました、マダム」横目でトレヴを見る。「そもそもスタージョン少佐は口汚くわめいたりしないわ」

「それはどうかな」たとえさりげなくであっても、彼女がスタージョンをかばうのがトレヴは気に食わない。「きみは彼につきまとわれて困っていたんじゃないのか？　それにしては、今朝はここへ一緒に来たみたいだね。ひょっとして仲なおりをしたのかい?」

「ヒューバートを捜すのを手伝ってもらっただけだわ」

ふたりが一緒に行動することになった理由を、できればきちんと追及したい。だがここはスタージョンの話題を避け、ダヴ・ハウスに治安官が現れた理由を探られないようにしたほうが得策だ。雄牛については答えられるが、逮捕状について話すわけにはいかない。「ご親切なことで」トレヴは冷ややかにカリーを見やり、少佐の話題をそこで打ち切った。

「なぜわが家に牛がいたのか、ご説明しますよ、母上。じつは、レディ・カリスタの体面を保つためなのです」

「わたしの体面ですって!」カリーはあぜんとした。

トレヴはうなずいた。

「だってきみは言っただろう。ダヴェンポート大佐から牛を盗みかえしたと、人に誤解されたら困るって」

「ええ、それはたしかに言ったけど。でもあの子が厨房にいたのは、そのこととは関係がないわ」

「だったらどうして、ヒューバートは厨房にいたんだろうね?」

「あなたが連れてきたんじゃないの?」

「なぜわたしは、牛を厨房に連れてきたんだろう?」

「治安官に、あなたと牛が一緒にいるところを見つかるとまずいからでしょう」彼女はむっとした。

「では、わたしと牛が一緒にいたのはなぜかな？」

「ダヴェンポート大佐からあの子を買い戻そうとしたと、自分で言ったじゃない。でも、いったいなんのためにあなたがヒューバートを――」

「そうなんだよ！」トレヴは勝ち誇ったようにさえぎった。「なんのために、牛を買い戻そうとしたと思う？」

目をしばたたいたカリーは、かぶりを振って答えた。「それは――あなたのさっきの話では、つまり……」唇をかむ。「あの子をわたしのもとに帰すため、かしら」

「そうら、わかっただろう？」

カリーは当惑の面持ちだ。「わかったって、なにが？」

「だから、きみのためにやったってことさ。きみを喜ばせるために」

「さすがね、セニュール」母が言った。「すっかり頭がこんがらがったわ」

トレヴは母に向きなおった。

「母上のためでもあるんですよ。レディ・カリスタのためにわたしがなにかすれば、母上も喜ぶだろうと思いましてね」

女性陣は、ともに唇を引き結んで彼をにらんだ。ひとりは憤慨した面持ちで、もうひとりはどこか愉快げに。

「よおくわかったわ」母は言った。

「わたしはわからないわ」とカリー。「わたしのために買い戻すのが目的だったのなら、なぜあの子を黒く染めたりしたの」

「それについては責められてもしかたない」トレヴは両手を腰の後ろにまわして組み、神妙な表情を作った。「自分でダヴェンポート大佐を訪ねられればよかったんだが、母のことで忙しくてね」ちらりとカリーを見やり、言い訳として通用したかどうかたしかめる。彼女がうなずいたので、トレヴはつづけた。「それで……ジョックの知りあいの男に、大佐との交渉役を一任したんだ。いくらでも払うから牛を買い戻してきてほしいと言ってね。なにがなんでも連れ戻してほしい、とも言ったかもしれない。もっと慎重に言葉を選ぶべきだったよ。あるいは、交渉役を」

「そう。そういうことなの！　その交渉役とやらが、ぺてん師だったわけね？」

「どうやらそうみたいだね。だが……」心外だとばかりに、トレヴは口調をわずかに荒らげた。「ヒューバートを牛攻めに出すつもりなんてなかった」

カリーは目を伏せた。「わたしだって、本気であなたを疑ったわけじゃないわ」

「ならいい」トレヴは咳ばらいをした。「わかってもらえて嬉しいよ。それで、交渉役の話では、いくら積もうが牛は売らないと言って邪険に大佐の屋敷を追いだされたあと、当のヒューバートが通りを歩いているのを見つけたというんだ。あの男は後先を考えないところがあるが、仕事に対する責任感はあるみたいでね。雇い主のもとに牛を連れて帰らなければと考えた。ただしその前に、ヒューバートだとばれないよう毛皮を染めることにした。そんなですよ、母上」

わけで――」母に向かってうなずいてみせる。「われわれはいま難題を抱えているわけなん
「なるほどねえ」母は愛情たっぷりに息子を見ながら言った。「それはかなりの……難題だわねえ。それで、これからどうするつもりなの？」

「もちろん、ヒューバートを大佐に返します」カリーが口を挟んだ。「手元に置いておきたいのはやまやまですけど、そういうわけにはいきませんから」

母はしばし考えこむ顔でカリーを見つめた。

「息子に聞いたけど、あの牛は賭け金代わりにされたんですってね」

カリーは肩をすくめた。

「しかたないんです。そもそもヒューバートはわたしの牛じゃありませんし」

母がカリーの手に触れる。「つらいでしょうね。あなたはあの牛を……とてもかわいがっていたもの。トレヴェリアン、いまからでもレディ・カリスタのために牛を買い戻す方法がないか、考えてみなさいな。とはいうものの、これは――大変な難題だわ」椅子に背をもたせ、横目づかいにカリーを見る。「やはり、息子の言うとおりにするしかないのではなくて？　大丈夫、息子はどんな難題も解いてみせるわ」

「いったいなんの話ですか？」カリーがいぶかしげにたずねる。

「あら、品評会に行くのでしょう……ヘレフォードの。息子がさっきそう言っていたわ。わたくしも、それが一番だと思うの」

「そんな、絶対に無理です。あんな色になったヒューバートを品評会に連れていくなんて！」

「じゃあ、どうしましょうねえ？」母は無邪気にたずねた。

カリーは両手を握りしめた。口を開きかけ、すぐにまた閉じる。

「レディ・カリスタ、あの子をここに置いておけば、いずれ見つかってしまうわ。あの鳴き声で。いい声だけど……ああ盛大に鳴かれてはね」

「わかってます」カリーはみじめたらしい声で応じた。「わたしも、いずれは見つかると思います。そうだわ――」すがるようにトレヴに向きなおる。「わたしがこちらに泊まれば、あの子も静かにしているのではないかしら」

「毛が生えかわるまでずっと？」トレヴは首を振った。「そんなにいつまでも隠しておけるわけがない。とはいえ、わたしの作戦もきみの案に似ていなくもないんだ。少しばかり忍耐力が求められる作戦だが、きみが牛を盗んだと責められる恐れもないし、難題を抱えて何カ月も耐える必要もない」

「忍耐力？」あなたにそんなものがあるの、とばかりにカリーがおうむがえしに言う。

「忍耐力なら、トレヴェリアンにもたっぷりありますとも」母が応じ、自信ありげにうなずいた。「用心深さとなると、また別の話《ハウス・オブ・アナザー・カラー》になるけれど」

「ホースです、母上。ハウスではなくて、ホース・オブ・アナザー・カラー」

「はいはい、ホースね。それで、いったいどんな作戦なの、あなた《モン・シエール》」

　トレヴは窓に歩み寄り、おもての様子を確認してからカーテンを引いた。スタージョンの馬は門につながれたままだ。ジョックとバートンがうまく気をそらしているようだが、敵はいつまた捜索を再開するか知れたものではない。彼は薄暗くなった部屋に向きなおった。

「ヒューバートを大佐に返すことが、この作戦の大前提だ。まず、ヒューバートを外国産の牛として品評会に連れていく。一方でわれわれは、独自のコンテストを開いて見物人の注意を黒毛の雄牛に引きつける。どこかの誰かが連れてきた外国産の牛が十分に人の目にとまったところで、レディ・カリスタが登場して牛を見つけ、毛皮を染められたヒューバートだと気づく。きみは心底驚いたふりをして、これはヒューバートにちがいないと主張するだけでいい。ヒューバートは黒い毛のまま、本来の持ち主のもとへ無事に返される」

「素晴らしいわ！」母が咳きこみそうになりつつも歓声をあげる。

「ばかげているわ！」カリーは声をうわずらせた。「これはヒューバートだと、わたしに言えというの？　大勢の人の前で？　そんなの無茶よ」

「どうして。真実を言うだけじゃないか。この牛はヒューバートで、毛皮が染められているんですって。きみを疑う人はいない。ヒューバートがそんな目に遭わされた理由は、周りの人間が勝手に推理してくれる。真相は絶対にばれないよう、わたしがうまくやるよ」

「だけど――」カリーはいまにも気を失いそうだ。「たくさんの人が見ているのよ！」

「そこが狙いだよ。みんなが見ている前で、きみがわざわざ嘘をつくわけがないんだから」

　カリーは小さくうめき、かぶりを振った。彼女の弱りきった顔を見ると、トレヴはほほえまずにはいられない。頭のなかで作戦の手順を追ってみると、やはりこれしかないと思えた。もちろん、こまかい部分をカリーに教えるのは後戻りできなくなってからだ。トレヴは必死に衝動を抑えた。カリーを抱き寄せ、頬を両の手でつつみこんで口づけ、おのれの無軌道を彼女のなかに吹きこみ、この作戦にうんと言わせたい。かつて、幾度となくそうしたように。

だが母の前でそれをするわけにはいかない。母を驚かせてしまうからではない。大喜びさせてしまうからだ。

「自分でも、最近は冒険をしていないと言っていたじゃないか。きっと楽しめるよ」

カリーは両手を重ねて指先を顎につけ、見開いた目で彼を見つめた。薄明かりのなかで見る彼女は、はかなげで愛らしく、大輪の花々の下から顔をのぞかせる白い小花を思わせた。ふいに、胸が苦しくなるほどの愛情がわき起こる。トレヴは腫れた手をきつく握りしめ、その痛みでもってあふれる思いを抑えつけた。

「やんちゃをしよう」笑みを浮かべ、肩をすくめてうながす。「昔みたいに」

「まあ、レディ・カリスタとやんちゃをしたというの？」母が眉をつりあげて問いただした。

「ええ、一、二度」トレヴはさりげなく答えた。「大昔の話ですよ。ふたりで遠出をしたりもしました。なんというか、フランス語のレッスンのおまけみたいなものです」

「それは……驚いたこと」と言いつつ、母はちっとも驚いた様子ではない。「まさかレディ・カリスタを……悪事に巻きこんだりしなかったでしょうね」

「ご冗談を！　でも、闘鶏場に集った見物人の群れにヒヒを投げこんだのは、悪事のうちに入りますかね」

「なんてことを！　レディ・カリスタを……闘鶏場に連れていったの？」

「しかたなかったんです」トレヴは重々しく言った。「彼女が、見物人の気をそらして鶏を放してやろうと言うものですから」

カリーが口元に手をあててくすくすと笑った。「そうなんです、マダム」手をおろして正直に認める。「でも誰も、犯人はわたしだと気づきませんでしたから」

母は興味津々にカリーを見つめた。「それで、ヒヒはどうなったの？」

「トレヴェリアンが、万一のときのためにちゃんと準備してくれたんです。じつは、哀れなヒヒと鶏がけんかを始めるかと思ったら、どっちも逃げだしてしまって！」

トレヴはくっくっと笑った。「それは愉快な追いかけっこでしたよ！」

「本当に。でも、あなたのお友だちのご老人がいなかったら、ヒヒも鶏もあのままどこかに行ってしまったわね。猿を手なずけるのがとても上手なご老人なんです、マダム。見てて感心しました。コテージの屋根にのぼったヒヒをうまくなだめて、つかまえてくれたんです」

母は意味深長にうなずいた。「わが息子の知りあいに……猿使いの老人までいたわけね」

「そうなんです。なにしろトレヴの知りあいにはありとあらゆる……」カリーはふいに言葉をにごした。

「怪しげな人間が揃っている？」母が次の句を継いだ。

「あのご老人は、まともな人間だよ」トレヴはカリーにウインクをしてみせた。「ロマにしては、という意味だけどね。いまごろは、ヒヒと一緒に踊って小銭を稼いでいるはずだ」

カリーが優しくほほえみかけてくる。トレヴは咳ばらいをした。彼女と気の合うところを見せたりして、また母にいらぬ期待をもたせてしまったかもしれない。彼は残念そうにつけくわえた。

「もちろん今回は、レディ・カリスタもあのような無茶はしないと思いますが」

「セニュール！」母がたしなめた。椅子の肘掛けにもたれる姿は、数カ月前と比べてずいぶん弱々しい。それでも母はけなげにつづけた。「彼女は……そんな愚かなお嬢さんではありませんよ」

カリーが心配そうに母を見やる。

「買いかぶらないでください、マダム。わたしはただ……」

「見ていられないんだろう？　きみは博愛主義だから」トレヴは口ごもるカリーに助け舟を出した。

彼女は問いかけるようにトレヴを見つめた。「じゃあ今回は誰を救うためだというの？」

「もちろん、わたしさ」

「まったく」母は苦しげに息をした。起きているのもつらいようだ。「どうかわが息子を……助けてやってちょうだい。わたくしのために、ね？」

じっと座ったままのカリーの顔に、さまざまな感情が浮かぶ。やがて彼女はすっと立ちあがった。

「わかりました、マダム。できるかぎりのことはしますわ。その代わり、呼び鈴を鳴らしますからマダムはもうお部屋に戻ってやすんでくださいね」

母は薄くほほえんだ。「ええ、わたくしも、そうしようかしらと思っていたところよ」

「うまくいくとは、とうてい思えないわ」カリーはヒューバートのために干し草を積みあげながらひとりごちた。三つ叉をおろし、手袋の埃をはらう。「そもそも、ヘレフォードまでどうやって連れていくつもりかしら。完全に人目を避けるなんて不可能よ」

「バスバンのためなら、ヒューバートはなんでもするんだろう？」トレヴのくぐもった声が、二階の干し草置き場から聞こえてくる。

見上げたカリーは、落ちてくる藁に気づいて目を細めた。

「まあね。白スグリの実が入っていれば確実よ」

「じゃあ、そいつを使ってわたしが連れていこう」

カリーは異論を唱えようとした。彼女が作戦に賛成してもなお、トレヴはその詳細を教えようとしない。そのせいでますます不安が募っている。

「向こうに着いたあとは、どうするの？」

「ちゃんと考えているから大丈夫」くぐもった声だけが聞こえる。「ところで、ヘレフォードに定宿はあるかい？」

「ええ。グリーン・ドラゴンというの」

「どのあたりにある？」

「大通り沿いよ。品評会場のそば」

「そいつはいい。いつもは何泊する？」

「今回は、三泊するつもりだったわ」

「同行者は？」

カリーはためらい、肩をすくめた。「いないわ」

「いない？」トレヴは意外そうな声を出した。

「毎年、父と一緒に行っていたの」カリーはヒューバートのうなじを撫でた。「いまはほかに、牛の品評会に興味を持ってくれる人が周りにいないから。ドリーはああいう場所を嫌うし。さすがに、行くなとは言わないけれど。だから今年は、初めてひとりで行く予定だった」

二階の床板がきしみ、トレヴが欄干のほうにやってきてひざまずいた。「ひとりじゃないだろう？」と言って、ふっとほほえむ。

カリーは二階を見上げた。薄暗い畜舎のなか、しわくちゃのクラヴァットをはだけた胸元にたらした彼はだらしないのにどこか粋で、謎めいた詩人にも、小説のヒーローにも見える。トレヴといるとなぜか、自分がおとぎ話の主人公になった錯覚に陥ってしまう。頭のなかでつむいだ物語さえも忘れて、胸躍る冒険へと誘いこまれてしまう。

「メイドがいるじゃないか」

「ああ、ええ、そうね」カリーはつかのまの夢想からわれにかえった。わたしが一緒じゃないか、と言ってほしかったのに。

「でも――」カリーはいままで姉妹でひとりのメイドに面倒を見てもらっていた。メイドが妹付きになってから、まだ後任を探していない。彼女は夢見心地でトレヴを見つめるのをやめ、三つ叉をフックに戻した。「いずれにしても新しいメイドを探さなくちゃいけなかったのだし。アンはこれから二週間ばかり、ハーミーにつきっきりだもの。妹はこれからお客さまが大勢いらっしゃるし、サー・トーマスと外出の予定もある。ドリーも狩りだの仮面舞踏会だのと、催しものをいくつも計画している」カリーはため息をついた。「近ごろは、使用人がいつかなくて困るわ。わたしのメイドは、別に経験豊富な人でなくてもいいの。いっそリリーを借りてもいいくらい。マダムにはいま看護師さんが付いているし、ミセス・アダムがいいと言ってくだされればの話だけど」

「それで決まりだ」トレヴはにやりと笑った。立ちあがってまた姿を消す。スタージョンが戻ってこないかどうか、二階のどこかから見張っているのだろう。

カリーはつま先を見おろした。うまくいくかもしれない、と思った。最後にもう一度だけトレヴと冒険を楽しみ、彼を救い……あとは静かに余生を過ごせばいい。

手袋をきゅっと引っ張る。「もう帰るわね」と告げ、馬の鞍をつかむ。「干し草を食べているあいだは、ヒューバートもおとなしくしていると思うわ。飼い葉桶が空にならないようにしてあげて。それと、手桶にお水も」

「ああ。いまなら通りには誰もいない。ちょっと待った――牛小屋に、まだ薬箱は置いているかい？」

歩みを止めたカリーは、手綱を持ったまま二階を見上げた。薬箱は、かつてふたりが秘密の伝言を交換するために使っていたものだ。

「ええ、あのままよ」

トレヴが満足げな声を出す。「毎朝、中身をたしかめてくれ」

「鍵は？」

長い沈黙の末に彼が静かに答えた。「まだ持ってる」

床板から垂れ下がる藁やクモの巣をじっと見つめる。喉の奥になじみのない痛みがあり、期待と喜びと悲しみが胸中でないまぜになる。

「ひとりで鞍にまたがれるのか？」と問いかけたトレヴの声は、妙にぶっきらぼうだった。

「ええ、もちろん」カリーは振りかえらなかった。馬を引いて外に出るとき、彼が下に飛びおりる音がした。

「伝言を送るよ」トレヴがつぶやく。背後で扉が、きしむ音をたててばたんと閉まった。

レディ・シェルフォードに嫌われているからといって、彼女が屋敷で催すお茶会や晩餐会、ハウスパーティにカリーが出席しなくていいわけではない。ドリーは喪が明けるなりさっそく、そうした会を開くようになった。しょせんは田舎の社交界だが、気後れするという意味では、カリーにとって社交シーズン中のロンドンの集まりと大差ない。にもかかわらずカリーは今夜、いつになくくつろいだ気分で過ごせている。見知らぬ人に囲まれて威圧感を覚えても、トレヴがヒューバートにトマトをやったり、ダヴ・ハウスの散らかり放題の厨房でほほえんだりしたときのことを思い出せば、自然と口元に笑みが浮かぶ。すると周りの人も彼女に笑みをかえしてくれ、ついでに二言、三言、言葉を交わす。まんざら悪くない気分だった。

かつてシェルフォード・ホールで、このように社交の催しが頻繁に開かれたことはなかった。収穫期が過ぎた秋冬のシェルフォード・ホールは、それは静かなものだった。キツネ狩りの名所として知られるヘイスロップまではさほど遠くないが、父はこのスポーツに対して賛否両論だった。キツネを駆除できるという点では賛成派だったが、立派な猟馬にまたがった若者たちが農地の柵を飛びこえ家畜たちを脅かすことには、まじめな畜産家として真っ向から反対していた。そのためシェルフォードではこれまで、本格的な狩猟の集まりが開かれたためしがなかった。やはりキツネ狩りの名所として有名なバトミントンの厩舎がいっぱいのときなどに、父の友人が数人、予備の馬をシェルフォード・ホールの厩舎に預け、狩りの合間に屋敷に一、二泊していくのがせいぜいだった。

ところが子ギツネ狩りの時期が過ぎ、本来の狩猟シーズンが始まったいま、レディ・シェルフォードは近隣に住む貴族を半数ほども招待した。彼女はシェルフォード・ホールを「わが一族の屋敷」と呼んでご満悦だった。生まれ育ったわが家を彼女にそのように呼ばれることに、カリーはいらだちを覚えまいと努めた。シェルフォードの領地は現在、いとこのジャスパーとその妻、ならびにその長男に所有権が移っている（長男はまだ生まれてもいないが）。タイユフェール家がここ数代にわたり男子に恵まれなかったのも、まぎれもない現実だ。カリーの父は三人の妻に先立たれ、いずれの結婚生活でも苦労の甲斐なく、跡取り息子をもうけられなかった。父にとってその事実は、大変な苦労の種だったようだ。一度など憤慨した様子で、可能ならばおまえにすべてを継がせたいくらいだ、とまで言った。おまえならどんな男よりも立派な跡取りになれるだろうから、と。そうすれば、タイユフェールの女たちもいいかげんに黙るだろうから、と。

カリーはほほえんで父の話を聞いていた。自分はいずれ家を出ていく人間なのだと、あらためておのれに言い聞かせた。ドリーとのあいだに親愛の情でもあれば、彼女の話し相手《コンパニオン》として、彼女の子どもたちに愛情をそそぐ未婚のおばとして、屋敷にとどまることもできるだろう。だが本気でそんな日が来ると思っている人間はいない。カリーだって、自分以外の誰かの子どもに愛情をそそがねばならないとしたら、ドリーではなく妹の子にそうしたい。スタージョンの子だっていい。いまやシェルフォード・ホールの空気は変わり果て、それだけでもカリーには耐え難いことなのだ。

今夜の催しは正式な晩餐会で、食堂の長卓がいっぱいになるほどの客が招待されている。カリーはぜいたくな料理の数々を慎重に、ぎこちなく口に運んだ。うっかりエチケット違反をして、ドリーの注意を引いてはいけない。隣席の招待客（どこかの子爵かなにかだと言っていた）には、ひたすら沈黙でこたえた。人びとのざわめきと蠟燭の炎、銀器やダイヤモンドのきらめきにつつまれた食堂で彼女はひとり、パリの邸宅の大広間にいる自分を夢想した。会話はすべてフランス語。カリーは公爵の美しき花嫁である。公爵の名前はあえて考えない。でも見た目はトレヴにそっくりだ。妄想のなかで、招待客はいつのまにかみな姿を消してしまい、カリーは公爵にいざなわれて金色の階段をのぼり寝室に向かう。さながらビザンチン帝国の都市のごときその部屋で、公爵は彼女の手に口づけ、そして――。

「レディ・カリスタ？」子爵が立って、彼女の椅子を引こうと背に手をかけていた。カリーはしぶしぶ腰を上げて子爵の腕をとり、招待客とともに応接間へ移動した。

ハーマイオニーはサー・トーマスと一緒に戸口のそばにたたずみ、食後の音楽の夕べに招かれて到着したばかりの客たちから祝いの言葉を受けていた。カリーはつかのまの婚約期間とその間にもうけられた祝いの席が苦痛でならなかったが、妹は心から楽しんでいるらしい。自ら進んで頰にキスを受け、手袋越しに手を握られてにこやかに笑っている。サー・トーマスの落ち着きはらった顔を見るたび、妹の瞳がきらめいた。見ているこちらも幸せな気持ちになってくる。すっかり気分がよくなったカリーは、天候について子爵と短い言葉まで交わした。

子爵が応じながら、カリーを隅の小さなソファにいざなう。彼女はコリント式の柱の陰に身を隠すようにして腰をおろした。子爵のかたわらに別の紳士がやってきて、コッツウォールドやバトミントンの狩猟場の状態について話を始める。子爵はすぐにカリーそっちのけで話に夢中になった。通りかかった従僕からレモネードを受け取ったカリーは、つま先に視線を落とし、トレヴとふたりで金色の塔に囲まれ、絹のシーツの波間にたたずむ妄想にふたたびふけった。その一方で、応接間から退散し、親をなくした子牛に餌をやりにいく機会をうかがってもいた。

「ところで今夜は、あなたのお友だちのあのハンサムなフランス紳士、すてきな公爵《ル・トレ・ボン・デュック》さまはいらっしゃらないの？」媚を含んだ女性のひそひそ声が聞こえた。「モンソーとおっしゃったかしら。先日はすぐに帰ってしまわれたし、今日こそはご紹介いただこうと思っていましたのよ」

驚いたカリーははっと顔を上げた。だが誰も自分に話しかけている人はいない。どうやら柱の向こう側でドリーとどこかのレディがおしゃべりをしているらしい。インド絨毯の上に、ドリーのきらきらしたドレスの裾が広がっているのが見える。

「今夜は残念ながらうかがえないとのお詫びの伝言をいただきましたわ」ドリーが含み笑いとともに言った。「いかにも無念といった文面で！　いまいましい母君がご病気なんですって」

「義理堅いご子息ですのね」レディが応じ、声を潜めて言い添える。「でも、そんなところもまた魅力だわ、そうじゃありませんこと《ネスパ》？　愛人にするにはぴったり」

「なにしろフランス人ですもの」ドリーがささやきかえす。

「母君がよくなって、そばについていなくてもいい日が早く来るよう祈りましょう。そうすればわたしも、こちらにいるあいだにあの方とお近づきになれるわ」

「ええ、祈りましょう。でもね、彼とお近づきになるのは会の主催者であるわたしが先よ」

「まあ、いじわるね！」レディが笑いながら言いかえした。「学校でもわたしたち、なんだってわけあってきたじゃない」

　ふたりはくすくす笑いつつその場を立ち去った。カリーは柱の根元をじっとにらんでいた。まさかドリーがトレヴに招待状を送っていたとは。視線をどこにやればいいのかさえわからぬまま、ソファに座りつづける。さらってきた雄牛の角越しにほほえんだトレヴとすてきなモンソー公爵さまは、きっとまったく別の人格なのだ。そのことに気づくのと同時に、自分がいまどのような格好をしているかを思い出した。乳搾り女みたいと妹に笑われた地味なドレスに、ドリーにいたく不評な、暗褐色のリボンで結んだだけの髪。今夜の晩餐会のために着替えたとき、カリーはふたりの意見に聞く耳など持たなかった。食後は子牛の世話をしに納屋に行くつもりだったからだ。だがいまになって、自分のいでたちがどんなにみっともないものかが実感された。

　さえないオールドミスのカリー。それは前からわかっていたこと。でも、いまのいままでその事実を忘れていた。きみの頬はプディングよりイチゴによく似ているよとか、きみのために雄牛を取り返したよとか言って、さんざんおだてられたせいだ。けれど、どれほど夢見がちな性格だろうと、厳然たる事実を無視することはもうできない。彼女とトレヴは親友だ。でも彼は正真正銘のフランス人。女性をおだて、愛を交わす才能は、生まれついてのもの。

カリーに聞かせたお世辞を、トレヴはきっと誰にだってささやく。ドリーとその友だちがトレヴを噂するときの、いやらしい口調といったらなかった。まるで、自分たちさえその気になれば、いとも簡単に彼を手に入れ、共有できるとでもいわんばかりだった。

いきなり立ちあがったカリーは、楽師の音楽もまだ始まらないというのに扉のほうへと急いだ。室内がいやに狭く、暑く感じられた。怒りと失望とで、吐き気すら覚えた。見知らぬ気取った人びとの群れから逃れ、冷たい夜風にあたりたい。駆け足で一階におり、裏口にまわって、マントと作業用の長靴をとる。彼女に気を留める者などいない。明朝になればレディ・シェルフォードから、断りもなく先に退席するとはどういうつもり、と叱責されるだろう。そのときは、気分が悪かったからと言えばいい。まんざら嘘でもないのだから。

スタージョンの訪問は二度、三度とつづいたが、カリーとふたりきりで会うことはできずにいた。日を追うにつれて、少佐の顎のあざは黒みがかった青から、緑がかった紫へと変化した。訪問のたびに彼は、ダヴェンポート大佐から仕入れたヒューバート捜索に関する最新情報を伝え、いまのところ手がかりはつかめていませんと重々しい口調で締めくくった。ジャスパーは捜索活動に大いに興味を示し、質問をしたり、雄牛の行方についてばかみたいに楽観的な考えを披露したりした。ヒューバートの無事をまだ確認できていない状態だったなら、カリーはいとこの意見にむしろいらだちを覚えただろう。

少佐の訪問時には、ハーマイオニーもお目付け役として姉のとなりに座り、ジャスパーをなんとか追いはらって、姉とその求愛者をふたりきりにしようと奮闘した。だがジャスパーはハーマイオニーのほのめかしにまるで気づかず、少佐との退屈な会話を延々とつづけた。もてなし下手ないとこが悪戦苦闘する姿を目にするたび、カリーは同情を禁じえなかった。一方のスタージョンも辛抱強く、礼儀正しい姿勢を崩さずにいたが、三度目の訪問ともなるとついに堪忍袋の緒が切れたようだ。

「レディ・カリスタ、ふたりで庭を散策しませんか？」少佐は有無を言わせぬ口調だった。ふだんから人に命令をすることに慣れているだけある。

カリーは明朝、日の出とともにへレフォードに発つ。つまり、少佐の訪問もひとまず今日で終わる。だから彼女は誘いを受けることにした。前夜は暗い寝室で天蓋に目を凝らし、将来について何時間も考えつづけた。美しくないことは自覚している。それは周知の事実だ。適齢期もとうに過ぎた。おしゃべりが苦手どころか、あたりさわりのない会話もろくにできない。社会的な地位や血筋は誇れるものの、オールマックス社交場で開かれる舞踏会には伯爵家の令嬢などあまるほどいる。そもそもカリーは社交界にデビューした年以降、殿方に見初められる見込みなしとの烙印を押されてお目付け役にも見捨てられた。その後、三度にわたる婚約破棄が彼女たちの判断をさらに裏づけた。すなわち、社交界にカリスタ・タイユフェールの居場所はない。夫を見つける上で、彼女が武器にできる唯一のものは財産のみ。

それくらい、頭ではわかっていた。だが急に戻ってきたトレヴに、カリーは完璧に翻弄されていた。彼女に対するトレヴの態度は、ロマンチックだったかと思えば冷淡で、まるで一貫性がない。しかも彼は、シェルフォードを去ると言ったくせに、いまだにとどまっている。彼女への愛をほのめかしておきながら、具体的にどうするでもない。いまさらどうもなりはしないとあきらめていたカリーも、ドリーと招待客との話を耳にしたときは、冷たい現実を突きつけられた思いだった。

たしかにトレヴは大切な友人だ。でも実際問題として、モンソー公爵ともあろう人がカリーのような女性にいったいなにを求めるというのだろう。彼はすでに領地を取り戻した。爵位もある。しかも裕福だ。いたずらな一面はあるが、生まれ育った欧州大陸の華やかな社交界で生きていくうえで、なんの問題もない。カリーだって上流社会で生きてきたのだから、それくらいわかる。このわたしが、フランス大貴族の屋敷の女あるじになれる？　まさか。あらゆる意味で、その地位にふさわしくないと断言できる。フランス人でもなければ、カトリック教徒でもない。若くも、快活でも、美しくもないのだから。そう、ひなげし色にピンクが合わないのと同じことだ。

オールマックス社交場のときと同様、パリのサロンで壁際にぽつんと座る自分を想像する。いかにも田舎臭いカリーを見て、ゴシップ好きのおしゃれな貴婦人たちは扇で口元を隠しつつなにごとかささやき交わす。公爵さまも、英国生まれのぱっとしない行き遅れなんかとよく一緒になる気になったわねと首をひねる。そうして、カリーが夫をどうやって罠にはめたか勝手に推測し、彼女に関する不愉快な噂を広める。三度も婚約破棄された身とあれば、上流階級の人たちがどんなひどい噂をするかくらい、考えずともわかる。なかには、公爵さまは彼女に同情したのよと言って哀れむ人もいるだろう。だが哀れみは、カリーをますますみじめにするばかりだ。

スタージョンにうながされるがまま、彼女は庭へと向かった。ジャスパーも同行しようとしたが、ハーマイオニーが腕をほとんど引っつかむようにして引き止めた。庭に出たカリーは石の長椅子に腰をおろして膝に両手を重ね、少佐の磨きあげられたブーツを凝視した。少佐がしきりに、あなたとの婚約破棄はすべて自分に責任があると謝罪の言葉をくりかえす（言うまでもないことでしょう、とカリーは内心で冷ややかに思う）。少佐はさらに、自分は生まれ変わったのです、残りの人生をあなたの幸福のために捧げたいのです、なんならあなたの足元にひれ伏してみせましょう、と言い募る。あなたを愛しているのです、とはさすがに言わなかった。わずかなりとも羞恥心は残っていたとみえる。

カリーは求婚の言葉を黙って聞いていた。聞き終えると、二週間だけ考えさせてくださいとこたえた。

12

カリーは農業品評会が大好きだ。父とも何度となく泊まったグリーン・ドラゴンのいつもの部屋は、窓が大通りに面しており、そこに集う家畜を一望できる。父娘はその窓の前で飽きずにおもてを眺め、ダウニーさんのテントにはどんな子牛がいるだろうと予想しあい、あの若い交配牛は農耕作業に向いているかしらと意見を交わした。父はよく、窓から身を乗りだしては友人知人に声をかけ、一緒に朝食をどうだいと誘ったものだった。

断る人などいなかった。謙遜家のルイスさんなどは、ウースター産の洋梨で作った上等なペアワインを毎回持参し、うやうやしくおじぎをしながら部屋に入ってきては、父やその仲間たちのつくテーブルに迎えられていた。そんなときカリーは窓辺の小さなソファに陣取り、しゅわっと泡のたつ洋梨のシードルを飲みながら、羊や果樹園に関する大人たちの話に耳を傾けていた。彼らの醸す石鹸やタバコの匂い、日曜日のための一張羅、農作業で荒れた手が好きだった。品評会はいつだって活気にあふれていた。家畜が到着する初日はとりわけにぎやかで、一等の銀のゴブレットやその他の賞を狙う人たちの陽気な笑い声や夢を語る声がやまなかった。誰もが期待に胸をふくらませていた。

けれどもいま、カリーの部屋は誰を迎えるでもなく、しんと静まりかえっている。そんな部屋にいては、泣かずにいるのが精いっぱいだ。ダウニーさんが大通りを行くのが見えたが、引っ込み思案な彼女は手を振ることも声をかけることもできない。そもそも、そんなことをしても意味がない。父のように部屋に呼んで朝食をふるまうわけにはいかない。オールドミスの伯爵令嬢が自室に男の人を何人も呼ぶなど、ありえない。

リリーとふたりきりでグリーン・ドラゴンに泊まっていること自体、他人の目には奇異に映っているはずだ。顔なじみの宿のあるじは彼女を温かく迎え、ルイスさんのペアワインを部屋まで届けてくれたけれど。カリーはルイスさんに宛てた礼状に、特製のワインは父もたいそう気に入っていた、品評会での健闘を祈っていますと記した。手紙は靴磨きの少年に持っていってもらった。そのあとで彼女は、ほんの少し泣いた。

カリーの出品する動物たちがヘレフォードに着くのは夕方になる。シェルフォードからおよそ一五キロの道のりを、大通りを避け、急がず慎重に歩いてくるためだ。彼女自身は、例年よりもずっと早い時間に到着していた。トレヴが薬箱に残した伝言には、ごく簡単な指示しか書かれていなかった。すなわち、なるべく早く宿に着き、買い物などはリリーに任せるべし。

物思いにふけっていると、ふいにおもてが騒がしくなった。通りに並ぶ豚やガチョウの入った檻が邪魔で、二頭の雄牛に引かれた大きな貨車が立ち往生しているらしい。農業組合の役員を務めるミスター・プライスが仲裁に入り、通りをどの程度空けておく決まりになっているか、根気よく説明していた。ところが貨車が通りすぎると、檻の位置はすぐに元に戻された。

見ていると貨車はカリーの部屋の真下までやってきて、車体を揺らしながらそこに止まった。髪粉を振りかけたかつらをかぶり、たくましい体を緑色のお仕着せにつつんだ、威圧感たっぷりの男性がふたり現れる。ふたりは貨車の扉も開けず、あたかも車内の家畜を隠すかのように、いきなりそこに囲いを設け、テントを張りだした。鼓動が激しくなるのを覚えつつ、カリーは唇をかんだ。車内にいるのは牛だろう。でも貨車で牛を運ぶ人など見たことがない。小型の家畜なら檻に入れて荷馬車で連れてくる人もいるから、羊か豚だろうか。けれども貨車を引いてきた雄牛がじっとしているのに、車体は小動物が乗っているとは思えないほど激しく揺れている。

朝の陽射しの下に広げられた防水帆布のテントには、鮮やかな紋章と、その下に〈マランプレ〉の文字が見える。通りの向かいに立つ、年季の入った木骨造りの居酒屋の戸口にひとりの紳士が現れ、貨車のかたわらで進められる作業を観察しはじめる。カリーのいる窓から紳士の顔はよく見えないが、たいそうしゃれたケープと、ビーバーの毛皮でできた山高帽といういでたちだ。戸口にごくさりげなく、ゆったりと寄りかかるそのさまは、カリーには見慣れたものだった。

紳士の呼びかけで、お仕着せの男性ふたりが作業の手を止める。すでに貨車の周辺は人だかりができつつあったが、同じお仕着せの男たちがどこからともなく新たに数人現れ、手際よく見物人をどかした。帆布の裾からなかをのぞきこもうとした男の子が、襟首をつかまれて脇の水桶に放り投げられ、周りの大人たちがどっと笑う。そうしたのぞき行為はいつだって競争相手に妬まれ、乱暴な方法でやめさせられるのだ。

貨車を上から眺めているカリーには、扉が開かれるのがちゃんと見えた。角と黒っぽい肩だけが視界に入る。あれだけ激しく貨車が揺れるのだから、のっているのは小山のごとき大きな動物にちがいない。そう、絶対にヒューバートだ。カリーは息を詰めて立ちすくみ、愛牛が囲いやテントのなかでうまくやっているかどうか見守った。世話をしている人間は誰か知らないが、大量のバスバンを与えているのだろう。帆布が大きく震え、鮮やかな紋章が波打った。やがてそれも落ち着き、ときおり隙間から人の肘が突きでたり、四隅をぴたりと閉ざすときに帆布が引っ張られたりしたあとは、すっかり静かになった。

そこへ背後で扉がきしむ音がして、リリーが円筒形の箱を手に部屋に入ってきた。

「街の中心にあるドレスメーカーに向かうようにとのことです」メイドは瞳を躍らせて軽く頭を下げた。「それからこれは、新しいドレスに合わせたボンネットだそうです」

どうやらリリーは、カリーよりもずっと詳しく作戦について聞かされているらしい。ただし余計なことはしゃべらないよう指示されているとみえ、必要なことを伝えたあとは口を引き結んで沈黙を守っている。「ミス・リリー」と呼んでくれるトレヴの完全な言いなりなのだ。メイドの口から作戦の詳細を引きだすのは無理だろう。

深呼吸をして自分を奮いたたせてから、カリーはメイドの手を借りてマントを羽織った。

トレヴの作戦はいよいよ本格的に始動した。大波にさらわれかけた人さながら、カリーはその波に呑まれぬよう、懸命に泳ぎ抜くつもりだ。

ドレスは藍色で袖がパフスリーヴになっており、ハイウエストにサテンのリボンがあしらわれていた。コルセットで高々と持ちあげられた胸元はとても深く刳れており、そこに視線を落とすのも恥ずかしくなるほど。紗織の純白のスカーフが胸元を覆ってはいるものの、少し動くたびにスカーフがふわりとなって肌があらわになる。これでは淑女らしく振る舞っても意味がない。

「すてきですわ《マニフィック》！」仕立て屋は布地に針を刺したり、タックをつけたりしながら何度もつぶやき、仕上げにカリーの頭にボンネットをのせた。顔全体を覆えるほど大きなつばを目元までおろし、きらきら光る青いヴェールをふんわりと広げて、首筋にのぞく赤毛と表情を隠す。カリーがヴェール越しに鏡を見ると、そこには謎めいた貴婦人が立っていた。腕に貼りつくブルーの袖に、帽子にあしらわれたオーストリッチの揺れる羽根。ほっそりと洗練されたドレスを完璧に着こなしている。「マニフィック！」仕立て屋がくりかえす。「お気に召しま《ヴ・レ》して《メ》、マダム？」

コルセットがきつくて、カリーは呼吸するのも苦しい。やっとの思いで息を吸いこみ、小さくうなずく。気に入らないとは言えなかった。そもそも、鏡に映るレディが誰なのかもわからないのだから。確実に言えるのは、ドレスそのものがたいそう素晴らしいということだけ。仕立て屋がクリーム色のやわらかなカシミアの肩掛けをかける。カリーがそれをかきあわせ、あらわな胸元を隠そうとすると、仕立て屋に阻まれてしまった。

「ノン、ノン」仕立て屋はフランス語でつぶやき、肩掛けに手を伸ばした。「ふわっとかけるだけにしてくださいましな。ほら、こんなふうに。いい感じになりましたでしょう？」仕立て屋はおじぎをすると、扉のほうを指差した。

作戦におけるカリーの役は、ベルギー生まれの裕福なレディ。フランス語と英語の両方を話せるが、前者のほうが得意ということになっている。とはいえ彼女のフランス語は、大昔にマダム・ド・モンソーから毎週習っていたころ――それと、トレヴの「個人指導」をたまに受けていたころ――からいくらも上達していない。だから彼女は、もぐもぐとつぶやいて大きくうなずくにとどめた。

試着室を出て、リリーを捜す。だがメイドの姿はなく、代わりに、窓から射しこむ光のなかに背の高い紳士がたたずんでいた。振りかえったトレヴは、帽子と磨きあげられたステッキを片手に持っており、いかにも欧州大陸からやってきたハンサムな紳士といった風情だ。手袋をした手でカリーの手をとると、ほほえんでそこにキスをし、両の眉をつりあげて賛美のまなざしを彼女に向けた。

カリーは頬を赤らめた。すぐさまうつむいたが、彼の指が顎に添えられ、顔を上げさせられた。

「マニフィック」トレヴがフランス語でささやく。すると、ふたりだけの遠い秘密の日々が脳裏にいっそう鮮やかによみがえった。「下を向かないで、かわいい人《マ・シェリ》。とてもきれいだ」

そんなはずはない。でも、ヴェール越しにならきれいに見えるかもしれない。目の前に立ったトレヴが身をかがめ、ヴェールを挟んで軽く唇を重ねた。背後では仕立て屋が、大胆な愛情表現にはしゃいだ声をあげている。カリーの鼓動は息もできぬくらいに速度を増した。

トレヴが彼女の腕をとり、仕立て屋に向かってうなずいてから、店の外へといざなう。通りに出るなりカリーは言った。「この作戦でわたしはあなたの……あなたの――」あとは恥ずかしくて言葉にできなかった。

「妻を演じるんだ。わたしのほうは、妻を溺愛し、妻から目をそらすこともできずにいる夫を演じる」トレヴはフランス語でつづけた。「いやかい？」

どう答えればいいのかわからず、カリーはやっとの思いで首を振ると、わずかに肩をすくめてみせた。

「われわれはベルギーの、ルクセンブルクに近い小さな街から来たことになっている。きみは英語が苦手な役だから、あまり話さなくていい。フランス語は大丈夫だね？」

「最善を尽くすわ」と応じたものの、しゃべるほうはあくまで「それなり」だ。聞くほうは、マダムと亡き令嬢の会話を何年も耳にしていたので、ほぼ問題ない。

「よろしく頼むよ」トレヴは言い、通りをのんびりと歩きだした。「フランス語を使ったほうが安全だと思うんだ。牛飼いや羊飼いに、フランス語はあまり理解できないだろうからね」

「そうね」カリーはうなずいた。「でも、上流階級の人たちはフランス語もわかるわ。ダヴエンポート大佐はあなたの顔を忘れていないでしょうし」

「大佐は極力避けるようにするよ」トレヴは請けあい、いったん立ち止まって、通りかかった馬車を先に行かせた。つややかな毛並みの鹿毛馬が、〈ジェラーズ・ホテル〉と書かれた看板の下を走っていく。「このホテルに部屋をとってある。品評会のあいだ、日中は一緒に過ごそう。ただしきみはときどきカリスタ・タイユフェールに戻って、家畜を連れた姿を周囲に見せてほしい。夜はもちろん、グリーン・ドラゴンにリリーと泊まる」

トレヴの作戦に、カリーは心からの不安を覚える一方で大いに引かれてもいた。ベルギー生まれのレディを演じることには、なんの興味もわかない。でも、丸三日間も彼といられる、彼の愛しい妻を演じられるのだと思うと……正直な話、信じられないくらいわくわくした。

「ふたりは新婚だ」トレヴは彼女のウエストに手を添え、ホテルの大理石の階段をのぼっていった。「新婚なら、なにかと言い訳になる」

カリーは扉を押さえている従僕をヴェール越しに見やり、動揺を抑えこんだ。ジェラーズは街でも有数の高級ホテルだが、いままで泊まったことはない。カリーも父も、簡素だが居心地がよく、品評会にも直売場にも近いグリーン・ドラゴンが気に入っていた。

ヴェール越しに見る世界は本当に夢のようだった。となりにはトレヴがいる。ふたりはホテルの、彼の部屋に向かっている。これからそこでふたりきりで過ごす。周囲の人間は自分たちを新婚夫婦だと思っている。カリーはスカートをつまんで階段をのぼり、彼のあとについて室内へと足を踏み入れた。背後で扉が閉まる。

曲線を描くフランス製の金色の椅子に、背が倒れるソファ。窓辺のカーテンは、金色のタッセルでまとめてある。まるでメイフェアの邸宅の洗練された応接間だ。テーブルには糊をきかせたクロスが敷かれ、茶器の並ぶ銀のトレーと、薄く切ったケーキののった磁器が置かれている。ドリーなら、このホテルでわが家同様にくつろげるだろう。でもカリーは、貴族ばかりが集まるパーティにいつなんどき呼ばれるかわからない気がして、ちっとも落ち着かない。

トレヴが帽子とステッキを脇にやる。両手をカリーの肩にのせて自分のほうに向きなおらせ、ヴェールを上げる。カリーは目をしばたたき、笑顔を作って、冒険に挑む気満々なところを見せようとした。トレヴはしばし彼女を見おろしていたが、問いかけるように首をかしげた。それから彼女を抱き寄せ、唇を重ねた。

口づけの心地よさに、カリーの不安はたちまち消え去った。探るようなキスを受けて、彼女は首をのけぞらした。記憶のなかにあるとおり――彼に教えてもらったとおりのキスだった。愛撫にこたえて両の腕を上げ、無意識に抱きつく。いや、意図的だったかもしれない。彼をもっと近くに感じたかったし、与えられた時間はとても短かったから。

「カリー」トレヴは唇を寄せたまま荒い息を吐き、手のひらで彼女の頬をつつみこんだ。

「カリー」ともう一度呼び、あらためて口づける。「こんな日が来るのをずっと待っていた」

かろうじて冷静さを取り戻したカリーは、わずかに身を引いてこたえた。

「待って――ここで夫婦のふりをする必要はないんじゃない？」

トレヴは押し殺した笑いをもらした。「せっかくの機会をむだにするつもりかい？」両手をカリーの腰に添え、きつく抱きしめる。「きみはいま、わたしの腕のなか。運命に身をゆだねてもいいいんじゃないかな」

たしかに彼女は、トレヴの腕のなかにいる。そうして、まともにものを考えることも、言うこともできずにいる。カリーの一部はそんな自分自身に、父の怒りに満ちた声をまねて、おまえの身に危険が迫っていると警告する。でも大部分は、ホテルの部屋でトレヴに触れ、誰にも見咎められずに彼のほほえみを堪能し、笑みをかえすことに純粋な喜びを感じている。

三日間だけなら、楽しんでもいいいんじゃない？　トレヴは無鉄砲で、ならず者で、嘘つきだけど、ふたりで冒険に出るときには絶対に彼女を見捨てたり、傷つけたりしなかった。いつだって母鶏の役を買ってでて、彼女を守り、万一のときには手を差し伸べ、盾となってくれた。あたかもそれは、トレヴという名の揺りかごにいながらにして、一種のゲームに参加しているようなものだった。

ふたりのあいだにあるのは友情で、それ以上の絆はない。ただの親しい友だち同士。でも、三日間だけなら夢に生きてもいいのではないだろうか。これまで一度もおぼれきったことのない夢に。

カリーは唇の端が自然と上がるのを感じた。顔を上げ、分別を捨て、適齢期を逃したオールドミスの壁の花である自分を忘れる。いまのカリーは、トレヴに抱かれて立つただの女だ。

彼はカリーをきつく抱きしめると、身をかがめてふたたび唇を重ねた。腰の曲線をなぞりながら両手を上げていき、手のひらで彼女の頬をつつむ。それからあえてゆっくり時間をかけ、カリーの唇の端に、顎に、鼻に、こめかみに口づけた。口づけを終えると、わずかに身を離して彼女を見おろした。

その瞳を見つめかえし、ふたり同時に共犯者めいた笑みを浮かべた。

カリーは手のひらを重ねて口元を押さえ、くすくすと笑った。「わたしったら！」と押し殺した声で言う。

トレヴはふっと笑い、目を伏せた。「知ってたかい？　きみがそうやってほほえむたび、わたしは……」ふいに言葉を切り、咳ばらいをする。「ああ、いや、竜退治に挑みたくなる」

「竜退治？　巨大イカじゃないの？」

「それくらいにしてくれ、いたずらなカリー。自制心を失って、本当はなにをしたいのか口走ってしまいそうだ」

「それって、人には言えないようなこと？」カリーは期待を込めてたずねた。

「ああ」トレヴはつぶやき、彼女の腰を引き寄せた。「その手の行為がとりわけ得意な男だと、きみもよく知ってるだろう？」

カリーは誘うように腰を動かした。トレヴが目を閉じ、息を吸いこむさまを堪能する。大胆すぎる振る舞いかもしれないが、初めてというわけではなかった。トレヴは夢見るような恍惚の表情を浮かべて、ほほえみの形に唇をかすかに開けている。彼のそんな顔を見られるなら、いくらでも大胆になれる。カリーは両腕を彼のうなじにまわし、「どんな行為か、見せてくれない？」とささやいた。

トレヴが低くうめく。「そうだね、少しなら」指先が、ドレスの背中にひとつだけあるボタンをもてあそぶ。「ほんの少しだけなら」

そのせりふを聞くのも、初めてではない。以前にも口にしたせりふ。キスだけなら、さわるだけなら――彼はいつだってそんなふうに言った。それは、絶対に守られないふたりきりの約束だった。その言葉よりも少しだけ向こうに、少しだけ危険な領域に必ず踏みこんでしまうふたりだった。そうしてついに、父の馬車で見つかり、なにもかもが永遠にそこで終わった。

指先がボタンをはずそうとするあいだ、カリーは息を止めていた。幾層にもなった生地が一枚一枚引きはがされ、ドレスの締めつけが緩くなり、開いた背中に指先が忍びこんでくる。父はここにいない。邪魔をする人も、興奮を抑えこもうとするものも。薄い生地がずり落ち、ドレスが肩から脱がされる。カリーが顔を横に向けると、トレヴはなめらかな首筋にキスをし、腰を抱いて引き寄せた。

彼がそっと押すようにしてカリーを寝椅子のほうへといざない、そのままふたりで横になる。彼はカリーの顔を見ず、肩に口づけながらドレスの紐をほどいていき、仕立て屋が丹念に留めた帽子のピンをすべて引き抜いた。

ボンネットがヴェールと肩掛けとともに床に落ちる。トレヴは寝椅子に彼女を仰向かせた。

ふたりとも、荒くせわしない息をしていた。カリーはトレヴの襟に触れた。首をのけぞらせ、両手を彼の上着の下へと差し入れて、サテンのベストに隠されたたくましい胸板の感触を味わう。

トレヴの口から熱を帯びた声がもれた。彼はわずかに身を起こすと乱暴にベストのボタンをはずし、シャツの前もはだけた。あらわになった素肌をカリーが両の手のひらで撫でると、彼はまぶたを閉じた。手のひらの下で、胸板が大きく上下する。彼は小さく悪態をついた。指先でズボンのウエストをなぞり、布地と素肌のあいだに指を忍びこませると、まぶたを開いて彼女の手に自分の手を重ね、愛撫をやめさせた。

カリーはいたずらっぽくトレヴを見つめた。彼がどんな愛撫を好むかくらい知っている。教えてもらったとおりに、ちゃんと覚えている。いまのいままで、記憶の片隅に追いやっていただけだ。でもとりわけ闇の濃い夜には、ベッドにひとり横たわり、夢のなかでその記憶をたどったこともある。

トレヴは大きくうめいて彼女を組み敷き、シュミーズを肩から引きおろして、コルセットで高く持ちあげられた乳房をあらわにした。カリーが背を弓なりにすると、身をかがめてコルセットの縁に口づけ、舌で舐め、ついには乳首を口に含んだ。

全身を貫く心地よさに、カリーは息をのんで彼にすがりついた。トレヴの舌は熱く、甘やかだった。優しく乳首が引っ張られたかと思うと、今度は強く吸われて、カリーはますます背をそらした。抑えようとするのに、喉の奥のほうから喜びの声が自然にもれてしまう。

彼女はわれを忘れて快感に酔いしれた。至福のときだった。トレヴに全身をつつまれている気分。彼の重み、頬を撫でる髪、手のひらに触れる温かな素肌。慎みはすべて、床に落とした帽子とともに捨て去った。カリーは脚を広げ、わが身をぴったりと彼に密着させた。肺から空気が抜けていく感覚に襲われる。快感の波に押されて、胸がどんどん持ちあげられていく錯覚に陥る。

トレヴの体がふいに離れたとき、すっかり理性を失っていたカリーは自分が誰で、どこにいるのかもわからなかった。彼は背を向け、椅子の上で身を起こして壁に背をもたせ、ティーテーブルをにらんでいた。深々と息を吐き、ぎゅっと目をつぶる。

「やっぱり――このへんでやめておこう」

「そう」カリーは心の底から落胆した。「いじわるね《グースベリー》」

トレヴは笑い声をあげ、彼女に向きなおると身をかがめて、顔をすぐそばまで近づけた。

「きみを求める気持ちが強すぎて、怖いんだよ、ミス・グースベリー」

カリーは目を見開いた。「そうなの？」

「いや冗談、本当はいまにも卒中を起こしそうだったからさ」

「卒中！」カリーは舌先をぺろっと出してみせた。「そんなの絶対にごめんよ」

「まったくだ。わたしがここで死んだら、ヒューバートも困るだろうし」

「こんなことなら、スタージョン少佐に助けを求めるべきだったわ」カリーは明るく言った。

思わず悲鳴をあげてしまうほど強く、トレヴが肩口をかむ。彼はつづけて首筋に鼻を押しあてた。

「あの尊大なヒラメに？　ヒラメごときに、なにができるというんだい？」

カリーは含み笑いをもらし、いたずらっぽく答えた。

「じつはね、わたしのためならなんでもしてくれるというの」

トレヴがわずかに身を引き離した。

「ヒラメが？　そんなありがたい申し出、いつされたんだ？」

「わが家を何度も訪ねてきたのよ。なんでもするって、それはもう熱心に言うの」

笑ってくれるものとばかり思ったのに、トレヴはふいに感情のうかがいしれない表情を浮かべ、冷ややかな口調になった。「何度も、か。目的は訊くまでもないな」カリーからぐいと身を離し、片肘をついて壁にもたれる。「もう求婚されたのか？」

たとえ冗談でも、スタージョンの名前など出すべきではなかった。こんなときに、彼女の財産を誰よりも必死になって手に入れようとしている男の名前を。カリーは唇をかんだ。

「どうなんだ？」トレヴは背を伸ばした。シャツの裾をズボンにたくしこみ、ベストのボタンをはめていく。

答えずにいると、ほとんど半裸で横たわるカリーをほったらかしにして、自分だけ立ちあがった。彼女は胸元に布地をかきあわせ、身を起こした。

「当然、もうされたんだろうな」トレヴが唇を引き結ぶ。「断ったのか？」

カリーはドレスの胸元を押さえ、「そうするべきだったわ」と弱々しく答えた。

「断らなかったのか」というトレヴの声がわずかにうわずる。「つまり婚約したわけだな」

「ちがうわ。婚約なんか」

トレヴは荒い息を吐いた。そんな彼を、カリーはためらいがちに見つめた。ふと、ある夢が脳裏に浮かんだ。心底求めながら、あえて見ることを自分に禁じていた夢が。トレヴが室内を歩きだす。なにか言いたげな顔をして窓辺でつと立ち止まった彼は、片手でカーテンをぎゅっと握りしめ、おもてをにらんだ。

「じゃあ、やつを拒絶したのか？」振りかえりもせずに詰問する。

カリーはイエスと答えたかった。いまの自分は恥知らずどころではない。トレヴとふたりきりでいるのは、一種の裏切り行為だ。誰よりもトレヴを求めながら、ほかの男性に求婚されて断りもせずにいる。とはいえトレヴは、彼女の手をつかんでくれたわけではない。それどころか、フランスに戻るつもりだと言った。彼女との結婚を、モンソーの屋敷でともに暮らすことを望んでいると、ほのめかしもしなかった。たしかにカリーは幾度となくばかげた夢を描いてきた。でも彼との人生だけはけっして夢見てはいけないと、自分に言い聞かせてきたのだ。

背筋をしゃんと伸ばし、顎を上げて、カリーは乱れた髪を背中にはらった。

「考えさせてほしい、とおこたえしたわ」

やはりな、とばかりに、トレヴが短くうなずく。

「妹夫婦と同居しても、幸せになれるとは思えないもの」彼女はやむにやまれず説明しだした。「それに……とにかく、考えてみると返事をしておいたわ」

トレヴが首をのけぞらせ、乾いた笑い声をあげる。「スタージョンとはね！」と苦々しげに言い、こちらに向きなおる。「やつは信用できない。どうせきみの財産狙いだ」

「ええ、わかっているわ」カリーはこわばった声でつぶやいた。

眉根を寄せたトレヴの口元が、なにか言いたげに動く。

彼女は顎を上げたままつづけた。

「この期におよんで愛だのなんだののために結婚したいと願うなんて、ただのばかでしょう？　結婚するとしての話だけど」

じっと彼女を見ていたトレヴは、やがて首を振った。いらだたしげに両手で髪をかきむしったかと思うと、今度は少し意地の悪い笑い声をあげた。

「だったら、求婚を受ければいいさ！　なにを悩む必要がある？　どうせ愛情の有無はどうでもいいんだろう？」

立ちあがったカリーは、床に落ちた肩掛けを拾った。

「考えてみると言っただけよ。妹の婚約者はわたしとの同居は望んでいない。だけどシェルフォードに残るわけにもいかない。わたしも残りたいとは思わない。どうすればいいのか、自分でもわからないの！　もしもあなたが――ほんの少しでもあなたに期待できるなら――」

彼女は口をつぐんだ。最後まで言ってはならない。口をすべらせた自分に腹がたった。トレヴに背を向け、ドレスと肩掛けを胸に押しあてた。

重たい沈黙が部屋に広がる。あふれかけた涙のせいで不規則になった自分の呼吸まで聞こえる。カリーはマホガニー製の椅子の脚をひたすら見つめながら、起こるべくもないなにかを待ちつづけた。愚かな希望とむなしい願いに、胸が張り裂けそうだった。彼がのみこんだ言葉が、ふたりのあいだに漂っている。

「きみにこんなことを訊く権利は、わたしにはないんだったな」トレヴが低くつぶやいた。

「すまなかった」

かえす言葉が見つからず、カリーはぎゅっと目を閉じた。トレヴが背後に来る気配がしたかと思うと、あらわな肩に両手がそっと置かれた。温かな手のひらから、ほろ苦い痛みが全身へと伝わった。

「きみには幸せになってほしい……これ以上、傷ついてほしくない」

カリーは無言でかぶりを振った。トレヴは彼女を奪うことなく去っていく。だったら、彼女がどうしようがほっといてくれればいいのに。カリーの首筋に彼が顔をうずめた。

「そうだね」あたかも彼女の心の叫びを聞いたかのように、トレヴは優しくつぶやいた。

「わかってるよ」ため息をついたとき、温かな息が素肌をかすめた。「でもこれから数日間はきみとふたりだ」

「三日間よ」カリーは小声で言った。

トレヴは両手で彼女の腕を撫で、背後から抱きすくめて、喉元に口づけた。

「カリー、愛しているんだ。それだけはわかってほしい」

今度はすばやくかぶりを振り、カリーは「やめて」と懇願した。「そんなことは言わなくていいの。あなたはわたしの友だち。一番の親友よ――それだけでいい」

「友だち」トレヴはつぶやき、あざけるような笑い声をあげた。「親友、か」荒々しく彼女を抱きしめて口づけ、肩先に顔をうずめる。「この三日間をわたしにくれ、カリー」

カリーは黙ってうなずいた。

「いままでで最高の冒険になるはずだよ」トレヴはささやいた。「約束する」顔を上げ、髪に鼻を押しあてて深々と息を吸う。彼はカリーのシュミーズを肩に戻すと、ドレスもちゃんと着せかけた。生地をぐいと引っ張って、ボタンをはめなおす。カリーは息を詰めてドレスの前のしわを伸ばした。

トレヴはそのまましばらく背後に立ったまま、優しく抱きしめながら彼女の頭に頬を寄せていた。やがて身を離すと、ボンネットを拾いあげた。

「そろそろ最初の仕事にとりかかろう」彼は淡々と言った。「バスバンを毎日用意してくれる店探しだ」

13

一二ダースのバスバンを毎日ムッシュー・マランプレのテントまで届けるという注文を受けたあと、有頂天のパン屋のあるじは、ひどい訛りのある夫婦連れの客を通りまで送りだした。深々とおじぎをし、うちのバスバンはどこよりもたっぷり白スグリの実が入っていますからねと何度もくりかえし、あるじは店内へと戻っていった。王の料理番も仰天するほどの大金を払ってバスバンの手配を無事に終えたトレヴは、カリーの腕をとり、ふたたび街の中心部を目指した。

帽子を目深にかぶった彼は、ヴェールで顔を隠したカリーのエスコート役に徹している。ヘレフォードでヒューバートの正体がばれる恐れはさほどないだろうが、自分自身についてはそこまで楽観視できない。英国西部の境界に位置するこの街は、実力派の拳闘士を多く輩出している。肉屋の息子として生まれ、プロの拳闘士を目指すたくましい少年たちの宝庫として知られるブリストルにも程近い。これまでトレヴは、未来の拳闘士たる少年を見つけるために南部や東部は訪れても、ヘレフォードとシェルフォードとカリーは意図的に避けてきた。だからといって、いまこの街で誰にも気づかれずにいられると安心するほど能天気ではない。彼は〈ファンシー〉で有名になりすぎた。

ジョックとバートンはここ数日、昔なじみを捜しだしては、トレヴの手伝いとして雇うことに奔走している。どうやらトレヴは、かつてジェム・ファウラーの妻と赤ん坊のためにわが身を犠牲にしたために、拳闘界で絶大な信頼を得ているらしい。マランプレ夫妻の後ろからついてくる緑色のお仕着せの大柄な従者はつい最近、ブリストルの拳闘士養成所で、挑戦者を完膚なきまでに倒したとか。通りの向こうでぶらぶらしているふたりの大男は、トレヴの引き立てのおかげでプロデビューを果たし、成功をおさめた。ヒューバートの世話係を担当する男たちは、牛追いとしても拳闘士としても豊富な経験を誇るという。どうやらヘレフォードでは近ごろ、拳闘界に身を置く人間が大量に移り住んでいるらしい。

トレヴ自身はいま、業界から足を洗った男、ステッキ片手にしゃれた服に身をつつみ、欧州大陸出身の貴族を気取る男を演じている。カリーと並んで歩きながら彼は、マランプレという偽名を選んだ自分を悔やんでいた。貨車と紋章入りのテントを急いで手配しなければならなかったので、真っ先に頭に浮かんだベルギーのとある町を名字にあててしまった。ナポレオンが最初に退位を余儀なくされたとき、トレヴたち仏軍兵が数週間にわたって捕虜としてとられていた町の名を。

捕虜とはいえ、そこでの暮らしは気楽だった。逃亡の恐れはないとの判断から、トレヴは自由に過ごすことを許され、ときには集会でワルツを踊ったりもした。唯一の頭痛の種は地元の騎士の妻。その女性はたった一度のたわむれのキスで、ルブラン少尉を名乗るトレヴをいたく気に入った。だがトレヴにとって彼女とのキスは駆け引きですらなく（単なる遊びだった）、すぐに冷めてしまった。女性から執拗に追いまわされたトレヴは、しまいには捕虜の監督官に笑われるしまつだった。そんな日々も捕虜交換のためにブリュッセルに送られると終わったが、けっきょく交換は実現しなかった。負けを喫したフランス軍にとって、ルブランというありふれた名前の将校がまたひとり命を落としても、痛くもかゆくもないからだった。

今朝までトレヴは、その女性のことも、女性の名がマランプレだった事実も忘れていた。思い出したとたん、愚かな手落ちにわれながら呆れた。そんな名を名乗らせるのはカリーへの侮辱ではないかとも思った。しかしいまさら変えるわけにはいかない。上着の内ポケットには、すでにチラシの束を用意してある。そこには黒毛の立派な雄牛の絵と、マランプレ夫妻主催による〈雄牛体格比べコンテスト〉の詳細が記されている。

マランプレ夫妻自慢、ベルギー生まれの雄牛の公認寸法は以下のとおり！　先ごろ英国に到着した夫妻と雄牛は今後、全国をまわる予定！　われこそはという牛飼いは、夫妻の雄牛に挑戦されたし。夫妻の雄牛を上回る体格を誇る雄牛には、品種を問わず、賞金と副賞を授与！　賞金はなんと五〇〇ギニー。勝者には、雄牛の肖像画と名前を彫りこんだ銀の盆も！

ダヴェンポート大佐に関しては、密偵を放って当面の予定を調べておいたので、コンテストの開催発表に現れる恐れはまずない。大佐は今日、教会の援助なく嫡出子孫の繁殖に最も貢献した畜産家に与えられる〈奨励賞〉（二ポンドの賞金付き）、ならびに〈最優秀カブ栽培賞〉の選出にあたっている。奨励賞の家畜の頭数を数え、カブの出来を見きわめる作業で、午前中は忙殺されるはずだ。その間にトレヴは農業組合長とともに、正式なコンテストの開催発表を行うことになっている。とはいえ、大佐もじきにコンテストの詳細を知るはずだ。ムッシュー・マランプレからと称してチラシが大佐のもとに届くよう、トレヴが手配しておいたからである。チラシと一緒に届くはずの上等のフランスワインは、大佐の怒りに火をつけるだろう。

　当初トレヴは、大佐に迷惑をかけることに多少の罪悪感を覚えた。しかし彼がヒューバートを手に入れた経緯や、相応の金額を積まれても牛の売却を拒否した事実を踏まえ、当然の報いだと思うにいたった。ボンネットに隠れたカリーの頬に残っていた涙の跡……あれを思い出しただけでためらう気持ちはうせ、彼女を悲しませる人間は誰だろうとただじゃおかない、という冷酷な衝動にとらわれた。たしかに大佐は汚い手を使ってヒューバートを手に入れたわけではないが、それで彼に対する怒りがおさまるわけもない。むしろ、カリーを泣かせたすべての容疑者に報復せねば、との決心が固まった。

「どうかした、ムッシュー？」カリーがヴェール越しに横目で見ながら、フランス語で心配げに訊いてきた。

しかめっ面をしていた自分に気づいたトレヴは表情を和らげ、「すまない」と謝ってからほほえんだ。「パン屋への莫大な支払いについて考えていたものだから」

「気持ちはわかるわ。ミセス・ファーが知ったら卒倒ものだもの」

「銀行口座が持ちこたえてくれることを祈ろう。それよりもコンテスト開催発表まで一、二時間ある。それまでなにをしようか。買い物？」

「動物が見たいわ」

その気になれば、カリーのフランス語もなかなかのものだ。トレヴはがんばる彼女に思わずキスをしたくなった。フランス語をつむぎだす彼女の唇に、唇を重ねたかった。

「かまわない？」

「もちろん。きみがしたいことならなんだって、マ・シェリ」意気揚々とステッキを振り、トレヴは角を曲がって大通りに出た。大通りはありとあらゆる種類の家畜たちでいっぱいになりつつある。大聖堂の尖塔が投げる影の下、あたりには納屋を思わせる臭いが漂っている。

「なにから見ようか。まずは豚の品定めといくかな」

「あら、ムッシューは豚に興味があるの？」カリーがどこか愉快げにたずねる。

「もちろん。朝食の皿にしょっちゅうのっているからね」

ふたりは、ひとつめの囲いの手前まで来ていた。まだら模様のよく太った豚の耳を、飼い主が丁寧に拭いている。そのふくらんだ腹には子豚が五匹、鳴き声をあげながら吸いついている。

「尾の巻き具合がいいね」トレヴはステッキで指し示した。「完璧だ！」

「それにあの耳」カリーが訳知り顔にうなずく。「ちゃんとふたつついてるわ」

「脚も四本ある」トレヴは母豚の美点をさらに数えあげた。

「本当に四本ある？」カリーは疑わしげだ。「わたしには見えないけど」

「体の下に隠れているんだよ」トレヴは教えた。囲いの前に着いたところで、首をかしげてなかをのぞきこむ。「じゃなかったら、車輪がついているのかな。車輪で移動する豚だ」

聞き慣れない言語に驚いた飼い主がはっと顔を上げる。豚を眺めるおしゃれなレディと紳士に気づいて、飼い主は身を起こすと前髪を引っ張り、顔を真っ赤にした。

「じつにみごとな《パール・エクセランス》豚じゃないか」トレヴはフランス語交じりのひどく訛った英語で褒め、豚に向かって大きくうなずいた。上着の内ポケットに手を入れ、チラシを一枚取りだす。「わたしは雄牛を連れてきたんだ」

飼い主がチラシを受け取り、まじめな顔で文面に目を走らせる。いかにも文章を読んでいるふうだが、トレヴは彼のような人のためにちゃんと数字も入れておいた。文字が読めなくても、賞金額くらいはわかるはずだ。「こいつはすんごいしろもん《デッド・ガン》ですね、だんな」飼い主が褒めそやす。

このあたりの方言はトレヴもよく知っている。だが彼はわざと驚いてみせた。

「うちの牛が死ん《デッド》でる？　冗談じゃない、ちゃんと《デッド・グッド》生きているよ」

「ああ、いや、そうじゃなくて、とてつもなく立派って意味です。ここに書いてあるのが、体長と胴回りの寸法なんでしょ？」

「そのとおり。賞金はギニー金貨を五〇〇枚だ。どうせ、うちの牛に勝てるものはいないだろうがね」

飼い主はすきっ歯をのぞかせてにんまりと笑い、首を振った。

「残念ながら、だんなの負けですよ。だんなの牛もそりゃ立派だけど、今年は見たこともないくらいでかい牛が来るんです。シェルフォードからね。今日にも着くそうで」

「なんだって！　そいつはぜひとも見てみないといけないな。飼い主は誰だい？」

「いまはダヴェンポート大佐ですけどね、もともとは、シェルフォードの先代の伯爵さんが飼い主だったんです。ヒューバートって名前ですよ」

「ああ、あの牛か」トレヴはいかにも事情通らしくうなずいてみせた。「だったらどんな牛かいろいろと聞いているよ。たしか、茶色と黒のまだらだかぶちだかの牛だろう？」フランス語の発音で、牛の名前を言い添える。「ユベールか。早く実物を見てみたいものだな！」

「いずれ見られますって。見逃すわけがない。なにせ、家よりも大きいって評判ですからね」

トレヴはカリーを振りかえり、早口のフランス語で話しかけた。「いいぞ。本命の牛が行方不明になったと噂になる前に、こっちのコンテストを始めてしまおう」彼女の腕をぽんとたたき、英語に戻ってつづける。

「このすんばらしい豚、きみも気に入ったかい？」

「ええ、すんばらしい豚だと思うわ」

トレヴの大げさな発音をカリーはきまじめにまねた。彼は笑いをこらえるのが精いっぱいだ。

「まったくだね。では、きみの豚の成功を祈る、わが友《モナミ》」

飼い主がもぐもぐと礼を言い、トレヴたちはその場を離れた。飼い主は、手にしたチラシをさっそくとなりの出品者に見せている。噂はここから広まるはずだ。拳闘の試合を宣伝するなかで、トレヴは人の噂があっというまに伝わることを学んだ。

「太りすぎだわ」しばらくしてからカリーがぼやいた。「わたしならあんなふうに太らせないのに。肥満した豚はかっかしやすいのよ」

トレヴは重々しくうなずいた。「それでベーコンを焼く匂いがしたのか」

ヴェールの向こうでくすりと笑ってから、カリーは困惑した声になってつづけた。

「笑いごとではないわね。近ごろの養豚家は、哀れな豚を自力で起きられなくなるくらい太らせる傾向があるの。豚だって苦しいはずよ。だから農業組合に苦情の手紙を書こうと思って。組合が品評会で太った子を高く評価するのがいけないんだもの」

トレヴはほほえんだ。豚の王国のためには豚を太らせてはいけない——そんなふうに動物を擁護できるのはカリーだけだ。

「組合も、きみの意見をぜひ聞きたいと思うはずだよ」話しながらふたりは、さまざまな形のチーズが芸術的に並べられたテーブルの脇を通りすぎた。

「聞きたがるわけがないわ」カリーは苦笑交じりに応じた。「たかが家畜だ、女の意見に耳を貸す必要はないと言うに決まってる。でも、豚はとりわけ利口で感情豊かな動物なのよ。木笛の吹き方を教えたことだってあるわ」

「木笛だって！」

カリーがうなずく。

「薪のせ台に挟んで吹かせたの。うまく音が出せるたびに糖蜜をあげたら、すぐに覚えたわ。穴はわたしが押さえてあげてね。じきに、『めえ、めえ、黒ひつじ』を吹けるようになったんだから」

「すごい《モン・デュー》」信じられない、とばかりにトレヴはかぶりを振った。「ぜひ聞いてみたかったな」

腕に置かれたカリーの手にそっと指をからませる。彼女は小首をかしげてこちらを見上げたが、ヴェールのせいで表情はよく見えなかった。愛の行為を途中でやめるのが男にとってどれほどつらいか、果たして彼女はわかっているのだろうか。いまのトレヴにとっては、彼女と並んで歩くのさえ、一歩足を踏みだすごとに肩が触れるのさえ、耐えがたい責め苦だ。新婚夫婦をよそおうこの作戦は自分で立てた。しかし、ちょっとした気晴らしになるだろうと当初思っていたものは、いまやほろ苦い試練となっている。

本当に夫婦だったなら、藁だの鳴きわめく牛だのでいっぱいの通りをこんなふうに歩いたりしない。カリーをソファに――いや、ベッドに押し倒し、まぶしい陽射しを浴びながらシーツの上に組み敷き、時間をかけてゆっくりと、けだるく、白く透きとおる肌ときらめく赤毛の美しさを堪能するのに。

「いずれにしても、組合の役員に手紙は書くつもり」カリーの声がつづく。「それから――」

ふいに言葉を切る。「どうせ月例会合で発言はさせてくれないだろうから、そのときのことを考えて緊張する必要もないし。手紙だけは絶対に書かなくちゃ」

トレヴは衝動に駆られていた。通りの真ん中で彼女を抱きしめ、荒々しく口づけたくてたまらない。「女神さまだな」彼女の手を持ちあげ、軽くキスをする。「英国じゅうの太りすぎた豚の女神さまだ！」

「いいえ、当の豚ですらわたしには感謝しないはずよ」カリーは苦笑をもらした。「たっぷり餌をもらって喜んでいるはずだもの」

「じゃあ、わたしの女神さまだ」トレヴは優しく言った。

盗み見るように彼を見上げるカリーの指がわずかに動いた。気づけばふたりは、いつのまにかゆったりとした歩みを止めていた。左手で檻に入れられたガチョウが鳴き、右手で女性が赤い雌鶏を抱いているのをぼんやりと意識しながら、トレヴは立ちつくしたまま、愛する者をなすすべもなく見つめる少年のようにカリーだけに視線をそそいでいた。ヴェールのせいで表情はよく見えないが、そこにはきっと、はにかみがちな笑みがきらめいているはずだ。

彼はあまりまじめに将来を考えるほうではない。子どものころ、夢想家の祖父の過剰な期待にうんざりさせられたせいもある。それでも拳闘試合の興行師となった当初は、ジェム・ファウラーを英国選手権に出す夢を見ていた。しかしその夢は、ジェムが試合で亡くなったときについえた。その後、トレヴはジェムの妻と坊やの面倒を見ざるをえなくなった。苦い教訓だった。リングの上では、心から信頼できる友人を作ってはいけない。

以後、トレヴは野心を捨てた。賭け試合を開き、ふところを暖めることに専念した。周囲に無関心であればあるほど、気持ちを強く持てた。そうして明確な希望や意志を捨て去った結果、かえって判断力が冴え、興行師としてますます成功をおさめていった。試合の配当金支払いで多額の損失をこうむることもなかった。極端な賭け率の設定を避けたおかげだった。

だから、いまさら将来を考えてもなんにもならないとわかっている。にもかかわらずトレヴは思い描かずにいられなかった。といっても、具体的な将来ではない。彼にとっての将来とは、カリーを見つめているこの瞬間がずっとつづいている明日であり、明後日だった。シェルフォードを去り、彼女の手をはらい、彼女への気持ちを隠し、嘘をつく必要のない未来だ。嘘をつくことに、トレヴは心底うんざりしていた。自分らしく生きたかった――自分が何者なのかわかればの話だが。

ふたりは同時に、往来の邪魔になっている自分たちに気づいた。「いけない！」と小さくつぶやくカリーを歩道へといざない、トレヴはヤギをのせた荷馬車に道を空けた。そうして視線を上げ、混雑した通りの向こうに目をやったとき、希望に満ちた夢想が終わりを告げたのを悟った。

「スタージョン！」と思わず声に出して言い、無意識のうちに英語でしゃべりだす。「どうしてやつが」

かたわらでカリーが身を硬くした。彼の腕をつかみ、首を伸ばして通りの先を見ようとする。

「見るんじゃない」トレヴはフランス語でたしなめ、彼女をすばやく後ろ向きにさせた。「ちょうどグリーン・ドラゴンの前を通るところだ。やつめ、こんなところでなにをしているんだ」危険に背を向け、ふたりで通りを逃げていく。走りだしたくなるのを、トレヴは必死にこらえた。スタージョンは昨日のうちにロンドンに向かったはずだった。ジョックからはそのように聞いている。トレヴは一瞬歩みを止め、一定の距離を置いて後ろからついてくる従者に目で合図を送った。

仲間内でチャールズと呼ばれているたくましい拳闘士は、ふたりに歩み寄るとかつらをのせた頭を軽く下げ、トレヴが小声で伝える指示に耳を澄ました。聞き終えると小さくうなずき、両手を腰の後ろにまわしてふたりから離れていった。

「シェリ、わたしはこれから病人になる」トレヴはカリーにそう伝え、上着のポケットからチラシの束を取りだした。「コンテストの開催発表はきみがやってくれ。発表時間は正午。場所は授賞会場」

「わたしが！」カリーは息をのんだ。「いやよ、どうして――」

「頼むよ、カリー。すまないと思ってる。だがここで正体がばれたら、みんなが窮地に立たされるんだ。自分でチラシを読みあげる必要はない。組合の役員にチラシを一枚渡し、わたしの代理として読んでもらえばいいんだ。わたしのことは、頭痛で寝こんでいる、じきに治るはずだと話しておけばいい。それだけ言えば十分だ。きみは英語が苦手なマダムなんだからね。会場に向かう前にあそこにいるチャールズが、見物人に見せるための銀の盆と金貨を用意してくれる」

「そんな――」

「いいから、よく聞いて」トレヴはさえぎり、彼女の肩に触れた。「発表が済んだら、さっきのドレスメーカーに行って着替えるんだ。リリーが店に迎えに行くから、今日の午後はカリスタ・タイユフェールに戻ってみんなの前に姿を現してほしい。きみの動物たちの様子を見たり、リリーと街を歩いたりしてね。わたしのほうは、母が心配だから夜にはダヴ・ハウスにいったん戻るが、明朝までにこちらへ帰るつもりだ」

いやがるカリーの手にチラシを押しつけ、口ごもりながらの反論を最後まで聞くこともせず、トレヴは帽子を目深にかぶりなおした。カリーの指先にキスをし、彼女とチャールズを残してその場を立ち去った。

カリーは組合の役員数人とともに授賞会場の壇に立った。その場に集まったすべての人から、ヴェールで顔を隠したところで正体を見破られている気がしてならなかった。うなじの髪がちゃんと隠れているのを、トレヴはたしかめてくれただろうか。群衆のなかには見知った顔がいくつもある――ルイスさんに、ダウニーさん。彼女を知る何人もの人たちが、好奇心と期待をあらわに役員たちを見つめている。トレヴが言っていたとおり、大佐は来ていないらしい。だがスタージョンは、彼にはまるで無関係なはずの催しになぜか関心を抱いているようだ。少佐がシェルフォード・ホールを訪れた際、品評会に動物たちを出す話をしたのは事実だ。けれどもあのとき少佐は、礼儀正しくうなずきはしたもののとくに興味を持った様子はなかった。それなのになぜ、ヘレフォードに来たのか。子牛の部のコンテスト開催について発表が行われるあいだも、壇の前を離れないのはなぜなのか。なにかを疑っているにちがいない。カリーは不安でたまらなかった。

だから少佐のほうを見ないようにしていたのに、ミスター・プライスが各コンテストの詳細と賞金について説明するあいだ、少佐のほうはずっとカリーを凝視していた。ミスター・プライスの説明が終わると、眼鏡をかけた組合事務局長が振りかえってカリーに深々とおじぎをし、トレヴのチラシを広げて、そこに書かれた文章を大きな声で読みあげた。

体格比べの内容が明らかになると、群衆のあいだにざわめきが広がった。チャールズが重たそうな銀の盆を頭上に掲げる。彼が体の向きを変えるたび、盆は陽射しを受けてぎらりと光った。男たちが肘で突きあい、互いに目配せをする。そのなかには雄牛を出品している牛飼いも何人かいる。彼らの牛が体格でヒューバートに勝てるはずもない。それでも賞金額につられた彼らは、コンテスト参加者の一覧表にわれ先に名前を書きこもうとした。

ミスター・プライスがカリーを振りかえり、にっこりと笑いかけた。このように素晴らしいコンテストを開いていただいたおかげで、品評会も大いに盛りあがりそうですよ。彼は熱のこもった声で礼を言った。この手のコンテストは、一番大きな関心を集めますからね、と。

組合の役員もみなカリーの周りに集まって、ご主人の具合はいかがですかと心配そうにたずねた。彼女は何度もうなずき、夫なら長旅で疲れただけですからと、かたことの英語で伝えた。

言葉を発するのさえやっとの状態だったカリーは、スタージョンが壇に近づいてくるのに気づくと、いよいよ息もできなくなった。動揺のあまりその場に凍りつく彼女をしりめに、少佐が組合長に話しかける。話を終えた組合長は、笑みをたたえて彼女に向きなおった。

「マダム」組合長は快活に呼びかけた。「こちらの紳士が、あなたの美しいふるさとを訪問したことがあって、ぜひごあいさつをしたいそうですよ。わたしからご紹介しても？」

カリーはヴェール越しに組合長を見つめた。壇上から群衆のなかに飛びこみでもしないかぎり、この場から逃れる方法はない。小さくうなずいた彼女はうつむき、帽子のつばでさらに顔を隠そうとした。

「マダム、こちらの紳士はスタージョン少佐。少佐、こちらのお客さまはマダム・マランプレ。わが街のつまらない農業品評会に、素晴らしい華を添えてくださった方です！」

差しだされた少佐の手に自分の手をあずけ、そこに口づける相手にカリーは小さくおじぎをした。

「お目にかかれて光栄です！」スタージョンは彼女に身を寄せ、ひそひそ声になって言い添えた。「じつは、かつてマランプレに行ったことがあるのですよ。じつに美しいところでした」

愕然としたカリーはつかのま、恐怖のあまり自分がその場で溶けてしまう錯覚に陥った。少佐が、マランプレに行ったことがある？　彼女自身はその土地について、ベルギーにあるのだろうということしかわからない。それにベルギーになど行ったこともないので、マランプレがどんな場所なのか想像すらつかない。広いのか狭いのか、平地なのか山地なのか、都会なのか田舎なのかさえ。たぶん、仏塔がそちこちにあって、中国人が歩いているのだろうけれど。そもそもマランプレに、マランプレという名字の人は存在するのだろうか。

「あの……英語はうまくしゃべれないんですの」カリーはうつむいたまま、わざと低めの声でおずおずと言った。手を引き抜こうとするのに、少佐は放そうとしない。

「ああ、これは失礼を」スタージョンは流暢なフランス語で応じ、彼女の指を口元に持っていった。「あなたの美しい母語はわたしの得意とするところではありませんが、フランス語でお話しすることにいたしましょう」

完璧なフランス語を耳にし、カリーは薄いヴェールに息苦しさを覚えた。「座りたいわ！」と弱々しい声で訴え、無理やり手を引き抜く。階段へ向きなおったが、少佐から逃れることはかなわなかった。彼はカリーの肘に手を添え、階段をおりるあいだもかたわらを離れなかった。

「こちらへどうぞ」少佐が言い、肘をしっかりとつかんだまま、手近の居酒屋のほうへといざなう。「どきたまえ！」少佐は英語で怒鳴った。「こちらのレディをお通しするんだ！」

群衆は即座に脇へどいた。身を振りほどこうとしてもけっして離れない手にうながされて、カリーはなすすべもなく歩みを進めた。彼とふたりで居酒屋に入るのが怖い。きっと、失神しかけたレディを見た店内の客が騒ぎだし、ヴェールをとったほうがいいと言うに決まっている。

歩道に出たところで、彼女は立ち止まった。「ムッシュー、お手をわずらわせるわけにはまいりませんわ」必死の思いで身を離す。「どうかおかまいなく！」わずかにとげのある声音を作り、相手の手をはらった。

相手は一瞬身を硬くしてから頭を下げた。

「遠慮は無用です、マダム。少しは気分がよくなられましたか？」

深呼吸をし、逃れるすべはないのだとあきらめたカリーは、高慢な貴婦人を精いっぱい演じようと心を決めた。つんと顎を上げ、さげすみを込めた横目づかいで少佐を見ながら、冷ややかに答える。

「ええ、よくなりましたわ。それより、初対面の女性になれなれしくしすぎではありませんこと、ムッシュー？」

スタージョンは身じろぎもせず、ヴェールの向こうを透かし見ようとばかりに、まじまじとカリーを見つめてくる。彼女はすかさず顔をそむけた。少佐がやにわに、彼女の本当の名を叫んだりしたらどうすればいいのだろう。

「たしかに」あからさまな拒絶の言葉にも彼は妙に浮ついた口調で応じ、羽根飾りのついた帽子を脱いだ。「名前を覚えていてくださるだろうと思うほど、わたしもうぬぼれてはおりません。ナポレオンの二度目の退位後、向こうで連絡将校をしていた者ですよ。あなたはご親切にもわれわれにご自宅を開放し、母国が自由を取り戻したことを祝って、おもてで昼食までふるまってくださった」

「ああ」うなずきながらカリーは、マランプレなどという土地と名前を選んだトレヴに内心で悪態をついた。顎を上げて、少佐の話に合わせる。「あのピクニックね。あなたもあのときにいらしたの？　あいにく人の顔を覚えるのは苦手なんですの。こんなところで再会するなんてすごい偶然ですわね。それでは、そろそろ夫のもとに戻らねばなりませんので」

いまいましいことに、スタージョンは彼女と一緒になって居酒屋とは反対の方向に歩きだした。

「ご宿泊はどちらに？　ベルギーでおもてなしいただいたお礼に、ご主人も一緒に夕食でもいかがでしょう？」

「あいにく夫はやすんでおりますの」

「それは残念だ」少佐は心から無念そうに言った。「あのときのご親切にぜひともご恩返しをしたいのですがね。お宅の庭で過ごしたよく晴れた一日は、けっして忘れられません」

「あら、そう」カリーは歩みを速めた。それでも少佐はついてくる。

「マダム」角を曲がりかけたとき、彼は呼びながらカリーの肘をつかんだ。人妻に触れることにみじんの良心の呵責も感じないらしい。「忘れられません」と熱を帯びた声でくりかえす。「忘れられるわけがないではありませんか」

その口調に驚いて、カリーは顔をそむけた。少佐が立ち止まり、彼女の手を握りしめ、おのれの振る舞いに仰天したかのようにぱっと手を放す。その隙にカリーは相手に背を向け、ドレスメーカーのほうへと歩みを進めた。まさかこれ以上はついてこないだろうと思った。それなのに相手はあきらめず、大またであっというまに彼女に並んだ。カリーは追われている気分だった。正体を見破った少佐が、ふざけているのではないかと怖くなってきた。通りを行くあいだ彼は一言も発せず、カリーの手を自分の腕にかけさせて、ただとなりを歩いていた。

店が近づいてくる。カリーは死に物狂いで考えをめぐらした。どんなにぶしつけに振る舞っても、スタージョンはそばを離れないつもりらしい。店に入ったら着替えをして、カリスタ・タイユフェールに戻る予定だったのに、いまや少佐は店内までついてきそうな勢いだ。あるいは、店の外で待つ気かもしれない。けれど、マダム・マランプレとして店に入り、レディ・カリスタとして店を出るなんて芸当はできない。

店の入り口の手前まで来たところで、彼女は歩を緩めた。通りの反対側から、リリーがのんびりと歩いてくるのが見える。従者のチャールズは、適度な距離を置いてカリーの後ろからついてくる。一瞬、おやという表情を浮かべてこちらを見たメイドは、ドレスメーカーの前にたたずむふたりの大柄な若者にはにかみがちな笑みを投げてから、くるりと向きを変えて歩み去った。

カリーは立ち止まった。やはり店に入るわけにはいかない。スタージョンが店内をのぞきこむ恐れもある。彼女は短くうなずいて言った。

「ではこれで、ムッシュー。わたしはホテルに戻りますので」

「ソフィー！」少佐は声を潜めて呼びかけた。「頼むから、そんなにつれなくしないでくれ！」

カリーはヴェール越しに彼を凝視した。驚きとともに、ある可能性に思いあたる。まさか――まさかとは思うが――少佐が本物のマダム・マランプレに会ったというだけでも仰天したのに、ひょっとして彼は、マダムと単なる顔見知り以上の関係にあるのだろうか。

スタージョンは彼女の手をとった。「すっかり忘れただなんて言わないでくれ」とささやく。「あの庭。あの東屋。名前は覚えていなくてもしかたないが――」言葉を失い、視線を落とす。「きみにとってあのひとときは、さほど大切なものではなかったのかもしれないね」

相手の言葉の意味するところを理解するなり、カリーは怒りがふつふつとわいてくるのを感じた。少佐はマダム・マランプレを知っているだけではない。マダムの東屋で、なにやらロマンチックなひとときを過ごしたにちがいない。しかもいま、マダムとの関係をぜひとも再開させようとしている。つい先週まで、あれほど熱心にカリーに求愛していたのに。

すっかり合点がいってみると、なにか無鉄砲をしたくてたまらなくなった。そんな気持ちになるのはたいそう久しぶりだった。トレヴと一緒に、帆布の袋に入ったメロンを盗み、代わりに大きなハリネズミを入れておいたとき以来だろうか。カリーはその場から立ち去るのをやめ、手袋越しに少佐のキスを受けた。

彼は口づけたままほほえんだ。

「覚えていてくれたんだね……どうか、そうだと言ってくれ」

視界の隅で、カリーはチャールズがこちらに歩み寄るのをとらえていた。がっしりとした従者がかたわらに現れ、少佐を見おろす。一言命ずれば、チャールズは少佐を水桶に放り投げてくれるだろう。その場面を想像し、カリーはキスを受けながら押し殺した笑い声をあげた。「覚えていた？」と曖昧にたずねる。「いったいどういう意味かしら、ムッシュー」

少佐は肘にかけたカリーの手を引っ張るようにしてチャールズから離れると、耳元にささやきかけてきた。

「いまのがきみのご主人かい？　まさか、嫉妬深いたちではないだろうね？」

カリーの鼓動が速くなる。こんなに顔を近づけてなお、少佐に感づかれないなんてことがあるだろうか。感づいたうえで、まだふざけている可能性もある。だとしたら、すぐに彼をこの場から追いはらったほうがいい。そう思いながらもカリーは、ちょっとした仕返しをせずにいられなかった。

「あら、夫の性格をよくご存じなのね」

「だけど、あんな小汚い品評会場にきみをひとりで残していくなんて、ご主人もずいぶんじゃないか」

ヘレフォードの品評会といったら、とりわけ清潔なのに。彼女は反論したくてたまらなかったが、なんとかしていらだちを抑えこんだ。「ひどい頭痛なのだから、しかたがないでしょう？」と説明しつつ、少佐の腕に置いた指先をさりげなく動かす。ドリーがそんなふうにして、屋敷に招いた客人に誘いをかけるのを一度だけ見たことがあった。「あらためて確認してもいいかしら、ムッシュー。あなたとは、ワーテルローのピクニックでお会いしたのね？」

彼女の手に重ねられた少佐の手に、わずかに力が込められる。

「きみにとっては、わたしなどたいして印象に残る男ではなかったのだろうね。わかるよ。きみほどの美しいレディには、さぞかし大勢の男が群がるだろうから」

「おじょうずね」カリーは甘い声で言った。自分は印象の薄い男だと、スタージョンに認めさせられたのが愉快でならない。「でも、群がるというほどではないわ。ごめんなさいね――どうしてあなたのことを思い出せないのかしら。そう、東屋とおっしゃったわね……」とほのめかしながら言葉を切る。

「認めないだけで、本当は思い出しているんじゃないのかい？」スタージョンがどこか苦々しげに言う。

「あら、だったら少しヒントをくださらない？　そうすれば記憶がはっきりするかもしれないわ」

「ソフィー、怒っているのかい？」少佐はかすれ声でたずねた。自分との出会いを忘れる女性がいるなどとは信じられないらしい。「そりゃあわたしは、きみになにも約束できなかった。戻ってくるとも言えなかったが」

「そうなの？」カリーは好奇心をかきたてられた。「どうして？」

「やっぱり覚えているんだね！」すかさず少佐が叫ぶ。「だったら理由など訊かなくてもわかっているだろう？　約束などできたわけがないじゃないか。英国に戻ったら、すぐに結婚する予定だったのだから」

「なるほど」つぶやいたカリーは歩みを止めた。ヴェールの下では頬が真っ赤になっている。「英国の貴婦人と婚約していたのね？」

　少佐が肩をすくめ、ふたりはふたたび歩きだす。

「ああ。あのときだってそう説明しただろう、ソフィー。隠したりせずにちゃんと。きみにもわかってもらえたと思ったんだが」

「相手の女性を、愛していたのね」

　少佐は鼻で笑った。

「まさか。好意すら持っていなかったよ。冷たい女性でね。気はきかないし、美しくもない。きみとの短い時間のほうがどれほど素晴らしかったことか。それでも、わたしは戻らねばならなかった」

　カリーは目をしばたたき、唇をかんだ。胸にナイフを突き立てられたかのように感じながらも、必死に口を開いた。

「それはご愁傷さまね、ムッシュー。あなたほどの紳士が、そんなつまらない女性と結婚しなければならなかっただなんて」

「たしかに、ありがたい話とは言えなかった。だがちょっとした運命のいたずらでね、彼女とはけっきょく結婚せずにすんだ」

「運命のいたずら？」カリーはやっとの思いで問いかえした。「もっときれいな女子相続人でも見つけたのかしら？」

スタージョンが彼女の手をとり、口づける。

「いいや。財産目当てで結婚などしないよ。彼女はね、結婚式の前に亡くなったんだ」

思わず声をあげそうになり、カリーは引きつった笑いでごまかした。

「それはついていたわね！　だけど、それでもわたしのもとに戻ってこなかったのはなぜ？」

「できなかったんだよ。西インド諸島に派遣されてね」

スタージョンの鉄面皮ぶりに驚きと吐き気を同時に覚えながら、カリーは凍りついたように立ちつくした。彼女と別れたあと、少佐はミス・ラッドと結婚してノリッジに移り住み、三人の子をもうけたはずだ。西インド諸島になど派遣されていない。しばらくのあいだ、カリーは口にすべき言葉さえ見つけられなかった。並んでゆっくりと歩いているとやがて、ジェラーズ・ホテルの入り口が数歩先に見えてきた。その扉こそが、少佐から逃れ、身を隠すための砦に思える。彼女の一部は激高し、その場でヴェールを上げて正体を明かしたいと願っている。だが喉の奥に怒りのかたまりがせりあがっているのを感じながらも、軽率に行動してはいけないと自分をいさめた。彼女はここで、スタージョンを追いはらわねばならないのだ。

「とても感動的なお話でしたわ、ムッシュー」カリーは冷ややかな声音で尊大に言い放った。「お聞かせくださってありがとう。でもやっぱり、あなたと会った記憶《アデュー》はありませんの。別のレディとおまちがえではないのかしら。では、これで。さようなら」

少佐の手から、相手が抵抗するのもかまわず自分の腕をぐいと引き抜き、カリーはチャールズを振りかえった。従者が決意を込めた表情でやってくる。立派な体格の従者が少佐とのあいだに立ちはだかってくれたとたん、彼女は安堵につつまれた。階段をのぼる彼女を従者がエスコートする。思いきって一度だけ振り向いてみると、なんと少佐はふたりのすぐ後ろからついてきて、ホテルに入ろうとしていた。歩みを速め、大階段を目指す。二階にたどり着いたところでようやく歩を止め、息を整えた。少なくとも、そこまで追ってくるほどのずうずうしさはさすがのスタージョンも持ちあわせていなかったとみえる。

カリーはチャールズを見上げ、「ありがとう《メルシー》」とフランス語で礼を言った。「なかなか逃げられなくて困ったわ」

「すんません、マダム。フランス語はよくわかんないんで」チャールズは申し訳なさそうに頭を下げた。

「そうなの」英語で話していいのなら、むしろ都合がいい。てっきりチャールズは、フランスからトレヴに随行してきた使用人のひとりだとばかり思っていた。「だったら喜んで、英語でお礼を言うわ！　彼を追っぱらえたのは、あなたのおかげよ」

「あの軍人、マダムに言い寄ってたんすか？　おれにはちょっとよくわかんなかったんで。マダムが合図を出してくれたら、その場で絞めあげてやったんすけど」

チャールズの英語は彼女のフランス語なみに訛っていたが、おおよそ聞きとれた。

「ええ、あなたならきっとそうしてくれると思ったわ。でも、あそこで騒ぎになってはいけないから」彼女はいったん口を閉じた。トレヴの計画について、ここでおおっぴらに話すのはよくない。「メイドのリリーは知ってる？」

「もちです」チャールズは通りのほうを顎でしゃくった。「仕立て屋の前で、だんなの手下に色目を使ってたかわい子ちゃんでしょ」

色目を使うというのがどういう意味かよくわからなかったが、カリーは深く追及しないことにした。

「あの子のところに行って、仕立て屋で待っていてちょうだいと伝えてくれる？　少佐に姿を見られないように気をつけてって。わたしはしばらく部屋にいるわ。少佐がいなくなりしだい仕立て屋に行くから、そのときはエスコートをお願い」

「いっそのこと、いますぐあの軍人をぶん殴れって命令してくださいよ。だんなの手下と一緒に、いいあんばいに痛めつけてやりますから。そうすりゃ、あっというまに逃げていくことまちがいなしですよ。それでも逃げなかったら、やつの歯を何本か引っこ抜いてやります」

「だめよ、そんな。ここでけんかなんかしてはだめ」

チャールズは肩をすくめ、残念そうに言った。

「けんかのうちにも入りゃしないのに。やつの頭のねじの一本でも抜けちまったら、話は別ですけど」

「とにかく、どんなけんかもしないでちょうだい」カリーは慌てて言った。

「じゃあ、やつをここから引きずりだしてやりましょうか」

「いいの、そういうこともしないで。人目につくまねは避けなくちゃ」

従者はやっと納得してくれたが、顔には無念の色を浮かべていた。

「それもそうすね。せっかくの作戦がおじゃんだ」

お仕着せに身をつつみ髪粉を振りかけたかつらをかぶってはいるが、どうやらチャールズは相当な力自慢らしい。トレヴの使用人は驚くほど屈強そうな男性がそろっているが、いまのカリーにはそれがありがたかった。

「少佐が帰るまで静かに待ちましょう。きっとそのうちあきらめるはずだから」一刻も早く変装をやめて、グリーン・ドラゴンの安全な自室に逃げこみ、傷心を癒したい。だがいまはジェラーズの部屋で我慢しよう。トレヴはもうダヴ・ハウスに向かっているはずだから、少佐に言い寄られたと打ち明ける必要もない。話すのは、気持ちが落ち着いてからでいい。

「あの人がいなくなったら部屋まで知らせに来て。確実にいなくなってからね。二度と顔を合わせたくないから」

14

暖炉で静かに燃える炎が、優雅な応接間を暖めている。テーブルにはふたり分の茶器が置いたままだ。スタージョンさえ現れなければ、いまごろカリーはトレヴとともに、コンテストの開催発表を無事に終えたお祝いをしていたかもしれないのに。現実の彼女は、すっかり打ちひしがれた思いでいる。彼女はヴェールをとり、どさりと腰をおろした。

スタージョンとの結婚を望んでいたわけではない。でもほかに好ましい未来がないのだから、実際的な選択肢として考えるつもりだった。便宜上の結婚とはいえ、少なくとも自分の家に住める。少佐は喉から手が出るほど彼女の財産がほしいようだから、家畜たちの今後についてもきっと希望どおりの条件を引きだせただろう。子どものいる家庭に入るのも、別にいやではなかった。子どもの相手なら、動物の相手と同じくらい得意だ。

結婚相手の不義については……耐えられると高をくくっていた。少佐がどんな男か、ちゃんとわかっていたはずだった。そのことを肝に銘じておけば、求愛期間中に彼がまた不実を働こうとしたと知っても、動揺したりしなかっただろうに。

彼の本音を知ったいま、カリーは自分がみじめでたまらず、喉の奥に巨大な岩が詰まったような感覚に襲われている。あなたはきれいだと言いつつ、内心では、冷淡で地味なおもしろみのない女だとカリーを見くだしていたスタージョン。でも、それくらい自分でもわかっている。彼にどう思われていようがかまわない。ただ、またもや男性からまことしやかに嘘をつかれた事実に打ちのめされただけだ。

いきなり立ちあがったカリーは、両手を固く握りしめて暖炉に歩み寄り、ふたたびテーブルに戻った。そしてあることに思い至りぞっとした。どうしてトレヴに、あそこまで自分をさらけだしてしまったのか。わずか三日間の幸福を、彼なりの方法でくれようとしているだけの相手に。深く愛しあう夫と妻としての三日間など、カリーがずっと描いてきた夢の出来の悪いまがいものでしかない。

ドリーとその友だちが知ったら大笑いするだろう！　望めばどんな女性でも自分のものにできそうなトレヴと、冴えないカリー。そんな夫婦を人びとが陰で笑うのを、カリーは黙って座り、靴のつま先をにらんで聞いていなければならないのか。それならいっそ、排水溝で虫を食べて暮らすほうがましだ。

スタージョンの不愉快なせりふを思い出して理性を取り戻し、夢想からさめたカリーは、トレヴの言葉と矛盾した振る舞いを、彼との恥知らずなひとときを頭のなかでたどってみた。トレヴに大切に思われているのはまちがいない。カリーの幸せを願ってくれているはずだ。彼はヒューバートを買い戻そうとし、彼女との冒険のためにこのばかげた計画を立て、スタージョンに傷つけられるのではないかと心配もしてくれている。それにトレヴは……きみを愛しているとも言った。

むろん、その言葉を信じているわけではない。彼はただ、周囲の人間が不幸になるのを見ていられないだけ。過去の冒険だってほとんどすべて、かわいそうな動物を逃がしてやったり、虐げられた人びとをロビン・フッドよろしくこっそり助けてやったりするためだった。トレヴはきっと、愛するものが少しでも傷ついたり苦しんだりしていれば、どんな無茶をしてでも助けるのだろう。それがかなわないとき、彼は自ら姿を消す。

胸の奥が冷え冷えとしてきて、うなじに鳥肌がたった。カリーはぎゅっと目を閉じた。心に秘めた夢を彼の前で口にするのを、すんでのところでこらえたのを思い出していた。もちろん、みなまで言わなくても彼はわかっただろうが、そんなそぶりは見せなかった。いまのふたりは舞台でそれぞれの役を演じているも同然。カリーはマダム・マランプレとして、彼がくれたひとときを楽しめばいい。ワルツをたった一曲踊るようなものだけれど、少なくとも、舞踏会のあいだじゅう黙って座っているよりはましだ。

喉の奥が締めつけられたが、カリーは涙をこらえた。スタージョンのことを考えても、もう腹も立たない。おぼろげな嫌悪感と、なんだかよくわからない鋭い痛みを胸に覚えるだけ。カリーは無意識に紅茶のしたくを始めた。磨きあげられたやかんに水をそそぎ、暖炉の前の装飾棚にのせる。それからふたたび腰をおろすと、薄く切ったケーキをなんとなく口に運んだ。

トレヴとはただの友だち。それ以上を望むべきではない。そのような権利はないのだから、あきらめなければいけない。

結論が出ると気持ちが落ち着いた。トレヴの帰国以来、カリーは彼の本心がどうしてもわからなくて、もつれあう感情に苦しめられていた。でもようやく答えにたどり着いたいま、胸にのしかかる重みは消えつつある。彼と結婚できるなどと本気で思っていたわけじゃない。正直言えば、彼との人生など想像もできない。知らない人ばかりのフランスに住み、貴族の客をもてなし、邪悪なムッシュー・ビゾーとつきあい、ワインの大樽の面倒を見る人生なんて。ありえないという意味では、海賊となったトレヴが家庭教師のカリーをさらい、短剣の使い方を伝授しているうちに彼女に恋をしてしまう、という白昼夢と大差ない。

自分のばかさかげんに、カリーは小さく笑った。湯が沸いたらしく、静かな部屋にやかんのたてる音がかすかに響く。カリーは紅茶を淹れ、腰をおろしてティーカップを口元に運び、将来について理性的に考えようとした。そろそろくだらない空想はやめたほうがいい。さもないと頭がどうにかなって、どこかの屋根裏部屋に閉じこめられ、そこで紐切れや蠟燭の燃えさしを集めてぶつぶつとひとりごちるはめになる。

できるかぎり望ましい将来のために努力しなければ。自分はおもしろみのない人間だし、容姿もぱっとしない。はっきりそう言われたばかりだし、その点については、これ以上いくら論じても意味がない。ハーマイオニーや父や村のヤギはカリーを擁護してくれるが、それは彼女を愛しているからこそだ（少なくとも妹と父はそうだ。ヤギの気持ちはわからない）。人は愛の対象を別の目で、愛情という光のもとで見てしまう。ハーマイオニーがサー・トーマスに夢中なのもそのためだ。サー・トーマスはカリーと同じくらい、いや、それ以上に退屈な人なのに。

やはり、オールドミスの姉が妹夫婦と同居するなんてできない。たとえ、あからさまに邪魔者扱いされなくても。そんな人生を送るくらいならスタージョンと結婚するほうがいい。不実な男だが、ほかに許容しうる未来はない。少佐の本性はもうわかった。知ることができてよかったとは言わないが、これ以上傷つくことはないとも思う。事実は受け入れるしかない。そもそも、夫婦が赤の他人のように生きるのは上流社会ではごく普通だ。

トレヴが英国を去る前に、少佐の大変ありがたい申し出を受けることにしたと伝えよう。この選択を彼女自身が悔やんでいると知ったら、トレヴは英国にとどまってしまうかもしれない。彼女はいまだかつてトレヴに嘘をついたためしがない。でも今回はつかねばなるまい。

静かに扉をたたく音がして、カリーはティーカップを置いた。靴磨きの少年がくぐもった声でマダム・マランプレを呼び、扉の下に折りたたんだ紙を差し入れてくる。立ちあがったカリーは、筆跡をたしかめた。

どうやらスタージョンはまだホテル内にいるらしい。手紙はあの破廉恥な軍人からだった。カリーは封蠟をはがしもせず、手紙を暖炉に投げ入れた。読まなくとも内容は見当がついた。ムッシュー・マランプレが頭痛でやすんでいるはずの部屋に慌てて手紙をつけ届けるくらいだから、よほど焦っているのだろう。退屈なレディ・カリスタとまもなく婚約するはめになっている自分に気づいて、ただちにもっと好ましい関係を誰かと築こうという魂胆なのだ。

一瞬、トレヴがここにいてくれたら、この悪い冗談をふたりで笑い飛ばせるのにと思い、カリーは無意識に笑い声をあげた。ホテルの部屋の前にスタージョンが潜んでいるの、わたしを大昔に別れた愛人とかんちがいして、お涙ちょうだいの恋文を書いてきたのよ。そんなふうに打ち明けたら、トレヴはきっとこう言うだろう。

〝どうやらこの世界は、愚か者どもをもっと増やしたいらしい〟

まだ夜も明けきらぬなか、寝ぼけ顔の馬丁がトレヴの馬に毛布をかけ、厩舎へと連れていく。馬の息がランタンの明かりを受けて白く浮きあがる。秋とは思えぬ暖かな午後のあと、風が急に冷たくなり、気温が急激に、骨身に染みるほど下がっていた。真夜中をだいぶ過ぎたころにヘレフォードに戻ったときには、トレヴの襟巻きは凍りつき、手袋のなかで両手がかじかんでいた。

明け方までに戻ると言い残しておいたのは正解だった。靴磨きの少年はすぐに玄関の鍵を開け、声を潜めて温かく彼を迎え入れると分厚い外套を預かり、蠟燭の炎に手をかざしながら階上へと案内してくれた。ジェラーズのもてなしはじつに行き届いている。

居間の暖炉のかたわらに座ったトレヴは、まだちゃんと火がついているのを見て嬉しく思った。少年に足をあずけてブーツを脱がしてもらい、気前よく駄賃をやってから、あとは自分でできるよと言って下がらせた。赤々と燃える石炭の前で服を脱いでいると、徐々にぬくもりを取り戻したつま先がちくちくと痛みだした。凍りつくほど寒い夜道を延々と馬を走らせてきたせいだ。シャツ一枚になって座り、はだしの両足を暖炉の脇に伸ばして、うとうとしはじめる。

ダヴ・ハウスにずいぶん長居をしてしまった。母は陽気に冗談を言い、あれこれ質問し、息子をからかい、丸々太ったすんばらしい豚の話に笑い声をあげ、カリーの新しいドレスのデザインをこまかなところまで説明させた。スタージョンが思いがけず現れた話におよんだときには、母はしかめっ面をした。あたかも母自身が今回の作戦に参加していて、スタージョンの登場によって窮地に陥ったかのように。トレヴにはわかった。レディ・カリスタはわたしの求婚を受け入れてくれましたよ――そんな報告をまもなく息子の口から聞けるのではないかと、母は切望しているのだ。その期待を砕くことを言うつもりはなかった。それどころか、期待を高める言葉さえ聞かせたかもしれない。できたてのクリームが入ったボウルを前にした猫よろしく、母が満足げな笑みを浮かべてくれるなら、彼はなんでもする。

だがそれでなにが変わるのか。彼はいまだに、身辺整理をしようと母に切りだせずにいる。第一、母に整理するべきものなどない。ハートマン牧師はぜひとも告解をしておくべきだと主張するだろうが、そんなものは牧師に任せればいい。そもそも、母の余命がいくばくもないなんて信じられない。むしろ顔を合わせるたび、日ごとによくなっているように見える。前の日よりさらに元気になり、活力を取り戻していると感じられる。だが医師は言っていた。それで安心するのがまちがっているのだと。

重たいため息をつき、トレヴは立ちあがった。寝間着は寝室にあるが、靴磨きの少年に蠟燭をもらわなかった。しかたなく彼は頭からシャツを脱ぎ、暖炉のそばに服を置いた。寝室の閉じた扉に歩み寄る。扉を開けると室内は真っ暗で、凍えるほど冷えきっていた。扉の隙間からさしこむ暖炉のほのかな明かりを頼りに、冷たい床を急ぎ足で歩く。天蓋が閉まっているのを見てとり、どうやらメイドが毛布の下に熱いレンガを入れてくれたらしいなと安堵する。トレヴは温かなベッドにいそいそと潜りこんだ。

そして毛布を引きあげたとたんに凍りついた。誰かが――ベッドで待っていた誰かが寝返りを打つ気配がし、警戒心に突き動かされた。反射的に拳銃を手探りしようとして自分が裸なのを思い出し、すっと緊張を解いて、驚きを含んだ低い笑い声とともに枕に頭をあずける。

「カリー?」トレヴはささやきかけ、暗闇のなかで彼女に触れようとした。心地よいベッドのなかは、ぬくもりにあふれた甘い干し草の匂いで満たされている。上掛けに赤毛がふわりと広がっている。トレヴは彼女の肩に手を伸ばし――いきなり素肌に触れたので仰天した。カリーがむにゃむにゃと寝言を言う。闇につつまれた森でさしまねく横笛のように、彼女の優しい声が彼の体に語りかける。

トレヴの欲望は一気に燃えあがった。この瞬間まで彼は、その思いをしゃにむに抑えこんできた。祖父にたたきこまれた自制心と自ら身につけたもっと野蛮な方法で、なんとか自分をいましめてきた。女性に対しては節度を保てる人間だと自負している。彼の住む世界では、そうした姿勢はじつに役に立つ。おかげで、二七歳にして隠し子も復讐心に燃えた元愛人もいない。仕事に対するのと同じように、恋愛にも用心深く、適度な距離をもって向きあってきたおかげだ。

それには代償を伴った。ただいまのいままで、具体的にどれだけの代償を払わされるのかわからずにいた。生きるために欠かせない呼吸のように、胸の奥では常に欲望がうずいていた。孤独には耐えてきた。耐えたつもりだ。けれどもいま、愛らしい曲線を描いて腰のほうへと流れる赤褐色のきらめきが目の前にある。ふいにトレヴは、抑圧されてきた時間が混ざりあい、ひとつのかたまりとなる錯覚にとらわれた。愛に背を向けてきた日々とひとりぼっちの夜が溶けあって、かたわらで眠る女性へと姿を変える。

闇のなかで身じろぎひとつせず、トレヴは彼女に目を凝らした。理性をかき集めて、わが身をのみこもうとする熱い思いから逃れようとした。たとえこれがカリーの望みだったとしても、まったく予想外の展開だ。彼女はグリーン・ドラゴンに泊まる手はずだった。当人にもはっきりそう説明した。過去の冒険では、彼女は自分の役割を正確にこなしてきた。いつもひどく緊張していたので、失敗をしなかったとも言える。

彼女が指示を聞きまちがえるはずなどない。しかもリリーもいないとくる。とはいえリリーが現在仕えているのはあくまでレディ・カリスタであって、マダム・マランプレではない。それにカリーには、朝まで戻らないと言っておいた。どうも考えがまとまらない。カリーの赤毛があらわな彼の腕をくすぐり、すぐとなりにやわらかな体があるからだ。渇望と、それ以上のなにか——胸が悪くなるほどの切望感——に全身がうずく。トレヴは理性を取り戻そうとした。なんらかの理由があるにせよ、ただの誤解でこうなったにせよ、いますぐに身を起こしてベッドを出るべきだ。しかし、頭ではわかっているのに体が動かない。

唐突に仰向けになった彼は、天井をにらんでカリーの静かな寝息に耳を澄ました。居間でやすむべきだと思った。寝室の扉を閉じ、コーヒーを持ってこさせれば——哀れな靴磨きの少年を再度起こし、厨房係に無理を言えばいい。あるいは、服を着て一階の談話室に逃げこむか。

手のひらで顔をこすり、その手を天蓋の向こうに出して冷気をたしかめ、すぐにまた引っこめた。ベッドはカリーの横たわる場所がとりわけぬくもっており、もっと近くにおいでと彼を誘っている。トレヴはじりじりとそちらに寄り、冷えきったあらわな腕に上掛けをかけてやった。カリーはもぞもぞと動いたが、目は覚まさなかった。彼女をつつみこむようにしてとなりに身を横たえる。といっても、あくまで彼女を守り、寒い思いをさせないためだ。

自分への愚かな言い訳に笑いをかみ殺し、トレヴはカリーのほうを向いて、肩に腕をまわした。えもいわれぬほどやわらかな体がわずかに身じろぎし、腕のなかにおさまる。ふたりを隔てるのは一枚の薄い絹地だけ。深く刳れた胸元がぴたりと肌に吸いつくナイトドレスだけだ。硬くなったつぼみが、トレヴの腕の内側に触れる。

その瞬間、死ぬかと思った。大げさではない。余計な危険を背負わずに女性を喜ばせる方法くらい、いくつだって知っている。だがいまの彼は、うぶな少年みたいに手探りで愛の営みに挑みたいと願っている。興奮のあまり、乳首が腕に触れている事実さえ忘れてしまいそうだ。耳の奥で轟く音がある。ふたりで交わしたエロチックな口づけの記憶にのみこまれる。

ずっと胸に刻みつづけてきた、彼女との情熱のひととき。ベッドで自分を鼓舞するために、幾度となく脳裏によみがえらせてきた彼女の残像。

トレヴは指先だけを動かして小さなつぼみをなぞり、そこが愛撫に反応するのをたしかめた。彼の脚に沿わせるかのようにカリーが脚を伸ばし、眠ったまままため息をもらす。昼間のたわむれは彼女には物足りなかったはずだ。でもいまなら満足させてやれる。もちろん、彼女に歓喜を与え、満たしてやるだけだ。それ以上の行為におよぶつもりはない。

やわらかなうなじに額を寄せたトレヴは、皮肉めかした笑みを浮かべた。自制心には自信があると言いつつ、身を震わせている自分。下半身は彼女の腰に押しあてている。ベッドにともに横たわるのはこれが初めてだ。果たして、われを忘れずにいられるのだろうか。

そのとき、カリーが身じろぎをしたかと思うと寝返りを打ってこちらを向いた。トレヴは思わず体を引いた。目覚めたカリーが身を振りほどき、驚愕の声をあげるのではないかと焦った。けれども彼女はわずかに体をこわばらせただけだった。トレヴの手は彼女の肩に置かれたままだ。

「トレヴ」カリーが眠たそうにつぶやいた。

「いたずらなカリー」トレヴはささやきかえした。

ふいに彼の腕のなかで丸くなり、体をぴったりと密着させてきたかと思うと、カリーは安堵の吐息をもらした。悪夢から目覚め、なにも怖いことはないと安心したときみたいに。トレヴはおのれの欲望を抑えつけ、純粋な気持ちで彼女を胸に抱き寄せた。

「帰れなくなってしまったの」カリーは彼の首筋に顔をうずめて言った。「どうすればいいかわからなくて」

「かまわないよ」トレヴは彼女のこめかみに唇を寄せた。

「スタージョン少佐がついてきたの。ここに部屋をとったみたい」

「本当にしつこい男だな」ほかのときに聞かされていたなら、トレヴは大いに警戒心を抱いただろう。しかしいまは、スタージョンなどどうでもいい。

彼を抱きしめるカリーの胸中に、変化が訪れつつあるのがわかった。彼の体の状態と、自分たちが抱擁しあっている事実にいまさらながら気づいたのだろう。

彼女はごくりとつばをのみ、「でもあなたは――今夜は戻らないと思ったから」とささやいた。

「なるほど」トレヴはカリーの頰に鼻をすりよせた。「出ていったほうがいいかい?」

驚きと恐れがないまぜになった、とぎれがちな吐息が彼女の口からもれた。たちまちトレヴは衝動に駆られた。彼女を組み敷き、自制心なんてものは冷たい夜闇に投げ捨てて、荒々しく奪ってしまいたい。

それから長いあいだ、カリーは黙りこくっていた。心臓が激しく打っているのが感じられた。赤褐色の髪が彼の肌をくすぐった。

「行くよ」トレヴはなにも言わないカリーに伝えた。

すると彼女の腕に力が込められた。「いいえ」という小さな声。「一緒にいて」

トレヴは肺から空気が抜けていく感覚に襲われた。いっそ追いだしてほしいと思っていたのに。いまの彼は自分を律する自信がない。「わたしを殺す気かい？」と冗談交じりに問いかける。

暗闇のなか、カリーが首を振るのが気配で伝わってきた。「ほしいの……すべてが」吐息に似たささやき声が彼の肌を撫でた。「今度こそ、最後までお願い」

トレヴは固まってしまった。白熱のごとき切迫感にとらわれつつ、両のまぶたを閉じた。仰向けになり、腕を大きく広げて、低い笑い声をもらす。

「わたしはもう死んだのかな」

「どうしてそんなふうに思うの？」カリーがささやきかける。闇につつまれていても、トレヴには彼女の顔が見える気がした。森で出会った小鹿のように、優しく内気そうな瞳で彼を見つめているはずだ。

トレヴは大きな笑い声をあげた。

「頼むからかんべんしてくれ、カリー。ここでやめたほうがいい。男は、自制心を失うわけにはいかないんだ」

「そうなの」

その声に失望やいらだちや不満は感じられなかった。過去に交わった女性はみな、せっかくの申し出を巧みに断ろうとする彼に必ずそういう感情をぶつけたものだ。けれどもカリーは泣きだすでも身を引き離すでもない。ただひとこと「そうなの」とつぶやいただけだ。しかしトレヴには、その一語に彼女の心の傷を聞きとった。彼女が男たちに与えられた痛みを。連中はカリーを祭壇に、あるいは壁際にずらりと並ぶ椅子にひとり残し、身勝手な言い訳や嘘をついて去っていった。どいつもこいつもわかっていない。真に美しいものを、けっして見分けられない愚か者ども。

　たぎる欲望を抱えて横たわる自分。けれどもかたわらのカリーは、彼に拒絶されたと思いこんでいるにちがいない。あんな声で「そうなの」とつぶやき、彼の腕に置いた指先の力がわずかに緩められたのもそのためだ。

　トレヴは片肘をついて身を起こした。「いい考えとは思えないんだ」と説明を試みる。「危険すぎるよ。結婚もしていないのだし」どう言えば伝わるのかわからない。「万が一……もしもきみが……ふたりが……」彼は言葉を失った。これなら、うぶな少年のほうがよほど上手に説明できるだろう。トレヴときたらすっかりわれを忘れ、ふたりの子をみごもったカリーの姿を夢想するしまつだ。深呼吸をしてつづける。「わかるだろう?」

「ええ、もちろん」カリーは即答した。「わかるわ」

「やっぱりだめだ」トレヴは枕に背をあずけた。「くそっ《モン・デュー》、きみはわかってない。まるでわかってない」

「いいえ、わかってるわ。本当よ。大丈夫」カリーは手をどかした。「あなたの言いたいことは、ちゃんと理解しているから」

「結婚してくれ」彼はいきなり言った。「カリー」

彼女は身を引いた。「結婚？」

こうなったら、なんとしてもそうするつもりだ。まずはカリーにすべてを打ち明ける。そうすれば彼女は受け入れてくれる。ふたりでフランスかアメリカかイタリアにでも行けばいい。彼女が望むなら、品評会で賞をとった牛を全部買ってあげる。そうしてふたりは世界じゅうの積み藁の上で愛を交わすのだ。そこまで考えたところでトレヴは、驚きの表情を浮かべるカリーに気づいた。どうやら、単刀直入すぎたらしい。

「ああ、いや、もちろん――きみがわたしに求婚の許しをくれるなら――」

「やめて！」カリーは大声をあげ、ベッドが揺れるほど勢いよく身を起こした。「言い方はさっきので十分」つらそうにつづける。「でも、結婚はできないの」

彼も身を起こした。「カリー、本気なんだ。考えてみてくれないか……」有罪判決を受けた犯罪者との結婚を。母国を追われて二度と戻れない生涯を。死ぬまで詐欺師と呼ばれつづける人生を。だが彼女は信じているはずだ。トレヴには広大な領地と、社交界での地位と、こけおどしではない爵位があると。次の句を継げられず、彼は闇の向こうにいる彼女を不安げに見つめた。

「ごめんなさい」カリーは静かにつぶやいた。「わたしたちは合わないと思うの。でも、嬉しかったわ、トレヴ」震える声で真摯に言う。「本当に嬉しかった。心からお礼を言わせて」

トレヴは髪をかきあげた。一発殴られた気分だった。最初は痛みを感じず、体に妙な衝撃だけが走り、しばし感覚が麻痺したあとで破壊的な苦痛が全身を駆けめぐる。条件の悪さをひとつも話さぬうちに拒絶された事実だけが、頭にこびりついていた。

「そうか」長い沈黙の末、彼はそれだけ言った。

カリーが身をかがめ、彼の唇を探す。おずおずと優しいキスとともに、長い髪が彼の胸板をくすぐった。問いかけるような、彼の反応を恐れるかのような口づけだった。現実を前にしてなお茫然自失しながらも、トレヴは両の手を上げて彼女の頬をつつみこんだ。荒々しく、飢餓感にあふれたキスをかえし、彼女を胸の上に抱き寄せる。豊かな赤毛に手を差し入れ、彼女をすばやく仰向けにして組み伏せた。冷気がトレヴのあらわな肩を洗った。

組み敷いたまま、トレヴは唇が触れんばかりに彼女に顔を寄せた。「すべてがほしいんだろう？」息を継ぐ。すっかり獰猛な気分になり、分別も失っている。「わたしがほしいんだろう？」

闇の向こうで、カリーはかすかにうなずいた。血管のなかを血が駆けめぐるのを実感できるほど、トレヴは激しく彼女を欲していた。彼女の唇が開かれる。組み敷いた肢体はペチコートもコルセットも着けておらず、しなやかでやわらかい。

彼は手をおろし、曲線をなぞりつつ深々とキスをした。絹のナイトドレスをたくしあげると、彼女は背を弓なりにした。カリーはとてつもなく美しかった。その裸身を明かりの下で見ることができたなら。ほどけた髪と、脚のあいだを覆う金色の薔薇のごとき柔毛を想像する。トレヴが知っているのはそれだけ。透きとおる白い肌を覆う、鮮やかな巻き毛だけだ。

彼は記憶をたどってそこに指を這わせ、カリーの口から歓喜に満ちたあえぎ声がもれるのを聞いた。

　彼女が抱きついてきて、愛撫に反応するかのように脚を開く。トレヴは自制心をかなぐり捨てた。時間をかけて喜びへと導くべきだとわかっているが、いまや切望感は耐えがたいものとなっている。激しいうずきに、彼は判断力さえ失った。カリーのなかに入り、彼女の一部とならなければならない。首筋にキスをし、甘い匂いを胸に深々と吸いこむ。それでもまだ優しさは忘れまいとしていたトレヴだったが、カリーは待ちきれないとばかりに背をそらした。カリーが感じてくれている、自分のために身を開いてくれていると思うと、トレヴは理性が炎につつまれる錯覚に陥った。残された分別もすべてその炎に焼きつくされ、あとは組み伏せた肉体のことしか考えられなくなる。

「トレヴ」カリーが息をのみ、しりごみする。だが彼女の最初の男になれる原始の喜びに突き動かされたトレヴは、深く、力強くおのれを突き立てた。ずっと昔にこうすることができていたなら――いや、こうするべきだったのだと思った。ついにカリーはトレヴのものになった。国外追放の身となってからの終わりのない日々が、たしかな抱擁とともに消え去る。カリーはトレヴを、つめが肌に食いこむほど強く抱いていた。

　トレヴは身をかがめて彼女のこめかみに口づけ、結ばれたまま抱きしめた。体に震えが走るほど強烈な飢えに襲われたが、腰を動かしたいのを我慢して、甘い責め苦を味わった。

「大好きだよ《ジュ・タドール》」とささやきかける。「愛してる《ジュ・テーム》。わたしがほしいかい？」

　カリーが緊張を解くのがわかった。背中にまわされた手が開かれる。

「ええ、ほしいわ」彼女はあえいだ。

いっそう深く突き立てると、カリーはすすり泣きをもらした。けれどもそれは甘く、情熱とものの狂おしさに満ちた声だった。彼女の体がトレヴをきつく締めつける。

「ほしいのか？」ゆっくりと引き抜いておのれをいたぶりながら、トレヴはたずねた。

「ええ」カリーが体を弓なりにし、ふたたび突き立てられたものを奥深くへとのみこむ。口からあえぎ声がもれた

目を閉じて、トレヴも背をそらす。「ほしいんだな？」

「ええ、トレヴ」カリーは息を切らし、彼にしがみついて、さらに奥へと導いた。トレヴはいまにも爆発しそうだ。けれども子猫の鳴き声にも似た彼女の声に、カリーだけの喜びの声になんとか踏みとどまることができた。幾度も聞いた声だった。だがこんなふうに、熱く純粋な喜びの波とともに彼女の体の奥底からあふれてくるのは、かつて聞いたためしがない。

トレヴは両手をついて半身を起こした。それによってどんな歓喜を導きだせるか、どこまで深く入っていけるかは考えもせず。カリーは身をそらし、腰を密着させて、すべてをゆだねている。トレヴは肺からすべての空気が抜けてしまう感覚に襲われた。そうしてついに訪れた絶頂に、首をのけぞらせ、大きく体を震わせて荒い息を吐いた。カリーも同時に叫び声をあげる。ふたりはともに、えもいわれぬ至福のときに身を任せた。

トレヴの腕のなかで横たわりながら、カリーは彼の熱い肌を感じ、愛の営みによって混じりあったふたりの匂いを堪能していた。手足に力が入らず、胸のなかでは幸福感と恐れと当

惑がないまぜになっている。体のあちこちが、結ばれた痛みと喜びによってまだうずいている。トレヴはなにも言わず、彼女のうなじに顔をうずめてきつく抱きしめている。落ち着きを取り戻した彼が深々と息を吸うのがわかった。自分の心臓の音が、カリーには聞こえるようだった。

こうしてほしいと、自分がトレヴに頼んだのだ。彼は頼まれたとおりにしてくれた。闇のなか、カリーは唇をかんだ。ふいに恥ずかしくなって身を離そうとしたが、彼は喉の奥で低くうなると彼女を引き戻した。思いがけぬほど力強い腕が体にまわされ、厚い胸板に抱き寄せられる。肩に唇が押しあてられる。熱を帯びたたくましい体。彼をすぐそばに感じ、大きくて温かな肉体につつまれるひとときを、カリーは心から愛した。

その一方で、当惑も覚えていた。男性と並んでベッドに横たわっている現実が信じられなかった。自分は情熱のマダム・マランプレなのだと想像しようとしたが、空想のなかでスタージョンと遭遇してしまい、そこであきらめた。代わりに別の夢をあれこれと脳裏に描いてみる。海賊、海軍将校、ハンサムな羊飼い……しかしどれも、ぴんとこない。

なぜなら彼女は正真正銘の現実のなかにいたから。夢でもなければ冒険でもない。夫婦のように、愛する者同士のようにベッドで抱きあっているのは、カリー自身とトレヴその人なのだ。トレヴは彼女を抱いたまま眠ってしまったらしい。彼の体の力が抜けていき、カリーにまわされた腕がゆっくりと離れていく。できることなら一生このままでいたい。この現実を、このひとときを、この状態をつづけていたい。心の底からの信頼を胸にトレヴのかたわらに横たわる瞬間は、かつて感じたどんな情熱よりもずっと素晴らしいものだった。

カリーは目を閉じた。トレヴの指に自分の指をからめ、彼の手にそっとキスをした。トレヴが寝言をつぶやき、ふたたび彼女を抱き寄せる。彼はそのまま眠りつづけた。

15

カリーはベッドの上で身を起こし、閉じた天蓋の向こうに顔だけ出してみた。鼻が冷たくなり、部屋のあまりの寒さに驚いた。毛布のなかに潜りこんでいたうえ、天蓋によって空気が遮断されていたので、これほど冷えこんでいるとは気づかなかった。

最初に心配したのは、動物たちのことだった。みな昨日の夕方、寒気が訪れる前にヘレフォードに到着している。カリーはジェラーズ・ホテルから出られなかったので、複数の人間を介してやっと状況を確認した。まずはチャールズに伝言を頼み、彼からリリーに、リリーから牛追いに伝えてもらい、牛追いからの返事は逆の経路をたどってようやく届けられた。その返事にしても、リリーが家畜に関する専門用語を知らず、チャールズが隠語をやたらと使うおかげで、動物たちがたしかに到着しており、ヘレフォードのどこかでやすんでおり、村ではヒューバートを捜して大騒ぎしている、という事実がやっと把握できる程度のものだった。

トレヴと、彼とのあいだのできごとを忘れたわけではない。しかし朝の陽射しの下では、いずれもまだ触れるには早い傷跡のように思えてならない。目覚めた瞬間カリーは、ベッドにひとりでいる自分に気づいた。彼が横たわっていた場所には、まだぬくもりが残っていた。

上掛けには群青色の化粧着とカシミアの肩掛けがのっている。ゆうべはメイドに手伝ってもらってナイトドレスに着替え、そのまま眠った。朝のしたくはしておかなかったはずだ。つまりトレヴが用意してくれたのだろう。化粧着に手を伸ばし、肩に羽織ると、彼の匂いにつつまれた。

暖炉には火がおこされているが、寝室はまだほとんど暖まっていない。居間のほうで磁器のぶつかるチンという小さな音と、使用人が下がる気配がした。カリーは化粧着と肩掛けの前をかきあわせてベッドを出た。冷たい床に触れたつま先を丸め、扉に歩み寄って居間をのぞきこむ。

トレヴはテーブルの脇に立っていた。ひげを剃り、着替えも済ませて、コーヒーをカップにそそいでいる。顔を上げた彼がこちらを向いたので、カリーは慌ててうつむいた。頬が真っ赤になる。

「おはよう」静かな部屋に、トレヴの声がやや大きく響いた。

「おはよう」

なんとなくためらい、カリーは戸口に立ったままでいた。顔を上げると、トレヴは彼女と目を合わせてからカップに視線を落とした。

テーブルから新聞を取りあげ、たたんで脇に放る。

「こっちのほうが暖かいから、入ったらどうだい？」

カリーは居間に足を踏み入れた。彼が背後にまわり、寝室の扉を閉める。はだしの足と、おろしたままの髪と、寝室の乱れたベッドが気になってしかたがなかった。トレヴはといえば、たとえ同じ気持ちでいたとしても、おくびにも出さない。ふたりは赤の他人みたいに、さりげなく互いを避けている。

「紅茶？　それともコーヒー？」トレヴはぶっきらぼうに訊いた。「朝食も用意してもらったが」

「それよりも牛たちの様子を見てきたいわ。だいぶ冷えこんでいるから」

「ああ、そうだね……きみの室内履きを忘れていた。気がきかなくてすまない」トレヴは彼女のために紅茶をそそいだ。「こちらに泊まることになるとは思わなかったから」

カリーは長椅子に腰かけ、両脚を座面にのせて化粧着で隠し、「あなたが戻ってくると思わなかったから」とさりげなく言い訳した。

「ああ。わかってる」トレヴは紅茶のカップを持ってきた。

淡々とした彼の口調についてはとくになんとも思わなかったカリーだが、カップを受け取ったとき、彼が一歩後ずさりして執事のごとく小さく一礼したのが気になった。ますます落ち着かない気分になる。ふたりのあいだに、語られない言葉が積み重なっていく。

「スタージョンがここに部屋をとったらしいと、昨日きみから聞いた気がするんだが」

カリーはうなずいた。

「ええ、ここまで追いかけてきたの。いえ、わたしではなくてマダム・マランプレを。少佐はマダムの知りあいらしいわ」

「知りあいだって？」カップを口に運ぼうとしていたトレヴの手が途中で止まる。「まさか」

カリーは顔を上げた。「ワーテルローの戦いのあと、マダムの家でピクニックがあって、そこで会ったそうよ。少佐は——」咳ばらいをする。「マダムと親しい間柄だったみたい」

トレヴが口のなかで悪態をつく。

「ありえない。きっと作り話だ。われわれを怪しんでいるにちがいない。くそっ、きみを追ってここまで来ただって？」一歩足を歩みだし、すぐに向きを変える。「きみがこの部屋を出なかったのは正解だったな」

「作り話ではないわ。少佐は本当にマダム・マランプレを知っているのよ。それも、とてもよく」

トレヴが鋭くカリーを見やる。

「断言できるのか？」

カリーはうなずき、目を伏せて紅茶を一口飲んだ。

「やつはきみになんて言った？」問いただすトレヴの声は張りつめている。

「マ、マダムに、よ」

「なるほどね」疑わしげな声。「それで、やつはなんて？」

カリーはつかのま考えをめぐらした。少佐に言われたすべてをトレヴの耳に入れるべきなのだろうか。

「マダムの家の庭に東屋があって、そこでなにかあったみたい」

トレヴは鼻を鳴らし、「東屋――」と言いかけてふいに言葉を切った。それから遠くを見る目をしたかと思うと、カリーに背を向けて窓外をにらんだ。

「マダム・マランプレって、いったい誰なの？　あなたも知っている人？」

「くそっ《モン・デュー》、一度通りかかった街の名前だよ！」トレヴはなにかを追いはらうかのようにいらいらと手を振った。「テントを注文するときに、ふと思いついて使っただけだ」

彼の背中を見つめ、カリーは肩をすくめて言った。

「思いつきで名前を決めるべきじゃなかったわね。少佐はマダムとの関係を再開したがっているわ」

「再開したけりゃ、すればいいさ」振りかえったトレヴは歯を食いしばって応じた。「まさか、やつにさわられたりしてないだろうな？　そういうときはチャールズに助けを求めれば――」またもや途中で言葉を切る。眉根を寄せ、驚きのまなざしをカリーに向ける。「そもそもやつは、きみに求婚したはずじゃなかったのか？」彼女のようにすぐには、事態を把握できなかったらしい。把握したあとは、信じられないとばかりに驚愕の表情を浮かべた。

「そんなばかな！」

カリーは両の眉をつりあげた。

「そうよ、少佐もずいぶんドジでしょう？　作り話じゃないと言ったのはそういうわけ」

「下衆め！」トレヴはわめき、大またで部屋の端まで歩いていった。歩きながら、カリーがフランス語のレッスンで耳にしたこともない言葉をいくつか口にした。少佐の話を聞かせたら、笑いだすだろうと思っていたのに。「やつの息の根を止めてやる」

　彼が戸口にたどり着いたときには、カリーは化粧着と肩掛けをかきあわせていた手をおろし、立ちあがっていた。トレヴが立ち止まり、こちらに向きなおる。どうやら冷静さを取り戻したようだ。あるいは、少佐の息の根を止める方法を吟味しているだけかもしれないが。

「念のため確認させてくれ。スタージョンはきみに、結婚を申し込んだんだったな？」

「ええ」

「そしてきみは、返事を検討中だったな？」詰問する声は鋼のごとく硬い。トレヴは立ちすくんで彼女をじっと見つめた。

　カリーは目をそらした。ふいに、抱きしめる彼の腕と、のしかかる彼の体しか考えられなくなる。息をするのさえ苦しい。ゆうべ彼に、「わたしたちは合わないと思う」と口走った理由が思い出せない。あのせりふも、あのひとときも正気の沙汰とは思えないし、いまとなっては夢のようだ。トレヴは彼女に結婚してほしいと言った。彼女はすんでのところで、ノーと言わねばならないことに気づいた。それからふたりは……。

はだしで立ったまま、カリーは自分を抱きしめた。恥ずかしくてたまらず、くるりと背を向けて口を開いた。

「わたしたち――話しあうべきことがあるんじゃない？」

「ゆうべのできごとについて？」トレヴはぶっきらぼうに問いかえした。

深呼吸をし、やっとの思いで視線を上げる。「そう……その件について」

「もちろん、あんなまねをしてすまなかったと思っている」彼はわずかに頭を下げてから、まるで暗記しておいたみたいに次の句を継いだ。「あらためて言うと、わたしの妻になってもらえないだろうか、わたしなんかでよければの話だが」

その口調から、彼が「イエス」の返事をけっして望んでいないのがわかった。カリーはうつむき、肩掛けの房飾りをもてあそんだ。彼を拒絶するべきあらゆる理由が、ふいに思い出される。

「自分には求婚する義務がある、そう思っているのね」彼女は口ごもりつつ指摘した。「でも、わたしたちは合わないと思うの」

「ああ、たしかゆうべもそう言っていたな」

「だってわたしは……不器用な人間で、気のきいたことも言えないわ。あなたみたいな男性の妻にはふさわしくない」

そんなことはないよ、と言ってもらえるのを半ば期待しつつ、カリーは顔を上げた。だがトレヴは、彼女の表情よりもナイトドレスの裾に関心があるらしい。歯を食いしばり、無言でただ立っている。

「おしゃれじゃないし」カリーはつづけた。こうなったら、思いつくかぎりの理由を挙げてしまうつもりだった。「もう二七歳だわ。しかも英国生まれで、カトリック教徒でもない」

彼女の言葉をやんわりと否定するかのように、トレヴが肩をすくめる。だが口は閉じたままだし、視線は壁にかかった絵画にそそいでおり、その絵が気に入らないのか眉根を寄せている。

「たしかに、そのくらいの問題はなんとかできるかもしれないわね」彼の沈黙に、カリーは良識的な見解で応じた。「だけど――あなたも思っているはずよ。レディ・カリスタは地味で退屈な女だって。社交界でうまくやっていく自信がないの。実際、以前に失敗しているのだし。万一あなたの妻になったら、誰にも顔を見られないよう、マダム・マランプレみたいにいつもヴェールで隠しておかなくちゃ」軽口で締めくくろうとしたが、むだな努力だった。言えば言うほど、トレヴは暗い表情になっていった。

「ばかばかしい！　きみは自分を卑下しすぎなんだ」

唇を濡らし、カリーはもう一度、トレヴに求婚を撤回するチャンスを与えた。

「あなたには、モンソーの名にもっとふさわしいレディを探す義務があるんじゃない？」

トレヴは短く笑って彼女に背を向け、両手をポケットに突っこんだ。

「きみにとやかく言われる筋合いはない」

この調子だ。やる気と絶望を同時に感じながら、カリーは顎を上げた。たしかにゆうべのトレヴは情熱にあふれていた。でも彼女は、厩舎で働く若者たちの下品なせりふを耳にしたことがある。いわく、〝暗いところじゃどんな猫もかわいく見える〟彼女はゆうべ、トレヴをその気にさせることに成功した（もちろん、大胆にも牧師を誘惑しようとする破廉恥なメイドよろしく、トレヴのベッドに潜んで彼の帰りを待っていたわけではないが）。それでも彼が多少なりとも本気で結婚を望んでいるのなら、もっと嬉しそうに求婚するはずだ。ところが現実には、彼女の拒絶の言葉に安堵しているとしか見えない。

ここで成り行きに任せて彼と婚約したらどうなるか、カリーには想像がつく。一カ月後か二カ月後には、彼から丁寧かつよそよそしい文面の手紙が届く。そこにはこう書かれている。きみにふさわしい夫になれる自信がなくなったので婚約を破棄したい、と。婚約破棄も四度目なら、なかなか切りがいい。じつにみじめな未来だ。

だがもっと恐ろしい、もっと悲しい、一〇〇〇倍もみじめな未来だって考えられる。義務感に駆られたトレヴはけっきょくカリーと結婚する。どこかの屋敷の夜会に招かれ、応接間でぼんやりしていた彼女は、夫の噂を耳にする。レディなんとかだか、マダムなんとかだか、とにかくすこぶるつきの美女とモンソー公爵が密会しているとの噂。例の地味な奥方も本当におかわいそうにね、との噂だ。

「とにかく！」彼女は早口で言い、トレヴに向きなおりテーブルに歩み寄った。ティーポットを持ちあげようとして、やはりやめる。震える手で持ったら、いまいましい蓋がかたかたと鳴りだすに決まっているからだ。「あなたの申し出には感謝しているけれど、やっぱりお受けできないの。できれば……できれば友だちのままでいたいわ」

トレヴは冷静にうなずいた。

「もちろん。友だちをやめる気はない」

その言葉を聞いた瞬間、断って正解だったとカリーは思った。やはり彼は結婚など望んでいなかったのだ。拒絶の理由をトレヴはははねのけてくれるかもしれない……そんなはかない望みもとうとうついえた。カリーは紅茶をカップにそそいだ。受け皿に数滴、中身がこぼれた。

「こうなったからには」トレヴが淡々とした声音のまま口を開く。「わたしの過ちによって望まぬ結果が生じないよう、お互いに祈る必要があるな」

カリーは体が冷たくなっていくのを感じた。全身から血の気が引く。しょせんあれは過ちだった。めまいに襲われたカリーはどさりと腰をおろした。

「大丈夫……その危険性はないと思うわ」

室内はしんと静まりかえっている。厩舎のほうで、馬のひづめが丸石を踏む音がかすかに聞こえる。

「だって、もうこの年でしょう」沈黙を埋めたくて、彼女はカップやスプーンに意味もなく触れながら言い添えた。「若くないんだもの。そうそう簡単に、そういう結果にはならないわ。あの、呼び鈴でメイドを呼んでくださらない？　それと、ひとりで出かけたいから馬車を用意してほしいの。この寒さで牛たちが弱っていないか、様子を見てきたいから」

鋭い目つきでしばらく彼女をにらんでいたトレヴは、やがて目をそむけると、会釈をして居間を出ていった。

すべての勇気をかき集め、カリーは思いきって大通りに出た。昨日はその通りを、藍色の帽子とヴェールで顔を隠し、フランス語を話す貴婦人として歩いた。しかし今日はカリスタ・タイユフェールとして歩かねばならず、誰かがその事実に気づくかもしれない。けれどもいざカリスタに戻ってみると、出品者たちはみな彼女ににっこりと笑いかけ、気さくにあいさつの言葉をかけるばかりだった。シェルフォード家の牛追いとその若い部下たちも、ムッシュー・マランプレのベッドで一夜を過ごした恥知らずな女を見て、仰天の面持ちで立ち止まったり、往来の真ん中で指差したりはしなかった。

それどころかカリーは、あっというまにすんなりと自分自身に戻っていた。家畜たちを街まで連れてきたときの詳細に耳を傾け、転んだ子牛の膝の具合を見るために通りにしゃがみこみ、たっぷりと軟膏が塗られているのを確認して安堵した。とりわけ温かなフード付きのマントに身をつつんだ彼女は、ルイスさんから熱いりんご酒のカップを受け取った。リリーが籠に入ったミンスパイを人びとに配っている——シェルフォード伯爵家が品評会で毎年ふるまう料理だ。けれども今年の品評会は例年とはちがう。どこがちがうのか、カリーはほとんど忘れかけていた。だが、気づけば父はとなりにいなかった。人びとはヒューバートとマランプレの雄牛の噂ばかりしている。当のカリーはといえば、トレヴとの営みを思い出し、かすかなうずきと奇妙な興奮を覚えて、しきりに目をしばたたき頬を赤らめている。とはいえ、頬は寒さで最初から赤く染まっていた。だから周りの人たちに気づかれる心配はない。

「信じられないわ」カリーは言った。立ち寄ってくれたダウニーさんから、マランプレ夫妻のコンテストについて聞かされたところだ。嘘をつくのは大の苦手だが、ごく抑えた静かな声音を作ってみると、不思議と嘘偽りのない言葉のように聞こえた。「ベルギー生まれの雄牛とやらが、ヒューバートより大きいなんてありえないもの」

「まったくですよ」ダウニーさんは腹立たしげに言い、咳ばらいをしてつけくわえた。「でも、チラシに書かれた寸法はもうご覧になりましたか？」

「いいえ、まだ」冷たい風をよけるためにフードを目深にかぶりなおしつつ、カリーはまた嘘をついた。あたりには、たき火の煙と家畜の体臭が混じりあった匂いが漂っている。「公認寸法なんでしょう？」

「チラシにはそう書いてあるんですけどね」と応じるルイスさんの息が、寒さに白くなる。

「それで、シェルフォードの雄牛はまだ見つからないんですか？」

カリーは首を振った。誰もがヒューバートのことをいまだに「シェルフォードの雄牛」と呼ぶ。ダヴェンポート大佐の所有物なのはすでに周知の事実なのに。

ダウニーさんはまた咳ばらいをした。

「ついてませんね。お父上はお亡くなりになられるし。伯爵さまがご存命でいらしたら、こんな騒動ももちあがらなかったでしょうに」

まったくダウニーさんの言うとおりだった。シェルフォード家の囲いや檻の前に次から次へと人が集まり、誰もが彼女に親しげに声をかけ、ミンスパイと湯気のたつりんご酒を堪能するなか、カリーはみんなの口にする推理に耳を澄ましていた。ヒューバートは近所でさらわれたのだろう、というのが大方の予想だ。さらわれたあとは、牛追いも使わなくなった通りから北のほうに連れていかれたか、あるいはすでに牛攻めに出され食肉にされてしまったか。いずれにしても、二度と姿を見ることはできないだろう、と。カリーはどの推理も気に入らなかった。あの子はわずか一五メートル先の清潔なテントでのんびりしているのだから心配いらないわ、と自分に言い聞かせた。マランプレのテントの下からは分厚い藁のベッドがはみだしており、そこに大きなひづめの先と、なめらかな黒い尾が帆布に隠れてかすかに見える。緑のエナメル塗装がほどこされた陳列箱には、バスバンが詰まっているとおぼしきパン屋の袋がのっている。

ダヴェンポート大佐もすでに品評会場に到着していた。寒さと怒りに顔を赤くした大佐は、すぐさまカリーのもとへやってくると、マランプレ夫妻のコンテストについて聞いているかとたずねた。そうして、ヒューバートはその夫妻の仲間にさらわれたにちがいないと持論を展開した。どうも犯罪の臭いがぷんぷんすると言い張った。むろん、あくまで治安判事としての見解を口にしただけで、カリーを怯えさせるつもりなどなかっただろう。職業柄ダヴェンポート大佐は、大勢のぺてん師や悪党を見てきた。彼によれば、犯罪者は必ずしも下層階級に属しているわけではないという。大佐はまた、ムッシュー・マランプレは偽名だろうとも推理した。その男は絶対に誠実な紳士などではない。ヒューバートを盗んだ犯人を、コンテストを開いてくれるからとの理由だけで農業組合が後押しするなどけしからん、とまくしたてた。

「いいえ、お宅の柵のせいだと思いますわ」大佐の話をうつむいて聞いていたカリーは、ついに顔を上げて静かに指摘した。「放牧場の柵の具合を見せていただいたんです。こんなことは言いたくないのですが、あんなもろい柵ではなんの役にも立ちません。ヒューバートは誰に盗まれたのでもない――あの子が自分で柵を押し、自ら逃げたんです」

彼女が断言すると、周囲はしんと静まりかえった。パイをむしゃむしゃやりながら大佐の話に聞き入っていた幾人もの牛追いや出品者はみな、畏怖の表情でカリーを見つめている。大勢の前で彼女がそんなふうに堂々と意見するのは、これが初めてだった。

故シェルフォード伯爵の令嬢であり、ヒューバートの本来の持ち主として周囲から認められている彼女の見解には、相応の重みがあった。さらにシェルフォード家の牛追いが、自分もあの柵の壊れ方を見ました、木製の柵をあんなふうに壊すのは人間には無理ですと小声で意見を述べると、大佐の推理は完璧にかすんでしまった。むっとした大佐が、柵は頑丈に作ってあったと言い訳をし、カリーに反論を試みる。だが彼女には、思いがけずたくさんの味方がいたらしい。ダウニーさんにルイスさん、シェルフォード家の牛追いに牧夫、例の太った豚の飼い主、よその牛追いや牧畜業者、シェルフォードの肉屋のおかみ。ちょうど前を通りかかった農業組合のミスター・プライスまでが、カリーの言うとおりだと熱心に加勢してくれた。鶏や牛の絶え間ない鳴き声を背景に、喧々諤々《けんけんがくがく》たる議論が起こり、怒鳴り声や非難の声が大通りに響きわたる。どこかに身を隠してこの様子を愉快げに眺めるトレヴの顔が、カリーには想像できるようだ。別れるとき、トレヴはあとで自分も様子を見に会場へ行くからと言っていた。

一方、ムッシュー・マランプレの名誉はしっかり守られた。見物人のひとりが驚きの証言をしたからだ。いわく、銀行家と話したところ、ムッシューはたしかに五〇〇ギニー分の金貨を引きだしており、コンテストに挑戦する雄牛がいない場合には賞金をヘレフォードじゅうの家畜の飼育費として農業組合に寄付するらしい。大柄な証言者は、カリーには初めて見る顔だった。だがその体格のよさと言葉づかい（チャールズにそっくりだった）から、単なる通りすがりの見物人ではないだろうと思われた。

ミスター・プライスが急に明るい顔になり、新たな情報に驚きと喜びの表情を浮かべる。彼は証言者に、どうしてムッシューはそのことを組合に知らせてくれなかったのだろうとせまった。

「さあ、おれもこれ以上はなにも」男は肩をすくめた。「なんせブリストルから来た牧夫にすぎないんで。ムッシューはただ、詐欺に引っかかったりしたら困ると思ったんじゃないすかね」口にくわえた藁を取りつつ、無邪気に言う。「賞金が寄付されると知ったら、組合のお偉いさんはムッシューの牛より大きな牛をコンテストに出させないかもしれないっしょ。お偉いさんたちがなにをするかわかったもんじゃない」

「組合が、ヒューバートをどこかに隠したとでも言いたいのか？　ばかな、われわれはそんな――」

ダヴェンポート大佐がさえぎり、鋭く問いただす。

「ミスター・プライス！　組合がマランプレのコンテストについて知ったのはいったいいつ

だ？」

「いつって、昨日聞いたばかりですよ！　そもそも、なんでそんなことをおたずねになるんです？」

大佐もつい言いすぎたと気づいたらしい。身を硬くして、「訊いてみただけだ」と答えると少しばかり頭を下げた。「失礼した。組合を疑うつもりはなかった」

やや安堵した表情ながらも、ミスター・プライスは両の眉をつりあげたまま言った。

「わかりました。大佐のお怒りはごもっとも。シェルフォードの雄牛をこんな大事なときに逃がしてしまったのでは、さぞかしお困りでしょうからな」

皮肉をかえそうとしたのか、大佐は鋭く息をのみこんだが、すぐに相手の言葉の意味するところに気づいてがっかりした面持ちになった。

「まったく、いったいどういうことなのだ。目と鼻の先から雄牛が突然いなくなってしまうとは。しかもいっさいの痕跡を残さず、品評会のわずか一週間前に……いざここに来てみれば、ベルギー生まれの牛とやらが評判になっている。しかもコンテストの賞金は五〇〇ギニーとくる。なあ、いったいなにが起こっているのだろう？」

「本当に不可解です」ミスター・プライスはうなずいた。「昨日から七頭の牛の寸法を測りましたが、ベルギー生まれの牛にかなうのは一頭もいませんでした」カリーに向きなおる。

「ひょっとして、亡き伯爵さまはお宅の牛の寸法を測っておられませんでしたか？」

「去年、ブロムヤードの品評会で測ってもらいました」カリーは即答した。「四歳未満の部で一等をとったあとに」と言い添えて、ヒューバートがいかに素晴らしい牛か、あらためて周囲に印象づける。「でも、あれからだいぶ時間が経っているから、当然いまのほうがもっと大きいのではないかしら」

大佐が小さくうめく。「いやはや、なんと立派な」打ちひしがれた口調でつづける。「そのような牛を失うとは！」

「手がかりはまったく？」ミスター・プライスがたずねた。

「近隣一帯からロンドンに至るまで、あらゆる牧場に問いあわせたのだ。ショートホーン種の飼育者と一〇州の農業組合に手紙を送った。ヒューバートを売ろうとした者や、見せに来た者がいたら教えてほしいと頼んだ。北部まで連れていかれてしまった可能性も考え、ロンドンのボウ・ストリートにも連絡した。先だって、牛を買いたいと言ってきた怪しげな男の風体に関する情報も添えてな。そこへきて、例のフランス人が哀れなスタージョンを殴り倒す事件が起こったのだ――しかもやつは、まだそのへんにいるらしい！　きっとやつがこの一件にかかわっているにちがいない」

「ヒューバートは自分で柵を壊したのだと思うわ」カリーはつぶやいた。

「わが家の柵はそんなやわなしろものではありませんぞ！」大佐が断言し、彼女をにらむ。

「普通、ああいう大きな牛は石壁の囲いに入れるものなんです」カリーは控えめに教えた。

「あいにく石壁には、霜のせいでひびが入っているのだ」大佐はもごもごと言い訳をした。

「だからあの牛も、しかたなく木の柵の囲いに」

ルイスさんが意味深長な咳ばらいをし、ミンスパイを一口ほおばる。数人の牛追いがくっくっと笑った。ヒューバートのいた放牧場の柵の状態が、大佐のいまの発言によって明らかになったからだ。そこへ、新たな見物人が現れた。冷たい風を避けるように目から下をぼろぼろのウールの襟巻きで隠した男性が、カリーに向かってウインクをした。

見ず知らずの人からいきなりそのようなまねをされて、驚いたカリーは頬を真っ赤にしてすばやく顔をそむけた。しばらくして男性のほうをあらためて見るなり、疑念に駆られた。着古した防水性の上着。ポケットに突っこまれた、指なし手袋をはめた手。どこにでもいる労働者階級の男性という感じだが、まっすぐに彼女を見つめる様子は牛追いとは思えない。冷たい風に吹かれながら、カリーは頬が燃えるように熱くなるのを感じた。そのときだった。

「おはようございます、レディ・カリスタ！」

背後からいきなりスタージョンの陽気な声が聞こえてきた。顔を隠した男性と見つめあっていたカリーはぎょっとして振りかえった。その拍子にフードが頭から落ちる。

スタージョンはおじぎをし、優しげな笑みを向けてきた。今日も軍服姿で、重そうなマントの襟には金モールがあしらわれている。

「それにしても寒い！」と言いつつ、彼は両手をこすりあわせた。「お宅の動物たちももうこちらに？　けがなどせず、無事に到着しているとよいのですが」

カリーはうなずいて、小さく頭を下げた。トレヴがすぐそこにいる事実にまだ狼狽しており、スタージョンに礼儀正しく接する心の準備ができていない。「無事に到着しましたわ」

とやっとの思いでこたえる。声の震えに気づかれなければいいのだが。「でも……品評会であなたにお会いするとは思いませんでしたわ、少佐」危うく「小汚い品評会」と言いそうになったが、すんでのところで自分を抑えた。

「あなたのご趣味を、ぜひとも共有したいと思いまして」スタージョンは言い、羽根飾りの付いた帽子を脱いだ。果たして彼女とマダム・マランプレの声が同じであることに気づいたのかどうか、表情からはわからない。「ああ、大佐もおはようございます！」少佐はダヴェンポートに向かっておじぎをした。「ゆうべは一緒にグラスを交わせず残念でした。少々気分が悪くて。あらためて今夜などいかがですか？ 大佐がお泊まりの〈ブラック・ライオン〉に移ろうと思っているのですよ、どうもジェラーズ・ホテルはわたしに合わなくて」

横目で少佐を見ながら、カリーはホテルを出るときのあるできごとを思い出していた。経営者がムッシュー・マランプレを呼び止め、例の一件はこちらで片付けておきました、マダムにご面倒がかかる心配はもうありませんからと耳打ちしたのだ。トレヴが少佐をホテルから追いはらったのか、それとも、マダムが姿を現すのを待ちくたびれた少佐が単にあきらめただけなのか。いずれにせよ、少佐の彼女への態度はこれまでどおりだ。機嫌よくしゃべり、カリーが再会を喜んでいると思いこんでいる。当然だろう。マダム・マランプレとカリーが同一人物だと、少佐は気づいていないのだから。少佐の求婚を受けたあと、カリーが別の男性と愛を交わしたことにも。

自分を恥じるべきなのに、あまりにも皮肉な展開にカリーはそれどころではなかった。もしもマダム・マランプレが望めば、スタージョンはきっとカリーと同様の過ちを犯すだろう。カリーと婚約中にミス・ラッドと交際していたのもまちがいない。つまり、いまのふたりは互角とも言える。彼女はスタージョンと同等の人間に堕ちたのだ。できればこんな事実に気づきたくはなかった。

　ミンスパイがなくなったこともあり、集まった人びとはすでに別の場所に散りはじめている。だが襟巻きの男性はその場に居残り、腕を組んで荷馬車に寄りかかっている。カリーは男性のほうを見ないようにし、グリーン・ドラゴンへ戻ってパイを取ってくるようリリーに頼んだ。ダヴェンポート大佐も友人の肩をたたいて、その場を離れようとする。去り際、大佐はスタージョンに、レディ・カリスタを大切にしたまえと言った。あたかも彼女がすでに彼のものであるかのように。そうして、囲いの前にはふたりだけが取り残された。

「熱いりんご酒でもお持ちしましょうか」

　スタージョンがこちらを向いて提案する。カリーが断ると、彼は通りにきちんと並べられたシェルフォード家の牛の囲いや檻を見てまわった。これといった目玉になる動物はいないので、帆布の覆いはしていない。とはいえカリーは、シェルフォードの動物たちは立派な子ばかりだと誇りを持っている。ヒューバートがいないのは残念だが。

「それにしても、あなたの出品された動物たちの前で、こんなふうにふたりきりでお話しできるとは」少佐はほがらかに言った。「ここまで大きく育ててあげるには、どのような餌を与えるのですか？　わたしは家畜にうといですが、なかなか覚えはいいほうでしてね。こつを教えてくだされば、すぐに飼育術を体得できますよ」

関心があるふりをしているだけなのは明白だが、それにしてもみごとな演技だ。とはいえ、カリーのほうでもここで演じなければならない役がある。トレヴの前で、未来の夫候補としてスタージョンに満足しているふりをするのだ。ふたりはゆうべ結ばれた。だが今朝になって公爵夫人にふさわしくない理由をカリーが挙げると、トレヴは石のように押し黙った。彼にそこまでされたら、あとはもうこの役を演じるしかない。カリーは襟巻きの男性の視線を感じた。

「そうね、少佐がそうおっしゃるなら」

彼女は応じ、冷たい空気を胸いっぱいに吸いこんで自分を奮いたたせた。少佐が彼女の手をとり、自分の肘にかける。

スタージョンは彼女の指先を軽くたたいた。「寒くありませんか？」と問いかけながら、ちょうど昨日、マダム・マランプレにしたのと同じように顔を近づけてくる。それから彼は、カリーの頭にフードをかぶせた。「あなたのいないシェルフォードはさびしかった」とささやく。

実際には、彼女がシェルフォードを発ってまだ一日。あまりにもばかげたせりふだったが、それでもカリーはほほえんでみせた。

「まあ、本当に？　でも、最後にお会いしたのはほんの数時間前ですわ」

「数時間でもわたしには耐えられないのですよ――昨日は朝起きるなり、気づいたらもうへレフォードを目指していました。二週間ほどロンドンに行く予定だったのですがね。あなたが家畜を出品するところをぜひとも見たい、そんな猛烈な衝動に駆られまして」

　どうしてその衝動を抑えてくれなかったのだろう。スタージョンがここに来なければ、カリーを昔の愛人とかんちがいしたりしなければ、三日間の冒険をトレヴと楽しめていただろうに。だがなにもかももうおしまいだ。たった一度の素晴らしい、夢みたいな過ちのせいで、彼女は無二の親友をなくした。ドレスメーカーで別れたとき、トレヴは彼女に、ジェラーズにいつどうやって戻れとも言わなかった。だからもう――マダム・マランプレとしてホテルに戻ることはできない。

　カリーは笑みを絶やさずにいた。けれども、気づけば目の奥が痛んで視界がかすみはじめていた。冷たい風のせいに見えますようにと祈りつつ、まばたきをくりかえし、スタージョンを見上げる。「あなたからの申し出について、じっくり考える時間はまだとれていませんの」と優しく言う。

「それはそうでしょうとも！」少佐は心底すまなそうな顔をした。「その件についてせっつくつもりは毛頭ないのです。それよりも、今回はどちらの部で入賞を狙ってらっしゃるのですか？」

　カリーは適当に答えた。内心では、この場を離れたいと思っていた。動物たちの前から。いつまでもそこに居残って、指なし手袋につつんだ手をたき火にかざしている男性の前から。男性に背を向けた彼女は、少佐を歩道のほうへといざなった。すぐとなりの荷馬車に引き綱でつながれたポニーの前で立ち止まり、みごとなたてがみや、汚れひとつなく磨きあげられた白く愛らしいひづめを褒めちぎる。スタージョンも巧みにポニーの美点を挙げた。そう、少佐はポニーを褒めるしかないのだ。カリーの容姿や人柄について、賛辞など思いつかないのだから。

16

受け入れられると思っていた。彼女が別の男と結婚しても耐えられる自信があった。そもそもこの一〇年近く、すでに結婚して子どもをもち、幸福に暮らしていると思っていた。その姿を想像すればこそ、一〇年間のほとんどを海峡の向こうで耐え忍んでこられた。さすがに地球の裏には行けなかったが。それでもけっきょく英国に戻ってきてしまったのは、モンソーの領地や爵位を取り戻すのに失敗し、手に入れかけたもののほぼすべてを失ったためだ。その後、トレヴは拳闘試合の興行師として頭角を現した。八百長も真っ当な試合もどちらも手がけた。そのころになるとやっと彼女もおぼろげな思い出となった。金色にきらめく秋の霧につつまれた、ぼんやりした過去の記憶だ。流行遅れのドレスに身をつつんだ、赤褐色の髪をした痩せっぽちのレディ。幾度となくキスを交わした女性の残像だけが脳裏に残った。彼女を思って悲嘆に暮れたりなどしなかった。むしろ伯爵への消えない憤りのほうがずっと激しかった。

彼女がいまだにスタージョンと交流を持ち、彼の訪問を拒んでいない事実を知ったときも、トレヴはとくに気にかけなかった。きっぱり拒絶する勇気がないだけだろうと考えたからだ。

自力で拒めないのなら、代わりに話をつけてやってもいいとさえ思った。どうせ話しあいは、スタージョンの腫れた顎によく似合う黒いあざを、目のまわりに作ってやって終わっただろうが。

けれどもどうやら彼女は、あの男からの求婚を前向きに考えるつもりでいるらしい。それに気づいて以来、トレヴはすっかり調子がおかしくなってしまった。いや、それどころか、いよいよ認めなければならないと気づいた――彼女のいたずらっぽいほほえみや、横目で見上げるときのあのまなざしに、いまもまだ夢中で恋い焦がれていることを。あの太りすぎの豚について互いに美点を挙げているとき、彼はその事実に気づいた。つまり彼は、あの勘のいい母が思っている以上に重症なのだ。

いまの彼は一秒ごとに死へと近づいている。たき火の前に立って無垢な牛をにらみつけ、彼女におべっかをつかうスタージョンの声を聞き、両手をこぶしに握りしめたり開いたりするのをくりかえしている。彼女だってトレヴに気づいているはずだ。だが彼女は、自分がいかにモンソー家にふさわしくないか、くだらない理由をいくつも挙げてトレヴを拒絶した。完璧に彼を拒否したのだ。そこまでされて、反論などできなかった。どれほど思っているか訴えることも、わたしのほうこそきみにふさわしくない人間なのだと打ち明けることも。

〝セタ・シエ〟――祖父《グラン・ペール》は、よく孫息子のことをそうさげすんだものだ。〝なんの価値もない〟と。まったく、祖父の言うとおりだ。

スタージョンがわざとらしく彼女にフードをかぶせてやるさまを、トレヴはむっつりと観察した。それにしてもいやなやつだ。彼女もどうしてあんな男にさわられて拒まないのか。自分に求婚する一方で、ベルギー生まれの身持ちの悪い女にしつこく言い寄る男に。トレヴは寒さではなく激しいいらだちから、手のひらを腕に打ちつけた。

まるで悪夢だ。正体がばれぬよう顔の半分を隠して立ちすくみ、愛する女性が別の男と歩み去るのをなすすべもなく見ているしかないとは。やはり今朝は、彼女の拒絶の言葉をさえぎり、大聖堂まで引きずっていって、司教でも主教でも誰でもいいからとにかく黙って手早く仕事をすませてくれる人間を見つければよかったのだ。祖父には悪いが、ついでに英国国教会に宗派替えしてもよかった。あきらめずに説得を試みれば、彼女も最終的に受け入れてくれたはずだ。むしろ彼女はそれを望んでいたのではないかとすら思う。

だが、そうするためにはまず真実を話さねばならない。

セタ・シエか。わたしに価値なんてないんでしょう、グラン・ペール？　上着のポケットに両手を突っこみ、トレヴはたき火の前を離れた。カリーとお友だちは反対側の歩道をそぞろ歩き、ときおり立ち止まっては、出品者のチーズやパイを眺めている。トレヴはふたりのあとをつけ、手下の若者に顎で合図した。大柄な拳闘士が立ちあがり、さりげなくトレヴにつづいて、仲間に合図を送る。一〇人を超える追随者が、通りに散らばって万が一に備えた。

いっそ万が一の事態になればいいのだとさえ思った。こんな青臭い冒険は終わってしまえばいいのだと。そうすれば、残りの長い長い人生を無為に過ごせる。そのときはイタリアに行こうか。いや、それでは近すぎる。彼女がスタージョンと結婚するのなら、大海によって隔てられた土地に住む必要がある。ボストンあたりがいいかもしれない。あそこに行けば、まさかりを武器に紅茶の荷を破壊しつくし、残された凶暴性を飼いならしながら生きていける。

反対の歩道に視線をやると、例の太った豚の囲いの前で幸せそうなふたりが立ち止まっていた。トレヴも歩みを止める。理性が失われていく。スタージョンが豚を指差してなにか言い、カリーが笑い声をあげてかぶりを振る。

そのとき、トレヴのなかでなにかがぷつんと切れた。最後に残された一筋の理性だった。そいつはわたしの豚だ、わたしとカリーのものだ、なのになぜ、ふたりの豚を見てスタージョンが彼女を笑わせる——そんな愚かしい憤りを覚えずにいられない。それでもしばらくは、怒りに震えてただ突っ立っていた。彼女が顔を上げ、こちらを見る。ガチョウや鶏のかごがずらりと並ぶ通りを挟んで、顔を隠すウールの襟巻き越しに荒い息を吐き、トレヴは彼女をにらんだ。

カリーの視線も彼にくぎづけになっている。トレヴは目を細めて、裏切り行為へのいらだちを彼女に伝えた。たちまち彼女の顔面が蒼白になる。風に打たれた頬だけが赤い。カリーは手を上げ、支えを求めてスタージョンの腕をつかんだ。

こうなったら、表情や態度で怒りを示すだけでは物足りない。トレヴはいきなりきびすをかえし、元来た道を戻った。そんなに冒険がしたいのなら、させてやろう。早朝の影は消え去り、陽射しを受けて分厚い霜も溶け、品評会には続々と見物人が集まりつつある。彼はヒユーバートを隠しているテントに歩み寄った。

「牛の綱を解け」ぶっきらぼうに命じる。「立たせておくんだ」

帆布の向こうからチャールズが顔を突きだし、「了解」と応じるとすぐに顔を引っこめた。

テントが左右に大きく揺れだした。トレヴは脇にどき、手下の若者に声を潜めて指示を出した。

「いいんすか？」次の拳闘選手権で優勝を狙うブリストル一の腕自慢が、驚いて目を丸くした。

「やるんだ。たき火には十分に気をつけろ――事故にならないようにな」

「わくわくするなあ」若者の仲間が、トレヴの危険な作戦を聞いて嬉しそうな声を出す。

「街を燃やしたりしないから大丈夫ですよ」

「ああ、十分に注意してくれ」トレヴはうなずき、手下の肩をたたいて送りだした。

仲間内に作戦が伝達されるのを待つあいだ、トレヴは七面鳥のかごのそばにたたずみ、鳥たちが餌をついばむ音を聞いていた。頃合いを見計らってその場にしゃがみ、木の掛け金をはずして立ちあがると、扉が開かぬよう膝で押さえた。視線はカリーとスタージョンから離さない。ふたりは出店の前でパンやハチミツを試食している。いや、実際に食べているのはスタージョンだけで、カリーは手渡された食べ物を持ったままでいる。顔には緊張が走っている。ふたりで冒険を楽しむとき、彼の考えた突拍子もない役割を果たす直前にいつも見せる表情だ。

引きつった笑いがトレヴの口元に浮かぶ。その笑いを目にしただけでカリーは気づくはずだ。そうして弱りきった顔をしつつも、彼女は自らの役割を完璧にこなす。たとえその役割を事前にわかっていなくても。女校長さながら、てきぱきと冷静に。

会えなくなったら、さぞかしさびしくなるだろう。別れの言葉を交わすつもりはない――そのほうがいい。ゆうべの交わりが彼からの別れの言葉だ。わたしを覚えていてくれ、という。

手下の若者のひとりが、子羊をもっとよく見ようというのか、羊の囲いに身を乗りだす。身を起こした若者は囲いの扉にさりげなく手を置いていたが、しばらくすると、腕で額をぬぐうしぐさをした。トレヴは広い通りの端から端へと視線を走らせた。見物人に交じって四方に散らばった大男たちが、顎を撫でたり、口笛を吹いたり、無邪気に空を眺めたりしつつ、所定の位置について合図を待っている。

トレヴはうなずき、七面鳥のかごの前を離れた。かごの扉が勢いよく開く。逃げたぞ！と彼が叫ぶと、鳥の大脱走が始まった。

きっかけは七面鳥だった。鳥たちは黒い羽をばたつかせ、肉垂れを揺らしつつ、次から次へとかごから飛びだした。あたりを舞う羽毛と地面を覆った木っ端に、とりわけ大きな四羽が転びそうになる。驚いた飼い主が叫ぶと、鳥たちは一目散に駆けだした。つややかな漆黒の弾丸となって、ヤギの脚のあいだや柵の隙間を縫い、牛追いの女房のスカートの下をくぐり、あっちへこっちへと逃げまどう。

落ち着きなさい。カリーはそう自分に言い聞かせたばかりだった。なにかをたくらんでいるときの表情がトレヴの顔に浮かんだ気がしたが、あれはかんちがいだと。とんでもない騒ぎがいまにも起こると予感したのは、ロマを思わせる彼の黒い瞳のせいにすぎないと。だが、まさに彼が立っていたはずの場所から叫び声が聞こえてくると、彼女は思わず身をこわばらせた。いったい全体、彼はなにをしでかすつもりなのだろう。

時をおかずして、身の危険を感じたあらゆる動物が騒ぎだした。驚いた家畜の様子にとなりの生き物が触発される。そうなったら、ずらりと並んだ囲いなどなんの役にも立たない。荷馬車の下に七面鳥が逃げこみ、そこにつながれたポニーがびっくりして後ろ脚で立つ。ポニーの足の柔毛がふわりと舞うなか、かぼちゃが地面に転がり落ちる。ごろごろと転がっていったかぼちゃが、動揺した子牛の足元にぶつかる。仰天した子牛が体を揺らし、引き綱を付けたままいきなり走りだす。ガチョウがわらわらと檻をあとにし、囲いを出た羊の群れから逃れようと歩道に広がる。動物たちの鳴き声が響きわたり、品評会場はあっというまに混沌と化した。

カリーはスカートをつまんで走った。たくましい牛追いが両腕を振りまわしてなにごとか叫び、逃げた子牛や羊がたき火に近づかないよう追い散らしている。だが一頭の怯えた子牛が牛追いをよけて逃走してしまった。窓から店舗のなかへと突進していく子牛の引き綱を、カリーはかろうじてつかんだ。引っ張られまいとして足を踏ん張った彼女の手のなかから綱がすり抜けていき、手袋を焼き焦がす。ついに伸びきった綱を力強く握りしめたとき、勢いあまってカリーは膝から前のめりに倒れ、木の窓枠へしたたかに頭をぶつけた。一瞬、目の前が真っ白になった。激痛の走った全身が、やかましい鐘のような悲鳴をあげる。涙があふれた。窓枠を支えに身を起こそうとするとめまいに襲われたが、引き綱だけは放さなかった。

するとこ、誰かが助け起こしてくれた。カリーはそれが誰か確認もしなかった。綱の先端の輪をしっかりと握りしめ、ぐいと引っ張って、マランプレのテントに急いだ。混沌と化した通りで、例の太った豚に出会った。身を起こそうともせずにおとなしく座って、開け放たれた囲いの扉をただじっと見ているのはその豚だけだった。囲いからよろよろと出てきた子豚がいたので、カリーは空いているほうの手でその子を抱きあげるとすぐさま囲いに戻し、勢いよく扉を閉めた。よろめきかけて体勢を立てなおし、混乱しながらも、マランプレのテントにたどり着いた。テントは、あたかも地響きに襲われたかのごとく前後左右に大きく揺れていた。

カリーは息を切らしつつ前に進んだ。縁石を踏みはずし、危うくまた膝から転びかけた。力強い手が肘をつかんで助けてくれる。テントがめくれ、なにかがばさばさと帆布を打つ。轟くばかりの鳴き声とともにヒューバートが姿を現し、頭を大きく一振りして、緑のお仕着せの男と帆布を押しのける。しりもちをついた男をその場に残し、ヒューバートは鼻面を左右に振り動かして猛進した。通りに出たときには、興奮のあまり白目をむいていた。

カリーは口をあんぐりと開けてその場に立ちすくんだ。牛は頭をおろすと、ジャガイモの袋を角に引っかけ、瓶詰めのジャムがずらりと並んだ手近のテーブルの上で振りまわした。テーブルが壊れ、瓶が宙を飛ぶ。牛追いの女房たちが金切り声をあげてちりぢりに逃げる。

「ヒューバート！」カリーは大声で呼んだ。雄牛は大きな頭を左右に振って、脇にあった大樽をどけた。樽が通りを転がっていき、慌てふためいた様子で走ってきたダヴェンポート大佐にぶつかりそうになる。大佐は飛びすさって樽をよけ、帽子を落としながらも走りつづけ、暴れる牛とカリーのかたわらにやってきた。気づけば、どこからともなく現れたトレヴの従者のチャールズもすぐとなりまでやってきている。通りに集まっていた人びとはみな、興奮した雄牛は手がつけられないと知っているのだろう、四方八方に逃げてしまった。

「だめよ！」雄牛に駆け寄ろうとするチャールズを、カリーは腕を広げて制した。「大佐も止まって！　牛に近づかないで！」

　男たちが同時にその場で凍りつく。ヒューバートがうなり声をあげた。異様な鳴き声が混乱の品評会場に響きわたる。雄牛はなにかを捜すかのように振り向いた。鼻と口から吐きだされる息が、蒸気機関車の煙のごとく白く宙に浮かぶ。カリーの膝はがくがくと震えた。頭も痛みで朦朧としている。誰かが彼女の手から子牛の綱を引き抜く。彼女はヒューバートから一秒たりとも目をそらさずにいた。

「ヒューバート！」とあらためて呼びかけると、口のなかに血の味が広がった。「おいで、ヒューバート……」おやつをあげ、耳の後ろをかいてやるときの声で、カリーは優しく語りかけた。だが混乱と憤怒のきわみにある牛は、自分がどこにいるのかもわからないらしい。

頭を下げ、地面をひづめで引っかく。

「こっちにおいで」カリーはそっと呼んだ。赤い雌鶏が彼女の足元をかすめてヒューバートのほうへ小またで駆けていき、その巨体に気づいて逃げる。ヒューバートがそれを追い、尾羽をくわえようとしたが、雌鶏は甲高く鳴きながらすんでのところで逃れた。「こっちにおいでと言ってるでしょう？」カリーは必死の思いで語りかけた。「ほら、おいで。いい子だね、ヒューバート」

牛が頭を別の方向に振り向け、すぐそばまで駆けてきた子ヤギを発見する。カリーは息をのんだ。いけない、子ヤギが角になぎ倒されてしまう。子ヤギは脚を踏ん張って立ち止まると、まるで世界の八つめの不思議でも見つけたかのように、うなり声をあげる巨大な生き物をじっと仰ぎ見た。ヒューバートが角を下げ、地面をひづめで引っかき、子ヤギをにらみかえす。

あたりはひっそりと静まりかえっている。逃げた動物たちですら、歩みを止めたかのようだ。子ヤギがためらいがちに、メーと小さく鳴いた。雄牛がモーとうなった。そうして二頭は、鼻面で互いに触れた。

それですべて承知したとでもいわんばかりに、ヒューバートが安堵しきった大きな声をあげ、子ヤギの体を一舐めした。小さなヤギは危うく、すてんと転びそうになった。

「いい子ね」カリーは牛を褒めてやった。膝がまだがくがくいうのを覚えながら、ゆっくりと二頭に歩み寄る。子ヤギは驚いて逃げてしまったが、ヒューバートは彼女のほうに顔を向けるなり、夢から覚めたかのように目をしばたたいた。カリーは愛牛の鼻輪から垂れさがる引き綱を握った。

不安げな面持ちの人びとが、ひとりと一頭を遠巻きにして見ている。マランプレのテントはすっかりつぶれていた。

「この子はヒューバートです」自分の役割を思い出し、カリーは懸命に声を振りしぼった。視界の隅に現れた闇が、徐々に光を奪っていく。もう息もできない。「この子は……ベルギー生まれの牛なんかじゃありません。絶対に……ヒューバートです」

カリーの視界は一瞬にして闇にのまれた。地面が回りだして目の前に迫ってくる、その直前に彼女が見たもの。それは、襟巻きで目から下を隠して彼女の顔をのぞきこんでくる、トレヴの顔だった。そのたくましい腕が、くずおれる彼女をぎりぎりのところで抱きとめた。

グリーン・ドラゴンに運びこまれたときには、カリーはすでに意識を取り戻していた。抱いて運んでくれたのはトレヴだったのだろう。みんな下がれと怒鳴りつけ、追い散らす声が聞こえたから。でも、彼女は声を発することも、頭を上げることもできなかった。目を開けたときには彼はそばにおらず、自分はソファに横たわって、心配そうに見守る人たちに囲まれていた。

「ヒューバートは？」カリーは問いかけ、身を起こそうとした。

「囲いに戻して、しっかりつないであります」シェルフォード家の牛追いの聞き慣れた声が答えた。「安心してください」

　赤ん坊のときからヒューバートの面倒を見てきた彼の言うことなら信頼できる。安堵したカリーはつかのまソファに頭をもたせ、まぶたを閉じた。すると誰かが彼女の手をとり、ぎゅっと握りしめた。頭がひどく痛む。カリーはトレヴに会いたかった。トレヴに抱きしめられながら、彼をとことんこきおろしたかった。どうして許しがたい愚かなまねをするのか、罪を犯している自覚はないのか、浅はかすぎるとは思わないのかと責めたて、さらに声を張りあげて最初から糾弾の言葉をくりかえしてやりたい。

「誰もけがをしなかった？」

「何人かかすり傷を負っただけですよ」と教えてくれたのはミスター・プライスだろう。「心配なのはあなたの具合です。だいぶひどく頭を打ったでしょう？　医者を呼びましたからね」

　すかさず鼻の先に気つけ薬の瓶が差しだされる。カリーはかぎ薬が苦手だ。でも今回ばかりは、深々と吸った薬がすっと頭に届いて霧をいくらか晴らしてくれた。「ほかの動物たちは？」目をしばたたいて開けながらたずねる。

「みんないるかどうか、頭数を数えて確認してます」ミスター・プライスが応じた。「いまのところ、けがをした、行方不明になったといった報告は受けていません。大きな被害がなくて本当によかった。せいぜい物が壊れた程度ですからね。ああ、それ以上はお話しにならないように。シェルフォード・ホールにはすでに使いをやりましたから」

「使いを？」知らせを受けたドリーがいったいどんな顔をすることやら。「彼は――」カリーは言葉を切った。トレヴはどこにいるのかと訊くわけにはいかないのだった。周囲を見まわし、ソファの足元に立っているのを見つける。襟巻きが鼻の下までずり落ちて、口元だけを隠している。顔はぞっとするほど蒼白でこわばっている。顔が見えてるわ、と注意したかったが、頭がまだ少しぼんやりしていて言葉が出てこない。へたなことを言うよりも黙っているほうがいい気もした。

でも、トレヴが足元に立っているのなら、手を握っているのは誰なのだろう。そちらに顔を向けると、目の前がちかちかする奇妙な感覚に襲われた。かたわらにいるのはスタージョンだった。床にひざまずき、彼女の手の甲を撫でている。

カリーは息をのんで身を起こし、手を引き抜いた。

集まった人たちが口をそろえて、横になっていなくちゃだめですよと諭す。カリーはその声を無視し、まぶたを閉じて気つけ薬を深く吸いこんだ。ようやく世界が回るのをやめる。「もう大丈夫」地平線が水平になったところでカリーは言った。「紅茶をいただけるかしら」「紅茶をお持ちしろ」少佐が得意げに命じたときには、すでに数人が右往左往して準備にとりかかっていた。部屋のなかを行ったり来たりし、あれがない、これがないと大騒ぎだ。カリーは膝に置いた両手を固く握りあわせて待った。一度だけトレヴのほうを見やり、さりげなく頬に手をやって、襟巻きがずれていると無言のうちに伝えた。

だが彼はその身ぶりを理解できなかったらしい。あるいは、理解したがどうでもいいと思ったのか。代わりに例の、ロマを思わせるまなざしで彼女を見つめかえしてきた。底の知れない黒い瞳が光っているのは、涙をこらえているのか、それとも冷酷な殺人におよぼうとでもしているのか。どちらもありうる気がした。

カリーだって、いっそ彼を手にかけたいくらいだった。耐えがたい頭痛さえなければきっとそうしただろう。彼女の頭は、鍛冶屋に金床代わりにされ、そこで馬蹄を打っているかのごとくがんがんと鳴っている。やがて紅茶が運ばれてきた。それを受け取ってさらに身を起こすと、茶器がかたかたいった。「例のムッシュー・マランプレはどこに行ったの？」できるだけ大きな声でたずねる。震えがちな声だったが、誰もがすぐにこちらに向きなおった。

視界の片隅で（まともに顔を見れば怒りを抑えられそうになかった）、トレヴがようやく彼女のほのめかしに気づき、襟巻きを鼻のところまで引きあげるのを確認する。幸運の女神とその場の混乱がふたりに味方してくれた。そういえばベルギーから来たあの謎の紳士はどこだとみなが騒ぎはじめ、そこにいるトレヴなどまともに気にかける者はいなかった。

「逃げたに決まってらあ」低い声が轟いた。怯えてたき火のほうに突進しかけた子牛を、追い散らそうとした牛追いだった。「こうなったら万事休すなんだから」

「ジェラーズを捜索するんだ」スタージョンがかたわらで立ちあがり、大声で命じた。「ゆうべ、やつはあのホテルにいた」

「少佐」カリーは弱々しい声で呼びかけ、彼の手をとった。「わたしのために、捜してきてくださらない？」

「承知しました」スタージョンはひざまずいて彼女の指にキスをした。「ダヴェンポート大佐、部下をホテルに派遣してくださいませんか。わたしはレディ・カリスタのそばにいたいので」

「いいえ――」カリーはぐいと手を引き抜いた。「ごめんなさい、もう寝室でやすみたいんです。それよりも大佐……あなたのおっしゃるとおりでしたわ。ヒューバートを盗んだのはきっとあのベルギー人です」ふたたびスタージョンに視線を移し、道に迷った子犬の表情を浮かべてみせる。「少佐は不屈の精神をお持ちなんだもの――どうかわたしのために、あの人を捕らえてくださいさい。あなたならきっと、彼を逃がさないはずだわ」

おだての効果は絶大だった。「もちろんですとも。絶対に逃がしやしません」スタージョンはしぶしぶ彼女から離れたものの、彼女が立ちあがろうとすると、今度は肘をつかんだ。「どうぞわたしにつかまって――ああ、寝室はそちらではありませんよ」

カリーは少佐を無視して向きを変え、よろめいたふりをしてソファの足元のほうに行った。スカートの裾を巧みに踏んで、トレヴの胸に飛びこむ。「きゃっ……ごめんなさい。わたしの……メイドはどこかしら」彼の腕が腰にまわされる。カリーががくりと膝を落とすと体を支えてくれた。

「気をつけてください」トレヴは襟巻き越しにつぶやいてしゃがみこみ、そのまま彼女を抱きあげた。「メイドはどこだ?」地元民の口調をまねて荒っぽく周囲に問いただす。怒鳴り声が彼の胸で轟くのが、カリーの頬に伝わった。「あんたがそうか? だったらとっとと二階に案内してくれ。ほら、扉を開けて、おれが通るまで押さえててくれよ」

人びとがさっとどいて、扉の前を空ける。トレヴはカリーを抱いたまま、急ぎ足で先を行くリリーについて階段をのぼった。カリーは目をつぶり、彼の首につかまっていた。みんながぞろぞろと階段をのぼってくる気配と、医師の到着を告げる声がした。ややあって、寝室の前に着いたのがわかった。トレヴに抱かれたまま室内に入る。ベッドに横たえられるとき、カリーは彼の首に腕をからめたまま、「逃げたら承知しないから！」とくぎを刺した。

トレヴはぶつぶつ言って後ろに下がった。リリーが忙しく立ち働き、二階までついてきた数人の野次馬を追いはらって、医師だけを部屋に招き入れる。カリーはすぐさま身を起こし、実際よりもずっと元気に振る舞おうと努めた。頭のこぶを医師に見せ、そこに触れられるたびに顔をしかめそうになるのをこらえ、しばらくおとなしく寝ています、外出も控えますからと医師に約束し、アヘンチンキをきっぱり断った。医師は呆れ顔で首を振り振り、若い女性が旅行に出るときにはお目付け役を同伴し、頭をぶつけたりしないよう、年寄りの言うことはちゃんと聞くよう導いてもらうのが当然じゃないのかと文句を言いながら帰っていった。

扉がかちゃりと音をたてて閉まる。診察のあいだ、トレヴとリリーは部屋の隅に立って低い声でぼそぼそと話していた。医師はきっと、ふたりともカリーの使用人だと思ったにちがいない。

「リリー、ふたりきりにして。誰も入らないよう、部屋の扉の前で立っていてちょうだい」

カリーは命じた。

メイドがトレヴをちらと見やり、唇をかむ。「でも、だんなさまが――」

「お願いだから、言われたとおりにして」カリーはさえぎった。頭がひどく痛み、思わずこめかみに手をやる。「だんなさまのご意見は、いまはどうでもいいの」

リリーが唇をかんだまま頭を下げ、戸口に向かう。トレヴもそちらに行こうとするのに気づいて、カリーは顔を上げた。

「あなたはここにいるの！」と怒鳴りつける。

トレヴは足を止めた。リリーが寝室を出て扉を閉める。カリーはベッドに座ったままトレヴをにらんだ。彼は襟巻きをはずしたが、瞳にはまだなにかをたくらんでいるかのような光が宿っている。

「長居はできない」トレヴが言った。

「ふうん！」カリーは乾いた笑い声をあげた。「それで、どうやって逃げるつもり？　街じゅうの人が、あなたを捕まえようと下で待っているわよ」

彼は冷笑で応じた。「窓から逃げるさ」

「いつもの手ね」カリーは目をしばたたき、頭のこぶにそっと手をやった。医師の触診のせいで痛みが強くなっている。髪がほどけていることに、彼女はいまさらながら気づいた。

「大丈夫か？」トレヴは口元をひどくゆがめて訊いた。

「今度という今度はあなたを許せないわ！」まずはそう言って、カリーは怒りをぶちまけるための口火を切った。「あの騒ぎはあなたのしわざなんでしょう？　部下に命じて、動物たちを囲いから出したのはあなたなんでしょう？　いったいどういうつもりなの。あの子たちがけがをしたり、行方不明になったりする恐れだってあったのよ。せっかくのパイだってめちゃくちゃ！」いったん言葉を切り、唇を震わせる。「人が亡くなる可能性だってあったわ！　どうしてあんなまねができたの！」

「すまない、パイのことは考えなかった」

「考えるべきだったんだわ。それに、ジャムやチーズのことも。かわいそうなミセス・フランクリンは、ヒューバートの倒した樽に梨のタルトをつぶされて、いまごろ涙に暮れているはずよ。新婚さんなのに」

「そうか、知らなかった」

「それでも一ミリたりとも後悔しないの？」カリーの怒りは激しくなるばかりだ。「あなたにとっては、あれもただのお遊びなんでしょう？　平和な街をぶらりと訪れ、騒ぎを起こしておいて、〝長居はできない〟だなんて」彼女はベッドを出た。部屋が回りだしそうになったので、ベッドの支柱につかまる。「自分はさっさと逃げて、後始末は残されたわたしたちに押しつけるつもりなんでしょう？」

「ああ」

言い訳もせずに突っ立っているトレヴを見て、カリーはますますいらだった。

「どうしてなの？　わたしに警告もせずに。なぜ先のことを考えずに行動するの？　ヒューバートの正体を明かす方法ならほかにもあったでしょう。もっと――もっと地味な方法が！

そもそも、正体を明かすのは品評会の最終日の予定じゃなかった？」

「そのとおりだ」

「だったらなぜ？」

トレヴの口元がゆがむ。「腹が立ったから」

「腹が立った？」カリーは目をしばたたいた。「どうして？」

「きみがやつに豚を紹介したからさ」彼は自嘲気味に答えた。

「豚？」意味がわからない。

「しかもやつがなにか言ったら、きみは声をあげて笑った。ただちに歓談の邪魔をしなければと思ったわけさ」

「豚って、あの太った母豚？」

返事の代わりに、彼はわずかに肩をすくめた。まるで叱られた子どもだ。

「あれだけの騒動を起こしたのは――みんなを危険にさらしたのは――わたしが豚のことで笑ったからだというの？　頭がどうかしてしまったの、トレヴ？」

「あれはわたしたちの豚なんだぞ」彼も負けじと声を張りあげた。「くそっ。わたしがきみに、無体な要求をしたことがあったか？　豚の一頭くらい、くれたっていいだろうが」

わけがわからず、カリーは首を振った。「わたしの豚じゃないもの」

トレヴはのけぞり、引きつった短い笑い声をあげた。「そうか。そうだった。けがをさせたのはすまないと思ってる。わたしだって、きみが倒れたときは心底焦った。大惨事になる恐れだってあったのに、それに気づいたときにはもうどうしようもなかった」自分を恥じる声になってつづける。「謝るよ。無鉄砲だった」

「笑ったのは、スタージョン少佐があまりにも無知だったからよ。あの人、この豚はバークシャー種かとたずねたの。誰が見たってオールド・スポット種なのに」

彼が大またでカリーに歩み寄る。彼女は両手を腰の後ろにまわして、ベッドの支柱に寄りかかった。着古した上着に、農作業用の重たいブーツといういでたちの彼は、いつもよりさらに大きく見える。黒髪に黒い瞳のせいで、よこしまな追いはぎみたいだ。カリーは一瞬、肩をつかまれて揺すられるのではないかと身構えた。けれども彼は、両手で頬をつつみこんだ。

粗いウールのごわごわした手袋と、指先が頬を撫でる。トレヴは身をかがめて顔を近づけた。

「カリー――きみに話しておくべきことがある。それと、信じてほしいことが。わたしは英国を去る。でも、きみを愛する気持ちは本当だ。どうしてもというのなら、あいつと結婚するといい。きみなりに、なにか理由があるのだろうから。きみをがっかりさせてばかりだったのは、自分でもわかってる。わたしはきみにふさわしい人生をあげられる男じゃない。だがたとえどこに行こうとも、大切な人《モン・トレゾール》、きみをずっと思ってる。心の奥でずっと。どうか信じてほしい。わが人生できみだけが、嘘偽りのないたったひとつの真実だ」

カリーは唇をかんで、彼を見上げていた。

「それと、きみはきれいだよ。お世辞でもなんでもない。社交界の着飾っただけのレディとはちがう。きみの美しさは、秋の紅葉に似ている。あるいは、春に生まれた元気な子馬の美しさに。動物たちはみんな、あの太った豚だって美しいだろう？　きみの美しさはそれに似ている。これも嘘じゃないと、信じてくれるね？」

　彼女は押し黙っていた。肩にかかった彼女の髪をトレヴが後ろにやり、そっと唇を重ねる。信じられないくらい甘い口づけに、カリーは泣きそうになった。

「青空を見ながらきみと愛を交わしたい」彼はささやいた。「草原の上で、刈りたての干し草の上で。きみを求める気持ちに、理由なんてない」

「信じないわ」カリーは気の抜けた声で抗った。「本当のことを言って」

　彼の息が肌を撫でる。「言ってる」

　カリーはゆっくりとかぶりを振った。

「わたしが本当はどんな人間か、という意味だね？」身を起こしたトレヴは、長いまつげ越しに彼女を見つめた。

「英国を去る理由をちゃんと教えて。信じろと、あなたの話をすべて信じろというのなら」

　トレヴは身を離し、両手を彼女の肩のほうへと移動させた。「話す義務があるだろうね」顔をそむけ、唐突に彼女を突き放す。それから、冷たい嘲笑交じりの声でつづけた。「わたしは、手形偽造罪で有罪判決を、絞首刑を言いわたされた」

　カリーはまばたきをくりかえし、顔に垂れた髪をはらった。

「いいかげんにして。どんな作り話も、あの太った豚の言い訳だって信じてあげるわ。でも、そんな嘘をうのみにするほどばかじゃないの！」

彼はむっつりとこわばった表情を浮かべて目の前に突っ立っていた。だが彼女に責められると、口元をゆがめてほほえんだ。

「そう、きみは本当にばか《ピー・グース》だ。すぐに人を信じてしまう。それがきみの、最大の魅力のひとつだ」

カリーは小さく鼻を鳴らした。

「どうせわたしは騙されやすい女よ。だけど、あなたが死刑囚だなんて絶対に信じない」

トレヴは小首をかしげた。「どうして？」

「どうしてって……」彼の瞳に浮かぶものに、確信が持てなくなる。「手形の偽造と言ったわね？　あなたがスタージョン少佐の顔を殴り、それで治安判事に追われるのは、大いにありえる話だわ。だけど、手形の偽造に手を染めるなんて想像できない。だって、そんなまねする必要ないんだもの。ありあまるほどの財産を持っているんだから。それに、偽造はそこまでの重罪じゃないはずよ。殺人とか、そういう大罪とはちがうもの。たかが紙切れの話じゃない」

たんすに寄りかかったトレヴの口元に、苦笑がにじむ。

「なかなか鋭い指摘だ。裁判官が、きみの論点を採用してくれたらよかったんだが」

「それにあなた、生きてここにいるじゃない」カリーはさらに指摘した。これで、トレヴの言い分に大きな欠陥をもうひとつ見つけた。

「たしかにね。じつは、わが絞首台の完成間近に条件付きの恩赦が下されたんだよ。この国を出ていき、二度と戻らない、という条件付きの」

ばかげた作り話にカリーは別の欠陥を探そうとしたが、ふと考えるのをやめて問いただした。「二度と、戻らない？」

「偽造は絞首刑に値する大罪なんだよ、カリー」トレヴは静かに言った。「商法に背いたんだからね。治安判事にとっては、殺人よりも重い罪と言ってもいい」

「だけど……どうして偽造がそんな大罪なの」彼女はひとりごち、ふと思い出した。そういえば最近、ありとあらゆる新聞や女性誌に大きな裁判のことが詳しく載っていた。カリーはとくに興味をそそられなかったが、ドリーはよほど裁判の行方が気になったらしく、朝食のときに必ず延々と記事を読んで聞かせた。たしか事件には、ひとりの女性とまだ小さい子ども、それから、拳闘をなりわいにしているとかいう紳士がかかわっていた。記事にはさまざまなほのめかしと、容疑者への非難の言葉が記されていた。そうだ、たしかにあの裁判は――手形偽造事件に関するものだった。カリーはすっかり思い出した。問題の女性は、有罪判決を言いわたされれば死刑確実だと書かれていた。だがけっきょく、男性の単独犯で決着がついた。

カリーは唇を濡らした。「トレヴ――」ためらいがちに呼び、胃の底に重たいものを覚えつつ彼を見上げた。

薄い笑みを消し、トレヴは歯を食いしばると、苦々しげな笑い声をあげた。

「頼むよ。信じられないと言ってくれ。自分でも事実だと認めたくないくらいなんだからな」

言葉がカリーを通りすぎ、頭の周りでわんわんと反響している。「絞首刑……」あたかもはるかかなたから聞こえた言葉をたしかめるかのように、彼女はゆっくりとくりかえした。トレヴを見つめると、手足から力が抜けていった。支柱に寄りかかっていなかったら、その場にへたりこんでしまっただろう。

「ありがたい経験とは言いがたかったよ。というわけで、英国にいるわけにはいかないんだ」トレヴはそう言って、荒れ狂う思いを抑えているのだろう、ぎくしゃくと頭を下げた。

「見つかったらどうなるの？」カリーは声をしぼりだした。

「刑に処される」トレヴは短く答えた。

「なんてこと」カリーは息をのんだ。脚にまったく力が入らない。「なんてことなの」

トレヴは一歩歩み寄って彼女を支えた。

「大丈夫か――よせよ、泣くんじゃない。ほら、こっちに来て。まだ捕まってないんだから」

涙があふれてきたが、悲しいからではなかった。カリーは恐れにとらわれてすすり泣きをもらし、抱きしめてくれたトレヴの胸にしがみついた。「早く逃げて！」肩に顔をうずめ、あえぎながら訴える。「どうしてまだこんなところにいるの」

トレヴは彼女をきつく抱き、こめかみにキスをした。「わからないのかい？」

「お母さまのためね」カリーはさっと身を引き離した。「お母さまはご存じなのね」

トレヴは唇を引き結んだ。「いいや。母には絶対に知らせない」

「そうよね」カリーは彼に背を向け、自分を抱きしめた。「マダムには知らせてはならないわ」くるりと振りかえる。「あなたはこのまま逃げて。街じゅうの人間があなたを、ムッシュー・マランプレを追っているのよ」頭が痛み、目がまわる。「でもマダムに——マダムにいったいなんと説明すればいいの。シェルフォードに戻るなんてできない——」

「静かにおし、わたしの天使《モン・ナンジュ》」トレヴは最前よりもずっと優しく彼女を抱きしめた。「あとのことはすべて準備しておいた」

「すべて？」

彼がこめかみに鼻をすり寄せ、温かな息が肌をくすぐった。「だいたいね」

「どこに逃げるの？　モンソーの領地？」

トレヴはカリーを抱き寄せた。「どこだっていいんだ。きみがいなければどこも同じだよ」

カリーは顔を上げた。トレヴはしばし彼女を見つめ、荒々しく口づけた。

「わたしを忘れないでくれ」彼はささやき、カリーを引き離した。彼女が力なく伸ばした両の手をとり、唇を寄せる。それからなにも言わずに部屋をあとにした。窓からではなく扉から。カリーは窓辺に駆け寄り、そこにじっと立ちすくんで、波打つガラス越しに眼下の通りを凝視した。鼓動が激しく打つ。やがて、トレヴが通りに現れた。

彼は大またで通りの反対側に渡った。襟巻きで顔を隠している。通りでは牛追いがひとり、割れたジャムの瓶や倒れた檻や囲い、テーブルを片づけている。トレヴが曲がり角に差しかかり、こちらを仰ぎ見る。カリーはガラスに手のひらを押しあてた。

最後に一度だけうなずき、トレヴは彼女の視界から消えた。

17

夕刻の長く伸びる影のなか、スタージョン少佐が風よけに襟を立てて、ブラック・ライオンを目指しきびきびと歩いている。今夜はダヴェンポート大佐との約束をちゃんと守るつもりらしい。大聖堂の鐘が鳴り、家々の屋根や黒々とした通りや路地に低く響きわたる。あたりに人影はない。品評会に集まった人びとはみな、すでに宿や居酒屋で暖をとっている。

壁にもたせていた肩を離し、古びた上着に身をつつんだトレヴは背を丸め、少佐の行く手をさえぎるように足を踏みだすと相手の肩にどんとぶつかった。少佐がうめいて後ずさり、どこを見て歩いている、と怒鳴る。さらに罵りの言葉を浴びせようとする彼を、トレヴは金モールをむんずとつかんで路地に押し倒した。

スタージョンは一瞬にして事態を悟ったらしい――振り向きざまに長剣に手をかけ、声を張りあげる。だが膝蹴りを浴びせられると、長剣を抜く暇もなく体をふたつに折った。トレヴはすでに短剣を構え、敵の脇腹に突きつけている。にもかかわらずスタージョンはひるまなかった。トレヴの手首をつかんで武器を振り落とし、顔面めがけて短くも鋭いパンチをくりだした。すかさず身をかがめたトレヴは、短剣を拾うと同時にその一撃を頭で受けた――

拳闘士なら誰もが知る技だ。頭に猛烈な痛みは走るが、運がよければ相手のこぶしを砕ける。トレヴは技が功を奏したか確認する手間さえ省いた。スタージョンの側頭部を肘で打ち、喉を前腕で押しつぶし、手刀をひねりあげる。そうして敵の背を壁に押しつけたまま、首を振って襟巻きを顔からはずした。

「きさまか！」スタージョンは歯をむいてせせら笑った。ひねりあげられた手首を引き抜こうともがき、互いの手が震えだす。

「ああ、わたしさ」トレヴは笑いを含んだ声で応じ、短剣を敵の下腹部にあてた。「黙って聞け。さもないと大切なものをちょん切るぞ」

薄明かりに白く浮きあがるふたりの息が混ざりあう。スタージョンは歯をむきだしにしてなにごとかうなった。しかし喉笛を腕でつぶされ、下腹部に短剣を押しあてられている状態で抵抗は危険だと悟ったのか、暴れる気配はない。

「おまえにすてきな忠告をしてやろう、スタージョン」トレヴは歯を食いしばって告げた。「あのレディに受け入れてもらえたら、そのときは、彼女を大切にするんだ、わかったか？」

スタージョンはしばし無言でトレヴをにらみ、苦しげに息をしていた。やがてわずかに体の緊張を解いたが、短剣の切っ先を恐れ、背中はぴたりと壁につけたままでいた。

「シェルフォードの令嬢のことか？」口の端をつりあげて嘲笑を浮かべる。「それだけか？　はっ、どこの追いはぎかと思えば」

「追いはぎになってもいいんだぞ」トレヴは猫撫で声を出した。「金品からなにから奪って、血まみれのおまえを道に放りだしてもいいんだ。そのときには、股のあいだのものはあきらめろ。これから死ぬまで女の前でズボンを脱げなくなるから覚悟しておけ。いいか、彼女を辱めたり、傷つけたりしたら承知しない。女王さまのように大切にするんだ、わかったか？」短剣をいっそう強く押しあてる。

スタージョンがさらに腰を引こうとし、尻が壁にこすれる音がした。

「いいかげんにしてくれ。わたしになんの恨みがある？　最初にきさまが脅してきたときに、わかったと言っただろう。彼女ともちゃんと別れた。くそう、今度またきさまみたいな輩と出会ったら、こっちから先に命を奪ってやる」

「脅した？」トレヴはいらだたしげに目を細め、喉笛にあてた腕に力を込めた。「ひょっとして、過去に誰かに脅されたことでもあるのか、スタージョン？」

「とぼけるな。いったいなんなんだ。わたしにどうしろというんだ」身を振りほどこうとして、スタージョンはうなった。「剣をどけて、正々堂々と闘ったらどうなんだ」喉を絞められて苦しげにあえぐ。

「これがわたしの闘い方でね」敵の手が短剣のほうへと伸ばされるのを見てとり、トレヴはもう一度、膝蹴りをくらわせた。スタージョンがぜえぜえと息をする。

「ヒルのような盗っ人め」スタージョンの白い歯が光った。「脅しがきさまの仕事か」

「うじ虫を脅した覚えはない。こっちがなんの話だと訊きたいくらいだな」

「大嘘つきの、偽善者ぶったフランス野郎！」スタージョンはあえいだ。「犯人はきさまだとわかってるんだ。あそこにいたんだからな」

「あそこ？　あそことはどこだ？」

身を硬くしたスタージョンは、トレヴの腕越しに彼をねめつけ、唇を引き結んだ。

「きさまはあそこにいた。ヒクソン以外に誰があのことを知っているというんだ」

「サラマンカの話か？」トレヴは思わず首をひねった。「おい、そうなのか？」

敵は答えない。だが表情から、そうだとわかった。

トレヴは相手をさらに押さえこんだ。

「あの急使が持ってきた命令か？　誰かがあの一件でおまえを脅したのか？」

「しらばっくれるな。まさかあのときの男が、あの売国奴が、脅しの犯人だとは気づかなかった。だが彼女ときさまが一緒にいるのを見てすぐに合点がいった！　きさまなど、ヒクソンにテントまで連れてこられたときに撃ち殺しておけばよかったんだ」

少佐の糾弾はまるで的を射ていないが、「売国奴」は図星だった。トレヴは敵を血みどろの肉塊になるまでぶちのめしたい衝動をかろうじてのみこんだ。怒りに息が荒くなったのを悟られまいとして、抑揚のない声を作る。

「一から全部話せ。彼女との婚約を破棄するよう脅されたのか？　そいつらに、金も要求されたのか？」

「そいつら？」スタージョンはさげすみの目でトレヴを見た。「犯人はきさまだろうが！　金など要求されていない。訊くまでもないだろう！　だがな、あのあとシェルフォードの連中は、婚約破棄を理由にわたしから全財産をむしりとっていった。さあ、これで満足したか？」

「ああ、した。胸がすくようだ」

「だがきさまは、けっきょくその後、彼女の財産を手に入れられなかった」スタージョンは口元をゆがめた。「なにがあった？　亡き伯爵から、馬車の後尾に立たされ鞭打たれて、追いはらわれたか？」

憤怒の波にのみこまれかけ、トレヴは必死に自分を抑えた。いまにもスタージョンを絞め殺してしまいそうだ。食いしばった歯のあいだから息を吸い、苦々しげに笑う。ふいに敵を解放すると後ずさりし、相手との十分な距離をとって、くりだされた鋭い一撃をかわした。次のパンチも阻止する。トレヴはまだ笑っていた。怒りをまぎらわすためのその声が路地に響きわたり、やがてスタージョンは後ろに下がると荒い息をついた。気でもちがったかといわんばかりの表情でトレヴをにらむ。

「スタージョン、犯人はわたしじゃないよ。ばかめ、ワーテルローの戦いが終わるまでずっと捕虜だった男に、どうしてそんなまねができると思う？　おまえがどうしているか知るすべもなかったし、おまえなど思い出しもしなかった。第一、サラマンカにいたときだっておまえの名前さえ知らなかった。むしろ、テントを安全な場所に移動してくれて感謝したくらいさ。おまえが上からの命令をことごとく無視してくれれば、そのほうがありがたいと思っていた。わたしの銃殺命令も、無視してくれるかもしれないんだからな」

「黙れ」スタージョンがすごみ、トレヴは相手がまた殴りあいを仕掛けてくるのではないかと身構えた。だが敵はどうやら当時の記憶をたどっているらしい。

「わたしが英国に戻ったのは一八一七年」トレヴはそう告げて、スタージョンにヒントを与えた。警戒は解かず、敵が長剣にかけた手を注視しつづける。「誰かに脅されたのなら、犯人はジョーディ・ヒクソンだろう。彼がそのようなまねをするとは思えないが」

「ヒクソンなら、問題の手紙が来る二カ月前に死んだ」

「ジョーディが死んだ？」トレヴは眉根を寄せた。「死因は？」

「いまいましい亀のスープだ。料理人が前の日に銅鍋で作り、そのままにしておいたープを飲んだらしい。だが、毒を盛られた可能性もある。やつが死ねば、おまえはやつに罪をかぶせられるな」

「おい、よしてくれよ。わたしがジョーディを殺し、彼女との婚約を破棄しろとおまえを脅したというのか？　ウェリントン軍に監禁されていたわたしが？　連中はパリ条約の締結後にやっとわたしを解放したんだ。なんなら、外務省に確認してくれてもいいぞ」トレヴは肩を揺すって、先ほどよりずっと大きな声で笑いだした。「いや、そんな面倒なまねはしなくても、マダム・マランプレに訊いたらいい」意味深長にうなずいてみせてから、退いて敵との距離を開ける。「彼女に出会ったのは、おまえとわたしのどちらが先だったんだろうなあ、スタージョン？　じつに積極的なご婦人だったと思わないか？」

少佐は立ちすくみ、身をこわばらせている。顔は蒼白だ。

「きさまを殺してやる」

「マダムがそこまで奔放な女性だとは、まさか思わなかっただろう?」トレヴはポケットから拳銃を取りだした。「いずれにせよ、おまえは二度とあの手の女性と楽しむことはできないんだよ。わたしなら脅し程度のことはやりかねないと思ったんだろう? まったくそのとおりさ。これからは、おまえがどこかの誰かと火遊びをしようものなら、わがレディを辱めたと仲間が知らせてくれる手はずになっている。彼女を悲しませた場合も同様だ。そのときには、軍法会議にかけられるはめになるから覚悟しろ。わたしは喜んで、あの日に目にした事実を証言するよ」

「フランスの腰抜けの証言など、誰が信じるものか!」スタージョンはぺっと唾を吐いた。

「あえて危険を冒すのはやめたほうがいい」トレヴは優しく諭した。「わたしに暴露されたらおまえはもうおしまいなんだよ――噂が広まり、おまえは上層部に説明を求められる。さあ、もう行け。歩きながら、どうするのが賢明かよく考えろ」

　スタージョンがトレヴをにらむ。ごみだらけの暗い路地の端と端に立ち、ふたりは長いあいだにらみあっていた。やがてスタージョンはマントの前をかきあわせ、トレヴに背を向けて通りのほうへと大またで歩み去った。

　カリーがぼんやりと窓の外ばかり眺めてろくにしゃべらずにいるのは、頭を強打したせいだろう――誰もがそう考えた。ハーマイオニーは心配そうに眉根を寄せて姉の様子をうかがい、一時間に一回は、まだ痛むのとたずねた。妹を安心させるため、カリーはかかりつけの老医師の診察を毎日受け、あとは寝室に閉じこもった。すると妹は、お姉さまは静かにやすんでいるのだわとほっと胸を撫でおろした。寝室にこもるのは、スタージョンの訪問を断るうえでも都合がよかった。少佐は花束をたずさえてしょっちゅうやってきては、カリーの具合を訊いていった。それに病人のふりをしていれば、ダヴ・ハウスを訪れなくてもよかった。

ひとりの時間、彼女はシェルフォード・ホールで見つけたありとあらゆる古新聞や古雑誌のページをめくって過ごした。魚をつつむのに使った新聞にも目をとおしたが、ドリーをあれほどまでに夢中にさせた裁判について、手がかりを得ることはかなわなかった。どんなに一生懸命に記憶をたどっても、あの事件が起こった正確な時期が思い出せない。だいたいならわかるのだ。去年のクリスマスよりもあとだったのはまちがいない。ただ、今年の春だったか、それとも初夏だったか……？　『レディース・マガジン』の三月号に事件に関する記事はなかった。最新号の一〇月号はハーマイオニーが持っているらしいが、近く開かれる仮面舞踏会に備えてドレスや帽子や珍妙な衣装の数々が散らばる妹の部屋を、どう捜しても見つからなかった。四月号から九月号まではすべて、いまごろ村じゅうでまわし読みをされているのだろう。新聞や雑誌は厳密に決められた順番に従って家から家へと回覧され、最後にシェルフォード・ホールに返却される。年末には、金箔をほどこした革の表紙をつけて一年分を合本にするのがならわしだ。

けっきょくカリーが関心を引かれたのは、一カ月前の『ガゼッティアー・アンド・ニュー・デイリー・アドバタイザー』紙の折りたたまれた切り抜きだけだった。メイドが片づけ損ねたのだろう、切り抜きは書斎のクッションの下に潜りこんでいた。そこにはミセス・ファウラーなる人物から記者に宛てられた、妙に熱のこもった手紙が掲載されていた。どうやらその夫人は敵対する人びとから悪い噂をたてられているらしく、「なんの罪もない女性の評判を完膚なきまでにおとしめ、世間に悪評を知らしめようとしているのです」と敵を激しく糾弾していた。さらに夫人は、自分の心はただひとりの男性のものであり、その男性はもはやこの世にはいないが、自分をよく知る人であればこの気持ちに偽りがないことをわかってくれるはずだ、とも主張していた。

おかしな手紙だった。夫人の必死さは伝わってきたが、なぜか嫌悪感をぬぐえない。内輪の恥を新聞でさらけだして、いったいなんになるのだろう。ファウラーという名字になんとなく見覚えがあるが、よくある名前だ。それに、手紙のなかで例の裁判について触れられているわけでもない。切り抜きにはそのほかに、イタリアのバイオリニストによるコンサート開催のお知らせと、航海法に関する記事、織物商の広告が三件、掲載されていた。カリーは紙面をなぞり、たたみなおしてから手帳に挟んだ。夫人の手紙が気になってしかたがないが、それがなぜなのかわからない。いずれにしても、捨てる気になれなかった。

ヘレフォードの悲惨な品評会から戻って一週間後、ようやくダヴ・ハウスを再訪する気力をかき集めたカリーは、その手帳を持っていくことにした。行きたいわけではなかったが、リリーがミセス・アダムに胸の膏薬を分けてもらったと聞きおよぶに至り、やはり公爵夫人の様子を見てこなければと決心したのだった。ダヴ・ハウスに着いてみれば、ハッブル治安官が庭門の向かいに木枠を置いて座りこんでいた。かたわらの籠には豪勢な昼食の残り。カリーの乗った軽馬車が家の前に止まると、治安官はマグカップと食べかけのパイを脇にやって慌てて立ちあがり、険しい表情で上着のしわを伸ばした。

しかし来訪者がカリーだと気づくと、治安官は頬をほころばせて脱帽した。

「こんにちは、レディ・カリスタ」馬車をおりる彼女にごつごつした手を貸す。「彼はまだ捕まえておりません。ですが、ご覧のとおり捜査網《ネット》を張りました。彼が近くに来ればこれに引っかかるはずですので、ご安心ください」

「網《ネット》?」カリーは立ち止まり、治安官の足元にある籠から視線を上げた。

「ええ、そうです。わたしはここで家の監視。部下たちは村の入り口に配置しました。これで、彼が誰にも見つからずに帰ってくるのは不可能です!」

カリーはほんの少し安堵した。一瞬、治安官が人を捕らえられるような本物の網を張ったのかとかんちがいしたのだ。だが部下ふたりと手分けして(ダブ・ハウスの料理人の作った食事を堪能しながら)シェルフォードの一本道を見張っているだけだとわかり、カリーの警戒心は消えうせた。いずれにしてもトレヴはすでに英国を出ていったはずだから、治安官が職務のために、せっかくの食事を途中で放棄するはめになる心配もない。

「ありがとう。おかげで安心したわ。お料理は口に合ったかしら?」

「ええ、もちろん。かわいそうな公爵夫人は、素晴らしい料理人を雇っておりますな。彼女のキドニー・プディングはわが亡き妻ファニーの一品にも負けませんよ。他人の料理をこんなにうまいと思ったのは初めてです」


最愛の奥方の料理と比べるとは、ずいぶん褒めるものだ。カリーはうなずいた。

「それはよかった。でも、かわいそうな公爵夫人って、どういう意味かしら」


治安官は重々しくこたえた。

「料理人いわく、夫人はほとんど食欲がないそうです。だからこんなふうにたくさん、わたしらに食事を分けてくれるわけですな」帽子をひねり、頭にのせる。「じゃなかったら、わたしらもここまでがつがつ食べませんよ。料理人が、食べ物をむだにしたくないと言うもんですからね」

「そうだったの」少なくともトレヴは、食材はたっぷり用意してから消えたらしい。見れば、ヒューバートが荒らした庭もずいぶんきれいになっていた。家の玄関前には、紫の花びらに明るい黄色の花芯の、アスターの鉢植えまで置かれている。


カリーは深々と息を吸い、スカートをつまむと玄関のほうに歩いていった。すぐさまリリーが呼び鈴にこたえる。

「お待ちしてました！」メイドは脇にどいてカリーを迎え入れ、扉を閉めた。「本当に助かりました。マダムが質問ばかりなさって、おかしな顔であたしを見るんですけど、なんて答えればいいかまるでわからなくって！　だんなさまが、母のことは心配しなくていいとおっしゃって、それであたしも気にしないようにしてるんです。だけど、だけど――」リリーはいきなり目に涙をため、いまさらながらにおじぎをした。「すみません、でもあたし――」メイドは前掛けで顔を隠し、わっと泣きだした。

　訪問を先延ばしにしてきたカリーは、重たい罪悪感を覚えた。泣きじゃくるリリーの肩を抱いて厨房のほうへといざなう。食材を切っていた料理人が振りかえり、ふたりの姿を同時に認めると、こんろからやかんを取った。リリーが涙を拭き、椅子に座る。

「奥さまはあたしに、息子はいつ帰ってくるのかしらって訊くんです！」メイドは悲愴な声で訴えた。「すぐに帰ってきますよって答えなくちゃいけないのはわかってるんです。でも、でも、どうしても言えなくて。そうすると奥さまが、あたしをじっと見るんです。奥さまの咳は悪くなるばかりだし、熱も高くって――看護師さんが、よくない兆候だって。膏薬を貼ってもよくならないんです」

「看護師さんねえ」料理人は鼻を鳴らし、腰をおろすと、湯気のたつやかんをたくましい腕で持ち、ティーポットに湯をそそいだ。「あの人たちの言うことをうのみにしないほうがいいよ。あたしは信じてないの。なにせあの人たちは暗いからね。なんでもかんでも、悪いほうに悪いほうに言うのよ。それが自分たちの仕事だと思ってんの」

　リリーが洟をすする。「そうなんですか？」

「だって奥さまはちゃんと食べてるでしょ。そりゃ量は多くないけど、トレーが戻ってくるときには中身が減ってるからね」

　マダムのそばに早く行きたいと思いつつ、カリーは一杯だけふたりと一緒に紅茶を飲むことにした。現状を把握するには、使用人の話を聞くのが一番だ。ドリーは絶対に厨房で使用人とおしゃべりをしないが、カリーはみんなと話をしてどこがいけないのかと思っている。

「するとこの一週間、公爵からはなんの連絡もないわけね？」カリーはなんの不安も感じていないかのような、淡々とした口調でたずねた。

「そうなんです」リリーが答える。彼女は料理人の表情をうかがい、すぐに目をそらすと、紅茶に砂糖のかたまりをいくつも入れた。

きれいな円錐形に積んで青い包装紙につつまれていた砂糖が、紙の上ですっかり形をなくしている。

「食材を買うお金は十分にあるのね？」カリーはたずねた。

「ええ、そりゃもう」料理人は満足げに答えた。「果物屋と肉屋ではつけで買えますしね。アントラーズに惣菜を頼む必要もありゃしません。マダムが食べたいとおっしゃるものくらい、なんだって作れますから。でも、ひとつだけ困った事件があったんですよ。例のイーズリーとかいう人が、まだこちらで働いていると嘘をついて肉屋でハムを買おうとしたんです。あたしが丸くおさめておきましたけどね。あの人がまたここに来たら、すぐに追いかえしますよ。マダムもあんな人の相手までしなくていいのに。相手をしたって、なんにもなりゃしないんだから」料理人はこぶしにした両手でテーブルをどんとたたいた。ティーカップがかたかたと鳴った。

「ミセス・イーズリーがここに来たの？」カリーは驚いて訊きかえした。

「二度もですよ！」料理人がむっとして応じる。「マダムに会いたいと言って、まんまと家にあがらせてもらって」リリーをキッとにらむ。

「奥さまも、あの人に会いたいっておっしゃったんです！」リリーが抗議した。「なのに、あたしがだめって言ってもよろしいんですか？」

カリーは首を振った。

「もちろん、それはだめよ。マダムはきっと、哀れなミセス・イーズリーがここをやめてからどうしているか、たしかめたかったんでしょう」

「哀れなミセス・イーズリー」料理人が鼻を鳴らしてあざける。「どうしているもなにも、いつだってジンでほろ酔いですよ」

反論できずにカリーはうなずいた。

「そう、たしかに彼女のせいでマダムに心配させるのもよくないわね。今度来たら、追いかえしてもいいわ」

「でも奥さまが、追いかえしたりしないでちょうだいとおっしゃるんです」リリーは哀れを誘う声で言った。

カリーは眉をひそめた。

「そうなの。だったら、だめとは言えないわね。マダムもミセス・イーズリーには、欠点のある人とはいえ多少なりとも感謝しているのでしょう。ここで長いあいだ料理人として仕えてくれたのだし――」咳ばらいをして言い添える。「彼女がいなくなってからのほうが、マダムの調子もいいようだけど」

「お人よしなんだから」料理人は不平をもらした。

「あなたの気持ちはよくわかるわ。とにかく、彼女が来たあとはカトラリーの数をちゃんとたしかめて」カリーは立ちあがった。「そろそろ上に行くわね。あとで紅茶を持ってきて。それと、マダムが食べてくれそうなものがあればなんでも」

料理人はうなずいて、うんしょとばかりに腰を上げると、思いがけずすばやい身のこなしでこんろに向きなおった。リリーも涙を拭いて前掛けをはたき、食器棚からカップを取りだしてお茶の用意を始める。戸口に立ち止まったカリーは、しばし厨房の様子を眺めていた。つつましく、心優しいふたりへの感謝の念がわき起こる。マダムになにを訊かれるだろうと思うと怖くてカリーが見舞いを先延ばしにしているあいだも、ふたりは忠実にあるじに仕えていたのだ。

「ふたりともありがとう」彼女は礼を言った。「あなたたちが来てくれて、マダムは本当に運がいいわ」

リリーが顔を真っ赤にしておじぎをする。料理人はもぐもぐと「そう大変な仕事でもないですしね」と謙遜した。「問題はあの頭のおかしなご子息だけ――」かぶりを振って深く息を吸いこむ。トレヴについて延々と小言が始まる前兆だ。

「マダムのところに行かなくっちゃ」カリーは慌ててさえぎり、料理人が次の句を継ぐ前に厨房を出て扉を閉めた。

リリーがなぜあんなふうに泣きだしたのか、カリーにはすぐにわかった。公爵夫人はふさぎこんでも、打ちひしがれてもいなかった。ベッドの上で身を起こして笑みを浮かべ、訛りのある優雅な英語でカリーに話しかけた。けれども体は痩せ細って、胸はガラス板のように薄っぺらく、手足は朝露に光るクモの巣を思わせるほどかぼそい。息子についてはいっさいたずねなかったが、熱を帯びて光る瞳がいつまでもカリーを追いつづけた。彼女の顔をじっと見つめていれば、答えがわかるとでもいうかのように。

品評会と、そこでカリーが頭を打ったことが主な話題となった。マダムはヒューバートの様子をたずねてくれ、いまは生まれ故郷のシェルフォード・ホールの牧草地に一時的に住んでいると説明すると、満足げにうなずいた。ダヴェンポート大佐は現在、カリーの提案どおりに石壁を修繕中だ。今回の一件で、少なくともひとつは教訓が得られたわけだ。

英国を去る前に、トレヴは母親に会えたのだろうか。気になったが、臆病なカリーは訊けなかった。質問する代わりにあたりさわりのない話題を探し、なにか本でも読みましょうかと申し出た。ベッド脇のテーブルに置かれた雑誌を一冊取りあげる。

「ええ、そうね」マダムは弱々しい声で応じ、ほほえんで目を閉じた。「この村の向こうの世界に対しても、そこに住む人たちに対しても、興味が尽きることはないわ」

カリーはうなずき、『レディース・スペクテーター』のページを親指でめくっていった。ドリーが最近仕入れてきた、たいそう扇情的な新雑誌だ。村にも熱心な読者がいるが、婦人方のなかには、自分の家にこの雑誌があることさえ許せないという人もいる。雑誌類の回覧順が最後のダヴ・ハウスに、こうしてほんの数カ月前の号があるのもそのためだろう。手元にあるのは夏号で、ゴシップが載っていたかと思えば、そのとなりに説教じみた記事が掲載されている。こちらのページでは、社交界に入り浸るのは健康上望ましくないとご婦人方に注意をうながし、あちらのページでは、華やかに、刺激的に社交界を描きだすといった具合だ。マダム・マランプレを演じた場所がヘレフォードの田舎街でよかったと、カリーはつくづく胸を撫でおろした。もっと都会でのできごとだったら、クリスマス号で特集が組まれていただろう。『レディース・スペクテーター』の記者は、ありとあらゆる噂や情報に通じているようだから。

マダムに読んで聞かせてもさしつかえなさそうな記事を探し、金銭がらみのゴシップに関する記事をやっと見つけた。歯に衣着せぬ記者によればゴシップの主人公である男性は、「平時に自社株を売り払ったにもかかわらず、その事実を公にしなかった」という。問題の会社が破綻すると、男性はイタリアのナポリに逃亡。現在は、妻名義の口座に隠した六万ポンドの大金を手に快適な暮らしを謳歌し、債権者を窮地に陥れ、怒りを買っているらしい。

記事は、この手の悪党が裁きを受けることのない司法の現状を厳しく糾弾していた。悪党たちの倫理観の欠如を記者が声高に指摘する部分では、カリーは読みあげる声の調子を強めた。やや間を置いてから最後の一文を読み終えたとき、彼女はおやと思った。記者が問題の男性を、偽造罪の容疑者に目されながら無罪判決をものにしたある女性になぞらえていたからだ。女性の名は、ミセス・ファウラー。

「いやだこと」公爵夫人がふいに目を開き、かぼそい手を持ちあげた。「ミセス・ファウラーの話は退屈だから読まないで。あの女性の……浅ましい事件についてはもう興味がないの」

だがカリーは大いに興味があった。はしたないとは思うが、わざわざ紙面で自らの無実を主張する女性について、もっと知りたいという強烈な欲求を覚えた。しかもミセス・ファウラーは偽造罪の容疑に問われていたのだ――雑誌を持つカリーの手は震えた。〝ミセス・ファウラーとムッシュー・ルブランに関する記事は二四ページへ〟と書かれた矢印に従って、すばやくページをめくる。幸いそのページには、有名女優がハイドパークで自ら馬車を操っていた、との記事が載っていた。別になんでもない話なのに、記者はずいぶんと悪意のある書き方をしている。カリーはその記事を読みあげつつ、ミセス・ファウラーの記事を横目で追った。

そこには、夫人の経歴が一級品のゴシップとして好奇心たっぷりに描きだされていた。裕福かつ顔の広い、とある紳士の美しい娘としてヨークシャーで生まれたミセス・ファウラーは、そうした出生にふさわしい良縁を得ることも可能だったろう。しかし彼女は、一六歳のときに貧しい詩人と駆け落ちをしてしまう。そして夫が若くして債務者拘留所で亡くなると、今度は著名な賞金稼ぎの拳闘士――ミスター・ジェム・〝ザ・ルースター〟・ファウラー――と結婚。試合場で評判の美人としてもてはやされるが、夫はリングの上で亡くなっており、その死因にも疑惑が持たれている。とはいえ、女優の記事を読んでいたカリーが思わず口ごもったのは、夫人の友人であるムッシュー・ルブランに関する部分を目にしたときだった。この物語のなかで、ルブランが活躍するのは後半になってから。最初は夫人の友人だった彼は、やがて夫人と愛しあうようになり、ついには内縁の夫になったという。

ルブランはフランス人だが、記事によれば、友人知人でさえそれを疑っているふしがあるとか。記事は彼の行動については寛容な、いやむしろ賞賛さえ込めた書き方をしていた。いわく、ルブランの周りにはいかがわしい連中や拳闘士が自然と集まってくる。ルブランは拳闘の賭け試合を主催し、自ら胴元も兼任する。拳闘士のジェントルマン・ジャクソンやザ・ルースターは親友である。人望があり、礼儀作法に通じている。一方で記事は、不幸な未亡人たるミセス・ファウラーには手厳しかった。夫人は、ドレスメーカーへの多額のつけの支払いに、偽造約束手形を切った嫌疑をかけられていた。

不運な夫人は当初、なにかのまちがいだと言ってうろたえたという。しかし偽造罪が極刑に値することを知るなり、手形は友人のムッシュー・ルブランにもらったものだ、自分はなにも知らなかったと主張した。裁判では、夫を試合で亡くしたミセス・ファウラーとその子どもの今後のため、ルブランが信託財産の管理まで任されていた事実が明らかになった。審理のなかで夫人は、ルブランは母子の財産を賭けですってしまい、その事実を隠蔽するために偽造に手を染めたのだろうと語った。世間は大騒ぎだった。

記事には、裁判中の夫人を描いた美しい似顔絵も載っていた。背景は独房だったり、被告席だったり。幼い息子を抱いて法廷の廊下で祈る姿もある。すべての絵で、ちがうドレスを着ていた。夫人の証言がどれほどもっともらしく感動的であっても、記事はそれらを「真実」として伝えているわけではなかった。裁判所が母子の信託財産の帳簿を確認したときも、ルブランが賭けですったとの証拠は得られなかったという。それどころか、夫人が信託財産の定期給付金を浪費してしまったときには、ルブランが自身の財産から相当な額を援助したのだ。

最後に明かされたこの事実に、カリーは目をみはった。事件の行方を追ってきた人びとも、きっと同じ思いだっただろう。事件の数年前からルブランが夫人を援助していたことがわかると、あらためてふたりの関係性が取りざたされるようになった。ふたりは始終一緒にいた、男のほうは女をそれは大切にしていた、などと証言する者もいた。そうした証言はさすがに裁判では採用されなかったが、記者はこう断定していた。ふたりはザ・ルースターが亡くなった翌日に結婚したが、有名な拳闘士の死を世間が悼んでいることを考慮し、結婚を公表しなかったのだと。だからこそルブランは裁判で無罪を主張しなかった、愛人を無罪放免にするため悲劇の英雄となって自ら罪をかぶったのだと。

カリーは顔を上げ、ずっと黙りこんでいた自分に気づいた。ベッドの支柱をぼんやりと見つめる。鼓動は不規則に鳴っているが、身じろぎもせず座っていることしかできなかった。

むろん、ルブランはトレヴだ。骨身に染みるほどの確信をもってそう言える。彼は九年ぶりにフランスから戻ってきたのではない。ずっと前から英国に住んでいた。あの大柄な使用人はみな、賞金稼ぎの拳闘士なのだろう。トレヴは偽造罪で有罪判決を言いわたされた。雄々しくもわが身を犠牲にして女性を、いや、妻を救おうとするなんて、彼ならいかにもやりそうではないか。

マダムはなにも言わない。カリーが視線を上げると、ふたりの目が合った。長いことそうやって見つめあってから、マダムが唇をかみ、つらそうに顔をそむけた。マダムは知っていたのだろう。だからこんな、罪悪感と悲しみに満ちた表情を浮かべているのだ。

「なんてこと」カリーはつぶやいた。うまく頭が働かず、やっとの思いで口を開いたものの、「なんてことなの」としか言えなかった。

マダムが手を伸ばしてくる。

「レディ・カリスタ、わたくしの話を――」

「ごめんなさい。わたし……もう行かなければ」それ以上、雑誌を手にしているのもいやだった。床に放るようにして、扉に駆け寄る。「失礼します！」カリーは叫んで、後ろ手に扉を閉めた。階段を駆けおり、玄関から飛びだす。どうかなさったんですか、とリリーに問われても返事すらしなかった。

18

「あなたには、深い愛情と変わらぬ敬意を抱いてます」スタージョン少佐は言った。「あなたのおかげで、わたしは世界一幸福な男だ」

「それはおめでとう」カリーは苦笑交じりに応じ、両手で持った手桶をこんろのほうに引っ張っていった。「そう言っていただけるとわたしも嬉しいわ」

ひざまずいた体勢のまま、少佐が彼女を仰ぎ見る。今日の彼は、金モールや羽根飾りで飾りたてた正式な軍服でめかしこんでいる。例の件について心が決まりました、とのカリーからの伝言を受け、さっそくシェルフォード・ホールにやってきた。畜舎は手入れがゆきとどいているが、少佐はひざまずく前にいったんためらい、服が汚れる心配がないかどうか足元に視線を走らせた。

「ちょっと待って」カリーは言い添え、相手の表情をうかがいつつ手桶をおろした。「いまのせりふ、以前にも誰かに言われた覚えがあるわ。似たような経験をくりかえすと、なんだか混乱しますわね」

自らの過ちを認めるふりをするくらいのたしなみは、少佐にもあるらしい。

「たしかにあなたは、これまで不当な扱いを受けてこられた。責任の一端はわたしにもあります」

カリーはほんの少しいじわるな笑みを浮かべた。「一端ね」

少佐が立ちあがり、一瞬うつむいて膝の汚れをはらう。彼女に一歩歩み寄ると、両手をとった。

「わたしもあなたを幸せにしてみせます」

カリーはまつげを上げた。「だったら、この手桶をこんろにのせてくださる？」

「お安いご用ですとも！」スタージョンは握った手を放して腰をかがめ、飼料と糖蜜の入った手桶をよいしょと持ち上げ、ううんとうなってからこんろに置いた。背中を伸ばし、手のひらをたたいて汚れを落とす。「すみません、わたしから申し出るべきでしたね。なにしろ……頭がいっぱいだったものですから」

「深い愛情と変わらぬ敬意で？」カリーは木べらを取り、手桶の中身をかきまわした。「あなたの気持ちはよくわかりました」黒っぽい液体をのぞきこむ。「ひとつだけ、条件があります」

「それはそうでしょう。なんでもおっしゃってください」

「便宜上の結婚でかまわないと言ってくださるなら、この話をお受けします」

「便宜上？」少佐はカリーをこんろの前から引っ張り、軽く手を握った。「あの、意味がよくわからないのですが」

カリーは頬を赤くした。木べらについた液体が床に落ちそうになったので手桶の上にかざす。

「あなたの日常に干渉したくないという意味です。つまり、あなたは好きなように――」

「ばかな！」スタージョンはさえぎり、木べらを取りあげて手桶に落とした。「こんな話はよしましょう。過去の過ちについては償いをすると約束します。だから――住む場所はどこがいいですか？　牛を飼育できるところがいいのでしょう？　東部のノリッジあたりはどうかと思っているんです。あちらに行ったことは？　あのへんの飼料の出来はどうなんでしょう？」

カリーは手を引き抜き、作業用の長靴をじっと見てから、ふたたび視線を上げた。

「わたしがなにを言いたいのか、訊かなくても完璧に理解してらっしゃるはずよ。要するに、触れられたくないんです」

少佐の顔につかのま驚きが走り、やがていらだちがにじんだ。

「あなたほどの高潔な乙女なら、この問題に不安を覚えるのは当然でしょう。わたしがその恐れを和らげてさしあげますよ。こう見えても鈍感なたちではありませんから」

「不安など覚えていません」カリーはありのままを言った。「問題はあなたなんです。あなたに触れられたくないの。嫌悪感と言ってくださってもいいわ。財産目当てで結婚を申し込んだのはわかっています。だからあなたもわかってくださらないと。わたしは、きわめて実際的な理由からこの話をお受けすることにしたの。もちろん、不愉快だと思われるなら求婚は撤回してくださってかまわないわ」

スタージョンはまじまじと彼女を見つめた。「レディ・カリスタ――」かえす言葉が見つからないらしい。初めてカリーの真の姿をまのあたりにし、その姿に不快感を覚えたかのような表情を浮かべている。

手桶に向きなおったカリーは、液体が固まってしまわないようせっせとかきまわした。

「わたしを、嫌悪しているというのですか？」当惑しきった声でスタージョンがたずねる。どんな女性であれ、自分を嫌ったりするはずがないとでも思っているのだろうか。

カリーは木べらを放して彼と向きあった。「ごめんなさいね」と小さく頭を下げて言う。

「趣味の悪い女で」

少佐が眉をひそめて彼女を見つめる。「そんなふうに思われていたなんて」

慰めるように彼を見やり、カリーは作業に戻った。「わたしは少数派だから安心なさって」

スタージョンは羽根飾りの付いた帽子を撫でた。求婚は撤回します。そう彼が言いだすのをカリーは待った。この一件は四度目の婚約破棄と数えてもいいのだろうか。記録更新だ、とトレヴなら言うだろう。だが彼のことは考えたくない。もう終わったのだ。想像のなかでカリーは、海に張りだした厚板に立つトレヴの背中に剣を突きつけ、満足げに笑って、サメがうようよいる海中へと彼を突き落とした。トレヴの体が海面に触れる前に、今度は彼を飼料の入った手桶で茹であげ、ガチョウの羽毛をまぶし、ヘレフォードの大通りの真ん中を行進させた。牛追いの女房たちがトレヴをあざ笑い、背中にタルトを投げつける。

少佐が一歩近づいてきたので、カリーはわずかに身を硬くした。相手がそれに気づき、踏みだした足を途中でとめる。カリーは手桶をかきまぜるのをやめた。ふたりは一瞬、鉛の兵隊みたいににらみあった。

「レディ・カリスタ」と呼びかけるスタージョンは、最前より穏やかな表情になっている。帽子を持ちあげ、すぐにまた力なくおろす。「なんと言えばいいのか。赤の他人のように暮らすという意味ですか？　家も別々にして？　うちの子どもたちには――」

子どもたちには母親が必要だ、そう彼は言おうとしたのだろう。カリーは頬が紅潮するのを感じた。前掛けで両手をぬぐい、周囲に人がいないかどうか牛房の仕切り越しにたしかめる。

「そういう意味ではありません。お子さんたちとは仲よくなりたいと思っています。住まいも――別にしたいとは考えていません」自分自身が手桶で茹でられている錯覚に陥り、ふーっと息を継ぐ。「なかなかうまく言えないけど、男女として暮らすのは望まないという意味なんです。もちろん、そうなるとあなたは――よそに興味の対象を見つけることになるでしょうけど、それについてはまったく気にしませんから」

わずかに眉根を寄せたスタージョンは彼女の顔を凝視し、小さくうなずいた。

「愛人という意味ですね。ああ、ぶしつけな物言いをしてすみません。でもわたしは、そのようなものは欲しいと思ったためしもない」

「いいかげんにして」飼料にオオムギを足し、乱暴にかきまわす。「嘘はつかないでください」

沈黙が流れた。少佐が目をそらし、肩をすくめる。

「かつては嘘をついたかもしれません」いぶかしげにカリーを見やり、視線を落として、ドレスの裾から胸元へとさまよわせる。「でも、いまは嘘をつく理由など」

「理由なら、あとで思い出すのではないかしら?」カリーは冷ややかに応じた。粗布の前掛けに作業用の長靴といういでたちの自分を前にして、思い出せるはずもあるまい。「まあいいわ。とにかく、以上がわたしからの条件です。それから、住む場所はわたしが決めます。牛の飼育費も十分に出していただきますから」

少佐は帽子の羽根飾りを指で撫で、しげしげと眺めていたが、やがて肩をすくめた。

「いいでしょう。それがあなたのお望みなら」

カリーは当惑した。本音を言えば、条件が厳しすぎると却下してもらいたかった。といっても、少佐は自尊心を傷つけられるだけで、いっさい痛手を負わないわけだが。口のなかがからからに乾いているのを感じつつ、カリーはうなずいた。

「では、そういうことで」

彼女の手をとりキスをしようとした少佐は、はっとわれにかえり、伸ばしかけた手を引っこめた。キスの代わりに、軍人らしくきりっとしたおじぎをする。カリーは小さく頭を下げて応じた。

婚約成立だ。この人と結婚し、シェルフォード・ホールを出ていくのだ。

「そうそう！」少佐が陽気な声を作っていきなり言った。「婚約の話に夢中で、あなたにお知らせするのを忘れていました。例のベルギーから来たとかいう悪党の捜査ですが、ついに努力が実を結びましたよ」

カリーははっとして顔を上げた。「本当に？」

「ええ。ボウ・ストリートの捕り手に捜査を頼んでおいたのですが、先だって報告がありましてね。船で逃亡を図ろうとしたようです。逮捕状が出ていることを知った港湾治安局が、出港前に船に治安官を送りこんだとか」

「そう」驚愕の表情を隠すため、カリーは手桶に向きなおった。ふきんをつかみ、手桶の持ち手をぎゅっと握りしめる。

運ぶのを手伝おうと、スタージョンがかたわらにやってきた。

「捕り手の連中は粗暴なことで知られていますが、さすがに犯罪者心理には通じていますな。おっと、気をつけて！　わたしが持ちましょう。なんでも、ヘレフォードからブリストルの港までやつを追跡したとか。いまごろやつは牢屋に入れられ、審判が下るのを待っているでしょう。うわっ、危ない！」スタージョンは後ろに飛びすさった。傾いた手桶が音をたてて床に転がり、煮えたぎる中身が床に広がった。

本来ならばいまごろトレヴは、ボストン行きの小型船に乗っているはずだった。だが現実には、母のベッドの下に潜んでいる。旅行かばん――とそれを運ぶジョック――を船に乗せたのち、トレヴはいったん下船した。母に別れの手紙を渡す必要がある、ブリストルの埠頭に行けばちょうどいい文面を思いつくだろう、と自分を納得させて。もちろん、そんなものは思いつかなかった。埠頭近くの酒場で安酒を六杯飲んでも、筆は一向に進まなかった。その代わりに、乗船を呼びかける最後の案内を聞き逃した。

いまごろジョックは怒っているだろう。しゃれ者の近侍のため、ボストンに腕のいい仕立て屋がいることを願うばかりだ。

目覚めたときには頭ががんがん鳴り、財布が消えていた。ようやく二日酔いがおさまったころには、くすねた金でロンドンに向かう道程をすでに半分ほども過ぎていた。彼は首都で、スタージョンを脅した犯人を見つけだすつもりだった。なぜかその一件が気になってならなかった。といっても、たったいま鼻にくっついている綿埃ほどではないが。彼はくしゃみをこらえた。

「こんな寒い夜に、なんだって窓を開けてらっしゃるんですか！」看護師が叱りつける声がする。彼女が頑丈そうな靴で部屋を歩くたび、トレヴの頬の下で床板がびりびりと振動した。扉が開く寸前に、彼はベッドの下に隠れたのだ。「正直に申しあげますが、あの若いメイドはてんで役立たずですよ！　マダムはもう眠ってらっしゃるとばかり思っていましたのに」厳しい声音になってつづける。「蠟燭もつけっぱなしで！」不気味な沈黙。「ご自分で消せないなら、すぐに呼んでください！」

「だったら、もう消してちょうだい」母が弱々しく答える。「ああ、いいの……今夜は次の間でやすむ必要はないわ」

憤慨した看護師の足音が大きくなる。「仕事ですから」

「でも、わたくしに眠ってほしいのでしょう？」母はどこか哀れみを誘う声でかえした。

「そうなのよね？」

「そうですけど、それがなにか？」

「じつはね……眠れないのはいびきのせいとは言わないけど、でも、どうもそんな感じなの」

トレヴはこぶしを口と鼻に押しつけ、くしゃみと笑いを必死に我慢した。あのように奥ゆかしく、しかも無邪気に指摘されたのであれば、看護師は一ミリたりとも傷つかないだろう。看護師はふんと鼻を鳴らすと、ぶつぶつ言いながら足音荒く室内を移動して、窓を勢いよく閉めた。それから看護用具を整頓し、蠟燭を消し終えたあとは、抜き足差し足で扉のほうに向かった。それでもやはり、棚の薬瓶がかたかたと音をたてた。

看護師が下がると、室内には静寂が訪れた。トレヴはしばし待った。廊下の靴音が小さくなっていき、ほどなくして、屋根裏部屋の床板のきしむ音が聞こえてきた。

「モン・トレゾール」母が小声で呼ぶ。「邪魔者はいなくなりました《ザ・トースト・イズ・クリア》よ」

ベッドの下から這いでようとして、トレヴは頭をぶつけて顔をしかめた。

「トーストではなくコーストです、母上。海岸とか沿岸という意味の」と母の英語を正し、看護師が消したばかりの蠟燭に手探りで火をつける。

「ああ、やっぱり」母は薄くほほえんだ。「海岸に人がいないってことなのね。トーストに人がいないなんて変だと思ったわ。あれはバターを塗るものだもの。そういえば、おなかはすいていないの？」

トレヴはまじまじと母を見つめた。部屋に入ったとき、母の瞳に涙が浮かんでいる気がしたのだが、やはりあれは目の錯覚ではなかったらしい。

「あとにします。ハップル治安官が厨房で料理人となにやらこそこそ相談していましたから。できれば聞きたくない」

「ひょっとしてあなた……旅行にでも行っていたの？」息子が窓から入ってきた事実は、母にはどうでもいいらしい。いずれにしても最近のトレヴは、どこに行っても窓から出入りしている気がする。

「ええ」トレヴは短く答え、ベッドに腰かけると顎に手をやった。「さては」とつぶやいて母の顔をじろじろ観察する。「口うるさい息子がいないあいだに、たっぷり楽しみましたね。パーティざんまいで、遊びほうけていたんでしょう？」

母はほほえみ、息子の手をつかむと頬に押しあて、手のひらに熱っぽく口づけた。息子の手を放し、すすり泣きに似たため息をもらしたとき、母の瞳に光るものがあった。

トレヴは指先で母の髪から顎へとなぞっていった。その頬を涙が伝う。母の涙など、兄が亡くなったとき以外に見たためしがない。母はほかに四人の子を失った。しかしそのときは、たとえ涙したとしても、誰にも見られず、聞かれない場所を選んだのだろう。

「もう二度とひとりにはしませんよ」トレヴはささやいた。

「でも、治安官が……」

「ええ、じつはボウ・ストリートの捕り手も来てるんです」トレヴはため息をもらし、手をおろした。「連中から逃げきるには、ちょっと時間がかかりそうです。でももう、母上をひとりにはしませんから」

さすがのトレヴも、捕り手まで出てくるとは思っていなかった。イングランド銀行の職員とレンガ工場で密談を終えたあと、追っ手に気づいたトレヴは工場からからくも逃れた。しかしその後はロンドンじゅうに捜査網が張りめぐらされ、自由に動けなくなった。どうやらカリーの資産が妙なことになっているらしい、というところまでせっかくわかったのに、途中で調査をあきらめざるをえなくなった。それでしかたなく、田舎でしばしの休息をとろうと考えたのだった。

シェルフォードを避けるべきなのはわかっていた。別れを告げるために立ち寄るだけのつもりだった。しかしダヴ・ハウスに忍びこむのは簡単でも、二言三言を交わして母のもとを去るのは不可能だ。

「その、捕り手というのはいったいなんなの？」母はかすかに眉根を寄せた。

「ロンドンから来た連中です。窃盗犯を捕まえに」母がちらとこちらを見たのに気づき、トレヴは肩をすくめた。「例の雄牛の一件でしょう。レディ・カリスタの友人の治安判事というのが、なかなかしつこくて。でも、母上のベッドの下にいれば見つかる心配はない」

母はこういうとき必ず、長いまつげの下から横目で息子の顔をちらりと見やる。その目つきを見るたび、トレヴはつくづく思うのだ。この無軌道な性格は誰ゆずりなのかと。厳格な祖父でないことだけはたしかだ。

「当然ですとも」母は片手でなにかを払いのけるようなしぐさをした。「ところで、あなたに悪い知らせがあるの……レディ・カリスタについて。また婚約をしたそうよ。本当に、なんて愚かなまねを」

トレヴは身をこわばらせた。口を引き結び、胸をよぎるさまざまな感情が消えるのを待つ。悲しみに怒り。彼が感じてはならないあらゆる思い。ついに彼女も心を決めたわけか。そもそもトレヴが、そうすればいいと助言したのだ。彼はひきつった笑みを母に向けた。

「それは、おめでとうと言わないといけませんね。相手はスタージョンですか?」

「そうよ、あの軍人……以前、レディ・カリスタを祭壇の前に置いてきぼりにした分際で。婚約なんて……きっとあなたがいなくなったからだわ。わたくしは認めませんよ!」

「認めるも認めないも、母上には関係のないことではありませんか」トレヴは必死に冷静をよそおった。自分自身と、胸の奥深くに住んでいるカリーとのあいだに壁を作る。「悪い話でもないでしょうし。彼女は自分の家と、牛を育てる場所を求めていたんです。少なくともそれくらいなら、スタージョンにも与えられる」

母は鼻梁にしわを寄せて、ふんと鼻を鳴らした。「彼女を愛してもいないくせに」

「愛してなかったらどうだというんです? 結婚と恋愛は別ですよ。スタージョンは彼女を妻として敬うはずです。わたしが保証しますよ、母上」

「どういうこと、あなたが保証するって？」

トレヴは肩をすくめた。「この件について彼とちょっと話をしたんですよ。裏路地で」

母の細い眉がつりあがる。

「だから、あいつが彼女を傷つける恐れはないんです」

いらだたしげにため息をついた母は、ふいに咳きこみ、ハンカチを口元に押しあてた。トレヴは母を見つめた。すっかり衰弱した母を心配し、罪悪感に駆られた。

「もうやすんでください。声を聞きつけた看護師に、ジグを踊っているところを見られたらまずいでしょう？」

「そんなにわたくしの踊りが見たいのなら」母はかすれ声でささやいた。

「どうすればいいですか？」

「わたくしを……怒らせてごらんなさい」苦しげに答える。「もういいわ、あなたは床で寝なさい。それから、捕り手とやらがわが家に入ってきたら……頭から毛布をかぶるのよ！」


レディ・カリスタ・タイユフェールがスタージョン少佐と婚約したとの知らせにシェルフォードの住人は、すい星の到来、あるいはそれに匹敵する天文学的大事件が起こったときと同様の驚愕につつまれ、畏怖の念に打たれた。むろん、すい星到来時とちがって警報は発せられなかったが。村の上流社会に属する人たちは驚きを押し隠して、ちょっとした贈り物や祝意を伝えるカード、香水を振りかけた手紙をせっせとシェルフォード・ホールに送った。とはいえ、屋敷の玄関広間にある玄関番のテーブルが、手紙の山で倒れそうになったほどだ。正式な婚約発表はまだだった。

こんな騒ぎになったのが誰のせいか、カリーにはわかっている。少佐が誰かに話したのだ。おそらくはダヴェンポート大佐に、絶対に秘密ですよと言い添えて。そこからは、婚約話は驚くべき速さと勢いをもって広まった。小さな田舎の村では、秘密はあっというまに知れわたる。カリーが少佐に婚約の条件を突きつけたその翌日にはもう、ミセス・アダムもミスター・ランキンも、ミス・カミンズもミス・プールも噂を耳にしていた。さらに次の日には、ハートマン牧師とミセス・ファーとオウムのミス・ポリーにも情報が伝わっていた。三日目にはヤギもみんな知っているしまつ。カリーは、ヒューバートに正式に伝えるべきだろうかと悩んだ。おそらくすでにヤギから聞いているだろうが、もしもまだだったら、自分だけが知らされていなかったと傷つくかもしれない。

「お嬢さあん！」

誰かに呼ばれた気がして、カリーはわれにかえった。彼女はいま、ミス・プールの営む洋裁店の、裏の小部屋にいる。展示室と呼ばれるこの小部屋にはシルク地や肩掛けやマントが山をなしており、声はその背後から聞こえた。だが室内を見わたしても誰もいない。さまざまな商品が置かれ、なんだかよくわからない甘酸っぱい匂いが漂うばかりだ。生地を見せてほしいと言って小部屋に来たのは口実で、実際には、ミス・プールのいつ終わるとも知れないおめでとうの言葉から逃げたかっただけだ。最近のカリーはぼんやりしていて、食欲もない。それが婚約のせいなのか、それともムッシュー・マランプレがブリストルで裁判にかけられていると聞いたせいなのかは自分でもわからない。

またもや彼女を呼ぶ小さな声が聞こえた。カリーは眉をひそめ、片隅の暗がりを見た。妹はドリーと一緒に店のほうで紅茶を飲みながら、ファッション誌を眺めているはずだ。ドリーはおそらく、田舎の店は品揃えが悪くていやね、などといやみを言っているだろう。ミス・プールの店に来たのは、急いでドレスを新調する必要があったからだ。二日後に予定されている仮面舞踏会用に、カリーは妹が却下した例のひなげし色のウール地でドレスを仕立てておいた。しかしこれを知ったドリーが、金切り声をあげて絶対にだめだと言い張った。よりによってカリーがそのようなドレスを着て招待客の前に姿を現せば、舞踏会は恐慌状態に陥るというのだ。ドレスの色は絶対にロイヤル・ブルー。それがいやならペチコート姿で出席しなさい、とドリーは言いわたした。だったら舞踏会のあいだは部屋にこもっているほうがいいとカリーは思ったが、ハーマイオニーの説得にあい、欠席は断念した。お姉さまも婚約していると誰もが知っているのに、わたしだけが舞踏会に出席すれば、みんなの注目を独り占めしたがっているとかんちがいされる、というのだ。妹は、よく調和のとれた色のドレスを着て姉妹で一緒に舞踏会に出ましょう、それがいやならわたしは婚約を破棄して修道院に入るわとまで言った。あるいは乳搾り女か、それと似たような仕事に就くと。カリーがミス・プールの店でシルク地なぞを選びあぐねているのは、そういう事情からだった。

「お嬢さあん！」丸々とした白い手が、ドレスの仮縫いに用いる人台の裏から現れた。白い手は手紙を持っており、ほの明かりの下でゆらゆら揺らしている。カリーは人台の後ろをのぞきこんだ。裏口を背にして、膝に酒瓶を抱いたミセス・イーズリーがしゃがみこんでいた。甘酸っぱい匂いの元はジンだったらしい。

ミセス・イーズリーはよいせと立ちあがり、戸枠にもたれた。「マダムから」と言って手紙を差しだし、額にかかった髪をかきあげる。

すかさずカリーは手紙を奪いとり、急いで広げた。〝親愛なるレディ・カリスタ、すぐに来てちょうだい〟とだけ書かれていた。乱れた文字。公爵夫人の署名は途中でとぎれている。

カリーはためらわなかった。人台の後ろにすぐさままわり、ミセス・イーズリーに案内されるがまま、店の裏口を出た。

「お嬢さあん、ご結婚なさるんですってねえ！」ミセス・イーズリーは舌足らずに問いかけた。おぼつかない足どりながら、大またで歩くカリーに必死についてくる。こまかな霧雨が降っており、空には雲がたれこめて本降りになりそうな気配だ。「だったら、新しいおうちで料理人がいるでしょ？」

カリーは質問を無視し、肩掛けを頭にかけて霧雨をよけた。心臓が喉元までせりあがっているいま、口を開いたらへたな返答をして、いずれ厄介なことになりそうだ。だからカリーはひたすら歩きつづけ、ミセス・イーズリーとの距離を懸命に広げた。ふいにミセス・イーズリーが危うく転びそうになりながら歩みを止め、距離を広げたいとのカリーの願いがかなった。ダヴ・レーンに入ったところで、見れば道の先に男性がひとり立っている。カリーは急いで先に行こうとしたが、ミセス・イーズリーに肘をつかまれた。

「ちょっと待って、お嬢さん！　連中のひとりですよ！」さっきまでろれつが怪しかったのが嘘みたいに、彼女はきびきびとしゃべった。指が食いこむほど肘をきつくつかんでいる。

「待ってくださいったら！」

力ずくで後ろに引っ張られて、カリーはしぶしぶ足を止めた。「連中って誰？」と振りかえって詰問し、酔っぱらいの手から腕を引き抜こうとする。

「ロンドンから来た捕り手ですよ。窃盗犯を捕まえるっていう」

カリーは後ろを向いた。男はなにかを捜しているかのように右から左へと移動しつつ道を進んでいる。カリーはいらだたしげに息を吐いた。正真正銘の捕り手がシェルフォードに現れるとは。農工具がこつぜんと消えるくらいの騒ぎが犯罪行為としてときおり噂にのぼる村に。消えた農工具は、収穫時に取り残されてしまうのだろう、翌春には干し草の山の下から出てくる。そもそも村の周辺では、警察官を見かけることもない。だがここで窃盗犯の捜索が行われているのなら、ミセス・イーズリーには彼らを避けるれっきとした理由がある。

「しかたないわね、あなたは戻っていいわ。マダムはわたしに話があるのでしょうし」

ミセス・イーズリーはカリーの申し出にありがたそうな顔をしつつも、肘は放さずにささやきかけた。

「気をつけてくださいよ、お嬢さん！　連中の近くには寄らないように！」

「安心して、あなたのやったことを彼らに話したりしないから」カリーは請けあった。腕をぐいと引き、決然とした足どりでダヴ・ハウスを目指す。ミセス・イーズリーはなおもついてこようとし、まわらない口でなにやら抗議の言葉をつぶやいていたが、カリーは身を振りほどいてダヴ・レーンを先へと急いだ。捕り手といえども、見知らぬレディを呼び止めたりはすまい。いつになく速足で歩いていた彼女は、捕り手の脇を通りすぎるときもいっさい躊躇せず、彼に目を留めもしなかった。ひたすら急ぎ足に通りを歩き、捕り手が歩みを止めてこちらをじっと見ているのを感じつつ、ダヴ・ハウスの門をくぐった。

　庭門がばたんと音をたてて背後で閉まる。カリーは呼び鈴も鳴らさずに屋内に入ろうとし、玄関に鍵がかかっているのに気づいて意外に思った。取っ手をがちゃがちゃいわせてから、呼び鈴を何度も鳴らす。待たされた数秒がずいぶん長く感じられた。やがて扉越しにリリーの震えを帯びてくぐもった声がどなたですかとたずねた。

「レディ・カリスタよ！」カリーはじれったげに答えた。障害物に出くわして足止めされるたび、マダムになにかあったのではという不安がふくれあがっていく。「早く入れてちょうだい！」

　きしむ音をたてて扉が開いた。リリーが顔をのぞかせ、カリーの腕をつかんでなかに引き入れると、勢いよく扉を閉めなおして鍵をかけた。「二階です！」と切迫感のこもった声で告げる。「早く、急いでください！」

階段を駆けのぼったカリーは、最上段で危うく看護師とぶつかりそうになった。

「リリーに言って、先生をお呼びしなくては!」看護師は金切り声をあげた。「マダムが部屋に入れてくださらないんです!」

カリーは愕然として彼女を見つめた。マダムがひどく咳きこむのが聞こえる。

「部屋に入れてくれない?」

「鍵をかけてしまわれたんです! 最悪の事態かもしれません」看護師は暗い表情を浮かべた。「ついに頭がおかしくなったのかも」

「先生なら、あなたが呼んできてちょうだい」カリーは命じた。「リリーには、アントラーズに行ってミスター・ランキンを連れてきてもらって。彼なら鍵を開けられるから。わたしはマダムの説得を試みるわ。さ、急いで」

看護師がどたばたと階段をおりていく音を聞きつつ、カリーはマダムの寝室の閉じた扉と向きあった。咳はおさまっており、それがますます不安をかきたてる。彼女は取っ手に手をかけ、開かないと知りながらもまわしてみた。

だが苦もなくまわせた。扉を開けると、力強い手に腕をつかまれた。わずか数分間のうちに二度までも、彼女は扉の向こうにぐいと引っ張られた。ばたんという音とともに、背後で扉が閉まる。

転びそうになった体勢を立てなおし、カリーはベッドに座る公爵夫人から、背後へと視線を移した。そこには、扉に鍵をかけるトレヴェリアンがいた。マダムがひとりベッドに横たわり、致命的な発作に襲われている場面に出くわすものとばかり思っていたのに。案に相違して明るい表情のマダムは、ハンカチを持った手で、振りかえってご覧なさいとばかりに扉を指差したのだった。一瞬、カリーには事態がのみこめなかった。

トレヴをキッとにらむ。

「どうして!」カリーは天地が逆さまになった錯覚に陥った。両手の力が抜け、やがて震えだす。「ここでいったいなにを――」まばたきをくりかえして、目と鼻の奥のつんとする痛みを抑えこもうとする。しばらくは息をするのも難しかったが、あらゆる感情が唐突に舞い戻ってきた。「どうしてあなたが!」

トレヴははにかむように苦笑交じりの笑みを浮かべ、肩をすくめた。そのしぐさは、本物の彼としか思えない。カリーは両手で口を押さえ、まぶたを閉じて、肺にたっぷりと空気を送りこんだ。それからまぶたを開くと、彼はまだそこにいた。傷ついた神経が生んだ幻影でも、想像の産物でもない。

「ここでいったいなにをしているの」彼女は叫んだ。「おもてには……おもてには男が……」そこまで言ってようやく、捕り手が村に現れた本当の理由を悟った。「大変――あの男はあなたを捕まえにきたのね!」

19

「あなたの——協力がどうしても必要なの。もう一度だけ助けてちょうだい。何度も困らせて本当に申し訳ないと思っているわ。でも、おもてには窃盗犯を捕らえに来た男がいる、そうなのでしょう?」

マダムはわずかに苦笑を浮かべた。その表情を見たとたんカリーは、どこか自分を卑下するようなトレヴのあのほほえみが、誰から受け継いだものであるかを悟った。一方で彼女は、ヒューバートを必死になだめて厨房から引きずりだし、ベルギー生まれのレディのふりをし、品評会で動物たちの逃走劇に泣かされ、約束手形を偽造したどこかの誰かとトレヴが結婚していた事実を発見しても、いまだに悟れずにいる。だがやはり、フランス人の魅力に骨抜きにされるのだけは、なんとしても避けねばならない。

「ごめんなさい」カリーは直立不動の体勢でこたえた。「お手紙を受け取ったあと、てっきりマダムのおかげんが悪いのかと思って、それで急いで来たんです。でも、なにごともないようで安心しましたわ。捕り手については、あいにくわたしに協力できることがあるとは思えないんです。とりあえずは看護師に、先生を呼びに行く必要はないと伝えてきますね」

彼女は扉のほうに向かった。トレヴに止められるのではないかと半ば期待したが、彼はなにをするでもない。マダムも無言だ。沈黙を背に、カリーは鍵に手をかけ、取っ手を握りしめた。つと動きを止める。

マダムがごく小さな咳をした。咳をすまいと我慢しているかのような、聞きとれないほどに押し殺した小さな咳だった。

カリーは取っ手から手をおろし、ベッドに向きなおった。

「もう……わたしにどうしろとおっしゃるんですか」

「なにもしなくていい」トレヴがこたえた。部屋の反対側に立ち、カリーには近づこうともしない。「知らないあいだに母がきみに連絡していた——わたしはやめてくれと言ったんだが」彼はちらと母親を見た。「息子の目を盗んでどうやって連絡したか、方法はあとで聞かせてもらいますよ、母上。レディ・カリスタ、きみには、ここでわたしと会ったことをどうか忘れてほしい。これ以上この問題にかかわる必要はない」

「ああ、そう！」カリーは腹立ちまぎれに両手を振りあげた。「最後に耳にしたあなたの噂。ブリストルの埠頭で逮捕され、裁判にかけられていると聞いたわ。それなのに当のあなたから、会ったことは忘れてくれと言われるなんて。お宅の庭には、ボウ・ストリートの捕り手が潜んでいるというのに」

「きみの新しい婚約者が雇った捕り手、だろう？」トレヴは苦々しげに指摘した。「きみから彼に、追跡を終了するよう頼んでもらえるとありがたいものだね。ヘレフォードからずっと追われっぱなしだ」

カリーは言いかえしてやりたかった。あなたの口から、じつは妻がいるのだと打ち明けてもらえるとありがたいものねと。でも絶対にその事実に触れるつもりはない。彼が既婚者だと知ったあと、カリーは幾晩も泣いて過ごした。でも当人にそれを知られるくらいなら、死んだほうがましだ。自分がいかにばかだったか、いまなら彼女にもわかる。ヘレフォードでトレヴと結婚について話したとき、果たして彼が具体的にどんなことを言ったか、カリーは何時間もかけて思い出そうとした。でも記憶は曖昧模糊としていた。大いに顔を赤らめながらなんとか思い出せたのは、話しあいそのものとは関係のない部分ばかりだった。それでもひとつだけ、完璧に覚えている場面がある――翌朝になると彼は、カリーとの結婚を望んでいなかった。

「ごめんなさい」カリーは言った。「スタージョン少佐のことを言ってるのなら、彼との会話にあなたの話題はいっさい出ないの」

言葉のあやはあるが、別に嘘じゃない。カリーはそう自分に言い聞かせた。実際には、スタージョンの靴に熱い飼料をぶちまけたとき（彼はちっとも怒らなかった）を最後に、トレヴの話題はふたりのあいだで出ていない。カリーはわずかに顎を上げた。路地に姿を消したそのときから、トレヴは彼女にとって過去の人になった――そう彼に思わせておけばいい。

「たいしたことではないからいいさ。わずらわせて、すまなかった」トレヴは壁に肩をもたせた。「ではお幸せに、レディ・カリスタ」あたかも色褪せた壁紙に深い興味を抱いたかのように、彼はまつげを伏せて壁の一点をじっと見つめた。

「トレヴェリアン、あなたは逃げなくては」マダムが言った。「わたくしには、とうてい耐えられそうもありませんよ……あなたがいつ捕り手とやらに捕まるのではないかと、不安を抱えて生きるなんて」

「母上を二度とひとりにはしません」トレヴは母親を見つめてきっぱりと断言した。

「でも、あの人たちはきっとここに来る……あきらめずに何度でも来るわ……今朝だってそうだった……そのうち頭がどうにかなってしまいそう」

「連中が来たら、隠れればいいだけの話です」

「隠れるってどこに？　いつまでも……ベッドの下に潜んでいるわけにはいかないわ。看護師が始終、部屋を出入りするんだもの」マダムは上掛けをもどかしげにつかんだ。「いまだって夜どおし不安で……彼女があなたを見つけてしまうのではないかって。たとえば次の間なんかでね。想像するだけで疲れてしまう」

「なにか対策を練りますよ」トレヴは母親をなだめた。

「それにお医者さまが、こちらに向かっているのでしょう？　先生もきっと……捕り手とやらになにか訊かれるにちがいないわ」

「対策を考えますから」トレヴはさっと壁から身を離した。カリーに向かって短い作り笑いを投げる。「スタージョン少佐とのご婚約、まことにおめでとうございます。お屋敷をご訪問してあいさつできないのが残念ですが、なにしろこのような状況ですので」

マダムが咳を始める。「よしてちょうだい、そんな……」ぜえぜえとあえぎ、息を切らす。「まるで、応接間で話しているみたいに！　あなたには……隠れ家がいる――」

「これから考えると言ってるでしょう」トレヴが険のある声でさえぎる。カリーはマダムの様子をうかがった。肺に十分な空気を取りこむことさえできないほど苦しげなのに、片手で目元を押さえ、苦しさをこらえて身を震わせている。

「そうよ、さっさと手を打たないと！」カリーはぴしゃりと言った。「さもないとお母さまは、心痛のあまり命を落としてしまうわ！」

「具体的に、どんな手が打てるというんです？」トレヴは怒りのこもった目で彼女をねめつけた。「従僕に変装して、あなたと少佐に紅茶を淹れろとでも？」

「あるいは、わたしの寝室に隠れるとかね」カリーはやりかえした。「わたしの部屋なら、誰もあなたを捜しに来やしないわ」

マダムの発作がおさまる。彼女はベッドに身を起こして言った。

「完璧だわ！」すぐにまたあえぎ、咳きこむ。「完璧な作戦よ。あなたならきっと……助けてくれると思った」

「母上、冗談はいいかげんに――」

くぐもった呼び鈴の音がし、三人は同時に振りかえると、鍵のかかった扉を不安げな面持ちで見つめた。

「ミスター・ランキンだわ」カリーは言った「下に行って、用事は済んだと伝えてこなくては」

思ったとおり、来訪者はミスター・ランキンだった。だがいまいましいことに、彼はひとりではなかった。カリーは階段の途中で、前掛けをつまんで駆けのぼってくるリリーに事情を知らされた。

「ふたりともまだ庭にいます！」メイドは弱り果てた表情を浮かべた。「ランキンさんと一緒に、あの軍人さんまで来ちゃったんです！」はっと息をのんで、頭を下げる。「すみません、またおじぎを忘れてました。それで、あの、どうしてあの方まで来るんですか？　マダムは絶対に会いたくないっておっしゃるはずなのに！」

カリーだって少佐には会いたくない。彼女はいまさらながらに思い出した。少佐はいま、アントラーズに宿泊している。ミスター・ランキンがダヴ・ハウスに呼ばれたのを知ってついてきたのだろう。彼女はつかのま目を閉じ、冷静さをかき集めた。

「わたしが話をするわ。応接間にご案内して」

応接間に向かう途中、治安官が厨房のほうから現れた。上着を肩に引っ掛け、バスバンの大きなかたまりを口にくわえている。髪は乱れ、クラヴァットはしわくちゃで、あたかもベッドから出てきたばかりのような様子だった。カリーを認めるなり、彼は歩みを止めてバスバンを口から離し、ポケットに押しこんだ。

「おはようございます！」軽くおじぎをする。「悪党はまだ捕まえておりませんが、ご覧のとおり、部下とともに捜索に励んでおります！」

カリーも歩みを止めた。「ハッブル治安官、例の捕り手とは話をされました？」

ハッブルは怪訝そうな顔をした。

「どなたのことですかな？　シェルフォードで悪党の捕縛に従事しているのはこのわたしだけですが。まあ、部下たちも多少は力になってますけどね」

「ロンドンから来たという人よ」

治安官があんぐりと口を開ける。「ロンドンですと！」

カリーはうなずき、彼を応接間へと案内した。

「ええ、首都から。どうぞお入りになって。捕り手がここでなにをしているのか、公爵の居場所を知っているのか、探ってみてくださらないかしら？　一緒に捜査するという手もありますわね」

「それはどうでしょうかな」治安官は袖についた粉をはらいながらついてくる。「捕り手とやらも公爵を追っているのですか？」ふんと鼻を鳴らす。「ブリストルで捕まえたつもりが、まんまと逃げられたそうですね。まったく油断ならないお方だ。犯罪者にしてもなかなかのものですよ。それで連中は、公爵が母上のところにかくまわれていると思っているわけですね？　わたしなんぞには、そこまで考えつかないと高をくくっているわけか。よし、話してみましょう」

椅子に座ったカリーは両手を組みあわせて待った。やがてリリーが来訪者を屋内に案内する声が聞こえてきた。客人を応接間の戸口まで連れてくると、メイドは会釈をし、むっとした声で告げた。

「スタージョン少佐がいらっしゃいました」宿のあるじを見やり、ずっとほがらかな声になって言い添える。「ミスター・ランキンも」

ランキンが両手で帽子を持ってやや後ろに下がり、スタージョンに先を譲る。口を開こうとする少佐をさえぎり、カリーは早口に言った。

「ミスター・ランキン、わざわざ来てくださってありがとうございます。でも、せっかくご足労いただいたのにむだになったみたいですわ。まったくの誤解で、マダムにも無事にお会いできたんですの。元気そうなご様子でした」

「ああ、それはよかった」ランキンは戸口でリリーの前に立ったまま応じた。「マダムがどうかしてしまったらしいと聞いて、心配していたんですよ」

「ただ、心痛がひどいようで。きっと、ロンドンから来た捕り手とやらのせいだと思います」カリーはスタージョンを見た。「少佐、あなたから捕り手に、あまり家の近くをうろうろしないよう言ってくださいませんか？　わたしの頼みだと思って。なにもこんなときに、例のベルギー人の紳士を追う必要はないでしょう？　終わりよければすべてよしと申しますし」

「ベルギー人？」治安官がたずねる。「フランス人ではないのですか？」

「どちらでも同じことです」カリーは早口に答えた。すっかり話が錯綜してしまって、誰がどんな罪状でトレヴを追っているのかもわからなくなってきた。いずれにせよ、彼は数えきれぬほどの悪事を犯してきたらしい――やはり彼とは距離を置かねばならないのだ。

「そうですか」治安官がうなずいた。「ベルギー人であり、フランス人でもあるが、英国人ではないわけですな」スタージョンに顔を向ける。「お気を悪くなさらないでほしいのですが、シェルフォードにおける法の番人役を王からおおせつかった者として言わせていただきましょう。ロンドンの捕り手とやらに、この村での捜査活動に首を突っこむ権限は与えておりませんぞ」

それまで苦々しげな表情で無言をとおしていた少佐が、ふいに口を開いた。

「こちらにうかがう前にボウ・ストリートの人間と話をしてきました。彼らによると問題の悪党は――ベルギー人であれフランス人であれヒンドスタン人であれ――まさにいま、この家に身を隠しているとのこと」

リリーが部屋じゅうに響くほど大きく息をのみ、目を見開いて、ランキンの背後から室内をのぞきこむ。カリーも息をのみたかった。それが無理ならせめて金切り声をあげて髪をかきむしりたかったが、やっとの思いで自分を抑えると、涼しい顔で嘘をついた。

「すると、ずっとこちらで公爵夫人と一緒にいながら、わたしは彼の存在に気づかなかったわけですね。ああ、リリー、あなたは二階でマダムと一緒にいてさしあげて。じきに看護師が先生と戻るはずだから」カリーは意味深長なまなざしをメイドに向けた。「ここにいてもしかたないでしょう？」

リリーは頭を下げ、「かしこまりました」と応じて階段のほうへと向かった。

「あの男は、確実にここに隠れています」スタージョンは断言した。「おそらくは屋根裏部屋でしょう。あるいは厨房か、地下室があればそこかもしれません。家宅捜索に踏みきらないのは、ひとえにこちらの夫人の体調をおもんぱかってのこと」顔をカリーに向ける。「あなたが夫人と親しいのは存じあげています。できれば彼女に余計な不安を与えたくはありません。しかし彼女の息子は、複数の犯罪容疑をかけられ追われているのです。こうなったらここでやつが出てくるのを待つしかないですな」

「厨房にはいませんよ」治安官がぶっきらぼうに言った。「たしかです。ほかの部屋にもいやしません。いればこのわたしが捕まえていますからね。それともなんですか、田舎の治安官には見つけられないものも、ロンドンの捕り手なら見つけられるとでも？」

「治安官のおっしゃるとおりだわ」カリーはうなずいた。「指名手配されていると知りながら、のこのこ戻ってくるかしら」

「やつはここにいます」少佐は自信ありげに言い、カリーを見つめた。「わたしの言うことが信用できないのですか？」

「そういうわけでは――」青く鋭い瞳に射すくめられて、カリーは思わず目をそらした。すぐに少佐の顔に視線を戻すと、そこには奇妙な表情が浮かんでいた。彼は首をかしげてカリーをまじまじと観察していた。

彼女は手袋をもてあそんだ。そんなふうに見つめられると、鼻の頭にハエでも止まっているのかと心配になってくる。

「信用するしないの話ではありません」カリーはきっぱりとした声音を作った。「あなたには先ほど、追跡をやめてくださいとお願いしたはずです。頼みを聞いてくださらないのなら、これ以上申しあげることはございません」すっくと立ちあがる。「失礼。妹とレディ・シェルフォードが、ミス・プールの店でわたしを捜しているはずですので」

「ああ、それなら馬車でお送りしましょう」少佐がすかさず申し出る。「ちょうどお屋敷にうかがう途中だったのです。おもてに馬車を止めてありますから」

「いいえ、けっこうですわ。シェルフォードの馬車で戻ります」カリーは少佐の視線に狼狽していた。「ご面倒をおかけしたくないんですの」

「面倒でもなんでもありません」スタージョンは食い下がった。「それに本降りになりそうですしね。お屋敷まで直接お送りしましょう。妹君には、伝言を送ればいいでしょう」

そこへリリーが戸口に現れ、小さく咳ばらいをした。カリーはしめたとばかりにメイドを振りかえった。

「ああ、どうかした？」

「マダムが、家宅捜索が必要ならいますぐ済ませてほしいとのことです」メイドは頭を下げつつ告げた。「さっさと終わらせてほしいそうで」

言い終えてもリリーは顔を上げなかった。まちがいなくトレヴは、どこか安全な場所に隠れたか、あるいはどうにかして逃げたのだろう。カリーはスタージョンに向きなおった。

「というわけですから」両の眉をつりあげる。「捜索をなさったら、少佐？」

彼は小さくうなずき、なおも妙な目でカリーを見つめつづけた。まるで、彼女のごくささいな動きすら見逃すまいとするかのように。どうやら彼は、トレヴがここにいると疑っているだけではなく、カリーにも疑惑を抱きつつあるらしい。だが口を開いたときには、それをおくびにも出さなかった。

「夫人を困らせないでほしいとあなたがおっしゃるなら、いまも今後も、何人たりともこの家には立ち入らせせますまい。シェルフォード・ホールまで送らせていただけますね？　あなたのお役に立ちたいのです」少佐は頭を下げた。

たとえトレヴが無事に逃げおおせたにせよ、少佐はこの場から追いはらっておくべきだろう。カリーはそっけなくうなずいた。

「では行きましょう。リリー、マダムによろしく伝えておいて。それと、もう心配はいりませんからって」

ところが外に出てみると、彼女のとった選択肢はまったく思いがけない方向へと展開した。少佐の先に立って馬車のほうへと向かうとき、彼女はふと車体に目を向けた。雨が激しくなりそうなので、屋根はすべて閉じてある。御者はすでに御者台に着き、こちらに向けた背中を霧雨を避けるように丸め、くしゃくしゃの帽子を目深にかぶっている。

思わず歩みを止めかけたカリーだったが、必死の思いで御者から目をそらして歩きつづけた。帽子の下からわずかにのぞく黒髪は、あまりにも見慣れたものだった。彼女は自分の帽子に肩掛けをかけようとして、わざと手間取ってみせた。おかげで馬車の横にたどり着くまでのあいだ、少佐は彼女を手伝うのに集中していて御者のほうなど見もしなかった。少佐が扉を押さえ、カリーは馬車に乗った。

スタージョンが勢いよくとなりに乗りこんできて、御者に行き先を告げる。馬車はがくんと揺れて走りだした。座席にもたれた少佐は、さっそく彼女に向きなおった。

「彼を愛してらっしゃるのですね」

カリーはぴんと背筋を伸ばした。「なんのお話?」

「やっとわかりました」スタージョンは小さく笑った。「あなたはあのフランスの悪党に恋をしてらっしゃる。だからわたしに、さわらないでくれだの、捕り手を追いはらってくれだのと言ったのでしょう?」

まったくもってそのとおりなのだが、「頭がどうかなさったんじゃありません?」と反論し、顔をそむけた。「公爵夫人は大切なお友だちです。ご病気の彼女が苦しむところを見たくないだけです」

「なるほど。そうですか」

少佐はそれだけ言うと、黒革の屋根をじっとにらんだ。整った横顔がかすかにしかめられる。カリーはなにを言えばいいのかわからなかった。彼のほうからこの場で婚約を破棄してくれればいいのにと思ったが、期待はかなえられなかった。窓外に目をやり、灰色の空とゆっくりと走りすぎていく草原を見つめる。

馬車が屋敷の門をくぐったところで、少佐はふたたび口を開いた。

「あなたはわたしと結婚したほうが幸せになれる」いやみな口調ではなかった。「あの男がどんな人間かはあえて言いますまい。あなたもきっとよくご存じなのでしょう。じゃなかったらとっくに、あの男と駆け落ちでもしていたはず。でもこのままでは、わたしは本当の意味であなたを手に入れたとは言えません。競争相手をけなして、あなたの心を奪おうとするのは卑怯だ」彼はカリーの手をとり、軽くキスをした。「あなたの愛情をぜひとも手に入れたい」

「それは──そのような必要は──わたしは愛情など──」

彼女が手を引き抜こうとする前に、少佐は握った手を放した。

「まさか、愛情を手に入れる努力もするなとおっしゃる?」苦笑を浮かべてつづける。「そこまで残酷な方ではないでしょう?」

驚いたカリーは相手を見つめるばかりだ。「あの、できればお互いの──」

「お互いの自由を尊重したいとおっしゃるのでしょう? ええ、わかっていますとも。完璧に。しかしあなたは寛大にも、どんな女性と親しくなろうがかまわないとおっしゃってくださった。よってわたしは、あなたをその相手として選ぶことにします」

馬車が正面玄関の階段の前で止まる。従僕がきびきびした足どりで現れ、扉を開ける。本来なら彼がカリーに手を貸すのに、スタージョンはさっさと馬車を飛びおりると、自ら手を差しだしてきた。その手をとらないわけにはいかなかった。いやなら車内にとどまるしかない。だがそちらの選択肢のほうが前途有望かもしれなかった。馬車を住まいにすれば、平穏な暮らしが約束されるのだから。足台をおりつつ、カリーはいま一度だけ横目で御者を見た。あれは、見まちがいだったのかもしれない。

だがやはり彼だった。おとなしい馬たちの手綱を手に、御者台に座ったトレヴがまっすぐ前を向いていた。アントラーズの配達係の少年が馬車の前に立ち、邪気のない表情で馬の頭を撫でている。

スタージョンが彼女の腕をとり、階段へといざなった。

ダヴ・ハウスを出るときも、アントラーズの陽気な御者と交代するときも、真っ昼間に鍵のかかっていない窓からカリーの部屋に忍びこむときも、トレヴはさほどの身の危険を感じなかった。しかし、カリーの寝室にいるところを初老のつっけんどんなメイドに発見され、買収を試みたときには、さすがにこれはまずいかもしれないと焦った。

かつてのシェルフォード・ホールに、買収される使用人などひとりもいなかった。当時の執事は使用人をきちんと統制する一方で、トレヴのことは好意的に見てくれたので、そもそも賄賂をつかませる必要などなかった。だがいまのレディ・シェルフォードの代になってから状況は変わったはず——そう考えるのは一種の賭けだ。扉の取っ手がまわる音を耳にするなり、トレヴはすぐにわかるよう床の真ん中に金貨の山を作り、まったく悪意はないという顔をして、その脇に立った。

現れたメイドは、まず金貨に目を留め、ほうきと灰取りバケツを手にしたままその場に凍りついた。トレヴは咳ばらいをし、優しく気さくに話しかけた。

「きみのものだ。きみが、レディ・カリスタの友人でいてくれるならね」

メイドはぎくりとして彼を見上げた。彼女に見つめられたほんの数秒間を、トレヴはどれほど長く感じたことだろう。その数秒に匹敵するのは、被告席に座って判決を待つ時間くらいだ。

メイドはいっさい表情を変えず、心の動きはいっさい読みとれない。彼女はほうきを支えのようにして立っていた。血管の浮いた手のなかで、ほうきが震えた。

「彼女を傷つけるつもりはない」トレヴは言った。「愛しているんだ」

メイドはゆっくりと室内に足を踏み入れた。音をたててバケツを床に置き、扉を閉める。ふたりきりになると口を開いた。

「だんなは、例のフランスの紳士だね」彼のほうを顎でしゃくりつつ言う。質問ではなかった。「ダヴ・ハウスに住んでらっしゃる」

トレヴはうなずいた。「ああ、母は公爵夫人だ」

メイドはほうきを持ちあげて天蓋のベッドを指した。

「お嬢さまは夜どおし泣いてなさった。あの軍人と婚約したっていうのに」

その言葉は矢のごとく心臓に突き刺さったが、彼はなにもこたえなかった。ブーツに視線を落とし、ふたたび上げる。

「本来なら」しばしののちに、メイドが老いてかすれた声で言った。「玄関番を呼んで、泥棒が入ったと言うべきなんだろうけど」床に積みあげられた金貨を見る。彼女はしゃがみこんでそれをかき集め、前掛けのポケットにしまった。「朝になってお嬢さまの枕が濡れてたら、そうすることにしましょうかね」そう言うと、暖炉の灰掃除に取りかかった。

20

カリーは自室にひとり座り、紅茶のカップを手にぼんやりと窓の外を眺めている。なにもしたくなかった。彼女はやっとの思いで、熱烈に愛を告白するスタージョンから逃れたところだ。ついでに、ミス・プールの店から無言でいなくなるとはどういうつもりなのと叱責するレディ・シェルフォードと、春用のクリーム色の水玉シルク地を安く買えたのと自慢する妹からも。

頭痛がするからと言ったのは嘘ではない——頭のこぶの痛みはとっくに癒えたが、朝からいろいろあったせいで、こめかみのあたりがきりきりと痛んだ。窓辺の椅子に腰をおろすと、紅茶のトレーを持ってきてくれたメイドに、扉は静かに閉めてねと頼んだ。おもてでは雨が本格的に降りはじめている。カリーは紅茶を口に運び、窓ガラスをたたく滝のごとき雨を見つめて暗い満足感に浸った。トレヴが逮捕され、裁判にかけられ、絞首刑に処される心配は(少なくともこれから半時は)ない。だったら彼は、雨でおぼれてしまえばいいのだ。

彼女はささやかな夢想にふけった。荒れ狂う洪水のなか小船を漕ぎ、暖かく安全な場所を目指す自分。船に乗っているのは子犬に子猫に数頭の子羊。トレヴとスタージョンは木にしがみついて、彼女の助けを待っている。だが彼女はすぐに助けに戻るつもりはない。二杯目の紅茶に砂糖を入れたところでようやく、油布の外套をまとい、風と奔流と闘いながらふたりのもとに向かった。空想で遊んでいると、いつのまにか頭痛は和らいでいた。スタージョンはなんらかのすてきな方法でその場に捨て置き、気づけば彼女は、トレヴとともに毛布にくるまっている。トレヴの髪からしたたる水滴があらわな肩に落ちる。彼は両の腕でカリーを抱きしめ、荒々しく唇を重ね……。

彼女は夢見心地でほうっと息を吐いた。感覚が研ぎ澄まされていく。彼がすぐそばにいる気がするのは、胸の奥にそっとしまっておいた夢をよみがえらせたせいだろう。臭覚だけではかぎとれない香り、生命が奏でるかそけき音、静かな息づかい——動物たちはそれらを感じとれる。意識を十分に集中させれば、カリーにも。

ふと顔を上げた彼女は、枕の上に一枚のメモが置いてあるのに気づいた。

慌ててカップを脇にやり、大またでベッドに近づく。そこには〝大声を出すな〟とだけ書かれていた。見慣れた筆跡。インクはこの部屋にあるもの。署名はない。残す必要もない。カリーはひざまずいてベッドの下をのぞきこんだ。誰もいなかった。たんすを振りかえったが、婚礼用の衣装でただでさえいっぱいなのに妹があれもこれも譲ってくれるので、人が隠れる余地などない。彼女は控えの間への扉を見た。

つかのま、愚かしい喜びと分別と驚きが胸中で渦巻いた。けっきょく分別が勝り、一瞬でもよろめきかけた自分への怒りまでわいてきた。カリーは立ちあがって言った。

「いますぐに出てきなさい」

返事はない。カリーは扉をにらんだ。自ら開けて、逃げたネズミを捜すようになかをのぞきこむのはいやだった。

「出てこないなら、叫び声をあげるわよ」張りつめた声で脅した。

ずいぶん経ってから戸口にトレヴが現れた。寝室には入ろうとせず、戸枠に手をかけ、むっつりと伏せたまつげ越しに彼女を見た。

「どうせ叫んだりしないくせに……きみが叫ぶところなど今まで一度も見たためしがない」

そのとおりだ。でも彼女のことをわかっているからといって、褒美などあげない。

「説明していただこうかしら。人の寝室で、いったい全体なにをするつもり」

「もちろん、きみの宝石箱を盗むのさ。捕り手に追われ、首に懸賞金までかけられた。だったらいっそ本物の犯罪者になろうと思ってね」

「あら、懸賞金までかけられたの？」カリーは眉をつりあげた。「それは初耳」

「ダヴェンポート大佐のおかげでね。村じゅうにビラが貼られているよ。わたしを捕らえれば七ギニーだ」

「七ギニーですって！　大損だわ。犯人ならここに隠れていますと、通報すればよかった」

トレヴは傷ついた表情を浮かべた。

「すまない——無茶な作戦だとは思ったんだが、母がダヴ・ハウスにいてはいけないと言って聞かなくてね」

わけね」

「へえ」カリーは冷ややかに応じた。「それで、わたしの寝室に隠れるのが一番だと思った

「自分でもばかげていると思うよ。だが母をひとり残して行きたくないんだ。そのためには安全な隠れ家がいる。誰にも怪しまれない場所にね。きみなら……」なにを言おうとしたのかわからなくなったかのように、トレヴは言葉を切った。

「わたしなら、いやと言わないと思った？　そうよ、言うわけがないじゃない。寝室に紳士がひとり——なんて便利なのかしら。南風が吹く日には、暖炉から煙が入りこむから具合を見てもらうわね。たんすの下の床板がきしむから、それも調べてもらおうかしら。ずっとここにいるつもりなの？　だったらわたしはいずれ結婚するから、ボクシングデーが過ぎたらここを自由に使っていいわ」

「結婚の話なら聞いた」トレヴの声はとげとげしく冷たい。「聞いたに決まってるだろうが。村じゅうの噂なんだから」

カリーは身をこわばらせて彼に背を向けた。「そういう言い方はないんじゃない？」トレヴがやってきて、背後に立つ気配がする。

「すまない」彼はカリーの髪に触れ、首筋へと優しく指で撫でおろした。「本当にすまない。なにもかも」

「まったくだわ」カリーは身を震わせた。離れるべきだとわかっているのにできない。「どうして普通に呼び鈴を鳴らして会いに来られないの？」

トレヴは彼女の体に両の腕をまわし、自分のほうに向かせた。「大丈夫かい？」髪に唇を寄せて息を吸い、指の背で彼女の頬を撫でる。「ずっと、きみが心配でなにも考えられなかった」

カリーは両手を握りしめ、身を引きはがすと、トレヴに背を向けて言った。

「あの夜の結果を心配しているのなら、その必要はないわ。自分でわかるの。だからその件はこれ以上気にしないで」

本当は彼と向きあい、どんなに腹をたて、打ちのめされたか大声で訴えたかった。どうして妻がいると教えてくれなかったのか。どうして二度までも彼女の心を奪い、それでもなお結婚を隠していたのか。けれども心の内をすべてさらけだすのはいやだった。トレヴとスタージョン少佐によって、わずかに残された彼女の自尊心はずたずたに引き裂かれた。なにも知らずにこの身を捧げたと認めることだけは、絶対にできない。凍りついたように立ちつくしたカリーは、彼に触れられる一瞬を痛いほどに求めながら、彼が離れていくのを気配で感じていた。

「あれは単なる……一夜の出来心とでもいうのかしら」カリーは壁に向かって言った。淡々とした自分の声に驚いていた。「出来心でベッドをともにする女だとは誰も思わないでしょうけど、結婚の前にははめをはずしたいと考えるものでしょう？　馬だって、馬具を付けられる前に人を蹴ったりするものね」

窓をせわしなくたたく鈍い雨音が室内に響く。カリーはこぶしにした手を無理やり開き、トレヴに向きなおった。彼は雨を見ていた。薄明かりのなか窓のほうを向いているせいで横顔に影が差し、心の内を読みとれない。だがそこに険しく沈鬱な表情が浮かんでいるのを見つけると、カリーは唇をかんだ。雨のなかに彼を放りだし、捕り手と懸賞金狙いの人びとの手にゆだねるわけにはいかない。だからといって、本心を彼に見せるつもりもない。

トレヴが横目でこちらを見た。「馬具なのか?」片眉をつりあげて問いただす。「やつとの結婚は馬具なのか?」

「いいえ」カリーは即答した。「ただのたとえ話よ。彼の人となりがわかってみると、ふたりで幸せな家庭を築けるのではないかと思うようになったの。いまではわたしを心から大切にしてくれているわ。それに――」少佐の愛情のあかしとなるものはなかったかと、急いで探す。「いつも花を持ってきてくれるし、わたしの手にキスしてばかりいるの」

「なるほど」トレヴがつぶやく。カリーは疑わしげに彼を見つめた。そのうち笑いだすのではないかと思ったが、まじめな表情を崩さなかった。「じつにまめな男だ」

「そうなの。わたしの心を手に入れたい、それすら許してくれないほど残酷な人なのかと責めるのよ」カリーはさらに言い添えて、賢明に真実を隠そうとした。「それもついさっき。馬車のなかでね」

「ほほう?」トレヴがこちらに向きなおる。光を背に受けているせいで、顔の表情はまるで見えなくなった。「すると、やつはまだきみの心を手に入れていない?」

「手に入れる寸前ね」カリーはひるまず答えた。「わたしもじきに彼を愛せるようになるわ」

うなずいたのか、それともただ顎を引いたのか、トレヴの顔がごくわずかに動いた。「家庭を築いたあとは」彼女はさらに言いたてた。「誰よりも深い愛情をそそぎあえると思うわ」

「だろうね」彼は早口に言った。「幸せな結婚生活が待っているみたいでよかった。これからもきみがやつの愛情を十分に堪能できるよう、わたしはできるかぎり姿を見せないよ」

「使用人を買収したのね」カリーは淡々とたずねた。

「そのとおり」

深々と息を吐く。「今夜は泊まってもいいわ。ただし控えの間に」そちらを指差し、腕組みをする。

彼は控えの間に歩いていった。

「わかっているとも。食事は犬と同じでいい。ときどきビスケットを投げ入れてくれればけっこうだ」

トレヴは後ろ手にやや乱暴に扉を閉めた。こぢんまりとした控えの間に立ちつくし、いくつかの選択肢について考える。ゆうべ母の寝室でそうしたようにむきだしの床で眠るか、向こうの隅にきちんとたたんで置かれたぼろきれをクッション代わりにし、整理だんすのとなりの壁にもたれて眠るか。ぼろきれの用途は定かではないが、カリーのことだからきっと、靴磨きではなく牛の毛皮のつやだしに使っているのだろう。ここには退屈しのぎの本もたくさんある。たとえばこんな本が――『牛――その繁殖法、飼育法、および疫病管理・各品種の歴史をひもとく・各品種の起源と繁殖法および長所、食肉と牛乳の収穫量・疫病の症状と治療法・畜産家および牛愛好家、獣医のための完全なる指南書・一〇〇枚の挿絵入り』これで眠気が訪れなかった場合には、『牧畜業者のすべて・畜産家、繁殖家、販売業者のための便覧』に目をとおし、牛や羊、馬、イノシシの基礎知識を身につけ、羊毛の取引について学べばいいだろう。これには、リンカーンシャーの牧畜業者が資料提供し、著名農学者が編集に協力した『名牛の定義、農場経営、その他の農業知識』なる補遺も付いている。

スツールに腰をおろしたトレヴは、本ではなくカリーのストッキングを見た。どれも実用的なデザインばかりだ。防寒を目的とした、飾り気のない、見た目などいっさい考慮しない純白のストッキング。だがペチコートと一緒に木の棚にかけられているせいで、女性らしい脚の曲線がよくわかる。トレヴはそれをじっと見つめ、刺激的な妄想の世界に浸った。しまいには想像がすぎ、居心地の悪さを覚えた。

ずっとここに閉じこもっているのは容易ではなさそうだ。母がこの作戦に飛びつこうとしたときには、ばかばかしいとしか思わなかった。しかし、すぐにも逃げねばならない事態となったとき、目の前に転がっていたチャンスにしがみついてしまった。アントラーズの配達係の少年ふたりは、数枚の硬貨をやったら大喜びで彼のたくらみに協力してくれた。おかげでシェルフォード・ホールまでは簡単に来られた。屋敷に忍びこんでからも、それなりに順調と言える。

とりあえずいまは、カリーの部屋で安全に過ごせている。そう大きな注意をはらわなくとも、イチイの古樹を伝ってダヴ・ハウスとここを行き来できるだろう。トレヴはカリーの資産に関する疑念をはっきりさせたかった。帳簿を調べられれば、なにかわかるかもしれない。ただそのためには明け方に家探しをし、錠前破りも必要になるかもしれず、危険を伴わないとは言いきれない。だが、ここにじっと座って、ほんの数メートル離れたところで眠るカリーを思い泣き言を言っているよりは、なにかすることがあるほうがいい。

ほかの問題も考えずにすむ。ベッドをともにしたあと、どんなに冷たくカリーを放りだしたか。なんでもいいから理由をつけてスタージョンを殺すにはどうすればいいか。ブリストルで船に乗り遅れたのも、酒場でそんなことばかり考えていたせいだ。そんな自分に彼は驚いていた。ふだんの彼は、過去の思い出もそれにかかわった人びとも、いとも簡単に忘れられるのに。

おなじみの二者択一が脳裏に浮かぶ。彼女にとって最善の道と、自分の望む道のどちらを選ぶべきなのか。トレヴの望みはカリーとともにいることだ。どんないびつなかたちでもいい。別の男と婚約した彼女の控えの間に身を潜める、なんてかたちでも。トレヴは想像をめぐらした。フランスに密航するふたり。かの地でトレヴは、邪悪なビゾーも立派な馬車も城の再建もすべて嘘っぱちだと彼女に打ち明ける（その場面を夢想したときにはさすがに、またジンが飲みたいと思った）。不快な場面を思い描いていると、控えの間の扉がそっとたたかれ、そこに隠れていて、というカリーのとがった声が聞こえてきた。

トレヴは微動だにせず、部屋に入ってもいいかとカリーにたずねる少女めいた声に耳を澄ました。誰かが入ってくる物音がつづき――たしかにたんすの下の床板がひどくきしむ――レディ・ハーマイオニーが姉に言うのが聞こえた。

「気分はよくなった？　アンが寸法を測りたいと言っているのだけど、いま呼んでも大丈夫かしら？　明日までにお姉さまのドレスを仕上げるために、今夜は徹夜で縫うらしいの」

「どうしよう」カリーのくぐもった声。「仮面舞踏会のことを忘れてたわ。ねえハーミー――」

「欠席はだめよ！」妹が懇願する。「お願い。きっと楽しい舞踏会になるわ。それにね、サー・トーマスからの大ニュースがあるの。なんと、シドマス卿がいらっしゃるんですって！舞踏会に出席されるため、このシェルフォード・ホールに！」

「シドマス卿？」カリーがぼんやりと訊きかえす。「どうしてその方がここに？」

「お姉さまったら」妹はじれったげにつぶやいた。「シドマス卿といったら内務大臣じゃないの」頭の回転は悪いがかわいいわが子に諭すときのような口調で教える。「大臣に来ていただけるなんて、それは光栄なことなのよ。とくにいまは裁判だの法制定だの王のご命令だので多忙をきわめてらっしゃって、まずロンドンを離れられないんですって。きっと一〇〇人もの部下を引き連れていらっしゃるはずだわ。その筆頭がサー・トーマスというわけ！」

「ああ」カリーはつぶやいた。やっと事態をのみこんだらしい。「内務省の方々がいらっしゃるのね」

「そうよ。こんな光栄なお話ってないでしょう？　サー・トーマスいわく、次の選挙のあとで昇進まちがいなしですって」

「それは素晴らしいわ。一〇〇人の同僚を蹴落としての昇進だもの」

ハーマイオニーがくすくすと笑い、声を潜めて言った。控えの間の前あたりに来たらしく、小さな声でもちゃんと聞こえる。

「スタージョン少佐はイスラムの君主の格好で来るらしいわ。本人に聞いたの。だからね、お姉さまはヴェールで顔を隠した王妃さまの格好をするのよ。ほら、この青緑の紗織ならすてきでしょう？　ドリーも賛成してるわ。ねえ、新居について悩んでいるの？」

扉に手がかけられる気配を感じ、トレヴはすばやく後ずさった。見つかる前に窓を開けて下に飛びおりられるかどうか考えていると、カリーが慌てて言うのが聞こえてきた。

「もちろん参加するわ、とってもすてきだもの！　アンはハーミーの部屋にいるの？　だったらいますぐ向こうで採寸してもらいましょう。この天気でわたしの部屋は夕方並みの暗さだもの。向こうのほうがずっと明るいはずだわ」

「じゃあ、王妃さまの衣装を着てくれるのね」ハーマイオニーがほがらかな笑い声をあげて取っ手を離す。「じゃあ行きましょ。採寸なんてすぐに終わるから、あとは新居の農場のどこに牛舎を設けるかゆっくり考えるといいわ。わたしなんか、もう悩む必要もなくなっちゃった。サー・トーマスがね、いま住んでらっしゃるタウンハウスの家具の配置を、わたしの好きに変えていいって。わたしたちはロンドンに住むけど、たまには子どもを連れてお姉さまの田舎のおうちにうかがえるわね……」ハーマイオニーが無邪気に夢を語る明るい声が徐々に小さくなっていく。やがて、寝室の扉が閉まった。

妹の部屋から戻ったとき、カリーはトレヴに話しかけも、いることを確認しようともしなかった。トレヴは用心深く控えの間に身を潜め、牛のお産時や動物たちが腹を壊した場合など、万一のときに備えて（そのような「万一」はありえないだろうが）畜産学を学んだ。学びながら、どうして自分はここまで堕ちてしまったのだろうと考えた。カリーがヴェールをまとったイスラムの王妃を、スタージョンが君主を演じるとかいう話には、腹が立ってしかたがなかった。カリーの身をつつむきらめくブルーのヴェールがだんだん薄くなっていくさまを想像せずにいられず、しまいには彼女のいる宮殿を訪れたい気分に駆られた。一方でスタージョンのことは、頭に巻いたターバンをほどいて首を絞めてやりたい気分だった。

しかもこの屋敷にはシドマスが部下を引き連れて来るらしい。そのうちの誰かが、トレヴの裁判に立ち会っていた可能性もある。とはいえ、シドマスになにか言ってやりたい気持ちもないではない。恩赦を得るため、トレヴはすべての容疑を認めた。だがついに王の恩赦が下ったとき、シドマスの署名がなされた恩赦状には、英国を離れなければ刑を執行するとの条件が明記されていた。内務大臣に直接会ったことはないが、トレヴに対してなにか恨みでもあったのかもしれない。賭けで大損をさせられた、八百長試合ですったといった理由から、トレヴやザ・ルースターを逆恨みしていた可能性は十分にある。単純に、トレヴの有罪を信じただけかもしれないが。

この重大な疑問に対する答えを得られるのなら、じつにありがたい。しかしシドマスに直接たずねるのは賢明とは言えまい。死刑判決を受けたトレヴは恩赦が下る前、ニューゲートの牢獄に二週間にわたり投獄されていた。同じ経験をまたしたいとは思わない。有罪判決を受けた重罪犯たるもの、まんまと絞首台からおりることに成功したら、せっかくのお恵みに文句をつけるべきではない。

薄闇が迫る部屋で、トレヴは壁にもたれてむっつりと座りこんだ。いまいましい床がきしむので、おいそれと歩くわけにもいかない。部屋にトレーを運ばせてカリーが食事をとっているのが物音でわかったが、一緒にどうかと誘われることはなかった。彼女はトレヴに背を向け、スタージョンと家庭を築こうとしている。まさにトレヴが望んだとおりになろうとしているのだから、喜ぶべきだ。

やはり新天地は上海にしよう。ボストンでは近すぎる。

夕刻以降は、絶え間なく降る雨が樋を打つ音を聞きながら言葉も交わさずに過ごした。外がすっかり暗くなったのを見計らい、トレヴは控えの間の扉を開けるとつかのまその場に立って彼女のほうに視線をやり、これから母のところで食事をしてくる、と誰にともなくといった感じで告げた。暖炉の前に座ったカリーが、帰りを急ぐ必要はないとばかりに冷ややかな声でいってらっしゃいと応じる。トレヴは大またで窓に歩み寄った。鎧戸を開けると、暗闇のなかでも、滝のごとき雨がガラスを打つのが見えた。こんなときに窓を開ければ、自分自身はもちろん、窓辺の長椅子もびしょ濡れになる。

彼は鎧戸を閉めなおし、室内を振りかえった。

カリーはタティングレースにいそしんでおり、真剣な面持ちでてきぱきとシャトルを動かしている。暖炉の炎が頬を薔薇色に染め、温かみのある赤褐色の髪をきらめかせている。ふだんはきっちりと三つ編みにまとめられた髪が、今日は珍しくおしゃれに結いあげてある。だが豊かな巻き毛は反抗心旺盛で、幾筋かがへアピンから逃れてうなじにふんわりと垂れている。トレヴはしばし彼女を見つめた。

「そっちの針は使わないのか?」しばらくしてから、ぶっきらぼうにたずねた。「針のほうが効率的だろう?」

カリーがシャトルを膝におろし、鋭い目でトレヴを見上げる。彼は笑みを浮かべそうになり、相手がそんな気分でなさそうなのを見てとると、まじめな顔を保った。

「お母さまに会いに行くんじゃないの?」

「この雨では無理だ」

彼女は大きなため息をついた。あたかも、彼女を困らせるためにトレヴが大雨を降らせたといわんばかりに。彼はテーブルに歩み寄り、トレーに置かれたグラスに断りもなくワインをそそいだ。空いている椅子に腰をおろす。

「せめて普通に話せないか? もう友だちには戻れないにしても」

唇をかんだカリーは暖炉のほうに顔をそむけた。その口元がかすかに震えた気がして、トレヴは激しい衝動に駆られた。足元に駆け寄ってひざまずき、膝に置かれた両の手をとって自分の頬に押しあてたい。だが彼は自制心をかき集め、ワインを口に含んだ。

「わたし自身は、いまもきみの友だちのつもりだ。これからもずっと」

カリーがうつむいたままうなずく。「わかっているわ」

「仮面舞踏会とはちょうどよかったよ」彼はくだけた口調でつづけた。「シェルフォードの帳簿を調べたいんだ。どこか鍵の閉まる場所にしまってあるのかい？」

「帳簿を調べたい？　いったいなんのために？」

疑念を話すべきか否か、トレヴは迷った。カリーに不安感を与えたくない。だが彼女の資産が使いこまれているなら、それがいくらだろうときちんと穴埋めする方法をなんとしても見つけたい。自分の財産で補てんしてもいいくらいだ。そういう事情があるなら、話してもかまわないだろう。

「じつは、逃げる前にスタージョンと話をした。そのとき、きみの信託財産になにか問題が起こっているのではないかと感じた」

「わたしの信託財産ですって？」カリーは当惑の表情を浮かべた。「意味がわからないわ。少佐と、わたしの財産について話したの？」

トレヴは小さくうなずいた。

「間接的にね。なにかがおかしいんだよ、カリー。いや、スタージョンを疑っているんじゃない。ただ彼は、きみとの最初の婚約のときに誰かに脅されたそうだ」

カリーがまじまじと見つめてくる。「どういうこと?」

「彼は自らの意志で婚約を破棄したわけじゃない。脅されて、そうせざるを得なかった」

彼女の手からシャトルがすり抜け、床に落ちる。「脅された? そんなの、ありえないわ」

「本当なんだ。とはいえ、きみ自身や今回の婚約とはまったく関係がないから安心したまえ。英国軍将校としての彼の名誉にかかわる問題が原因だ。彼は戦時中にとある決断をした。実際、それで数人の命が助かったわけなんだが、そのときに上からの命令に何度か背いた。公にされたら困るだろうな」

「嘘でしょう」カリーはまだ半信半疑だ。

「わたし自身は、当時の彼の振る舞いを責める気はない」トレヴはシャトルを拾い、指が触れぬよう気をつけて彼女に手渡した。「彼なりの事情があったんだろう。だがスタージョンは将校だ。命令に背いたのがばれれば、解任され、軍法会議にかけられる。それを回避するために彼は婚約を破棄した」

カリーはゆっくりとかぶりを振った。「たしかなの? まさか、彼が脅されただなんて!」唇をぎゅっと結ぶ。「いいえ、やっぱり信じられない。彼はただ、わたしとの結婚がいやになって別の女性を選んだだけだわ」トレヴをちらと見やり、つんと顎を上げる。「あのときはね。いまは、当時とはまったくちがう感情をわたしに抱いているわ」

トレヴは小さな笑みで応じた。スタージョンが自分でも気づかぬうちにカリーを愛するようになったとしても、なんら驚くにあたらない。それに愛情があれば、彼だっていい夫になれるだろう。自分は上海に行き、向こうでアヘン中毒になろう。

「まさか、わたしを力づけようとして作り話をしているのではないでしょうね？」カリーは疑わしげに言った。「前の婚約破棄はもう気にしていないの。ばかげた作り話をしてくれなくても、わたしならもうよくよくよしていないから大丈夫よ」

トレヴは顔をしかめた。

「こいつは作り話でもなんでもない。きみの資産が使いこまれているなら、ばかげた話だなんて言っていられないぞ」

彼女は小さく息をのんだ。「ありえないわ！　いったいなんの話なの？」

「きみの財産は、わたしが必ず取り戻してやるから安心していい。とにかく、彼が脅されたのは事実なんだ。いったいどこの誰がなんのために、彼ときみの結婚を邪魔したのだと思う？　それに次の婚約者たちも、ごくささいな理由で婚約を破棄したんだろう？　じつに妙だと思ってね、少し前から調べているんだよ」

「捕り手の追跡を逃れながらそんなまねができるの？」カリーが横柄にたずねる。

トレヴは腹立ちを抑えた。

「帳簿ときみの信託財産を、自由に動かせるのは誰だ？　信託財産の受託者は？」

「もちろん、いとこのジャスパーよ。まさかあのジャスパーがスタージョン少佐を脅し、わたしの財産を盗んで、残るふたりにまで婚約破棄を命じたとでもいうの？　当時、父は存命だったのよ。それなのに、ジャスパーが人の財産を使いこんだ犯人だと決めつけるの？」

「決めつけてないだろう」聞く耳を持とうとしないカリーの態度に、トレヴはいらだちを覚えはじめていた。「だが世間の法定推定相続人の多くは、少しばかり早めに財産を手に入れるために妙なことをするもんでね。それで、ジャスパーはいつからシェルフォードの帳簿を管理するようになった？　ぜひこの目で見てたしかめたいんだが」

「あなた、頭がどうかしちゃったのね。ジャスパーが帳簿を改ざんできるわけがないじゃない！　あの人は、二足す二もわからないくらい計算が苦手なのよ」

「本当に？　たしかめるすべはあるかな」

「彼に帳簿の改ざんは絶対に無理よ。だってわたしが帳簿を管理しているも同然だもの。少なくとも、書き方の指示は出しているわ。彼がどうしてもわからないというから」

「演技の可能性もある。ヒューバートを賭け金代わりにとられたというのも妙な話だったじゃないか。計算が合わなくなって、埋め合わせるために余計な金が必要だったのかもしれない。あるいは、奥方が裏で操っている可能性もあるな。彼女ときたら、ニューゲートにいる盗っ人どもよりも冷徹そうだったから」

カリーはしかめっ面をした。「正直言って、ドリーは好きではないわ。でも、だからといって悪いことをする人には思えない」かたわらの籠に手を伸ばし、白い織り糸を取る。「周りに怪しげな人たちばかりいるから、それで疑い深くなっているんじゃないの？」

ワイングラスを倒さんばかりの勢いで、トレヴはいきなり立ちあがった。驚いて目をみはるカリーの表情を見てやっと、自分の粗暴な振る舞いに気づいた。必死に気持ちを落ち着け、彼は静かに「そうかもしれないな」と言った。「だがそういう環境だからこそ、貴族だろうが掃除夫だろうが、誰だって悪事に手を染めるときは染めるのだと学べた」

トレヴを正面からじっと見つめ、やがてカリーは膝に視線を落とすと、レース編みを再開した。「本当にそうね」

ふたりはしばらく、上下に動くシャトルを見ていた。立ちすくむトレヴは、たったいま自分が被告席で咎められ、裁かれ、判決を言いわたされている錯覚に陥った。

「信じられないなら、それでいい」長い沈黙の末に言った。「しかし誰かがスタージョンを脅したのは事実だ。なんらかの明白な理由で」

「わかりました」カリーが応じた。立ちあがってレース編みの道具をかたわらに置き、化粧台に歩み寄る。「帳簿はいとこの書斎の机にあるわ。これが引き出しの鍵。南棟の一階よ。わたしの財産がすべてなくなっていたら、スタージョン少佐に教えてあげて。結婚式の前に彼が婚約を破棄できるように」鍵を差しだし、ぎくしゃくと小さなおじぎをする。「それと、伯爵の机を勝手に開けているところを見つかったら、窓から逃げる必要があるわね。そのときには向かって右手の奥、暖炉のすぐそばの窓を使うといいわ。ほかの窓は、雨の日は開けにくいから」

トレヴは鍵を受け取り、手のひらに握りしめた。

「彼は婚約を破棄しない。今回は、わたしがそうさせない」

「するに決まっているでしょう」カリーは静かにかえした。「本当にわたしの財産が消えていたらね。でも、そのほうがいいのかもしれない。少佐にキスばかりされて手の甲が痛いし、花束はもらってもどうせ枯れてしまうから」

鍵を握る手に、トレヴは力を込めた。「ばか言え」とつぶやき、大またで彼女に歩み寄る。腰に腕をまわして抱き寄せ、情熱的に口づけた。つかのまの抵抗を抑えつけ、懇願するように、あるいは激しく求めるようにキスをつづけると、やがて彼女はあえぎ声をもらし、両の腕を彼の首にかけた。固い抱擁に、彼女のいない幾千もの夜が終わりを迎え、夜と夜が溶けあってひとつになった。

カリーが身を寄せ、彼の髪をまさぐり、顔を自分のほうに引き寄せる。耳の奥で轟く雨音を聞きつつ、トレヴは彼女の口をこじ開けた。分別が失われていく。彼はカリーを抱いたまま、ともに床にひざまずき、時間をかけて深々とキスをした。それでも、絨毯に彼女を横たえて奪ってはいけないと自分をいましめる程度の理性はあった。よりによってシェルフォード・ホールの彼女の寝室でそんなことはできない。世界が甘く熱い欲望と化して彼のまわりを回りだす。トレヴは両の手で彼女の体の線をなぞり、わずかばかり残された正気を失うまいとして、口づけだけをくりかえした。唇、顎、耳たぶ、首筋。ドレスを脱がせなくても口づけられる、ありとあらゆる場所に。それでも耐えきれずにドレスの肩だけおろすと、小さなリボンがほどけ、留め金がはずれて、透きとおる象牙色の素肌に触れることができた。

女性らしいあえぎ声にますます駆りたてられ、トレヴは彼女を強く抱き寄せた。カリーも誘うようにわが身を密着させてくる。だがトレヴはぎゅっとまぶたを閉じた。それから、自制心を総動員して彼女の身を離した。床に座りこんでいくばくかの冷静さを取り戻し、立ちあがると、部屋の反対に移動した。

鎧戸を勢いよく開ける。できることなら窓を開け、屋根からなだれ落ちる滝のごとき雨で頭を冷やしたい。けれども彼は、片腕と額をガラスに押しあて、冷たい空気を深々と吸いこむにとどめた。

だいぶ落ち着いたところで振りかえると、立ちあがったカリーはドレスの肩を直し、リボンを結んでいるところだった。結いあげた髪がほどけ、揺らめく赤褐色の波となって片方の肩を覆うさまはしどけなく、うろたえているようにも見える。彼を見上げたとき、長いキスのせいでカリーの表情は和らぎ、ぬくもりを帯びていた。

「自分はなんてばかなんだろうと、つくづく思うわ」彼女は腹立たしげに言い、顔をそむけた。あらわな首筋の曲線が暖炉の明かりに浮かびあがる。トレヴは、彼女を見つめるだけで死んでしまいそうだ。

「いや、きみはなんて魅力的なんだろうと、つくづく思うね。こんな状況で言われても迷惑だろうが」

カリーはつんと顎を上げて彼を見おろした。

「こちらこそ、迷惑をかけてごめんなさい。あんなふうに……あなたに屈するべきではなかったわ」

「そんな目で見られると、ますます自分を抑えられなくなる」

「どんな目？」カリーは訊きかえし、わが身を見おろして、乱れたスカートをいらだたしげに引っ張って直した。

「人の頬を打ちながら、同時にキスをしようとたくらんでいる目さ」トレヴはさりげなく足を踏みだし、彼女のかたわらをそのまま通りすぎると見せかけて、すれちがいざまにウエストをつかむと背後から抱きすくめ、細い首筋に顔をうずめた。素肌にそっと唇を寄せてたずねる。「仮面はどこにある？」

「仮面？」カリーは弱々しくくりかえした。

「仮面でもかぶらないとまた……さっきの言葉を借りるなら、きみに屈したくなりそうだ」トレヴは彼女の耳元に鼻をすり寄せた。「むろん、わたしとしては屈してもかまわないが」

不規則な呼吸に、カリーの胸が大きく上下する。「なるほど、それは名案だわ」皮肉めかした声音は語尾がわずかにかすれ、うわずっていた。「仮面をかぶって、わが家を徘徊するわけね？」

「きみがそれを望むなら、わが恋人《モナムール》」

「恋人じゃないわ」

「恋人だ」トレヴは髪に唇を寄せてささやいた。「死ぬまでずっと」

カリーは息をのんだ。「ただの友だちよ」

「そうなのかい？」彼女を抱き寄せ、口を開いてこめかみにキスをする。「カリー。本当にただの友だち？」

彼女は全身を震わせたが、抗おうとはしなかった。「やめて。お願いだから」自分でも、やめるべきだとわかっている。だがカリーの体は、言葉とは裏腹に求めていた。カリーはトレヴを求めている――触れるたびに、彼女の切望感が高まるのが感じられる。そんな彼女がいずれスタージョンの腕に抱かれるのだと思うと、心臓が凍りつき、わずかに残った自尊心のかけらさえも粉々に砕けそうだった。抱きしめる腕に力を込めて、その強さだけで彼女をつなぎとめようとする。彼女が身を任せ、こちらを向いて見上げたとき、トレヴはいっさいの分別を忘れた。

すばやい身のこなしでカリーをベッドへと運び、上掛けの上に仰向けに横たえて組み敷く。両手をベッドについて彼女の顔を見おろし、トレヴはかすれ声でささやいた。

「きみのストッキングが見たい。飾り気のない純白のストッキングが」

拒絶するかのように口を開いてから、カリーは目をしばたたいた。当惑した表情に、トレヴはますます彼女が欲しくなる。

「控えの間にこもっていたせいで、頭がおかしくなった」身をかがめ、キスをする。「きみの下着が恋しくてたまらない」

カリーは足首を交差させた。顔をしかめようとして失敗する。トレヴが指先で脚をなぞり、ガーターに指をかけると、カリーは彼の肩をつかんで首をのけぞらせた。さらに指を奥のほうへと忍ばせ、なめらかな太ももへと撫であげていく。彼女はとぎれがちに息を吐き、片膝を立てた。めくれあがったペチコートの下から、美しい曲線を描く脚と純白の薄いストッキング、いっさい装飾のないガーターがのぞく。炉火の光が彼女の脚と、その奥にぼんやりと見え隠れする薔薇色の巻き毛を照らす。つかのま、無垢な瞳で彼を見上げたカリーは、きらめく赤毛に頬をつつまれ、生まれたての乙女に見えた。

ところが彼女はふいに笑いをこらえるように口をすぼめたと思うと、くすくすと笑いだした。「わたしの部屋に、男の人が身を隠しているなんて」と言うなり声をあげて笑った。

その声を聞きながら、トレヴはカリーをじっと見つめた。体を震わせ、片手で口を押さえて必死で笑いをのみこもうとするのに、今度は目じりに笑みが浮かんだ。

トレヴは身をかがめて彼女の耳元に唇を寄せ、全身で笑い声を感じとった。「かわいいカリー」とささやきかけ、温かくぬくもった場所へと指を忍ばせる。「これでもまだ笑うのかい？」

彼女はあえいで背を弓なりにした。「やめて。もう笑わないから」

トレヴはひたすら彼女を見つめた。くすくすと笑うカリーが、この世のなによりも誰よりもいとおしかった。「仮面をかぶって屋敷を徘徊する案は却下するのかい？」邪気のない声でたずねつつ、感じやすい部分を親指でなぞる。

「却下するわ」カリーは息をのんだ。「ああ、だめ！」

「じゃあ、控えの間に閉じこもって、整理だんすをぼんやり見ていろと言ってくれ」

カリーは笑い、息を切らし、彼を強く抱きしめた。「トレヴ！　それ以上はやめて！」

「やめるとも」トレヴは言いつつ、身をかがめて乳房にキスをした。「わたしの腕をつかむ小さな手を、きみがどけてくれさえすればね――」

彼女はその手をどけなかった。トレヴが覆いかぶさると、迎えるように抱きしめてくれた。カリーの温かな肌の匂いと切望の香りが鼻腔をくすぐる。けれどもトレヴの欲望を最も激しくかきたてるのは、彼女の笑い声だった。口づけるたび、カリーは声をあげて笑い、愛らしく体を震わせた。その体へ、カリーのなかへとわが身を沈める。結ばれた瞬間、ふたりはいっさいの疑念も言葉も忘れ、混じりけのない純粋な喜びにつつまれた。

21

翌朝、カリーは寝坊をした。大寝坊だ。いつもは夜明け前に起きて、ヒューバートにパンをあげに行くのに。牛の悲しげで不満げな鳴き声が、閉じた鎧戸の向こうからかすかに聞こえる。髪に引っかかったヘアピンを探し、妹がデザインした派手なドレスの着方を考えていると、メイドのアンが扉をたたいた。

メイドが部屋に入ってくる。カリーは頬を赤らめ、化粧台の鏡に映る自分をひたと見据えた。眠っているあいだにトレヴが控えの間に移ったのはわかっている。でも自分の体にも寝室のそちこちにも、彼の匂いが染みついている気がしてならない。アンは匂いに気づいたのか気づかないのか、なにも言わずに速足でカリーに歩み寄ると、波打つ豊かな髪をまとめはじめた。

「奥さまが、すぐに下に来てほしいそうです。お客さまがいらしたので、一緒におもてなしをと」

カリーはため息をついた。

「ドリーのお友だちがお祝いを言いに来ただけでしょう？　お友だちと話しているのではな

いの？　ヒューバートにごはんをあげてきてからでも別にいいんじゃないかしら」

「早く来るようにとおっしゃっていました」メイドはピンを髪に挿し、カリーの髪を完璧にまとめるのを適当なところであきらめ、一歩後ろに下がった。「できました。おなかをすかせた牛にパンをあげてくるよう、玄関番に言っておきますね。お嬢さまは急いで下にいらしてください」ふたりは鏡のなかで目を合わせ、無言のうちに理解しあった。カリーが遅れれば、ドリーはメイドを責めるに決まっているのだ。

「わかったわ」カリーは腰を上げた。「ありがとう、アン。髪もうまくまとめてくれて」

「とてもおきれいですわ。やっぱり、頬のまわりに巻き毛を散らしたほうが似合いますね」

「ピンがはずれて髪が落ちてこないことを祈るわ」

最後にもう一度だけ鏡のなかの自分に視線をやったカリーは、本当にいつもよりきれいに見えることに気づいて驚き、まごついた。それもどこか色気を感じさせる、あたかも愛する人とベッドをともにしていま起きたばかりですといわんばかりのしどけない美しさだった。ハーマイオニーによると最近はそういうのがはやりらしいが、現状が現状なだけにカリーは動揺せずにはいられなかった。

応接間に着くと従僕のジョンが扉を開けてくれたが、このときもまた困惑させられた。いつものジョンは彼女を迎えるとき、笑みを浮かべて会釈をしてくる。ところが今日は彼女の頭越しにまっすぐ前を向いたままだった。つまり、ドリーの機嫌が悪いのだろう。だがすれちがうとき、彼はほんのわずかに頭を下げ、まつげを伏せて眉をつりあげながらウインクまでした。

いったいなんのまねだろう。部屋に入ると、伯爵夫妻のほかにスタージョンと数人の見知らぬ客人がいた。彼らの顔を見たとき、カリーはふとトレヴが使用人を買収したと言っていたのを思い出した。冷静さを失いかけながらも、立ちあがったスタージョンに手をとられて部屋の奥へと進む。すっかりまごついて、初対面の客人の言葉に自分がなんとこたえているのかもよくわからなかった。

「ぜひともお会いしたいと思っていたんですのよ！」ドリーのとなりに座っていた美貌のレディが立ちあがって言った。小柄な、妖精めいた雰囲気をたたえた女性だった。あたかも本当にカリーに会いたかったかのように、人のよさそうなこぼれんばかりの笑みを浮かべている。「公爵夫人からお噂はかねがね！」カリーの手を握りしめて、ドリーのほうを向く。「思いがけずお招きいただいて、本当に嬉しく思っていますの。公爵夫人にも、こちらのお屋敷をお訪ねしてレディ・カリスタに祝意を伝えてはどうかと言われていたものですから」

「ミセス・エマ・ファウラーよ」ドリーが遅ればせながらに客人を紹介した。いつになく冷静さを失った様子で、その若い女性からカリーへと、敵意めいたものがこもった妙な視線を投げる。

そのまなざしに驚いたせいで、カリーはドリーの口から出た言葉をうっかり聞き流してしまった。だがしどろもどろになって客人にあいさつしているときに、はっと気づいた。思わず口を閉じ、われにかえったときには、客人のほうが申し訳なさげな表情を浮かべていた。

「ええ、あのミセス・ファウラーなんですの」夫人は言うと、きまり悪そうな顔をしたが、その表情もなぜか魅力的だった。「みなさんもよくご存じの」

カリーはただただ言葉を失っていた。夫人の温かな手のなかで、自分の手から力が抜けていくのがわかる。なにか言わなければ、普通に、落ち着いて接しなければとおのれに言い聞かせる。だができなかった。「ミセス・ファウラー」とばかみたいにくりかえしただけだ。

親しみをこめて握手をしてくる夫人に、カリーもやっとの思いで握手をかえした。美しく感じのよい夫人のとなりにいると、カリーは小鹿と並ぶヒューバートになった気分だった。それにしても、ドリーがこのような悪名高い女性を屋敷に招き入れるとは意外だった。けれども考えてみればドリーは、例の事件と裁判にとりつかれたのかと思うほど夢中になっていた。絞首台を見おろす窓を借りるとまで言いだしたのだが、潔癖主義のジャスパーが許すはずもなく、集まった下品な輩の前に自分の顔をさらすはめになるのだよと言って、妻を説得した。ドリーはめったに夫の意見に従わないが、〝下品な輩の前に顔をさらす〟という指摘が効いたらしく、しぶしぶあきらめたのだった。そんなドリーにとって、噂のミセス・ファウラーを応接間に招くのは、降って湧いた幸運だったのかもしれない。

カリーはわずかばかりの自制心をかき集め、胸中の衝撃が相手への非難ととられぬよう注意しつつ、声を振りしぼった。

「わたしも会えて嬉しく思いますわ。マダム・ド・モンソーとは親しくしてらっしゃるのですか？」

「ええ、まあ」ミセス・ファウラーは言葉をにごした。「息子に会いに北部へ向かう途中で、せっかくだから公爵夫人にもお会いしようと思ってお宅にお邪魔したんですの。本当に気さくな方で」カリーの手を軽くたたき、じっと瞳をのぞきこんでくる。「それで公爵夫人が、あなたにもごあいさつしてはどうかと勧めてくださって……まさかご在宅とは思いませんでしたけど、本当に運がよかったわ！」

「そうですか。ああ、どうぞお座りください」カリーは弱々しく言った。この人がトレヴの妻なのだ。この小柄な、妖精めいた美貌の女性が。彼女はカリーの手を放そうとしない。そのうえ、公爵夫人からここに来るよう言われたという。つまり訪問の目的はカリーに祝意を伝えることなどではない。彼女は夫を捜しに来たのだ。

ミセス・ファウラーが腰をおろすと、今度は痩せた禿頭の男性が前に進みでた。ほんの少しだけ残された細い髪が、耳の後ろでひらひらとなびいている。男性は片手を腰の後ろにまわし、もう一方の手をカリーに差しだした。「シドマスです。お目にかかれて光栄です」男性はそう言うと、彼女の手をとったまま短く会釈をした。「婚約なされたおふたりの、ご健勝とご多幸をお祈り申しあげますぞ」

こんなときこそ、たっぷりのかぎ薬が必要だ。「ありがとうございます」カリーはささやき声で応じた。少佐が勧めてくれた椅子にどさりと腰をおろし、両手を握りあわせる。

見ればドリーはミセス・ファウラーに顔を向け、フリート監獄に収監された女性たちの日常についてさっそく質問を開始している。好奇心を満たし、噂の種にぴったりのおぞましい話を仕入れることに夢中で、おのれの無作法にもまるで気づいていないらしい。訊かれたほうのミセス・ファウラーは動じる様子も見せず、人間らしく扱っていただきましたわなどと答えている。あまつさえ内務大臣に、われわれは監獄の権威ですものね、といわんばかりの意味深長な笑みすら投げた（実際、ふたりはその道の権威だろう）。だが夫人のなれなれしい態度に、シドマス卿は冷ややかな一瞥をかえしただけだった。

従僕が紅茶を運んできて、カリーはカップを受け取り、口に運んだ。すでに動揺を通り越して落ち着きを取り戻した彼女は、婚約者と内務大臣に挟まれ、ミセス・ファウラーと向かいあって座っている。冷静なのに、考えがうまくまとまらなかった。夫人はといえば、ドリーの質問に辛抱強く答えながらもずっとカリーを見ている。彼女を意識するたび、カリーはその視線に裸にされていくように感じた。結いあげた髪をおろされ、ドレスを脱がされて、ベッドにどさりと横たわる。かたわらには、ゆうべと同じようにトレヴがいる。そうしてベッドの脇には、妻として当然の怒りをたぎらせるミセス・ファウラーが立っている。

だが目の前の夫人は、怒っているようには見えない。真実を知らないのだから当然だ。とはいえ、妻なら直感や雰囲気で夫の不貞に気づいてしまうのではないだろうか。自分自身が妻から「別の女」と呼ばれる立場になったこと、しかもこのかよわげな妖精めいた美女にそう呼ばれる立場になった事実が、カリーにはとりわけ大きな驚きだった。ミセス・ファウラーほどの美女を妻に持った男性は、妻のためなら命も名誉も惜しくないと思うにちがいない。夫人はまさにおとぎ話のお姫さまといった風情だ。愛らしく優しげで魅力にあふれ、唇は薔薇のつぼみを思わせ、肌はやわらかな花びらのよう。ドリーは夫人との会話にすっかり夢中だが、それもいたし方あるまい。なにしろ、これほどまでに優美なレディが監獄に入れられていたのだから。しかも絞首刑に処されていたかもしれないのだから。

夫人にいっさい関心がなさそうな内務大臣を除けば、部屋にいる男性陣はみな、完璧に夫人に魅了されている。スタージョンだけが、ほうけたみたいに夫人に笑みを向けるのを必死に我慢している。一度だけ、にやにや笑っている自分にはっと気づいたスタージョンが、意図的に夫人から視線を引きはがす場面があった。見られていやしなかっただろうかとこちらをうかがう少佐に気づき、カリーはごくりと紅茶を飲みこんで目を伏せた。少佐を責めることはできない。むしろ彼が夫人にまったく引かれていないなら、どこか具合が悪いのではないかと心配になる。

けれども男性陣の注目を一身に集めるお姫さまは、カリーにしか興味がないらしい。ドリーの質問攻撃に礼儀正しく耐えたあとは彼女をうまくかわし、少佐に優しく声をかけて追いはらい、カリーのとなりの席を奪ってしまった。

夫人はほがらかに笑って腰をおろした。「未来の花嫁は、お友だちと内緒話を楽しむと言うわ。わたしたちもそれを楽しみましょう！」

その手の会話にまるで疎いカリーだが、すなおにうなずいた。

「当家のギャラリーはなかなか興味深い絵画がそろってますの。よろしかったらご覧になりますか？」

「本当に、公爵夫人にうかがったとおりのお優しい方。もちろん、ご案内していただけるならぜひとも拝見したいわ」

ふたりは立ちあがった。ドリーとジャスパーがせっかくだから絵のいわれをご説明しましょうと言って同行しようとしたが、自分のような単なる訪問者のために、大切なお客さま方をほったらかしにしてはなりませんと言ってミセス・ファウラーが断った。察しのよいシドマス卿も、自分もぜひギャラリーの作品を拝見したいが紅茶をもう一杯いただいてからにしたいと言い、さりげなく伯爵夫妻を引きとめた。こうしてカリーと単なる訪問者は、ふたりきりで応接間をあとにした。

一方の壁に絵画が飾られ、他方の壁に細長い窓が並ぶ薄暗く長いギャラリーは、密談に最適の場所だ。外はまだ雨模様で、通路に反響する靴音に雨音がかぶさり、内緒話にぴったりの秘密めかした雰囲気を醸している。ミセス・ファウラーはゆっくり歩きながらときおりうなずいて、カリーが聞かせるシェルフォードの歴史をいかにも興味深げに聞いている。だが応接間から十分に離れたところまで来ると、小柄な夫人はつと歩みを止めてカリーを振りかえった。

「公爵夫人から、ご子息がこちらであなたにかくまわれているとうかがいました」

ミセス・ファウラーは早口に言った。カリーはちょうど、ゲーンズボロとレイノルズというふたりの著名画家による曾祖母の肖像画について、つまらない説明をしているところだった。

カリーは唇をかんだ。ギャラリーの左右に視線を投げてふたりきりなのを確認してから、すばやくうなずいた。

「どこにいるのですか？　彼にどうしても会わねばならないのです」夫人は訴えた。わたしの寝室ですわ、とは言えなかった。だが夫人には、夫に会う当然の権利がある。

彼女がためらっていると、夫人が懇願する口調で言った。

「会えるよう、手はずを整えてくださいませんか？」

「わかりました」カリーは答えた。夫人のいらだちをまのあたりにして、罪悪感がふつふつとわいてくる。頭のなかでは、あそこでもないここでもないと密会場所を必死に考えていた。馬車置き場も安全とは言えないだろう。来る仮面舞踏会で、すべての馬車を招待客の送迎などに使うからだ。「そうだわ！」名案が浮かんだ。「なにか衣装は持ってらっしゃる？　それと仮面」

夫人はカリーを見つめてから、どういう作戦か悟ったのだろう、いたずらっぽくほほえんだ。

「招待状をいただけるなら」

提案してすぐにカリーは後悔した。仮面を付けていても、ミセス・ファウラーのことは誰もが彼女だと見破ってしまうにちがいない。それにこの作戦では、トレヴも舞踏会に参加しなければならない――想像するだけでぞっとする。

「この場でお約束はできないわ。宿泊先はどちらなのかしら。招待状をご用意できれば、そちらに届けましょう」

「ありがとう！」夫人はカリーの手を握りしめた。「じつはまだ決めていないんですの。どこかに宿はありますかしら」

「アントラーズなら。村の宿です」

「なんとお礼を申しあげればいいのか！」

夫人はそう言うと、手提げ袋《レティキュール》のなかをまさぐり、小さく折りたたんだ手紙を取りだした。たっぷり付けすぎて単なるかたまりとなった封蠟で閉じてある。

「これを彼に」とささやいてカリーの手に握らせる。「あなたはわたしたちの救いの女神さまだわ！　本当にありがとう！」

カリーが寝室に戻ると、渦巻く感情をぶつける相手がそこにいた。トレヴは待ちかねた様子で控えの間から出てくるなり彼女の腰を背後からつかみ、うなじに熱烈なキスをして、自分のほうに振り向かせた。カリーは怒りに身を震わせたが、彼はそれを高ぶりのためとかんちがいしたらしい。胸の真ん中をどんと押されると、後ろによろめき、驚いた顔をした。

「わたしに……さわらないで」カリーは歯を食いしばった。わざとらしくベッドの支柱につかまるトレヴを、片眉をつりあげてさげすみの目で見る。深呼吸をくりかえし、彼が支柱から離れてちゃんと立つのを待って言った。「ミセス・ファウラーとやらがあなたに会いたいそうよ」

うつむいて上着の袖のしわを直していたトレヴが、彼女の言葉に微動だにしなくなった。顔を上げて「なんだって？」と訊きかえす。

カリーは折りたたまれた手紙を差しだした。「どうぞ」

トレヴはそれを無視した。「ミセス・ファウラー？」

大声で叫ぶなり、ヘアピンで彼を刺すなりしたかったが、カリーは懸命に自分を抑え、恐ろしいくらい冷静に言いかえした。「知りあいでしょう？」

トレヴは彼女を見つめて立ちつくしている。

「からかっているのか？」

カリーはしばし考えた。トレヴは彼女をなだめるでも、言い訳をするでも、事情を説明するでもない。ミセス・ファウラーにいますぐ会いたいとも思っていないようだし、手紙を受け取ろうともしない。ややむっとして、信じられないといった表情を浮かべ、ひたすらこちらを見つめるばかりだ。

「いいえ」腹立ちに背骨をこわばらせつつ、カリーは答えた。「こんなことでからかったりしないわ。あなたに会いたいそうよ」あらためて手紙を差しだす。

トレヴは腐った燻製ニシンを見る目つきで手紙を見た。あたかも底なしの穴がそこに開いているかのように、ふたりはやや離れて立ち、お互いを見ている。

「彼女からよ。あなたに会いたいんですって」カリーはくりかえした。トレヴは事情がのみこめていないのかもしれない。

「わたしは会いたくないね」トレヴはうんざりした声で言った。「会いたいなんて誰が思うか、あんな――」言葉を切る。「まさか、わたしがここにいると言ってないだろうな？」

その冷ややかな声音に、カリーは心の奥底で安堵すると同時に、怒りも覚えた。屈辱的だった。トレヴの腕のなかでつかのまの夢を見、ふたたび現実に引き戻された気分だ。あらためて向きあった現実には、優美な女性が新たに登場していた。トレヴが命懸けで愛している女性が。それなのに彼は、この状況をまったく理解できていないらしい。

「もちろん言ったわ。今夜の舞踏会に招待するつもりよ。それなら安全に会えるでしょう？」

トレヴはゆっくりとかぶりを振った。「カリー、わたしに恨みでもあるのか？」

手紙をおろし、カリーはその手を握りしめた。

「だって……彼女はあなたに会いに来たのよ」

「ありがたいこった。自分の身代わりにわたしを絞首刑にかける機会がまたできたとでも言いに来たんだろう。せっかくだがその機会とやらにも、ミセス・ファウラーにも用はない」

カリーは彼に背を向けて化粧台に歩み寄った。空のヘアピン入れに手紙を落とし、まごついた表情で椅子に腰かける。

「さぞ会いたがるだろうと思ったのに」

「いったいどんな理由で？　彼女とは縁を切ったんだ」

化粧台に置かれたスカーフを取りあげ、カリーは無意識にたたんだ。

「彼女のために……犠牲になろうとしたのを後悔しているのね」

トレヴが低い笑い声をあげる。「かんべんしてくれ」天井を仰いで目をつぶる。「後悔とはね！」

「だって——じゃあ、彼女をもう愛していないの？」

「新聞を読んだわけか」トレヴはいやみたっぷりに言った。

「ええ、読んだわ」カリーはおずおずとこたえ、スカーフに結び目を作った。

「なるほど」トレヴがいんぎんに頭を下げる。「きみはくだらないゴシップ紙の愛読者だったのか。ルブランは妻を守ろうとした英雄であり、妻の借金返済のために約束手形を偽造した悪党などではないとでも書いてあったんだろう？」ばかばかしい、とばかりに指を鳴らす。

「犯罪者とただの大ばか野郎と、どっちで呼ばれるほうがありがたいかな」

「やめて！　犯罪者だなんて思ってない。そんな人じゃないと信じてる。それに真実がどうあれ、妻のために命すら惜しまない男性は、ばかでもなんでもないわ」

「本当に妻なら、騎士道精神のきわみだ」

「妻ならって——」口を開きかけたカリーは目をしばたたいて彼を見つめた。「ちがうの？」

「わざわざ訊く必要があるのか？」トレヴは苦々しげに問いかえした。「まさか、よりによってきみがそんな愚問を——」乾いた笑い声をたてる。「妻だろうとなかろうと変わりはないんだよ」肩をすくめる。「とにかく、妻じゃない。結婚は一度もしていない。母はさぞかし無念だろうがね」彼は小さく笑ってベッドの支柱にもたれ、伏せたまつげ越しに彼女を見つめた。「ずっときみだけを思っていた。一六のときから」

あまりにも淡々と言われたので、カリーは一瞬、その意味するところを理解できなかった。まばたきをくりかえし、眉根にしわを寄せて、しわくちゃのスカーフをじっと見た。彼女はときどき、トレヴがどれほど粋でハンサムか忘れてしまう。でもいまはその事実をひしひしと感じられた。忘れてしまうのは、彼が友だちだから。彼女を心から笑わせてくれるトレヴだからだ。カリーは彼と冒険をし、彼を信頼し、そして、彼とベッドをともにした。

「だがそんなこと、わざわざ言う必要もないだろう？」カリー以外の誰かに話しているみたいにトレヴがつづける。「言ってもきみは信じない。どうあがいてもわかってもらえそうにない。だったら、きみのストッキングに恋するほうがましだ。あれが控えの間にあるかぎり」

「信じないかどうかは——」カリーは懸命に言葉を探した。「わからないけれど。でも、とても大切に思われているのはわかってるわ。わたしもあなたを大切に思ってる。それに、わたしたちは友だちだし」

「ああ、そうとも」トレヴはうなずいた。「友だちだ。というわけでわたしはこれから、身を投げるのにちょうどいい崖を探しに行く」

「やめてよ」カリーは弱々しく笑った。

「くそっ」トレヴが支柱から背を離す。「お友だちとはね！〝大切な〟男となら誰とでもベッドをともにするのか？　冗談じゃない」

「もちろん、そんなことしないわ」カリーは立ちあがり、結んだスカーフを放した。「自分を抑えられないの。あなたが相手だと。あなたと抱きあっていると。なんだかじれったくて」

「同感だね」トレヴはむっつりと応じた。「こっちだってじれったい。この場できみをじらしてやりたいくらいだ。スタージョンのやつがきみに同じことをするのかと思うだけで、やつを生かしておけない気分になる。これでわかったか？　わたしの気持ちが」大またでずかずかと彼女に歩み寄り、指先で顎をつかむ。「友だちじゃない、恋人だ」

驚きのあまりカリーは身動きもできなかった。顔をぐっと近づけて瞳をのぞきこんでくる彼を前に、すばやくまばたきをくりかえすばかりだ。トレヴは身をかがめてキスをした。指に込められた力とは裏腹に、羽のように軽いキスだった。やがて口づけは深みと激しさを増し、カリーは全身を震わせた。

トレヴはいきなりキスをやめた。顎は持ったままだ。

「やつもこんなふうにキスをしたのか？」

彼女は無言でかぶりを振った。

「連中のひとりでも、こんなふうにキスをしたか？　あるいはほかの誰かが」

深呼吸をして、カリーは不満げに唇を突きだした。「あなたはどうなの？」

トレヴが抱きしめ、尊大な目で見おろしてくる。

「答えになっていない。だが、そういう相手がいたとしたら気になるか？」

普通なら、こんなふうに乱暴に抱かれれば不愉快に思うだろう。けれどもなぜか、カリーは胸を高鳴らせるばかりだ。「それは――」と口ごもる。本心を打ち明けるのは容易ではない。「あなたのような紳士なら……機会はいくらでもあったはずよ。それを利用しないのは不自然じゃないかしら」

トレヴは彼女を放し、いらだたしげに背を向けた。

「ああ、機会なら十分すぎるくらいあった」

自分にそのような機会は訪れないだろうと思うと、ひどく癪にさわった。「だったら、気になるわ。少しばかりね。それが普通でしょう？」そこまで認めるのが精いっぱいだ。「でも、気に病んでもなんにもならないわ」

炉棚に腕をのせたトレヴは、火のない炉内をにらんだ。「世のなかを知り抜いた女のせりふだな」とつぶやいてこわばった笑みを浮かべる。「あいにくこっちは、うぶな少年みたいなものでね」

カリーは呆然と彼を見つめた。「どういう意味？」

頬杖をついて彼がぶっきらぼうに答える。「つまり――機会はたくさんあったし、何度かそれを利用しかけたものの、必ずなにかに押しとどめられたということさ。きみには理解できないだろうがね。それがどうしてなのか、気づいたのは最近だ。カリー、どうやらわたしはきみのものらしい。身も心も」打ち明ける口調はちっとも幸せそうではない。「死ぬまでずっと」

彼女は無言でたたずんでいた。トレヴの言葉を、あたかも鍵の見つからない不思議な装置のごとく頭のなかでひっくりかえしてみる。気まずさに顔をそむけると、化粧台の鏡に映る自分たちが見えた。頬を真っ赤にした赤毛の自分――いやになるほど地味ではないが、とりたてて美人でもない――と、鏡のなかの彼女を見つめるトレヴ。彼のほうは黒い瞳が魅力的で、男らしく、誰が見てもほれぼれするほどハンサムだ。

カリーはますます頬を赤らめた。呆れと当惑がないまぜになった妙な気分だ。

「そんなことがありえるなんて、信じられないわ……」

「だろうな」トレヴは口をゆがめた。「どうせきみは信じない。信じられるのは、その鏡に映るものだけだからだ。もういい《エ・ビアン》！　スタージョンと一緒になっちまえ。わたしはすぐにでもフランスに行くから」いったん口を閉じてから言い添える。「向こうでワイン商にでもなって、良心の咎めも克服して、娘に公爵夫人を名乗らせるさ。それですべて一件落着《トレ・コンヴナーブル》、そう《ネ》だろう《スパ》？」

「あなたが、わたしのもの？」困惑したまま、カリーは弱々しくたずねた。

「今後は全力でその思いを抑えるから、きみは気にしなくていい」トレヴは両手をポケットに突っこんだ。「ああ、鍵を返しておく」ポケットから取りだした鍵を化粧台に放る。「帳簿におかしなところはなかった。銀行の台帳と完璧に一致している。だからお優しい少佐に、きみの財産との婚約を思いとどまれと忠告する必要もない」

カリーは鍵を取ると手のひらにのせ、じっと見おろした。「思いとどまらせたかったの？」

「別に」彼はぞんざいに答えた。「誰がやつを脅したのか知りたかっただけだ。だが謎は謎のまま。これからもずっと。ミセス・ファウラーに居場所を見つかり、この家のいたるところに内務省の事務官がうろついている。長居は無用だな」

「あなたが理解できない。結婚していないのなら――彼女を愛していないのなら、どうして――」鍵をぎゅっと握りしめる。「なぜ彼女のためにあんなまねをしたの?」

「救いようのない大ばか野郎だからさ！　彼女への愛情のためなんかじゃない。親友のためにやった」

「親友!」カリーはカッとなって言いかえした。「そんなことをあなたに頼むなんて、いったいどんな親友なの?」

「静かに。連中に気づかれたらどうする?」

椅子にどすんと腰をおろし、彼女はトレヴを仰ぎ見た。

「ミセス・ファウラーの代わりにあなたが有罪判決を受けた理由をちゃんと知りたいの。だんだん彼女が憎たらしくなってきたわ。彼女を内務省の人に突きだしたいくらい」

トレヴが肩をすくめる。

「ありがたい申し出だが、そんなことをしてもなんにもならないよ。彼女の有罪を裏づける証拠はすべて裁判所が退けた。あとは彼女にシドマスの前で自白させるくらいしか手はないし、それはまず無理だろう。どんなに悪評がたとうが、自分の首だけは守ろうとするだろうからね」

「でも、どうしてなの?　なぜあなたは無実を主張しなかったの?」

「愚かだったと自分でも思うよ。だが、もっと悪いほうに転がる可能性もあった」

「でしょうね！」カリーは腹立たしげに言った。「どうしてそのお友だちとやらがあなたをこんな窮地に立たせたのか、きちんと説明して。場合によっては、その男をヒューバートの角めがけて頭から投げ飛ばしてあげるわ」いったん口を閉じる。「あるいはその女を」慎重に言い添える。

「男だよ。だがきみならきっと、彼とも仲よくなれた。彼もきみを気に入っただろうな。ふたりでよく冗談を言いあったものさ――」トレヴははっとわれにかえり言葉を切った。「まあいい。女性にはわからないたぐいの冗談だから」

「みたいね」それまでかたくなだったカリーの心がわずかに和らぐ。どんな冗談だろうと教えてもらえないのはおもしろくないが。「彼はもうこの世にいないのでしょう？」

「ああ」トレヴは短く答えた。「亡くなった」

「ご冥福を祈るわ」カリーはうつむいた。正直言って、トレヴにそこまで愛されている友人に嫉妬を覚えた。「会えなくてさびしいでしょうね」彼の気持ちを理解したくてそう言ってみる。「フランスの人？」

トレヴは笑った。「ジェムが？　まさか！　出会ったのはフランスだけどね」

「ああ、そうよね。拳闘士だったんだものね」驚く必要などないのに、カリーはやはり驚いていた。ミセス・ファウラーの亡き夫とトレヴが親友だったことは、新聞にもはっきりと書かれていた。けれども、違法な賭け試合で血まみれになって殴りあう巨人めいた男とトレヴが固い友情で結ばれていたなんて、想像もできない。

そんな彼女の思いを読みとったのか、トレヴは両手を腰の後ろにまわしておじぎをした。

「シェルフォードを離れてからは、ろくでもない人生を送ってきたものですから」

カリーはうつむいた。「そんなの嘘よ」

「新聞を読んだのなら、わたしがフランスの領地を取り戻せなかったことも知っているはずだ」荒っぽくつけくわえる。「すべては母を喜ばせるための壮大な作り話だったわけさ」

それはもうわかっていた。彼の裏切りや嘘に苦しみ、さげすみの涙を流して幾晩も枕を濡らしたのもそのせいだ。でもカリーは「そうだったの」とだけ言った。

「取り返そうと努力はした。だがさんざん骨を折ったあげく、気づけば金貸しに追われる身になっていた。もしもいまそいつに再会したら、背中にナイフを突きたててやるだろうが、当時のわたしは若く、無知だった。モンソーのすべてを取り戻すことしか頭になかった。なにもかも取り返しましたよと祖父に報告できる日を夢に見ていた。そんな野望を抱いていたのに、パリの路地で気を失うまで殴られておしまいさ」

カリーは目を伏せて、打ち明け話にじっと耳を傾けていた。トレヴは彼女を、世のなかを知りぬいた女だとふざけて言った。でも実際の彼女はシェルフォードに引きこもり、冒険の日々を夢見ながら、しゃれや作り話でいっぱいの手紙を読んで安穏と暮らしていた。そのころトレヴは遠くに去り、路地で殴られていたのに。

「だが、このなんの教訓にもならない物語もやがて終わりを迎えた」トレヴは語りつづけた。

「終戦後、わたしは数人の英国軍脱走兵と出会った。体の大きな男ばかりで、みんな飢え死にしかけていた」乾いた笑いをもらす。「パリで英国式の拳闘試合を開いたらどうかと思いついた。といってもルールを知っている人間などいないから、自分たちで勝手に決めた。大評判になったよ。英国生まれの野郎《ガッデム》ども——ああ、乱暴な言葉を聞かせてすまない。われわれフランス人はときどき、この国の紳士をそう呼んでいたものでね。とにかく、野郎どもと闘う相手を募り、地元パリの大男《ジェアン》を探しだしては、試合を行った。大いに試合を盛りあげておいて、必ず大男に勝たせるんだよ。あとは勝者と儲けを折半する仕組みだ」トレヴは腕組みをして炉棚に寄りかかった。「だがジェムはそういうやり方に異論を唱えるようになった。真剣勝負を始めた。強かったよ」声の調子が穏やかになり、小さく首を振る。「素晴らしい拳闘士だった。だがフランスでフランス男を殴り倒してばかりいれば、儲かるわけがない。というわけで、ジェムの名前を変えて英国に戻り、選手権に出すことにした」

「家族のもとに帰っていれば」カリーは辛辣に指摘した。「パリの路地で飢え死にしかけることもなかったし、あるいは——」

「ファンシーの興行主になる必要もなかった」トレヴがあとを継いだ。「賭け試合を主催し、胴元稼業にも手を染めたよ。シェルフォードには戻ってきたくなかった。なんといっても……祖父がまだ生きていたからね」

その気持ちはよくわかる。亡き公爵は孫息子に、あざけりやさげすみの言葉を投げつけてばかりいた。トレヴは聞こえなかったふりをし、あるいは肩をすくめてかわしていたが、カリーには彼の気持ちが痛いほど理解できた。祖父に冷笑を浴びせられるたび、とりわけ無謀な冒険に挑むのが常だった。真夜中にトレヴが彼女の寝室の窓下で野良猫の鳴き声をまねるとき、決まりや規則はすべてどこかに消えうせた。公爵の暴力的な冷笑に対抗するには、危険を伴う冒険にくりだすしかなかったのだ。そんなトレヴが祖父の前に立ち、モンソーのすべてを取り返そうとして失敗したと認めるなど――できるわけがない。それくらいは、彼女にだってわかる。

「まあ、どうでもいい話だ」トレヴは肩をすくめた。「英国に来てからも大成功だった。ジェムは美貌のエマと恋に落ち、息子をもうけた。誰からも愛される三人だった。そうしてジェムは、エマと息子をよろしく頼むと言い残して死んでいった」口調は淡々としていたが、表情は硬くこわばっていた。「そのことは新聞にも書いてなかっただろう？」

「ええ」カリーは静かに言った。「書いてなかったわ」

「ふたりの面倒を見ようと努力したよ」トレヴは深々と息を吸った。「彼女はジェムに対しては従順だった。愚かな女性だが、夫に夢中だったんだ。だが彼が亡くなってしまうと――彼女とわたしはうまくいかなくなった。ジェムは妻と息子のために相当な財産を残していった。わたしがその管理もしていたんだ。エマのことだから、財産などあっというまに食いつぶしてしまうにちがいなかったから。案の定だったよ。しかたがないから、わたしが生活費を出した。呆れてものも言えないだろう？　だがそのころにはわたしも一財産を築いていてね、その大部分はザ・ルースターの賭け試合で儲けたものだった。だから、彼に借りを返すだけだと自分を納得させた。ところがエマは宝石店でつけを溜めこみ、店から脅されるはめになった。しかも愚かで頑固な彼女は、わたしに助けを求めなかった」嘲笑を帯びたため息をつく。「助けてと言えば相手の両脚を折ってやったのに。その前に自分が相手に消されるとでも思ったんだろう」

カリーはひたすら、トレヴの隠された一面について考えをめぐらしていた。暴力と友情の世界に暮らし、死刑判決さえ生き延びた獰猛な紳士。正直な話、広大な城の領主としてむっつり顔で過ごすよりも、そのほうがずっと彼らしい。実際カリーは、フランスからの手紙にどれほど詳しく書かれていようと、領主然として暮らすトレヴなど想像もできなかった。

いまの彼にはある種の力が、冷酷な一面が備わっているように思える。大砲が飛び交う船の上、剣を持った海賊が敵を串刺しにする夢のなかで、トレヴはいつも主人公だった（あくまで想像だから血は一滴も流れない）。彼にはそういう暴力的なところが昔からあった。巧みに隠していても、カリーにはそれがわかった。この世界が彼にそういう側面を与えたのだ。けれども彼は、自分の庇護の下にある者は誰であれ、死や苦痛にけっして直面させない。カリーを冒険仲間に引き入れたときだってそうだったし、それはいまも変わっていない。

「彼女の洞察力のなさには驚かされるわね」彼女は思案げに言った。「あなたなら絶対に、相手の脚を折ったでしょうに」

トレヴは冷たい笑みを浮かべた。「もちろん、この手は汚さないけれどね」

「道理で、あなたの使用人はみんな大男なわけね」

彼は謙遜するように頭を下げた。

「ここで本当なら驚いてみせるべきなんでしょうけど」

首をかしげてトレヴがたずねる。「驚かないのかい、愛しい《マ》人《ミ》？」

カリーは額にしわを寄せて考えた。立ちあがり、室内を行ったり来たりする。

「驚かないけど、腹は立っているわ。それもものすごく」

「そのようだね」

「トレヴェリアン」彼女はきっぱりとした口調で呼んだ。立ち止まって彼と向きあい、深く息を吸って心の準備を整える。

「〝セニュール〟と呼んでほしいな。わたしを萎縮させたいならね」

カリーは無視してつづけた。「あなたがあの女性と結婚していると、まんまと信じこまされたわ」スカートをつまんで、ふたたび室内を歩きだし、振りかえって彼をキッとにらむ。

「既婚者だって！」

「わたしは一度も結婚しているなんて言わなかったよ」

そのとおりだが、カリーはますますいらだった。

「でも、していないとも言わなかったわ！」

「われわれのあいだで、いつこの話題が出た？」

「そういう話じゃないでしょう！　いままであなたは、自分のことをいっさい話そうとしなかった」

「それはすまなかったね、マダム」トレヴは謝罪し、炉棚から背を離した。「だったらこれからは、きみへの愛よりももっと価値のある、重要な話だけをするよ」

一瞬、困惑したカリーだったが、すぐにまたいらだちに襲われて絨毯の上を行ったり来たりしはじめた。

「そうよ、あなたのその話術にみごとに騙されたわ。そうやって、わたしを煙に巻いていたわけね！」

「そりゃもちろん、愛する女性の前では謎につつまれた男でいたいからね。ほかにどんな理由があると思う？」

「お母さまに真実を知られたくなかったのはわかるわ。あなたは拳闘の試合でお金を儲け、モンソーのすべてを取り戻すのに失敗し、絞首刑に処される寸前だった。でも、わたしには話してくれてもよかったでしょう？　話してくれていれば、こんな騒動にはならなかったのに」

「きみに知られたくなかった」トレヴはぶっきらぼうにこたえた。

「しかもあなたは、わたしを崇拝してるだの、なんだのと――」

「愛してる、と言ったんだが」トレヴはさえぎった。

「そうよ。そう言ったような気がするわ」カリーはまごついた。「それも何度か。それだけじゃない。スタージョン少佐を殺してやりたいとか、そんなことも言ったわ。ばかげた、意味のないことばっかり」つと歩みを止め、暖炉のかたわらに立つトレヴを見やる。彼はまた硬い表情を浮かべていた。

「ただの言葉を並べて、いったいなんの意味があるの」カリーはさらに責めたてた。唇を濡らしてついに吐きだす。「あなたの送ってきた手紙や、過去に口にしたせりふと同じ。意味のない言葉が並んでいるだけ」

上目づかいにトレヴを見ると、唇がぎゅっと引き結ばれていた。それからしばらく、ふたりは無言で突っ立っていた。カリーの心臓は、耳の奥に響くほど大きく鼓動を打っていた。いまほど険しい表情のトレヴは初めて見る。

「変だと思わないの……」勇気を振りしぼって口を開く。「結婚していないのなら……」カリーはぎょっとして言葉を失った。結婚していないのなら正々堂々と求婚すればよかったのだと、危うく口走るところだった。恥ずかしさのあまり、かき集めた勇気はすべてどこかに行ってしまった。「でも、いまならわかるわ」と慌てて言い足す。あたかも最初からそう言うつもりだったかのように。「あなたの置かれた状況を考えれば、それなりのレディに結婚を申し込むのは無理だものね」

「わたしのようなレディに、と言いたいのか？」トレヴが押し殺した声でたずねた。

「まさか！」冗談でしょう、とばかりにカリーは両手を振った。かつて三人の紳士がカリーに愛を誓い、その後おのれの人となりをあらためて吟味した結果、彼女の手をとって祭壇の前に立つにふさわしい男ではないとの判断を下した。だからトレヴも、わたしはきみにふさわしくないとあとから言いだすに決まっている。カリーにはそれが感じとれる。「冗談はよして。もちろんわたしは関係ないわ。あなただって、わたしに求婚なんてしないでしょう！」彼女は必死に笑ってみせた。「それにわたしはもう婚約しているのだし。だからわたしの話じゃないの。いまのは――どこかの立派なお嬢さんという意味」

トレヴは暖炉の石炭の具合を点検している。カリーはスカートの裾にほつれがないかどうか点検した。

「たしかに」彼がゆっくりと口を開いた。「きみの言うとおり。ばかげていた。なんの意味もない言葉を、ただ並べただけだった」

寝室に足を踏み入れてから、カリーの胸にはさまざまな感情が渦巻いていた。怒り、羞恥心、驚き――そして、名づけようもない気持ち。はかない喜びにも似たそれは、ためらいがちにそっと姿を現したかに思えた。だがトレヴのいまの言葉に、びっくりした亀のごとくどこかへ隠れてしまった。

「率直に言って」彼は険のある声でつづけた。「きみとは二度と会いたくなかった。とっくに結婚してどこか遠くに暮らしているとばかり思っていた。まだシェルフォードにいるとわかっていたら、戻ってこなかった」

「そうだったの？」カリーは冷ややかな口調でたずねた。あまりにも衝撃的な告白に、横柄な態度でわが身を守ることしかできない。「そうね、そのほうがよかったでしょうね」

「ああ、戻ってくるべきじゃなかった」トレヴは床に落ちたスカーフをさっと拾い、化粧台に放った。「実際、きみの恋人になりたいとも思っていない」きっぱりとした声音でつづける。「この九年間についてもいっさい話したくなかった。あんないまいましい過去！　きみはこの風変わりな小村で立派なレディとして牛と一緒に暮らしている。安全に、快適に。ここで平和に暮らす人びとにとって事件といったら、木に登っておりられなくなったヤギの救助が関の山。わたしには無縁の、ほのぼのとした世界だ。きみの父上があのとき言ったとおりだよ。あの舞踏会できみの姿を見つけたとき、背を向けて立ち去るべきだった。そうすれば、こんな騒動にはならなかった」

「まったくだわ！」カリーはすかさず同意するしかなかった。それでいっそう事態が悪化するだけだとわかっていても。「みんなのために、あなたはそうするべきだったのよ！」震える声を振りしぼる。「マダムにはさびしい思いをさせたでしょうけどね。でもあなたが親孝行だったのは最初のうちだけ。マダムは捕り手や治安官に追及されるはめになった。けっきょく、またマダムを悲しませただけじゃない！」

言ったそばからカリーは後悔した。すぐさま手を伸ばしたが、トレヴはすでに背を向けていた。

「母には償いをするつもりだ」彼はぴしゃりと言った。「永遠《アデュー》にさようなら、レディ・カリスタ。結婚が決まってよかったな」鎧戸と窓を乱暴に開ける。ふたたび雨足が強くなっており、冷たい風が化粧台からスカーフを吹き飛ばした。

「待って！」カリーは慌てて彼を引き止めようとした。「ちがうの、あんなふうに責めるつもりじゃ――お願いだから待って。行かないで！」

窓枠に手をかけたトレヴが動きを止める。風がまた吹いて、彼の髪を乱した。

「なんだ？　さっさと言えよ。真っ昼間に誰かに見られたら困るだろうが」

伝えるべき言葉を必死に探したのに、カリーが口にできたのは一言だけだった。

「どこに行くの？」

「ずっと行こうと思っていた場所へ」両脚を窓枠の向こうにおろし、トレヴは身を乗りだした。「悪魔のもとに行く」

22

どしゃ降りの雨が有利に働いてくれた。ボウ・ストリートの捕り手もさすがに、この雨ではダヴ・ハウスの前に立って監視をしても意味がないとあきらめたらしい。おかげでトレヴは数日ぶりに正面玄関から家に入れた。玄関を入ったところで上着の雨を振りはらい、シャツ姿になって、リリーが持ってきてくれた布で髪を拭き乾かした。それからおもむろに食堂へ足を踏み入れた。母は起きる元気を取り戻したらしく、そこで朝食をとっていた。

テーブルに広げた新聞から母が顔を上げる。「リリー、淹れたてのコーヒーを持ってきてちょうだい。それがすんだら――」息をのんで、小さな咳をする。「厨房の扉の前で見張りをお願いね」

「かしこまりました」会釈をしたリリーは、生意気そうな目をトレヴに向け、シャツ姿をじろじろと見ながら食堂を出ていった。

彼は椅子を引いた。

「驚かせないでください、母上《マ・メール》。まさかまた料理人が治安官とおしゃべり中じゃないでしょうね」

「いいえ、今日は捕り手よ」母はカップを口に運んだ。

「そいつはいい。本当に恐るべき女性だな」

「それよりもここへなにしに来たの、坊や《モン・ナンファン》？」母はまた咳をし、レースのハンカチで口元を押さえた。

「看護師はどうしたんです？」トレヴは問いかえした。「勝手にベッドを出たりしていいんですか？」

「お使いを頼んだわ。雨のなかとっても遠くまで」

「彼女になにか不満でも？」

「いいえ、すごくいい人よ。でもね……瀉血を受けろとうるさいの。わたくしは絶対に瀉血なんていやよ」

「その件なら心配無用ですよ。それより、今日はとても顔色がいいですね。安心しました」

トレヴは古びた重たい銀のナイフをじっと見おろし、そこに刻まれた美しい花冠模様と、流麗な〈M〉のイニシャルをなぞった。「愛してます《ジュ・テーム》、母上《マ・メール》」テーブルクロスをにらんだまま言う。「でも、わたしは英国を離れなければなりません」

母がまた小さな咳をしたが、トレヴは顔を上げなかった。戻ってきたリリーが扉をたたく。ぶっきらぼうに入れと言うと、メイドが現れた。コーヒーをそそぎ、ポットを置いて、ふたたび部屋をあとにする。

「まあ、ねえ《ヴォワイヨン》、あなたが行くというのならしかたがないわ」扉が閉まりきったところで母は言った。かぼそい声にかすかな怒りがにじんでいた。「だって、ここに引き止める理由なんてないんだもの」

熱いコーヒーを、トレヴは気にせずごくりと飲んだ。「わたしになんの価値もないから《セタ・シエ》、でしょう《ノン》？」母に問いかけ、一瞬だけ目を閉じる。

「ごめんなさい！」母はテーブル越しに手を伸ばし、息子の手を握った。「本当にごめんなさい。いやなことを思い出させたわ。許してちょうだい。もう言わないわ」

トレヴは母の指を握りしめた。「許しを乞う必要なんてありません。母上は」手を放し、なおも目を合わせられずにうつむきつづける。純銀製のナイフを転がし、鈍い光が反射するのをじっと見る。「今日だけは、隠しごとをせずに話しあいましょう。母上はどこまで知っているんですか？」

母が震える息をのむ。トレヴは横目づかいに彼女を見た。

「だいたいのところはね」母は認めた。「でも、知ってるわけじゃないわ。推理しただけ」

指先でナイフを転がし、トレヴはつづきを待った。

「モンソーの領地はもうないのでしょう？」静かな問いかけ。

その声に込められた悲しみが、トレヴに致命的な傷を負わせる。「いまでは豚の農場です」口元を軽くゆがめて彼は答えた。「葡萄畑は無事でした。ジャコバン派も王党派も、あれだけは大事にしてくれたらしい。現在は、ベリ公爵の愛人が所有しているはずです」

規則正しい雨音が、古いガラス窓を打つ。窓の向こうを流れる緑と茶色と灰色の景色をトレヴは見つめた。母はなにも言わない。

「母上に打ち明ける勇気がなかった」トレヴは肘をついて両手で顔をこすった。「言えなかったんです」

「ひとつだけ残念なことがあるわ。あなたに、以前のあの土地を見せてあげられなかった。あなたの土地を」

「わたしの土地じゃありません。あれは母上と、父上とおじいさまのものだ。母上のために取り戻したかった。それから、エレーヌとエイメのために。母上にもう一度、モンソーの屋敷で踊らせてあげたかった。昔、母上が子どもたちに教えてくれたダンスを」かぶりを振ってつづける。「わたしのものだと思ったことは一度もありません。おじいさまがわたしを嫌ったのもそのせいです。わたしが、どっちつかずだったから。わたしはこの家が好きだった。放校処分に遭って、このむさくるしい、古ぼけた家で母上たちと暮らせるようになったとき、嬉しくてならなかった。それにこの村にはカリーもいた――」彼は声をあげて笑った。「おじいさまが知ったら、いったいなんと言ったでしょうね。わたしは、自分のいるべき場所がわからないんです。ただ――とにかくここに帰ってきて、母上に金の鍵を渡したかった。すべてがうまくいくように」

「その目的のためにあなたは帰ってこなかった。おかげでわたくしは、モンソーのすべてが憎くなったわ」

トレヴは肩をすくめた。「帰ってくるべきでした。せめて――」言葉を失う。

「ナポレオン軍が負けたあとに？」母が見透かしたようにあとを継ぐ。「いいえ、あのときではないわ。おじいさまが知ったら、まちがいなくあなたを殺していたでしょうからね。あるいはおじいさまと決闘になっていたわ。そんな騒ぎを起こしたら大変よ。シェルフォードみたいに……小さな村ではね」

眉根を寄せたトレヴはたずねた。

「ナポレオン軍のことまで知ってるんですか？　いったいどうやって」

しばしハンカチで顔を隠して咳きこんでから、母はおもてを上げた。

「あなたのお友だちが教えてくれたわ。英国人の将校さん。ヒクソンと言ったかしら。わが家に来てくれたのよ。あなたが無事だと教えるためにね」

「ジョーディ・ヒクソンが？」トレヴは心底驚いた。「あいつがわざわざ」

「そうよ、あの人はね……休暇のたびに部下の家族のもとを訪ね歩いていたの。あなたのことは、捕虜にとられているけれど紳士である点を認められ、おおむね自由に過ごしていると教えてくれたわ」母はいったん息をついだ。「おかげさまで安心できた。もちろん、おじいさまには一言も言わなかったわ」

トレヴはしばし言葉を失っていたが、やがて言った。

「ご存じでしたか？　彼とは学校で一緒だったんです。英国人はいい人間ばかりですね」

「ええ、勇敢な人ばかり」母がうなずく。「それにみんなとっても親切で。英国のお友だちはもうひとりいなかった？　たしか、雌鶏《ザ・チキン》と言ったかしら」

トレヴは思わずほほえんだ。「雄鶏《ザ・ルースター》です」母の震える手からコーヒーポットを取りあげ、彼女のために一杯そそぐ。「つまり、必死に隠してきたつもりが母上には全部ばれていたわけですか？」彼は皮肉めかした。

母はすまなそうに息子を見た。

「シェルフォードのご婦人方が、ご親切にいろいろな雑誌を貸してくださるのよ。どれも少し古い号なのだけど、なかなか刺激的《トレ・ピカン》なの。年がら年じゅう、祈禱書《きとうしょ》を読んでいてもつまらないでしょう？」

「どうやらこの村のご婦人方は、ゴシップ紙がよほど好きらしいですね」

「それはそうよ」母はうなずいてカップの両耳を持ち、縁越しに息子を見つめた。「とりわけ、どこかで見かけたような、若いフランス紳士の記事が大々的に載っている場合はね」

トレヴは湿った髪をかきあげた。

「すると、わたしの置かれた状況はすべてご存じなんですね」

「それがね、モン・トレゾール、なんとも言えないの」母はカップをおろした。「だって、英国を出ていかねばならないのでしょう？　てっきりシェルフォード・ホールに身を隠していれば安全だとばかり思っていたから」

「安全ですって？」いやみたらしく言う。「あの屋敷にはいま、内務大臣が来ているんですよ。数えきれないほどの手下《ミニオンズ》を引き連れて」きょとんとした母の表情に気づいて説明をくわえる。「たったいま料理人が厨房でおしゃべりを楽しんでいる相手――あれも内務大臣の直属の部下です。治安官もボウ・ストリートの捕り手もみんな」

母は動じなかった。

「だけど、大臣の腱膜瘤《バニオンズ》もまさかあなたがシェルフォード・ホールにいるとは思わないでしょう？　ここに隠れていると思いこんでいるんだもの。まあ、わたくしとしては、あなたがときどきこうして遊びに来てくれるのは大歓迎だけど」

「ミニオンズです、母上。ともあれ、一番怖いのは連中じゃないんです」

母は目をまんまるにした。「では誰なの？」

トレヴは口元をゆがめた。

「ミセス・ファウラーです。いったいどうやって人の居場所を突きとめたのか知りませんが、なんとシェルフォード・ホールにやってきて、こともあろうにレディ・カリスタと話までしていったんです」

母はくたびれたテーブルクロスの上に並ぶスプーンとフォークをまっすぐにした。

「まあ、驚いた《モン・デュー》」と控えめにつぶやく。

「モン・デューですよ、本当に」トレヴは勢いよく立ちあがった。テーブルの上のカップがかたかたと鳴った。「彼女と結婚していたんだろうと、カリーに責めたてられました。例のゴシップ紙のおかげで。われわれが今夜の仮面舞踏会で会えるよう、画策までしてくれましてね」

「まあ、かわいそうなレディ・カリスタ。さぞかし傷ついていたでしょうね」

「はん。かわいそうなレディ・カリスタは、わたしを窓から突き落とそうとしましたよ」

母がにわかに関心を示す。「すると、あなたに腹を立てたわけね？」

「そうですよ」

「だけど、ちゃんと説明したのでしょう？　雑誌に書いてあるのは嘘っぱちだ、あんな女性を好きになるほどばかじゃないって。なにしろわたくしの息子ですものね」

「説明はしました」トレヴは手短に答えた。

母が空のカップにスプーンを入れ、中身も入っていないのにかきまわしだす。「それで、英国を出ていくと言ったわね？」声がうわずる。母はスプーンを放すとハンカチを口元にあてた。

「ええ」

「彼女にいったいなにを話したの？」それは問いかけではなく非難の言葉だった。母はハンカチをきつく握りしめた。

「真実を話したまでです」

「ああ、なにもかも台無しにしてしまったのね！　それで、彼女にちゃんと聞いてもらえた？」

「ええ、聞いてもらえましたとも」トレヴはできるかぎり穏やかに答えた。「そのうえで、わたしは出ていくと言ってるんです」

母はいきなり立ちあがるとテーブルに寄りかかった。ぶるぶると身を震わせ、しぼりだすように言う。「いったい彼女になにをしたの？」

「そうじゃなくて、なにもしないのが問題なんです」

「なにもしない？　まさかあなた……彼女ほどのレディにきちんと申し込まなかったの？

彼女のような人にはね、結婚してくださいとお願いしなくてはいけないのよ」

「マ・メール、お願いなどできるわけがないでしょう。イエスと言われたらどうするんです」

　母はじっと息子を見た。

「もちろん、彼女はイエスと言いますよ。それのどこがいけないの？」

「だから、彼女がわたしについてくるに決まっているからですよ！」トレヴは狭い食堂を歩きだした。「絶対についていきます。救いの女神さまですからね。思いやりのかたまりだ。わたしがどんなにばかなことを頼んでも、絶対に、一度たりとも断らなかった。わたしだって彼女といたい――くそっ、彼女にそばにいてほしい。でもそういうわけにはいかないんです。わたしみたいな人生を送らせたくない。ここに長居をしたわたしがばかなんですよ。全部話したりしたわたしが」目を閉じてつづける。「過去に自分がなにを言い、なにをしたか――それを考えれば、お願いする権利などないとわかります」トレヴはなすすべもなく首を振った。「これからわたしがどんな人生を送ることになるか、母上も彼女もわかっていない。わたしと一緒になれば、彼女は愛するすべてのものと別れて孤独に生きるはめになる」

「それがなんなの？」母は詰問した。「わたくしが、孤独な人生がどんなものか知らないとでも思うの？」

　トレヴは歩みを止めて母を振りかえった。

「トレヴェリアン」母は最前より穏やかな声で呼んだ。「ひとつ言っておくわね、モン・ナンジュ。彼女を孤独な人生に追いやっているのはあなたよ」

　母を凝視し、むきになって顔をそむけた。

　母があらためて椅子に腰をおろす。

「例の軍人は、彼女の財産だけが目当てなのでしょう？　そんな人との人生はいったいどんなものかしら」

「互いへの愛が芽生えつつあると、当のカリーが言ってましたよ」

　さげすみの目で母がこちらを見る。「つまり、別の殿方に彼女を譲るわけね？」と腹立たしげに問いただす。

「わたしは彼女にふさわしくありません」トレヴは、自分が生まれる前からそこに掛かっているであろう鏡のはげかけた金箔をにらんだ。

「しーっ《シュット》！　おじいさまに雷を落とされますよ！　ブルゴーニュで二〇代つづくモンソー公爵家の領主が、どこぞの英国娘ごときを相手に〝ふさわしくない〟とはなにごとだ！」

　冷淡な祖父の口調をそっくりまねた母のせりふに、トレヴはしぶしぶ笑い声をあげた。

「そのせりふも何度聞かされたでしょうね。ブルゴーニュで二〇代つづく、か」

「でも、わが息子《モン・フィス》はもたもたしているから、この目で二一代目を見るのは無理かもしれないわね」

　トレヴは物言いたげな目で母を見やった。

「その点については、わたしもまだ問題ありませんからご心配なく。ただし、れっきとした大人の男相手に母上がそういうぶしつけな態度をあらためず、しかもネグリジェのままで平気な顔をしているつもりなら、いますぐ抱きかかえて寝室まで運びますからね」

「わかりました《ビャン》よ」母はため息交じりに応じた。「運びたければ運びなさい。そうすれば看護師に叱られる心配もないわ。ただし、階段は静かにのぼらないと、捕り手に気づかれますからね」

「砲撃を受けても彼は気づきませんよ」トレヴは言って、立ちあがる母に手を差し伸べた。

「ところで、これはいったいなんです、マドモアゼル？」母が立つと、椅子の背に黄色のぶかっとしたズボンがたたんでかけられているのが目に入った。「なにかわたしに隠してませんか？」

「まさか！」即答した母は、抱きあげようとする息子の首に両の腕をかけた。「でも変な話なのよ。看護師が、屋根裏部屋の梁にこれがかかっているのを見つけたそうなの。どこかからまぎれこんだのかしらね。あとでリリーに、ぼろ布入れにでも入れておいてもらいましょう」

「ぼろ布入れですって！　このコサックズボンは、三〇ギニーもするんですよ」

　階段をのぼりはじめると、母は首にかけた手に力を込めた。

「まさか、あなたのものなの？」

「ふうむ……サイズが合うかどうかここではいてみましょうか」

「お願いだから《シル・トゥ・プレ》、よしてちょうだい！　また具合が悪くなるわ」

カリーは白昼夢を見ようとした。現実に耐えられなくなったときはいつもそうしている。友人知人がときどきむっとして指摘するように、彼女は想像の世界に浸りきるのが得意で、そうなると話しかけられても気づかない。けれども今日ばかりは夢のなかに、あるいは妄想のなかにどうやっても逃げこめずにいる。

だから妹が部屋の前に来たときも、扉をたたく音がちゃんと聞こえた。にもかかわらず、窓辺の長椅子から立ちあがって妹を出迎えようとしなかった。

「少なくとも雨はやんだわ」妹は返事も待たずに入ってきながら、メイドのアンに話しかけた。「地面はぐちゃぐちゃでしょうけど――」敷居で立ち止まる。海からあがった愛の女神ヴィーナスの扮装だという、ピンクのドレスがカリーの視界に入った。首飾りは貝殻製。ドレスの裾にあしらわれた光る網とレースは海の泡を模しているらしい。「お姉さまったら」ハーマイオニーは明るい声で姉をたしなめた。「もう六時半よ。まだ着替えも始めていないの？」

カリーは唇をかんで首を振った。「ええ、まだ」

「もうっ！」妹が歩み寄る。「どうかしたの？　気分でも悪い？」

「ああ、大丈夫よ」カリーはやっとの思いで笑みを作った。「なんともないわ」

妹は呼び鈴の紐に手をかけた。

「なにか食べ物を持ってきてもらいましょう。『レディース・スペクテーター』に、舞踏会の前には必ずなにか口にし、少し眠っておきなさいと書いてあったわ。ほら、こっちに座って。お姉さまに似合いそうな羽根も持ってきたんだから」

ぼんやりと妹に従い、カリーは化粧台の前に腰をおろした。妹が羽根を出すと、頭を左右に向けて具合を見た。それからバターを塗ったパンを少し食べ、勧められるがままにワインを飲んだ。軽食をすませたあとは、メイドがハーマイオニーのドレスを二枚つなぎあわせて作ったという衣装をふたりがかりで着せられ、スパンコールのついた青緑の紗織のヴェールをかけてもらった。ドレスは裾が短いデザインなので、腰をリボンで結ぶシルクのふわっとしたパンタロンをはいて足首を隠した。仕上げに妹が、室内履きに小さな鈴を付けた。

妹がピンを取ろうとして入れ物に手を伸ばしたときだった。彼女の手が触れたのか、折りたたまれた手紙が化粧台の上に落ちた。それを目にするなりカリーははっとわれにかえり、いきなり体を動かした。「なんでもないの。こっちにちょうだい」と早口で言い、手を伸ばす。

ハーマイオニーは手紙を脇にやろうとしているところだったが、その手を止め、口元にからかうような笑みを浮かべた。

「いったいなあに？　わたしに秘密？」

「そんなんじゃないわ」カリーは思わず強い口調で答えた。

妹がくすくすと笑いだす。「ま、今夜は秘密の夜だものね。仮面舞踏会なんだから」彼女は手紙を姉の手の届かないところにやり、「少佐から？」とたずねた。

「いいえ」カリーは応じつつ、手紙に注意を引きつけてしまったのは大失敗だったと後悔した。鏡に視線を戻す。「ねえ、この羽根はちょっと垂れ下がりすぎじゃないかしら」と指摘して、アンが頭に巻いてくれたターバンから羽根を引き抜いた。「これではまるでミセス・ファーのオウムだわ。街で一晩大騒ぎしたあとの」

ハーマイオニーが手紙を開こうとしているのを見つけ、カリーはそれを取りかえした。しかし奪いかえしはしたものの、逃げ場はない。妹とメイドの視線を感じて、カリーは顔を真っ赤にした。

「そういえば噂を耳にしたわ」ハーマイオニーがにやにや笑う。

カリーは心臓が足元まで落ちていく錯覚に襲われた。見ればアンは唇をかんでいる。きっと使用人たちが噂をしていたのだ。口のなかがからからに乾く。カリーは手紙をぎゅっとつかんだまま、ふたりから顔をそむけた。

「お姉さま？」と呼ぶ妹の声は、最前までの冗談めかしたものではなく怪訝そうだ。ちょっとからかうつもりが、思いがけない反応にあって驚いているらしい。

「しばらく横になるから」カリーはふたりに告げた。

「その格好じゃ無理よ」ハーマイオニーが助言する。「そんなまねをすれば、それこそ気のちがったオウムに見えるわ。着替える前にやすめばよかったのに。午後じゅう、ここでなにをしていたの？」

「雨を見たり、少し本を読んだり」カリーはターバンにあしらった羽根をすべて引き抜いた。「少ししたらあなたの部屋に行くから。そのときに羽根を付けなおして。ほんの数分やすんで、頭をしゃきっとさせたいの」

妹はまず姉を、それからアンを見た。うつむいたメイドはレディ・シェルフォードにきつく言われているとおり、無表情をよそおって立ちあがった。

「わかったわ」妹は応じ、もう一度だけ姉をいぶかしげに見てからつづけた。「恋文はどうぞひとりで読んで。八時一五分前にアンを呼びにやるわ。一五分もあれば、髪も直せるでしょう？」

カリーはふたりが出ていくのを待った。妹がなにか理由をつけて戻ってくるといけないので出ていってからもしばらく待ち、おもむろにこぶしを広げて、手紙をじっと見おろした。びりびりに引き裂いてしまうつもりだった。分厚い封蠟を指先でなぞり、いまにも破ろうとした。アントラーズに舞踏会の招待状はむろん送っていない。トレヴに会いたいのなら、ミセス・ファウラーは自力で彼を追えばいいのだ。ほうきの柄にまたがって。

手紙はまだ手のひらにのっている。トレヴはカリーに物語を聞かせた。嘘に嘘を重ねて。そのいまいましい物語にいまさらミセス・ファウラーが新たな情報をつけくわえてくれたところで、大きなちがいは生まれない。今夜、カリーは仮面舞踏会に出席しなければならない。

仮面で顔を隠すなんてぞっとする。それならいっそ牛舎で一晩過ごすほうがましだが、そのような振る舞いが許されるわけもない。彼女は手紙を暖炉めがけて投げようとした。けれども手紙が手のなかをすり抜ける前に、なぜかその手を握りしめた。

　彼女は封蠟を破った。良心の呵責も感じず、気づけば手紙を半ば広げていた。ちょうど、傷口の具合をつい見てしまうときのように。ほっそりと流麗な筆跡――トレヴの簡明かつ優美な筆跡とはまるでちがうわ、とカリーは一瞬思った。この手紙は、裁判の証拠にもなりうるものだ。だが一二人の陪審員は、善良ではあっても真実が見えていない。

　カリーは首をかしげた。最初の一行が一目見ただけでは読めなかったからだ。だがすぐに、“M.Tib L.B”だとわかった。筆跡が流麗すぎて、“Trevelyan《トレヴェリアン》”と書かれているのかと最初はかんちがいしたが。

　そう、彼の名はムッシュー・チボー・ルブランだった。『レディース・スペクテーター』で初めて目にしたときから、カリーはその名前が大嫌いだった。病的なまでの好奇心に駆られて、彼女は手紙を完全に広げた。暗い詮索心に、われながら嫌悪を覚えた。一文めがさっそく好奇心を満たしてくれる。

　わたしほど軽率な女はいないとあなたは思うでしょう。あなたならきっとそう思うと、わたしにはわかります。でも、どうしてもあなたの手助けが必要なのです。

カリーは顔をしかめた。手が汚れるとばかりに紙の端を指先でつまみ、さらに読み進める。

わが愛する亡き夫への忠誠心と友情とを失ってしまう前、あなたはご自分にいっさい関係のないできごとを理由に、大変な、まさに命を落としかねない窮地に立たされましたわね。あのとき、わたしはあなたに頼るしかありませんでした。あなたならきっとむだにおのれを犠牲にしない、わたしのためではなく、ミスター・ジェム・ファウラーの大切な思い出のため、そして彼の愛する息子を守るため、きっと手を差し伸べてくれると信じていました。わたしはこれから、なんとしても英国から逃れなければなりません。わたしの置かれている状況がどれほどの危険に満ちているか、あなたも聞けば理解してくださるはず。じつは、また約束手形を切ってしまったのです。すでに偽造手形とばれています。ほかでもないあなたに対して、自らの行動を正当化するつもりはありません。軽率だったと思います。でもジェムは許してくれるでしょう。だからお願いです。わたしと愛する息子が英国を離れ、安全な場所へと逃げられるよう手を貸してください。

E・F

「厚かましいにもほどがあるわ！」カリーは愕然と目を見開いてささやいた。渦巻くような筆跡をにらみつける。目をしばたたいて、手紙を最初から読みなおす。読みなおしても、やはり同じ文句が書かれていた。「信じられない」

これは自白書だ。もちろん書いた当人にそのつもりはないだろう。トレヴは彼女を愚かな女性だと言っていたが――こんな手紙を赤の他人に託すなんて、頭がどうかしているとしか思えない。

カリーは膝を折ってのろのろと腰をおろした。眉根を寄せ、手のなかにある書状を長いあいだ見つめた。やがて立ちあがると、ダヴ・ハウスに使いをやるために呼び鈴を鳴らそうとし、けっきょく紐に触れもしないでふたたび座りこんだ。考えた末に従僕を使いにやった。頼んだ伝言はふたつ。ひとつは口頭でアントラーズへ。もうひとつは手早く準備したカードで、妹の婚約者、サー・トーマスのもとへ届けられる手はずだ。

だいぶ経ってから、アンがおずおずと扉をたたく音がした。髪を直してもらう時間だった。カリーは手紙を丁寧にたたみなおし、ドレスの胸元の、幾層にもなった紗織の下に押しこんだ。

仮面舞踏会はそもそもハーマイオニーが言いだしたものだったが、ドリーも大いに乗り気になり、これまで準備が進められてきた。一方、寝室にこっそり紳士をかくまっていたカリーはそのことで頭がいっぱいで、準備などそっちのけだった。そのため、妹から進捗状況を聞かされていたにもかかわらず、舞踏室の変わりようをまのあたりにしたときには心底驚いた。カリーが生まれてこの方、そこで大がかりな催しが開かれたためしはない。今夜の舞踏室は、天井も壁もすべて、緑と白とピンクと藤色と黄色のひらひらと揺らめく天幕で覆われている。それぞれの布には、鮮やかな色合いのフリンジやタッセルがあしらわれている。巨大な水晶のシャンデリアの下では音楽が奏でられ、思い思いの扮装を凝らし仮面を付けた人びとが集って、目もくらむばかりだ。

仮面舞踏会なのだから、玄関での出迎えも、きちんとした晩餐も必要ないわ――ハーマイオニーはそう提案していた。仮面を付けた状態では相手が誰だかわからない、だから立って招待客を出迎えるのも、テーブルでとなりあって座り晩餐を楽しむのも、ばかげているというのだ。めったに人の意見に従わないドリーもこのときばかりは、では食事は深夜に仮面をはずして楽しみましょうと代案を示してみせた。

カリーは妹と腕を組んで舞踏室に足を踏み入れた。けれどもヴィーナスは、カントリーダンスが始まるとすぐに姉のそばを離れてどこかへ消えた。カリーは壁際に並ぶ椅子に腰をおろしたが、ひとりの時間はあっというまに終わりを告げた。エジプトの君主――軍服姿で頭にターバンを巻いたスタージョン――が、さっそく彼女を見つけたからだ。すぐに見つけたのも当然。イスラムの王妃の扮装をしたレディは数人いるが、赤毛はカリーひとりだけだった。しかもターバンに挿した羽根の一本は、妹がいくらまっすぐにしようとしても、鼻のあたりまでだらりと垂れ下がって直らなかった。

一方の少佐はすっかり目じりを下げており、カリーの手をとるなりキスをした。黒い仮面ときれいにひげを剃った顎が人目を引く。「異国風でじつにいい！」彼はささやいた。「踊ってくださいますか、美しい王妃さま？」

カリーは差しだされた手をとった。いまは彼の機嫌をとっておこうと思った。じきに忙しくてそれどころではなくなるのだから。それに、仮面を付けていると人前でもさほど恥ずかしさを感じない自分に気づいてもいた。ダチョウの羽根の効果もなかなかばかにできない。生まれて初めて、彼女は気まずさを感じずに踊りの輪に入れた。

二曲ばかり踊ったあと、やや息のあがったスタージョンに椅子のところまでエスコートしてもらった。すでに頭の羽根は傾き、重なった紗織がドレスのいたるところでずり落ちているのが仮面越しにも見える。スタージョンが前身ごろに投げた視線から察するに、見えない部分も乱れているようだ。カリーは例の手紙がちゃんとあるかどうか、胸元を指でまさぐって確認した。黒い仮面の向こうで、少佐の目が指の動きを追うのがわかる。少佐はにやにや笑い、耳元でささやきかけてきた。

「この場でわたしを殺すおつもりですか、レディ・カリスタ」

できれば彼などいなくなってほしいが、なにも永久にとは思っていない。

「あの……羽根の具合を直してきますわね。ごめんあそばせ」

「そのままで十分きれいですよ」少佐は彼女の肘をぎゅっとつかんだ。

「それはありがとう」と礼を言ったとき、サー・トーマスがハーマイオニーを階段のほうにいざなうのが見えた。「でもほら、妹が下に行くのが見えますでしょう？　ちょっとあの子に話があるんですの。すぐ戻りますから、レモネードをとってきてくださらない？」カリーは返事も待たずに婚約者をひとり残し、人の群れをかきわけて急ぎ立ち去った。

慌てて階段をおりると、サー・トーマスは婦人方の化粧室の前にいた。カリーは妹のところには行かず、未来の義弟に歩み寄ると腕を組み、断固とした足どりで狭い通路を進んで、使用人用の階段を目指した。サー・トーマスはおとなしくついてきたものの、表情から動揺がうかがえる。

「ここでいいわ」奥まったところにある暗いボイラー室へと入っていく。

「レディ・カリスタ」彼はささやき声で言った。「常識的な振る舞いとは言えませんよ。いったいなにごとです？」

「シドマス卿を連れてきていただきたいの」羽根を後ろにやりつつカリーは懇願した。「とても重要な話なんです。とんでもない不正義が行われて、すぐに内務大臣にお知らせしなくてはいけないんです」

「ええ、先ほどのカードにもそう書いてありましたね。じゃなかったら、石炭貯蔵庫なんかに連れてこられるものですか！　レディ・ハーマイオニーの姉上のためなら、喜んでどのようなこともいたします。ですが、いったいどういう事情なのですか？　不正義とは？」

「ムッシュー・ルブランと偽造罪に関することなんです」カリーは切迫した口調で訴えた。

「ミセス・ファウラーが自白しました」

暗がりのなかでも、未来の義弟が身を硬くするのがわかった。

「ご冗談でしょう。あの――自白とおっしゃったんですか？　いったいどうやって？　彼女が今日こちらに来たことは、妹さんからうかがいましたが。あなたに罪を告白したのですか?」

「そうなんです! ああ、いいえ。正確にはちがうの。手紙に書いて寄越したんです」

「手紙に書いて!」

暗がりとボイラーの赤い炎に徐々に目が慣れていく。カリーはさらに説明した。

「問題の手紙はわたしが持っています。彼女は今夜、シェルフォード・ホールに来るはずなんです。だからどうか、シドマス卿と話をさせて」

相手は黙っている。カリーは彼をじっと見つめた。手を貸してくれないなら、ずうずうしいのを承知のうえで自ら内務大臣に話しかけるつもりでいる。ただ、部下を介しての頼みのほうが大臣も真剣に耳を傾けてくれるはずだった。

「ミセス・ファウラーはまた手形を偽造したんです」カリーは容赦なく打ち明けた。「ここでやめさせなければ、また同じ過ちをくりかえすわ」

罪を暴露して夫人を窮地に陥れても、良心の痛みなど感じなかった。それどころか邪悪な喜びさえ覚えた。夫人はまたもや、後悔のかけらすら見せずにトレヴを利用しようとしたのだから。カリーなりに時間をかけてじっくり考えたうえでの判断だった。彼が感謝してくれるかどうかはわからない――かつてわが身を犠牲にしたのがむだになった、そう思うかもしれない。それに夫人は、北部に子どもが、トレヴの親友の子どもがいると言っていた。でも最終的にカリーは、トレヴの反応は気にしないことにし、すべてを明るみに出そうと決めた。少なくとも、公爵夫人のためにはなるはずだ。

「証拠はあるのですか?」サー・トーマスが鋭くたずねた。

「ええ、たしかに彼女が書いたものです。そこには、二通目の手形も偽造だとばれたと書かれています。英国から逃げようとしているの。それで彼女は、助けを求めてここに来たんです」

それだけ言えば十分だった。サー・トーマスはふむとうなり、「大臣に話してきましょう」と言ってくれた。

「急いで」カリーはせかした。「一一時一五分に、大臣をここへ連れてきてください」


カリーがミセス・ファウラーに送った伝言は、正面玄関からではなく中庭から邸内に入ってほしい、というものだった。伝言を託した従僕に、約束の時間になったら椅子かごで迎えに行かせる。入り口までは従僕が案内するから心配はいらない――そう伝えた。満月と流れの速い雲の下、ふたりの屈強そうな従僕がシェルフォード・ホールの裏手に椅子かごを運んできた。頭巾と黒マントと仮面で仮装した客がひとり、かごから現れると、優雅な足どりで洗濯室の裏口から邸内へと足を踏み入れる。

カリーは仮面を付けたままで夫人を迎えた。夫人のしつこいくらいの礼を聞きながら、キリストを売ったユダよろしく、ポケットのなかに夫人を売って得た銀貨三〇枚を隠している錯覚にとらわれた。けれどもすぐに自白書の内容を思い出し、決意を新たにした。偽造罪も一度目なら、愚かな過ちと言い訳できるかもしれない。だが二度目なら、それがどれほど重い罰を科せられるものか承知しているはず。それなのに彼女は、またもやトレヴに助けを求めたのだ！

カリーは巨大なアイロン台の上にまっさらのカードと筆記用具を用意しておいた。

「招待状があまっていなくてごめんなさい」カリーは謝罪し、蓋付きランタンを引き寄せた。

「でも、レディ・シェルフォードの机から招待状用のカードをいただいてきましたから」ランタンをアイロン台に置き、カードを照らしだす。「インクはこちらをどうぞ。ご自分で招待状の文言を書いてくださるかしら。〝今宵の仮面舞踏会に、ぜひとも足を運んでいただきたく〟——ああ、MとPは大文字でお願いしますね」夫人の自白書にあったMとPの文字がたいそう特徴的だったのを思い出し、カリーはそう言い添えた。本物の招待状は文言が刻印されている。夫人になにか言われたら、刻印枚数が足りなかったので、新しく用意した分はすべて手書きになったと説明するつもりだった。しかし夫人は自ら書くことに疑問を抱かなかった。慣れた手つきはさすがだった。

「彼とはどこで会えるのかしら」夫人はアイロン台から顔を上げるなり訊いた。仮面は口から上だけを覆う、棒に付いたものだ。書きあげたばかりの招待状と仮面を取り、カリーに手渡す。

「先に来てあなたを待っているわ。すぐに逃げられるよう、準備をしておいてほしいと言っていたけれど」

「準備ならもう整っていますわ！　今夜にでも出発できるくらい」

「ご子息はどうしてらっしゃるの？」カリーはたずねた。その一点が最も気がかりだった。

「ああ、あの子ならいま住んでいる場所で幸せにやっていけるから心配ありませんわ。夫の両親に預けてありますの。ふたりとも息子を甘やかしてもう大変！」夫人は神経質な笑いをもらした。「息子もわたしと暮らすより、母親が逃げて自分の人生を歩んでくれたほうが幸せでしょう」

「だけど、ぞっとしますわね」カリーは仮面越しにミセス・ファウラーをまじまじと見つめた。「ムッシュー・ルブランはいまの気持ちをあまり話してくれませんけど。これからご自分がどうなるか、さぞかし不安でしょうに」

「そうね――つまり彼は、あなたにも事情をお話ししたのね。わたしのほうは、命の危険が迫っていますのよ！」

「そこまでするなんて、勇気がおありなのね」

「いいえ、とてつもない臆病者なの、本当よ」

「でも、約束手形を一度ばかりか二度までも偽造なさって、そのどちらも実際に使われたんでしょう？　追いはぎ並みに大胆不敵だと思うわ」

夫人は仮面を付け、得意げに顎をつんと上げた。「そうね、大胆不敵と言えなくもないわ。でも、あなたにこんな話をするべきではありませんわね」いたずらっぽく瞳を躍らせる。

「だって、あなたに不利な証言をされたら困るもの！」

「レディ・カリスタに証言をしていただく必要はあるまい」男性の声がいきなり割って入っ

た。洗濯物のしわ伸ばし機の陰から、シドマス卿が姿を現す。中庭に出る扉が勢いよく閉まると、その裏にはサー・トーマスが立っていた。

ミセス・ファウラーはすさまじい金切り声をあげた。外に出る扉は使えない。夫人はカリーの脇をすり抜け、洗濯室を一目散に横切って廊下を目指した。薄明かりを頼りにシドマス卿が彼女を捕らえようとする。しかし夫人は身をよじって逃れ、大臣の手には黒いマントだけが残された。廊下に出たミセス・ファウラーをサー・トーマスが追う。けれども大臣は片手で部下を制した。

「そこまでだ」大臣は静かに言った。「せっかくの舞踏会で追跡劇を演じるわけにはいかん。あの女は行かせたまえ」

「いいのですか？」サー・トーマスは眉間にしわを寄せた。

「しかたあるまい」大臣はミセス・ファウラーの書いた招待状を取りあげ、つづけてカリーに、夫人の自白書を所望した。永遠とも思えるほど長い時間をかけてそのふたつに目をとおし、ランタンの明かりの下でじっくりと比較を行った。

ついに顔を上げた大臣は、サー・トーマスに命じた。「きみは婚約者のもとに戻りたまえ。どこに行ったのかと捜しているにちがいない」招待状と自白書を上着の内ポケットにしまい、カリーに向きなおる。「レディ・カリスタ――エスコートさせていただいても、よろしいですかな？」

カリーは意気消沈した。大臣はこの件を追及しないつもりだ。これでトレヴの汚名が晴らされる可能性はなくなった。それでも大臣に腕をとられてしまえば、いやとは言えなかった。

「ありがとう存じます」彼女は小さくつぶやいた。

サー・トーマスについて、薄暗い廊下に出る。部下が階段の先に消えると、シドマス卿がささやきかけた。

「ふたりだけで話ができますかな？　邸内はどこも人でいっぱいのようですが、静かに話せる場所がないでしょうか」

使用人が暮らす地階のことなら、カリーはだいたいわかる。「メイド長の居間ではいかがかしら」不安をのみこんで提案した。「当人がいるかもしれませんけど、邪魔はしないでしょうし」

「それでけっこうです。ついでにメイド長に濃い紅茶も淹れてもらいましょう。どうも今夜はパンチをのみすぎました」

メイド長は快くふたりに居間を開放し、紅茶も準備してくれた。ふだんからカリーが地階でみなと親しくしているからこそだろう。簡素だが快適な居間に落ち着くと、シドマス卿は紅茶に砂糖のかたまりをひとつ入れ、メイド長のふかふかの椅子にゆったりともたれかかった。カリーは背のまっすぐな椅子にちょこんと座っている。叱られにきてびくびくしているメイドの気分だ。

「あなたの機転に心から感服いたしました。おかげさまで数多くの証拠が得られました。しかし、なにぶんにもいきなり聞かされた話で、いまだに状況を把握しきれておりません。差し支えなければ、なぜあの夫人がルブランを捜しにやってきたのか、ご説明願えますかな？」

カリーは唇をかんだ。仮面を付けたままでよかった。おかげで、頬が真っ赤に染まっているのを大臣に見られずにすむ。だがいずれにしても、ある程度の真実はここで明かすほかない。

「彼はムッシュー・ルブランではありません。本名はモンソー公爵。ご家族でフランスから亡命し、お母さまがいまもシェルフォードの村に住んでいます」

「なるほど」大臣は考え深げにうなずいた。「つまり、モンソー公爵はあなた方ご家族の友人なわけですな？」

カリーは咳ばらいをし、「はい」と答えた。大臣にすべてを打ち明けるつもりはない。「彼のお母さまと非常に親しくさせていただいています。彼が村に戻ったのは、英国を離れる前にお母さまにお別れを言うためでした。ですので、彼はもうここにはおりません」

シドマス卿の薄い唇にかすかな笑みが浮かぶ。「でしょうな」大臣はしばらくカリーを見つめていた。「正直なところを申しあげましょう。彼の名前がなんであれ、内務大臣であるわたしには彼に罪を償わせる重たい義務がありました。王は心から、彼に対する恩赦を願っておられましたが」

かえすべき言葉が見つからず、カリーは無言をとおした。

「むろん、本件に対するわれわれの対応にあなたが納得できなくても、それは致し方ない。

非常に厄介な事件でした。あのように魅力的な若い女性が容疑者なのですからね。市民は若く美しい女性の絞首刑には否定的です。当然でしょう。新聞は裁判の行方を書きたてました。市民はルブラン派と夫人派に分かれた。暴動まで起こりました。それでも、重罪犯は裁かれねばなりません。偽造罪はとりわけ重い罪です。この国では、署名こそが信頼のよりどころなのですからね。手形の署名が信頼性を失えば、わが国の銀行はつぶれます」

カリーはかすかな吐き気を覚えつつうなずいた。

「あなたにとっては、さぞかし不愉快な話でしょう。ですが、無条件の恩赦は不可能でした。しかも彼は無罪を主張しなかった。夫人のほうは、それは熱心にしましたが」

仮面の下で、カリーは顔をしかめた。「でも証拠が……」

「証拠だけでは、彼の命を救うのが限界でした。法に基づいて、陪審員が彼を有罪と判断し、判事が死刑判決を下したのです。それでも彼は条件付きの恩赦を受けられた。強制的に国外追放されたわけでも、牢獄船に送られたわけでもない。当時のわたしは、法に照らしあわせても人道的に考えても、納得のいく妥協案を見いだせたと自負していました」

「当時は？」カリーは震える声で問いかえした。

「無条件の恩赦はめったに下されません。しかたないのですよ。王の慈悲は、法の持つ圧倒的な力さえ減じる。だから恩赦は、おいそれと下されてはならないのです」

カリーは目をしばたたいた。「でも王は恩赦を望まれたと――」

シドマス卿は唇を引き結んだ。「慈悲深き王は、ニューゲートに投獄されているすべての重罪犯に恩赦を望まれておられるのですよ。わが国の王は、それほど心の優しい方なのです。それから本件については、とあるスポーツ界に属する複数の紳士がすでに王へ嘆願書を出しています。これから彼らの嘆願書をもう少し丹念に検討してみる必要がありそうですな。ただし、あらゆる状況をかんがみ、さらに市民感情への影響も考慮すると、嘆願書に対して無条件の恩赦を与えるのは難しいでしょう」

カリーはうつむいた。両手をきつく握りしめて感情をひた隠しにした。不公平であまりにも恣意的な判断に言葉も出てこない。大臣は、たかが舞踏会の成功のためにミセス・ファウラーを逃がした。その一方で、無罪が証明されたトレヴをいわば見せしめにしようとしている。

「しかしながら」シドマス卿は淡々とつづけた。「無実を示す圧倒的な証拠が得られる場合もごくまれにある」カリーの顔をのぞきこむ。「そのような事件では、すでに下された恩赦の妥当性を再検討しなければなりません。どうやらあなたは彼と……ああ、いや、彼の母上と個人的に親しいようですから、母上にお伝え願えませんか？　今夜ここで目にした事実とこの証拠の品を基に、あらためて恩赦嘆願を受けますと。その結果、彼には無条件の、全面的な恩赦が下されるでしょうと」

カリーは勢いよく立ちあがった。「本当に？　本当なんですか？」

「無条件の、全面的な恩赦です。母上に、わたしからお約束しましょう」

23

非現実的なまでの幸福感につつまれて階段をのぼり、招待客が集う舞踏室へと急ぎ戻ったところで、カリーはせっかくの知らせを伝える相手すらいない事実に思い至った。歩みを止め、仮面の右目のあたりに垂れてくる羽根を後ろにやる。日中はずっとぼんやりしていて、ミセス・ファウラーの手紙に気づいた瞬間われにかえり、この手紙を使ってなんとかしようという決意をもって動きはじめてからは、ほかのことなどいっさい考えもしなかった。いまになって、トレヴの不在の意味するところがひしひしと感じられた。時刻はまもなく真夜中になろうとしている。でもカリーは公爵夫人に会いに行くこともできない。一気に気持ちが落ちこんだ彼女は、仮面を付けた客に囲まれながらわっと泣きだしてしまいそうになった。

「レディ・カリスタ」ひとりの紳士が、すぐ耳元で低くささやきかける声がした。

カリーは振りかえった。仮面と羽根で視界をさえぎられていても、その声だけで誰だかわかる。驚きのあまり背筋に震えが走った。

「お迎えにあがりました」彼はささやき、カリーの腕に手を置いた。

あらためて彼を見る。仮面で顔を隠し、ゆったりとしたシャツの胸元をはだけ、血のように赤いサッシュベルトを巻いている。ぎらりと光る鞘には真剣――カリーはその優雅なる武器がダヴ・ハウスの炉棚の上に飾られているのを見たことがあった。黒髪、褐色の肌、長靴《ちょうか》に裾をたくしこんだ太めの黄色いコサックズボン。まさに海賊のようだ。

カリーはその場で知らせを伝えてしまいそうになった。けれどもすぐに、彼が去って行ったときのこと、あのとき彼が口にした言葉が思い出された。彼女は身を硬くし、触れられるのを拒んだ。

周りの客たちが好奇の目を向けてくる。それも当然だ。ほかの誰よりも簡素で、誰よりも印象深い衣装をトレヴがまとっているのだから。シャツの上にベストも上着も着ないなど、公の場ではもってのほか。肩の筋肉が隆起しているのが見えるし、シャツの襟はだらしなく垂れて、喉元ばかりか胸元まで半ばあらわになっている。数人の取り巻きに囲まれたドリーが、人目もはばからず彼にくぎづけになっていた。

「ここであなたに会うとは思わなかったわ」カリーは精いっぱいの威厳をかき集めて言った。仮面がなかったら、そんなまねはできなかっただろう。

彼はこたえず、カリーを見おろしている。目のまわりを覆う黒い仮面の下で、唇が引き結ばれている。招待客の群れの向こうから、ワルツの第一音が流れてきた。彼はカリーの腰に手を添え、踊りの輪のなかへといざなった。

「どこかに行ったのではなかったの？」くるりとターンしたときに顔に垂れた羽根をどかしつつ、カリーは問いただした。

彼は無言のままだ。彼女は怒りがわいてくるのを感じた。彼はまた戻ってきた。また！いったい何度、人をからかい、もてあそべば気が済むのだろう。今度また、きみを愛してる、でも行かなくちゃいけない、などと言ったら、絶対に叫び声をあげてやる。すっかりひねくれた気分になったカリーはふいに、彼のために苦労して得た勝利を自分ひとりで堪能したくなった。

「悪魔のもとに、だったかしら」彼女は顎をつんと上げて言い添えた。

「ああ」トレヴがつぶやく。「今回はきみも一緒に連れていこうと思う」

彼を見上げ、カリーはわずかによろめいた。トレヴが支えてくれ、音楽に合わせて一緒にターンする。仮面の奥の黒い瞳がぎらりと光った。踊りのせいですでに頬を上気させていたカリーだが、いまの言葉に一瞬、息もできなくなった。

さらにスタージョンが部屋の向こうからやってくるのに気づくと、彼女はますます狼狽した。トレヴの肩に置いた指に思わず力が入る。すると彼はカリーの肩越しに少佐を見つけ、海賊そのものといった雰囲気の笑みを浮かべた。

「やめて」カリーは小声でたしなめた。「ここで悶着は起こさないで」

彼は笑みを消し、カリーをじっと見おろした。

「それがきみの望みかい？　悶着は避けたほうがいいんだね？」

音楽にのせてターンをくりかえす。トレヴは両の腕で彼女をしっかりと、あるいは軽やかに、あたかも問いかけるかのように支えている。もう一度ターンすると、また少佐の顔が見えた。立ち止まって、踊る男女が前を通りすぎるのを待っているところだった。カリーは息をするのさえ苦しかった。ドリーとハーマイオニーとサー・トーマスが部屋の端に並んで、じっとこちらを見ている。長身のシドマス卿も、いかめしい顔やわずかな髪を隠す仮面を付けずに、自分たちを見ている。くるりと回るたび、ふたりを見物する輪が大きくなっていく。好奇に満ちた目と、扇の向こうで交わされる噂。カリーは自分が小さくなっていく錯覚に陥った。いまや彼女は、死ぬまで絶対になりたくないと思っていたもの、注目の的になっていた。

やがて音楽がゆっくりと終わりに近づいていった。楽団が演奏をやめ、真夜中を告げる鐘が鳴りはじめたとき、スタージョンがふたりのかたわらにやってきた。その鐘を合図に、この場の全員が仮面をはずす趣向だ。けれども鐘の音がやんだときに訪れたのは、凍りつくような静寂だった。誰もがカリーとその踊りの相手を注視している。

「わが婚約者の手を放してもらおうか」スタージョンが言った。低い声だったが、奇妙な静けさにつつまれた舞踏室では、隅々まで響きわたった。

トレヴはその言葉を無視し、立ちつくしたままカリーを見おろした。彼女はドレスがすっかり乱れているのを意識した。踊った直後なので仮面だってずれているし、羽根も垂れ下がっている。さぞかしみっともない姿にちがいなかった。それなのにトレヴは小首をかしげるとささやいた。

「あなたが選んでください、レディ・カリスタ」

彼の手のひらに指を置いたまま、カリーは思った。選ぶのはわたしだと彼は言う。でも彼は、一瞬ののちにまた去っていく。

その場で卒倒しそうになり、カリーは深呼吸をした。それからスタージョンを振りかえってみた。彼はカリーを見てもいなかった。仮面の奥からトレヴをにらみつけ、腰に差した剣に手をかけている。厚紙で作った剣なのを、どうやら忘れているらしい。

「やめて」声がうまく出せなかったので、カリーは咳ばらいをしてから仮面を額にあげ、こちらをちらと見やった少佐に「やめてください」とあらためて言った。先ほどよりもずっと大きな声が出たので、今度は静まりかえった室内に響いてしまった。

スタージョンは彼女を振りかえり、小さく一礼して言った。

「レディ・カリスタ、あなたを軽食のテーブルまでエスコートさせていただけますか?」

「ありがとう、でも、できれば――」

「どうか冷静にお考えください」彼は警告する口調でさえぎった。

「少佐――」

「自分がいまどこにいるかお忘れですか?」

「少佐、わたしは――」

スタージョンが顔を真っ赤にする。「口ごたえはよしたまえ!」押し殺した声にけおされて、カリーは思わず後ずさった。

彼女の手を握るトレヴの手に力が込められる。彼はカリーのすぐとなりに立つと、口元をかすかにゆがめて彼女を見た。それからマスク越しに、はっきりとウインクをしてみせた。

カリーは勇気を奮い起こし、ぐるりと囲んだ見物人につかのま視線をやった。

「スタージョン少佐」彼女はよく通る声で淡々と言い放った。「このようなことは申しあげにくいのですが、やはりわれわれは合わないようですね。それにわたしには、ほかに大切に思う方がおりますの」

その言葉に、舞踏室がまたしじまにつつまれる。カリーは唇をかみ、目元に落ちてきた羽根をはらいのけた。

トレヴが仮面をはずした。たちまち室内がざわめきだし、驚き、呆れる声が聞こえてきた。

少佐は意地の悪い笑い声をあげてから言った。

「どうぞご自由に、マダム。せいぜいお幸せに」さっとおじぎをし、ふたりに背を向けると、道を空ける客人のあいだを大またで去っていった。

誰かが大きな拍手を始めた。見れば犯人はハーマイオニーで、婚約者のサー・トーマスがそれにくわわった。さらに誰かがくわわる。当惑したカリーは目をしばたたいた。すでにその場の全員が拍手喝采をふたりに贈っている。トレヴはにっと笑って彼女の手をとり、うやうやしくおじぎをして手の甲に口づけた。つづけて彼女を抱き寄せ、頬にキスをすると思いきや、鋭い声で耳元にささやきかけた。「行くぞ。すまないが、みんなにさようならを言う時間はないんだ」

カリーはトレヴに手を引かれるがまま（引きずられるがまま、と言ってもよかった）、妹やドリーや拍手を贈る客人たちの脇をすり抜けていった。客たちは、これも余興のひとつかなにかだと思っているのだろうか。ドリーでさえ、力いっぱい手をたたいている。あまつさえドリーは指揮者に向かって、ほら早くとばかりに手を振ってみせた。楽団がすぐさま演奏を再開する。カリーとトレヴは、ギャロップのリズムにのって華々しく退場した。

厩舎へとつづく拱道《きょうどう》に着いたときも、トレヴはまだカリーの手を握ったままだった。そこでいったん立ち止まった彼は両の腕で抱きしめ、激しく口づけた。あまりの激しさに、カリーは危うく、羽根ばかりか理性まで失いかけるところだった。

「馬を一頭盗むしかないな」トレヴは彼女を離し、言った。「ついにきみも、わたしと運命をともにすることを決心したわけか。これからはあちこちで悪事に手を染めるはめになるが、いちいちしりごみしないでくれよ」

カリーは片足を上げた。ここまで私道を全速力で走ったせいで、小石が履物のなかに入ってしまった。「馬を盗む？　いったいなんのために？」片足でぴょんと跳ね、体勢を崩しそうになってトレヴにつかまる。

「急ぐ必要があるからだよ、マ・ミ。少なくとも英国を出るまでは、そういう暮らしに慣れなくちゃいけない。ああ、座って」トレヴは彼女を石の乗馬台に座らせ、ひざまずいて履物を脱がせると、逆さに振って小石を出した。急ぐ必要があると言いつつ、彼女の足首に片手をすべらせる。ストッキングにつつまれた足を持ち上げ、甲の部分にキスをした。「きみのペチコートも鈴も大好きだよ。ただし、人前でこれをさらすのは今回で最後にしてくれ」

カリーは彼の手から履物を取りかえした。

「だったら、わたしの馬を盗みましょう」と提案する。

トレヴはうなずいて腰を上げた。「名案だ」と満足げに言う。「それなら、厳密に言えば盗んだことにはならない、だろう？」

彼について、薄暗い厩舎に足を踏み入れる。

「ねえ、これからどこへ行くの？」カリーは好奇心に駆られた。

「リヴァプールに移動し、そこからボストン行きの船に乗る」トレヴは声を潜めて答えた。

「さようならを言う時間をあげられなくて、すまなかった。でも、向こうから手紙を書けるさ」

「そうね。ヒューバートもどこに行ったのかと心配するでしょうし」

トレヴは彼女を引き寄せ、ぎゅっと抱きしめた。

「本当にすまない。向こうできみの牛のための場所を――広い土地を探そう。アメリカには広大な土地があるからね」

「そうらしいわね」カリーは淡々とこたえた。「馬丁に言って、わたしの馬を軽馬車につないでもらいましょう。拱道のところで待っていてくれれば、馬車で迎えに行くわ」

トレヴは彼女を抱く腕に力を込めた。「きみは勇敢だな」

「勇敢でなくちゃ。だってわたしたち、駆け落ちするんでしょう？」

「そうだよ。でもきみが望むなら、誘拐されたということにしてもいい。いずれにしても、結婚式を挙げてくれる牧師にいつ出会えるかわからないし」

「仮面舞踏会から誘拐されたのね！」カリーはわくわくした。「しかも、大勢の前で婚約者を振ったあとに。『レディース・スペクテーター』の記者に代わってあなたにお礼を言うわ」

トレヴは笑って彼女の羽根を直した。「さあ、逃亡用の馬車の用意を。わが悪名高きレディ」ささやきかけ、カリーの両のまぶたにキスをする。「内務大臣がわたしの正体に気づく前に逃げないと」

それから数分後。大臣の追っ手が迫りつつあると言いながらも口づけをやめなかったせいでまた少しばかり時間をむだにしたものの、カリーはすっかり満たされた気分で、自ら馬車を操り厩舎を出発した。あとに残された馬丁は、仰天の面持ちで彼女を見送った。拱道に着くと暗がりからトレヴが現れ、となりの座席に腰を落ち着けた。身をかがめてふたたび彼女に口づける。彼に手綱を任せてもよかったのだが、カリーは自分で馬車を走らせることにした。いまみたいに始終キスの衝動に駆られているトレヴに、馬車をまっすぐ走らせるのは無理かもしれない。カリーは軽く鞭を振るい、愛馬に駆け足を命じた。小石をけちらして、馬車は私道を駆けていく。

座席にゆったりと腰かけながら、トレヴはカリーが寒くないよう、片腕を肩にずっとまわしていた。門番小屋まで駆け足で馬を走らせたのち、彼女は手綱を引き締めた。そこから先は木々の落とす影が濃くなり、月明かりもあまり頼りにならない。馬は閉じた門の前で止まった。門番が馬車の座席を見上げる。

「おや、お嬢さんですか？　どうしてまた――あの、このような時間にいったいどちらにおいでで？」

カリーはトレヴを見やった。「アメリカよね？」

トレヴがもたれかかってくる。「あるいは上海でも、きみが望むなら」

「そういうわけだから、わたしたちが出たら門は鍵をかけておいていいわ」困惑の面持ちの門番に告げ、ふたたび馬車を走らせる。門の外に出たところで、カリーはシェルフォードの村の方角へと馬車を向けた。

「ここからだと、北に出る通りのほうがいいんじゃないかい？」トレヴが提案し、薄闇にふたりの混ざりあった息が白く浮かびあがる。「わざわざこっちを通る必要はないだろう」

「近道なの」カリーは応じた。

「そうなのかい？　ならいい。しかし、わたしもばかだな。せめて屋敷をあとにするときにマントを持ってくるんだった。ブロムヤードでやすむのは賢明とは言えないだろう。きみの馬はあそこに置いていってもいいと思うがね。レオミンスターまで我慢できるようなら、あそこで一泊することにしようか。ここからだと二〇キロほどだが」

「ちっとも寒くないから大丈夫」カリーは心から言った。こんなふうに彼が近くにいて、心を満たしてくれるなら、寒くなんかない。

「やっぱりきみは女神さまだ」トレヴは彼女の首筋にキスをした。「ジュ・タドール」

愛の言葉を、カリーは静かに受け止めた。

「それより、教えてほしいことがあるの。最後に話をしたとき、二度とわたしに会いたくなかったと言ったわね？」

「頭がどうかしていた。なにもかもきみのストッキングのせいだ」

カリーは横目づかいに彼をにらんだ。

トレヴは腕を引いて片手で彼女の手首をつかみ、馬車の速度をぐっと落とした。「カリー」と呼びかけ、自分のほうに向かせる。口調が険しいものに変わっていた。「ちゃんとわかっているのかい――きみはもう、自分の財産を使うこともできないんだ。皮肉にも、かつて伯爵が手はずを整えたおかげでね」

肩を抱いていたトレヴの腕がないので、カリーは寒さを実感しつつある。「お父さまが？」

「ああ、娘を財産目当てのならず者から守るため、きみが真っ当な結婚をしなかったときには信託財産がおりないようにしてあった」トレヴは口元をゆがめて冷笑を浮かべた。「わたしをまさにその手の男だと思ったんだろうな」

「スタージョン少佐のことは、そうは思わなかったのかしらね」

「それにわたしたちは、外国暮らしを余儀なくされる」トレヴはつづけた。「二度と妹さんにも、シェルフォードにも、英国にも再会させてやれない。しかもわたしのまわりには、まともな連中はいない。金はたっぷりあるが――」

「だからわたしのことも振ってくれ、そう言いたいの？」

「ちがうに決まってるだろう。でも、きみはそうするべきなんだ」

「ふうん」カリーは考えをめぐらした。「舞踏会に戻って、やっぱり気が変わりました、誘拐されるのはいやになりましたと宣言しようかしら。『レディース・スペクテーター』の記者もさすがに驚くでしょうね」

「いずれにしても、発行部数が増えてきみに感謝するさ」

カリーは舌を鳴らして、馬に速足で駆けるよう命じた。

「なんにせよ、記者にはもう記事のねたを十分にあげたと思うわ。わたし自身は、あなたにこれだけ驚きの事実を突きつけられたのだから、本音を言えば絶交したいところ。でもスタージョン少佐を振ったことでもう存分に楽しんだから、いまさらそんな気まぐれを起こす勇気はないの」

トレヴは黙りこんだ。馬が水たまりを踏んだのに気づいて、カリーは速度をまた緩めた。

「ダヴ・レーンじゃないか」いまさら気づいたかのようにトレヴが言う。

「そうよ。明日の朝までには道も乾いているでしょう。シドマス卿が明日、マダムに会いにいらっしゃるわ。あのあと仮面舞踏会ではめをはずさなければの話だけど」

トレヴがぴんと背を伸ばす。「シドマスだって？」

「そうよ、内務大臣の」

「やつがうちに……？　まさか、あの捕り手が呼んだのか？　シドマスがいったいなにしに来るんだ？」口を閉じ、ぎょっとした声でつづける。「エマ・ファウラーが、わたしがここにいると話したんだな？」

「いいえ、どれもはずれよ」カリーは彼をなだめた。「大臣に、マダムがご病気で、あなたの身を心から案じていると話したの。そうしたら大臣が、自分が訪問すればマダムも元気になるはずだって」

「頭がどうかしたのか、カリー？」すでに馬車はダヴ・ハウスの庭門の前に止まっている。水漆喰を塗った柵と、銀色の薔薇の茎を月明かりがぼんやりと照らしている。「さっさと馬車を出せ。母はもう眠っている。わたしが二度と戻ってこられないことも知っている。頼むから、ここはあきらめて出発しよう」

「あなたに話すべきことがあるの」

トレヴは目を閉じて深呼吸をした。「あとでと言っても聞かないんだろう？」しぼりだすように言う。「だったら早く話してくれ。シドマスが本当にこちらに向かっているのならね」

彼にしっぺ返しをする機会をついに得て、カリーは胸を高鳴らせていた。けれども動揺ぶりをまのあたりにして、あまりいじわるをしてはかわいそうだと思いなおした。

「わたしからもちゃんと話すべきだと思うの。はるばるアメリカに渡ってしまう前に」

「それで？」トレヴはいらだたしげにうながした。「どんな話なんだ？　もっと近いほうがいいか？　イタリアとか？　言っておくがイタリアもアメリカも大差ないぞ。イタリアだったら、きみひとりでたまにこっちに帰ってこられるかもしれない、という程度で」

「英国を離れる必要はまったくないと思うの。あなたがどうしても外国に行きたいというのなら、話は別だけど」

　トレヴはかぶりを振った。

「やっぱり、なぜ逃げなくちゃいけないのかよくわかっていないようだな」

「人をとんでもないばかみたいに《フラット》──」

「ばかだ《ピー・グース》」トレヴが訂正した。「フラットなんて下品な言葉は使うな」

　カリーは横目で彼を見た。「でも、周りにまともな連中がいないのなら、わたしも下品な言葉を覚えたほうがいいんじゃないかしら」

「だめだ」トレヴが怒りを抑えた声で言う。

「じゃあ、ピー・グースでいいわ」カリーは穏やかに応じた。「それで、話のつづきをするとね、シドマス卿が明日、マダムに会いにいらして、あなたに無条件の、全面的な恩赦を下す件を話してくださるはずなの。上海は気候がいいとは言えないというし、だったらいっそ、ヘレフォードあたりで新居を構えたらどうかしら」

　トレヴは彼女の手を握った。「マ・シェリ」と優しく呼びかける。「すまないがあきらめて──おい、いまなんて言った？」

「シドマス卿が、あなたに無条件の全面的な恩赦を下すと言ったの」

　トレヴは手を放した。長い、息詰まるような沈黙が流れる。聞こえるのは馬の穏やかな鼻息と、馬車の車輪のきしむ音だけだ。

「大臣が約束してくれたわ」カリーは言い添えた。普通の男性ならとうてい耐えられないようなしっぺ返しをトレヴにしてしまった自分を、少しばかり後悔していた。「あなたの無実を示す圧倒的な証拠が得られたからって」

「圧倒的な証拠？」彼は呆然とくりかえした。「そんなものを大臣はいつ見つけたんだろう」

「一時間ほど前じゃないかしら」

「からかわないでくれ。冗談じゃすまされない話なんだ。それと、嘘だったら承知しないぞ」

「嘘じゃないわ。ミセス・ファウラーに二、三の質問をして、カードにちょっとした文章を書いてもらっただけ――たぶん彼女、サー・トーマスと内務大臣がそばにいることを知らなかったんじゃないかしら」カリーは居心地悪そうに座りなおした。「洗濯室の隅のほうは暗かったから、それでふたりに気づかなかったのね。それと、あなたの言ったとおりだったわ。わたしはばかかもしれないけど、彼女は……頭がどうかしているとしか思えない。彼女の寄越したあの手紙を、もしもあなたが読んでいたら！　あの小さく折りたたまれた手紙に、あなたは触れようともしなかったわね。さわらなくて正解よ。彼女、また手形を偽造したの。なにもかも手紙に書いてあった。以前はあなたが罪をかぶってくれた、だから今回も英国から逃亡する手助けをしてほしいって。だから彼女に、舞踏会の招待状をその場で偽造させたの。シドマス卿は、わたしが彼女に書かせたカードとその手紙の筆跡を比べた。その場で彼女が言ったことも聞いていた――」カリーは言葉を切った。

となりに座るトレヴは、微動だにしない。

「怒らないでほしいのだけど、大臣は彼女を逃がしてあげたわ」

「誰が考えた作戦だったんだ？」トレヴはどこか妙な声で訊いた。

「それは――わたしが考えたとも言えなくない、かしら」カリーはなんとなく落ち着かない気持ちになった。もっと喜んでもらえると思っていたのに。

「いつ？」

「今日よ。今日の夕方」

「わたしが出ていってからか」

暗くて見えないかもしれないと思いつつ、カリーは無言でうなずいた。

「全面的な恩赦と言ったか？」彼はあらためて問いただした。「無条件の？」

「ええ。シドマス卿の口からそう聞いたわ」

「全面的な恩赦？」くりかえし言い、信じられるものかとばかりに首を振った。

「大臣には、そういうことを決める権限があるのではないかしら」

「ああ、あるとも」トレヴは荒っぽく言った。「連中は議会のテーブルにつき、気まぐれに人の生死を決める。ああ、もちろん大臣には権限があるだろうさ。ただ――」いったん口を閉じ、ほの暗い月明かりの下でしかめっ面をカリーに向ける。「そうなると、新たな問題が発生するな」

わけがわからず、カリーはトレヴをただ見つめた。夜は寒さを増しつつある。彼女はかすかに身を震わせた。いったいどんな問題が新たに発生するというのだろう。ひょっとして、将来を考えなおす気になった？　この結婚を考えなおす気にも？　自由の身となったからには、もっと別の女子相続人を探すつもりかもしれない。喜んで一緒に上海へ行ってくれるような相手を。カリーはうつむいた。わたしはきみを誘拐するのにふさわしい男じゃない――彼が突然そう言いだした場合に備えて、必死に冷静をよそおった。

「第一の問題として」トレヴがふたたび語りだす。「二〇キロ先のレオミンスターまで馬車を走らせ、道順をまちがったような顔をして、海賊の国バーバリ諸国に潜りこむ必要がなくなった」

「あなたの海賊姿は好きよ」カリーは照れながら言った。

「いや、イスラムの王妃さまを思うわたしの気持ちにはかなわないだろう。いずれにしても、完璧な誘拐とは言いがたかった。一刻も早くきみをつかまえて、地の果てまでさらっていかねばと焦るあまり、いろいろと忘れ物をしてしまった。たとえば、旅行かばんとか」

「いいえ、完璧だった。こまかいことは気にしないで」

「読者の好奇心を満足させるために、記者はきっと必要に応じて物語を粉飾するんだろうな。つづけて第二の問題だが、わたしはすでに、きみのいない不毛な人生など絶対に送るものかと決めている。この野望については、下衆みたいに何度もきみの前から姿を消すことであきらめようとしたが、あきらめきれなかったという事情がある――」

「だいたいいつも窓からだったわね」カリーは口を挟んだ。

「きみはさっき、やむを得ない場合には上海にだってついてきてくれるとほのめかした

――」

「そのときには喜んでついていくわ」

「そんなきみに、逃亡作戦の変更を申し入れなければならなくなった。すまないが、計画の詳細、たとえばレオミンスターまで一晩じゅう馬車を走らせるとか、真冬の大海を渡ってボストンを目指すとかいった部分はこの際省いて、今夜はもっとあっさりした道を選んではどうだろう？　たとえば、ダヴ・ハウスの暖かいベッドで眠るとか」

カリーは小首をかしげて考えた。

「そうね、中国での冒険にも引かれるけど。嵐に遭遇したり難破しかけたりするのが怖いというのなら……」

「しみったれた男で申し訳ないが、いまの案にも利点がある。夜が明けるまでずっときみを誘惑できる」

カリーは満足げな吐息をもらした。「お母さまはさぞかし驚くでしょうね」

「いいや、猫みたいに喉を鳴らして大喜びするはずだ。それと、このあいだみたいにベッドのなかで延々と笑いつづけるつもりなら、この場で、フランスのならず者のやり方できみに襲いかからざるを得ないから注意したまえ。そうして『レディース・スペクテーター』に見つかる前に、厩舎に連れ去るつもりだからね」

エピローグ

「そろそろよ」

トレヴは深い眠りからやっと目覚めたところだ。靴下につつまれた足を床におろす。一瞬、自分がどこにいるのかわからなくなった。ただ、重大事件が起こりつつあり、迅速に対応しなければならないことはわかった。「いま行くよ」彼はつぶやいた。「ここにいるから。落ち着けって」

シャツを手探りし、袖をとおしながら簡易ベッドを出る。暗闇のなかブーツをつかみ、扉のほうに一歩足を踏み出す。なにか障害物があって、その角にすねをぶつける。

「落ち着けって言ってるだろうが」トレヴはひとりごち、あまりの痛さに片足で飛び跳ねた。

「くそっ」

「早く来て！」カリーが彼を呼ぶ声。「がんばって！」うわずった声。「がんばるのよ！」

トレヴの心臓が激しく打つ。彼は深々と肺に空気を送りこんだ。そこが寝室ではなく、畜舎であることをようやく思い出す。ランプのおぼろな明かりが、用具室の扉を浮かびあがらせている。最前よりも慎重な足どりで、片足を引きずりながらそちらに進み、側柱に肩をもたせる。カリーがまた早く来てとせかし、小屋のなかに声がこだました。

「いま行くって」ねぼけた声を出さないように注意して返事をし、トレヴはシャツの袖をめくった。薄暗い土床の通路を足を引きずって進み、穀倉の脇を通りすぎ、牛舎を目指す。ずらりと並ぶ牛房の奥のほう、ランプの明かりがやっと届くあたりに、カリーと牧夫、牧場で働く少年が立っていた。カリーは両手を合わせ、瞳をきらきらと輝かせている。

「見て！」と言って新鮮な干し草のベッドを指差した。

トレヴは安堵のため息をもらした。万一の場合には手伝うよう言われていたのだ。『牧畜業者のすべて』に目をとおしたかぎりでは、あまり気の進まない仕事だった。だがカリーの嬉しそうな表情から判断するに、どうやら無事に済んだらしい。柵の開いた牛房に歩み寄ると、大きな雌牛がちょうど起きあがろうとするところだった。干し草の上に横たわる濡れた生き物は、まだあまりかわいいとは思えない。だがもっとすさまじい場面は、眠っていたおかげで見ずに済んだようだ。子牛はすでに全身を舐めてもらったらしく、体毛はきれいである。早くも起きあがろうとして、おぼつかない後ろ脚を踏ん張っている。

「雄牛よ」カリーがささやき、トレヴにもたれかかった。「わが家に初めての雄牛！」

「おめでとう」トレヴは小声で言い、彼女にウインクをした。

カリーは彼と腕を組み、子牛が立とうとがんばるさまを見つめた。起きあがりかけ、倒れ、また起きあがろうとする。そして、広げた四肢を震わせながらも立ちあがると、湿った尾を左右に振った。

「すごい！　二度目の挑戦で立ったわ！」カリーは輝くばかりの笑顔でトレヴを見上げた。

「この場面は何度見ても飽きないの」と打ち明け、彼に身を寄せる。彼女のそんな様子を見るだけで、トレヴはすねの痛みも、ブーツを片方しかはいていない事実もどうでもよくなる。

「ほら、あの完璧なぶち模様！　ヒューバートにとってもよく似ているわ、そう思わない？」

「ああ、よく似ているね」トレヴは思慮深くうなずいた。内心、この細い脚と大きな瞳ばかりが目立つ弱々しい生き物のいったいどこがヒューバートに似ているんだと思っていた。すると彼の心の声を否定するかのように、誇り高き父牛のヒューバートが遠くのほうで、どこか悲しげな長々とした鳴き声をあげた。

「あら、もう日が昇る時間？」カリーは肩越しにおもてを見やった。ヒューバートはふたりと一緒に、ヘレフォードの新居に越してきた。ダヴェンポート大佐からの結婚祝いだ。なんて礼儀正しい男なんだ、とトレヴは感心したものだ。なにしろ花婿のほうはかつて当の大佐を殴り倒したことがあるのだから。カリーは心からの感謝の念とともに贈り物を受け取り、ヒューバートの子どもが産まれたらきっと大佐に一頭差し上げますと約束した。とはいえ、その一頭はこの子ではないだろう。カリーは身を乗りだして、赤ちゃん言葉で子牛に話しかけ、最初の一歩を踏みだそうとする子牛を新米の母親みたいに励ましている。

　そのさまを見てもトレヴがやきもちを焼かずにすんでいるのはひとえに、彼女が生後二カ月になるふたりの第一子にもまるっきり同じように接しているからだ。エティエンヌ・シェルフォード・ドーギュスタンは、父親にうりふたつだと評判だ。というわけでトレヴは、父親としての力量という面で自分がヒューバートと肩を並べている事実に満足している。ヒューバートの場合、父親の義務を果たしたあとは牧草地で食べたり眠ったりして過ごし、次の品評会に備える。トレヴの場合、カリーと一緒に動物たちに深夜の給餌をし、泣き喚く赤ん坊を抱いて邸内を歩きまわり、公債や社債や銀行株の売買で生計を立てている。拳闘の賭け試合はもう主催していない。

彼には自分の家族ができた。エティエンヌの暮らしはいまのところヒューバートのそれとよく似ており、よく食べ、よく眠り、ときどき大きな声で泣く。赤ん坊がたいそうやかましい生き物であることを、彼はそれまで知らなかった。だがそれに耐えることが父親への第一歩であるなら、彼は大喜びで耐えるつもりだ。カリーのために彼が買ってやった家で、夜遅い時間に三人でのんびり過ごしているとき、妻と息子がたわむれる姿を目にするたび、トレヴはなんともいえない感情に全身をつつまれる。

生まれたての子牛が自力で立ちあがり、母乳を飲んだことを確認すると、カリーは牧夫に長々と指示を与えたのち、トレヴにエスコートされてようやく母屋へと戻った。戻る途中でトレヴに、ちゃんとブーツをはいてからでよかったのにと言った。畜舎をあとにするとちょうど地平線から太陽が顔を出したところで、奇妙な形をした大きなオークの古樹が光のなかに浮かびあがっていた。トレヴは温かい飼料がたっぷり入った手桶を持ち、朝露に濡れた草原を妻と並んで歩いた。ここに引っ越してきてからまだ半年だが、すでに柵も設け、牧草地も青々と茂っている。母屋はワイ川に臨む平坦な土地に優雅に立っている。シェルフォード・ホールのように壮麗かつ堂々たる屋敷ではなく、寝室が六つに応接間がふたつのこぢんまりとした邸宅だ。比較的新しい建物なので、近代的な厨房があり、料理人も初めて見たときは涙を流して感動していた。

カリーは門のところで立ち止まり、息子が生まれたヒューバートに祝意を伝え、社交界にデビューしたばかりのレディなら顔を真っ赤にするほどの大げさな賛辞を贈った。トレヴはといえば、おまえはいいやつだと簡単に声をかけ、飼料をやるにとどめた。それでもヒューバートは大いに喜んでくれ、嬉しそうに手桶をひっくりかえすと、牧草の上に広がった飼料を大きな舌で舐めとって食べた。

あたりでは、きらめく陽射しのなか、鳥たちがさえずりを始めている。牧草地のかなたを走るきつねがつと立ち止まり、トレヴたちをつかのま眺めてから、生垣のなかに姿を消した。柵の上につま先立ったカリーは、ほどけた髪が肩に落ち、片方の襟が折れて、少々乱れたなりをしている。

いまこの瞬間にも自分はここではなく上海にいたかもしれないのだと思うと、トレヴは抑えきれぬほどの優しい気持ちが胸にわき起こるのを覚えた。彼はまばたきを二回して、少々乱暴な声音を作り、ふたりきりで過ごしたい、とてつもなくみだらなことを、きみとふたりで楽しみたいと告げた。本当はもっとちがうことを言いたかったのだが、適当な言葉が見つからなかった。

カリーは例のごとく、いたずらっぽい笑みを浮かべて横目づかいに彼を見やり、片手を差しだした。柵から夫の腕のなかに飛びおりる。いま、ふたりのあいだに言葉はいらなかった。

「雄牛だったわ！」カリーは朝食をとりに現れたマダムに報告した。

「おや、まあ《ヴォワイヨン》、わたくしが予想したとおりじゃないの」マダムは満足げに言った。看護師に支えられながら、テーブルにつく。「トレヴェリアン、あなたの負けだから一ギニー寄越しなさい。あなたもばかじゃないなら、勇ましいヒューバートで賭けなんてもうやめることね」

「おや、一文無しになるまでおつきあいしてもいいですよ、母上」トレヴは母親の手にキスをし、新聞を手に窓のほうに歩み寄った。「ただし、たった一度の勝ちでいい気になって、根っからのばくち打ちにならないようお気をつけください」

「でも、若い殿方をぜひ破滅させてみたいのよねえ」マダムは手を上げ、部屋をあとにしようとしたカリーを呼びとめた。「わが娘《マ・フィーユ》も、せっかくだから紅茶でお祝いをしましょう。エティエンヌなら看護師さんが見てくれるわ。紅茶をいただいてから、みんなで坊やのところに行くことにして、ね？　今日はまだ、坊やはおばあちゃんに十分甘やかしてもらってないんですものね」

　まあいいだろう。カリーはうなずいて、ふたたびテーブルについた。マダムはロンドンの名医が奇跡と呼ぶほどに快復した。カリーは内心、息子が晴れて無実の身となり戻ってきたのが一番の薬になったのだろうと思っている。一方トレヴは、わが家で瀉血をいっさい禁じたのが功を奏したのだと主張している。当のマダムはふたりの憶測を笑って聞きながら、エティエンヌをしきりに抱きたがる。

「これは、これは」トレヴがふいに大きな声をあげ、新聞をがさがさ言わせて顔をのぞかせた。「大ニュースだ！」新聞に視線を戻し、読みあげる。「ジョン・L・スタージョンとエマ・ファウラー、旧姓ブラドックの結婚式が、イタリアのフィレンツェにて身内のみで行われた」声をあげて笑い、かぶりを振る。「スタージョンに同情する日が来るとは。あの哀れな悪魔に神のご加護がありますように。それにしても彼女、どうやって結婚までこぎつけたんだろうな」

「魅力的《テイキング》な人だもの」カリーは応じた。結婚とは驚かされたが、なぜか笑みがこぼれる。

「少佐はきれいな人に弱いんじゃないかしら」

トレヴはうんざりした声をあげた。

「なるほど、チョウザメ《スタージョン》を捕獲《テイキング》して皮をはぎ、なめして、新しい手袋を作ろうという魂胆だな」

「トレヴェリアンの場合は、やっぱりわたくしの育て方がよかったのね」マダムがつぶやいた。「わが息子が、あんな女性に恋をするわけがないと思ったもの」

「ありえませんよ」トレヴはカリーを見てほほえんだ。「美貌のミセス・ファウラーに会うずっと前から、ずっと恋わずらいをしていたんですから」

カリーは頬を染めてカップの縁越しに夫を見た。「雑誌にも記事が載るかしら」

「少なくとも一〇誌はいくだろうな。それにしても、あの不運な悪魔にきみとの結婚をあきらめさせた犯人は誰だったんだろう。むしろ犯人に感謝しない日はないんだが、いくら考えてみても、そんなまねをして得をする人間などどこにも――」トレヴはふいに言葉を切った。まさか、という表情を浮かべて、母親のほうを見る。

「さてと、そろそろ坊やを泥だらけ《パドル》にしてこようかしら」マダムはさりげなく言うとナプキンを脇にやり、立ちあがった。「わたくしのかわいい娘《マ・ボンヌ・フィーユ》も一緒に来るでしょう？　息子は退屈だから、新聞と一緒に置いてけぼりでいいわ」

「抱っこ《カドル》ですわ、お義母さま」カリーはマダムの英語を直し、笑いをかみ殺した。「もちろん、一緒に行きますとも」

「ちょっと待ってください、母上」トレヴが険しい声で呼びとめ、すっと立ちあがる。「ジョーディ・ヒクソンがダヴ・ハウスに来たと、以前におっしゃっていましたよね。いつのことでしたか？」

「ああ、だめ、だめ！」マダムはぞんざいに手を振った。「この年になると、そういうこまかいことは思い出せないのよ。でも、ハンサムな青年だったのは覚えていますよ。亡くなったなんてねえ。素晴らしい人だったのに。ある日の午後に来てくれて、いいお友だちになれたわ」

「でしょうね」トレヴは冷ややかに言った。「戦時中の話をさぞかしたくさんしていったのでは？」

「少しね」マダムは答え、細い眉をつりあげた。「上官が苦手だと言って、その人にどんな欠点があるか聞かせてくれたのよ」

「ジョーディが？」

「そうよ。わたくしなんかに打ち明けてもすっきりしなかったでしょうけど。でも、わたくしの若いお友だちで、大きなお屋敷のお嬢さんがまさにその上官と婚約したと教えてあげたの。そうしたら、ひどく驚いていたわ」

トレヴはゆっくりとかぶりを振った。

「犯人はジョーディじゃありませんよ。スタージョンの話によれば、脅迫状が届く前にジョーディは亡くなっていますからね」

「もちろん、犯人はあの人じゃありませんよ！」マダムは憤慨の面持ちで言った。「あのようにあっぱれな青年が、脅迫なんて下劣なまねをするものですか！　もちろん、あの人が上官の欠点として挙げたのは、どれもこれも軍人としての名誉に関係があるものばかりでしたけどね」

トレヴは口元をゆがめた。

「なるほど。それで、残るふたりはどうやって追いはらったんですか、マ・メール？」

カリーははっと息をのんだ。夫と義母の顔を交互に見る。

「トレヴ！　まさかあなた、お義母さまが犯……」

「そう、きみの婚約者を脅した犯人は母だ」彼はにやりとした。「でも母を責めるつもりはない。むしろひざまずいて、心からの感謝の思いを伝えたいね」

「たいした手間ではなかったからいいのよ、トレヴ」マダムは殊勝げに言った。「ミセス・イーズリーが、新聞を切ったり貼ったり、手紙を出してくれたり、ずいぶん働いてくれたから」

「お義母さま！」カリーは思わず叫んだ。

「シェリ、どうか怒らないでちょうだいね。婚約を破棄されるたびにあなたがちょっぴり傷つくことになるのはわかっていたの。その点では、本当に心苦しく思うわ」マダムは困ったようにカリーを見た。「だけどあなたも、あの人たちのうちの誰かと結婚したかったわけじゃないのでしょう？」

「それは、そのとおりですけど、でも――」

マダムはつんと顎を上げた。「あなたは愛を受けるにふさわしいお嬢さんなのに、三人の殿方はあなたを愛してなどいなかった」きっぱりと断言する。「愛していたら、くだらない脅迫状なんて気にならなかったはずよ」

マダムの言い分はもっともだった。「おっしゃるとおりだわ」カリーは感服した声でつぶやいた。「自分でも、あの人たちに愛されているとは思っていませんでしたけど」

「ばかな連中」マダムと息子は同時に同じせりふを口にした。

口調もそっくりだった。フランス人ならではの傲慢、愚かな人間への侮蔑が、たった一言に込められていた。カリーは思わず声をあげて笑い、両手で口を隠した。目の奥がちくりとしたのを、鼻梁にしわを寄せて抑えこむ。

「ふたりと家族になれて、わたしってなんて幸運なのかしら」

トレヴは彼女の顎を指で持ち、身をかがめて鼻にそっとキスをした。

「きみじゃない。幸運なのはわたしさ、マ・ミ。わたしの運命の女神」

訳者あとがき

日本でもすでに二冊の翻訳書が出ているローラ・キンセイル。本書『初恋の隠れ家で（原題 Lessons in French）』は米国で二〇一〇年二月に、前作（『黒き影に抱かれて（原題 Shadowheart）』、二見書房）から六年ぶりに発表された、まさに「待望の新作」です。

キンセイルの作家デビューは一九八六年ですが、本作はまだ一二作めですので、ロマンス小説家としては寡作です。二〇〇〇年代に入ってからは本作がようやく二作め。本国では刊行前から多くの読者が「ずっと待っていた」との声をあげていますが、この執筆ペースでは当然でしょう。

舞台は一八二〇年代、英国中西部。伯爵家の令嬢カリスタ（カリー）・タイユフェールは三度にわたり婚約を破棄され、亡父の跡を継いでいとこが伯爵となった現在は、生家である伯爵邸に妹と居候生活を余儀なくされています。唯一の心のよりどころは、雄牛のヒューバートをはじめとする家畜の世話。すでに二七歳となった彼女は男性が苦手なこともあり、いまさら夫を迎えるつもりもなく、いずれは結婚する妹についてその婚家に居候するつもりで、静かな暮らしをとりあえずは楽しんでいます。

そんな彼女もかつて、ひとりだけ心を許し、打ち解けて接することのできた男性がいました。男性の名はトレヴェリアン（トレヴ）・ダヴィ・ドーギュスタン。しかし亡命貴族の息子で、財産も領地もすべて失った彼との親しい交流を、カリーの父である伯爵が許すはずもありません。当時ともに一八歳だったふたりは、伯爵によって仲を引き裂かれ、以来九年間にわたって離れ離れに暮らしていました。

そして九年のときを経て、唐突に英国へ戻ってきたトレヴ。一生独身を貫くつもりでいたカリーの心は揺れます。ふたりを引き裂いた伯爵はすでに亡く、新たに愛を育むのになんの支障もないかと思われましたが、トレヴにはそうすることができない深い事情がありました。

キンセイルの既訳書はいずれも、どちらかといえば暗く重たい雰囲気をたたえた、波乱万丈の物語でした。未訳書もタイプとしては既訳書に近いようです。ですが本作はちがいます。著者自身が「そろそろ別のタイプの、もっとユーモアあふれる、軽やかなお話が書いてみたかった」と言っているように、過去の作品を念頭に置いて本作を読むとかなり意外に感じるでしょう。

たとえばヒロイン、カリーの人となり。家畜の世話をいきがいとし、ヒューバートに品評会で一等をとらせるのが目下の目標、というのも当時のレディとしては相当な変わり種。さらに彼女には大変な「妄想癖」もあります。物語のいたるところで彼女が妄想しまくるので、うっかり読んでいると妄想と現実がごちゃまぜになってしまうこともしばしばです。トレヴの抱える「事情」も大きな読みどころで、本作の個性を担っている部分ですが、ここは物語の大筋にかかわる部分なのであとがきでは触れないこととしましょう。

またキンセイルは自らも犬や馬を飼育しているだけあって大変な動物好きのようですが、彼女のウェブサイトでは各著作の紹介欄に、〈マスコット・アニマル〉という不思議な項目があります。どうやらすべての作品で動物が活躍しているらしく、もちろん本作の〈マスコット・アニマル〉は「雄牛のヒューバート」と紹介されています。正直、巨大な牛をマスコットと言われても……と最初は感じるかもしれませんが、読めば愛情がわくことまちがいなし。ヒューバートはエピローグにもしっかり登場していて、たとえばライムブックスではおなじみのリサ・クレイパスは「小物使いの上手な作家」と言われますが、キンセイルに関しては「動物使いの上手な作家」という呼び方ができるかもしれません。

本作については著者がこんなふうにも言っています――「クリスマスに観に行く映画みたいなもの。難しいことは考えず、笑って、ときどき泣いて、しばし現実を忘れて没頭できる本」。クリスマスにはまだ少し早いですが、本作は読者のみなさんにも、きっとそんな幸せな読書タイムをくれることと思います。

二〇一一年九月

ライムブックス

初恋《はつこい》の隠《かく》れ家《が》で

著　者　ローラ・キンセイル
訳　者　平林《ひらばやし》 祥《しょう》

2011年10月20日　初版第一刷発行

発行人　成瀬雅人
発行所　株式会社原書房
〒160-0022東京都新宿区新宿1-25-13
電話・代表03-3354-0685　http://www.harashobo.co.jp
振替・00150-6-151594
ブックデザイン　川島進（スタジオ・ギブ）
印刷所　中央精版印刷株式会社

落丁・乱丁本はお取り替えいたします。
定価は、カバーに表示してあります。

ISBN978-4-562-04419-1　Printed in Japan